名家文学讲坛

主 编＿周 宪

现代诗歌的结构

19世纪中期至20世纪中期的抒情诗

[德国] 胡戈·弗里德里希（Hogo Friedrich）——著

李双志——译

译林出版社

图书在版编目（CIP）数据

现代诗歌的结构：19 世纪中期至 20 世纪中期的抒情诗 /（德）胡戈·弗里德里希著；李双志译.— 南京：译林出版社，2024.9

（名家文学讲坛 / 周宪主编）

ISBN 978-7-5753-0178-7

Ⅰ. ①现… Ⅱ. ①胡… ②李… Ⅲ. ①诗歌研究－世界 Ⅳ. ① I106.2

中国国家版本馆 CIP 数据核字（2024）第 094475 号

著作权合同登记号　图字：10–2019–274 号

现代诗歌的结构：19世纪中期至20世纪中期的抒情诗　［德国］胡戈·弗里德里希／著　李双志／译

责任编辑　王瑞琪
校　　对　张　露
装帧设计　苏　畅
责任印制　董　虎

原文出版　Rowohlt Taschenbuch Verlag, 2006
出版发行　译林出版社
地　　址　南京市湖南路 1 号 A 楼
邮　　箱　yilin@yilin.com
网　　址　www.yilin.com
市场热线　025-86633278
排　　版　南京展望文化发展有限公司
印　　刷　江苏凤凰扬州鑫华印刷有限公司
开　　本　890 毫米 × 1240 毫米　1/32
印　　张　11
插　　页　1
版　　次　2024年9月第1版
印　　次　2024年9月第1次印刷
书　　号　ISBN 978-7-5753-0178-7
定　　价　76.00元

主编的话

周 宪

自有了人，就有了文学。自有了文学，就有了关于文学的言说。自有了这些言说，人类文明的家园便多了一扇窗户。透过它，我们瞥见了大千世界。

口传文化时代，人们口口相传谈论文学；印刷文化时代，人们记录下自己的文学感言，付梓出版；今天的电子媒介文化时代，尽管文学这一古老的形式面临严峻挑战，但文学的话语仍作为不可多得的生存智慧，不断激发人们对自然的爱，对社会的关切，对人自身的洞察。

基于这一判断，我们策划了“名家文学讲坛”书系。

在一个实用主义和实利关怀甚嚣尘上的时期，被冷落了的文学涵养及其精神熏陶反倒变得异常重要了。此书系意在收罗国外知名思想家和学者的精彩篇什，展现文学思想的博大精深，由此开启一个通向人类精神家园的门径。此一讲坛吁请天下文学爱好者们齐聚那里，聆听各路方家坐而论道，发表有关文学的奇思妙想。

我想，此“讲坛”意义毋庸赘言。

作为主编，我诚邀各位读者带着自己的知识行囊上路，在绵延不绝的文字旅程中，去分享那妙不可言的文之悦！

2008 年岁末于古城南京

中文版序

唐晓渡

本书 1956 年初版，至 1966 年出修订版，十年内印次竟达九版之多；从版权页可以得知，其后仅德文，又有 1985、1996 两版（印次不论）；至于其他语种的译介，即在世界范围内的传播情况，虽一时没有确切的统计数字，但接受美学创始人姚斯（Hans Robert Jauss）在其《审美经验与文学解释学》（Aesthetic experience and literary Hermeneutics）一书中，曾辟专章讨论"围绕胡戈·弗里德里希现代抒情诗理论的论争"，依此来看，其受推重的程度当非同一般。一本往往被读者视为畏途的诗学专著，能以如此方式产生和保持如此广泛而持续的影响，大约是可以担"经典"之名而无所愧的了，但这也使其中译本迟至今日方得出版，在值得庆贺的同时，又成为一件堪可叹息之事。设若此书能于 1980 年代初即被译介到中国，该是怎样的一场"及时雨"！其时大批国外，主要是欧美的现代主义文学作品络绎涌入，与中国当代文学自身压抑已久的变革要求相互激荡，由点及面，由暗流而潮涌，终于据其不可阻遏的澎湃活力，演化出既与"五四"时代一脉相承，又较之后者远为深刻复杂的当代文学大变局。然大变局必具戏剧性，喜剧更是少不了的调剂。比如，当有人以典型的欣快症口吻宣称"中国当代文学仅仅用了十余年的时间，就走完了西方近二百年的文学历程"时，他们或许就正在忍受因为大吃夹生饭而导致的消化不良症的折磨（其后遗的影响很可能一直延续至今）。稍稍探究一下如此情状的缘由，本以历时方式生成的资源突然以共时的方式展开是一方面，因受困日久而向往“先进”、恐惧“落后”，急于缩小、抹平二者的意识反差以致心浮气躁又是一方面，但甚少像胡戈·弗里德里希这样来自其文明系统内部，而又目光深邃、能直探诗学精要的“第一手”高人提供的通透参照，恐怕也是一个重要的因素。

我无意夸大一个人、一本书可能起到的作用。严沧浪论诗强调“悟第一义，具正法眼，学最上乘”，三者虽互相拥济，不可或缺，但相较之下，居统摄地位的无疑还是“悟第一义”；其参证道途对卓具悟性的诗人或读者来说，正可谓天地人神，古今东西，无分内外，在在都是，又岂有系于一人、一书之理？话又说回来，书自有书的命运，《现代诗歌的结构》延至今日方得中文译介，或是有待于某种浮华过后的沉静也未尝可知。据此两条再言“叹息”，对其未能及早进入中文视界的惋惜之意，就更多地让位于一读之下痛快淋漓、欣喜莫名、相见恨晚的心情了。在我的阅读记忆中，曾激发起同样心情的相类译品并不多，可以一气举出的，似乎只有赫伯特·里德的《现代绘画简史》(上海人民美术出版社，1979)、丹尼尔·霍夫曼的《美国当代文学》(上下卷，中国文艺联合出版公司，1984)、马尔科姆·考利的《流放者的归来》(上海外语教育出版社，1986)、高友工和梅祖麟的《唐诗的魅力》(上海古籍出版社，1989)、哈罗德·布鲁姆的《影响的焦虑》(三联书店，1989)、奥克塔维奥·帕斯的《批评的激情》(云南人民出版社，1995)等寥寥数部。这当然不是在标榜自己的孤陋，而是基于读书相得之不易，换一种方式再次向胡戈·弗里德里希致敬。

全面评价这样一部博大精深的小书(如作者所言，它建立在对欧美现代诗历时三十余年，从无方向中建立方向的考察基础上)非我所能，何况已有于尔根·施塔尔贝格言简意赅的“后记”在前。以下只集中谈一点粗读之下的体会。

本书所论列的诗人均为欧美现代诗或开山、或里程碑、或关键性的“网上纽结”式的人物，其显赫的声名自不必说，其主要作品及诗学观点，孤立地看，一个大致合格的中国读者（艾柯所谓的“范式读者”）即便说不上耳熟能详，大多也早已不再陌生。然而奇怪的是，所有这些都非但没有削弱，某种程度上反而强化了我似乎是**第一次**读到他们的感觉。我不得不凝视这一感觉，并确定它只能是拜作者所赐。那么为什么会有这种感觉呢？显然，通过某种独特的体例安排，将所谓“现代诗”作为一个有着内在关联的整体予以集中考察和论述，是一个重要的原因——包括以“不谐和音与反常性”为切入口，中经“否定性范畴”，在发生学意义上对现代诗理论先驱的探究；包括以一系列关键词为纲要，以离心的宏观扩展和向心的微观分析相交织，对现代诗美学谱系及其代表人物之独特贡献的概括描述；也包括理论阐发、名篇精读和更广泛的作品选译，三者之间构成的互文关系。关于这一点，甚至只要浏览一下本书的目录，相信就会给大多数读者，尤其是那些习惯于“主义诗学”的读者留下深刻的印象。事实上，思虑如此周密、结构如此严整、形式和内容如此相得益彰，且集专业性和普及性于一身的现代诗学论著，我还真的是第一次读到。它必然从整体视野上刷新我的眼光。

但同样明显的是，此“第一次”并不能决定，至少不能完全决定彼“第一次”；在更大程度上并且是从内部刷新我眼光的，恐怕还是使本书之所以成为本书的诗学立场。这一意义上的刷新甚至在堪堪读完初版序第一节时就被我意识到了。尽管诗无关乎物理时间和历史进化早已不是什么新鲜的观点，尽管其辞锋所指是半个多世纪以前的异域诗坛，但以下锐利到尖刻的文字仍足以令我眼前一亮：

> 对当代诗歌的评价几乎总会犯这个错误，即仅仅关注某个国家，仅仅关注最近的二三十年。这样一来，一首诗看起来就是无与伦比的“突破”，1945 年的诗歌和 1955 年的诗歌之间的差别就受到了赞叹，而这些差别甚至都不如两秒钟之间的差别那么大。

有心的读者会注意到，作者在两版序中都言及他无意于写一部现代诗歌史，可见他对此问题极为上心。不难理解，如果说初版时指明这一点是为了预先抵制某种阅读期待的话，那么，出修订版时再次予以强调，事情就不那么简单了。我们完全可以想象，这十年间的读者反馈一再印证了他当初的担忧，以致他必须重申初衷以图某种纠正。可是，他的初衷真的就那么重要吗？把本书读成一部现代诗歌史实在是一个稍不留神就会犯下的错误，因为无论副题是“从波德莱尔到当代”，还是“从1850到1950”，甚至不设副题，它都内含了一个现代诗的历时框架。或许这才是作者真正要提请读者警惕的？我们不太清楚他据以“对现代诗歌超个人、超国家、超越短短几十年的征候予以考察”的独特视点——“结构”的理论渊源（没有迹象表明他使用这一概念与其时已隐然兴起的结构主义思潮有什么关系；另一方面，他更多地赋予了这一概念本体内涵，也使之在用法上判然有别于近期流行的所谓“结构诗学”，在后者那里，“结构”更多是用于文本分析的工具），但辨识它主要是一个共时概念，辨识这一概念对上述历时框架的持续消解和制衡，却并非什么难事；而更重要的，是渗透其中并决定了其视点、方法和风格的对诗之“第一义”的领悟。“波德莱尔将诗歌和艺术理解为时代命运的塑形式领会”——这似乎也正是作者的根本立场。在我看来，恰恰是未经道明的根本立场的区别，而不是作者一再指出的方法（包括材料编排）上的差异，使得本书不应该也不可能被混同于一部现代诗歌史。这不是说作者所发现并持守的“结构法则”满载着现代诗的真理，而是说它与其研究对象更匹配相称，是说它在向我们提供了足够多的、即便相对于一部最好的诗歌史也毫不逊色的有关现代诗的知识的同时，又始终吁请我们把更大的注意力集中于诗的创造本性。这种意向是如此热切坚定，以致必要时作者可以毫不顾惜常规的学理：

在他们和我们今日的诗人之间存在着共同之处，这些共同之处无法以影响来解释，即使在明显可以看到影响之处也不需要将其解释为影响。这是出于同一种结构，也即同一种基本构架的共同之处，这一结构在现代诗歌变幻莫测的表象中以引人注目的韧性一再出现。

其武断的性质，可与书中反复论及的"专制性幻想"这一现代诗最显著的特质互为参注，故不妨称为"诗性的武断"。值得注意的是，这样的武断并没有使"结构的法则"变得神秘或僵硬，相反为作者施展其杰出的理论才华拓展出了巨大的空间，进而使后者同样成了吁请的一部分。于尔根•施塔尔贝格的一段话道破了其间的奥妙：

> 让这一历史认识得以被把握而显现的概念……既不复杂，也不模式化。作者的艺术才能在这里得以保留，他掌握了平衡的技巧，在不可转移的、紧贴个体现象的语词和系统化的范畴之间找到了中间的道路，这条道路与事实相符，同时也满足了我们对秩序的需求。

而当他由衷慨叹"人们读这样的文字，不是在读语文学者的作品，而是在读诗人的作品"时，我不仅听到了对一部诗学论著的最高赞誉，而且听到了它在一个既有着悠久的自身传统，又经历着全球化背景下现代转型的伟大诗歌国度里，可能激起的新的反思和创造的心声。

2010 年盛夏于北京天通西苑

目录

第一版序言

这本著作出自长年以来对现代诗歌[①]的观察。这观察始于 1920 年，本书作者当时还是中学生，他手头得到了品图斯主编的诗歌选集《人性昏朦时》[②]。可以想见，这样的观察起初是全无方向感的。在那之后过了很久，我才了解了 19 世纪的法国诗歌，随后又涉猎了 20 世纪的法国诗歌和西班牙语诗歌，这时的观察才渐具轮廓，以此我才有可能在这广阔的领域中确立方向。1920 年之前及 1920 年左右的那些德国诗人被诗集出版者看做是与“趋于绝灭的 19 世纪”迥然相异的，但他们并非真如表面上看起来那么绝然独立。从那之后的诗人和当代的诗人也不是，不论是在德国还是在欧洲其他国家。对当代诗歌的评价几乎总会犯这个错误，即仅仅关注某个国家，仅仅关注最近的二三十年。这样一来，一首诗看起来就是无与伦比的“突破”，1945 年的诗歌和 1955 年的诗歌之间的差别就受到了赞叹，而这些差别甚至都不如两秒钟之间的差别那么大。

欧洲现代诗歌的创立者以及延至今日的引导者是 19 世纪的法国

---

① 这里的现代诗歌 (moderne Lyrik) 仅指抒情诗歌，不包括史诗和叙事诗。下文中的诗歌，若无特殊说明，也都指抒情诗。“现代”也不仅仅是历史时间的含义，而是指向19世纪下半叶以来与传统诗歌美学相背离的新诗歌观。——译注

② 《人性昏朦时》(*Menschheitsdämmerung*) 是德国表现主义最重要的诗歌选集，标题中的Dämmerung一语双关，既可指黄昏也可指清晨，都是光线不明朗的时刻，故译为“昏朦时”。——译注

人，也即兰波与马拉美。在他们和我们今日的诗人之间存在着共同之处，这些共同之处无法以影响(Einfluss)来解释，即使在明显可以看到影响之处也不需要将其解释为影响。这是出自同一种结构，也即同一种基本构架的共同之处，这一结构在现代诗歌变幻莫测的表象中以引人注目的韧性一再出现。这一结构有过多次萌芽，某些萌芽可以追溯到 18 世纪。在 1850 年左右的诗歌创作理论中，在 1870 年左右的诗歌创作实践中，这一结构才从多个萌芽汇集为一个整体，虽然复杂交错，却是势所必然。这汇集在法国形成。兰波和马拉美的作品让今日诗作的风格规则明朗可见，而今日的诗作又让那两位法国人作品中惊人的现代性昭然在目。不过批评界和文学学用以划分近一百年欧洲诗歌的通行分类法必须予以坚决否弃。另外还必须坚决揭示出聚焦于某**一个**作者或者
10 **某一种**风格类型这种观察的局限所在。只有这样才能自由地察看那种彼此的照亮，并由此看到现代欧洲诗歌的统一结构。

本书的意图所在(就我所知，之前还尚未有人有过类似之作)已经通过其主标题表达出来了。它无意成为一部现代诗歌史。若要那样做就必须论述比现在多很多的诗歌作者。结构的概念让历史性材料的完备性成为多余之虑。这首先在于，材料带来的不过是基本结构的变体，例如洛特雷阿蒙，他虽然在今天有一定影响，但是他的诗作只不过是兰波诗作众多的粗劣变体之一——他并不认识兰波，而兰波也不认识他。而且我也不会谈到 20 世纪的宗教告解诗和政治诗歌。若说它们有些质量，这质量也不是从信仰或者政治理念中获得的，更遑论党派政治理念了。

作为罗曼语系研究者的我，大多是从罗曼语系文学中为第五章选取例子，这是不难理解的。读者不要将其看做对德语文学或者英语文学的藐视，更何况我已经按照需要努力展示了一位德语代表和一位英语代表，以说明其伟大之处，并且说明其与法国、西班牙和意大利诗人的风格共同点。不过，对上述两位创立者和其先驱波德莱尔的论述并不是因为我的专业兴趣使然，而是出自事实上的必要性。

现代诗歌是什么？我不愿给出任何定义。这个问题的答案也许会从本书自身中呈现。本书也会说明，我为什么会跳过那些伟大的诗人如格奥尔格和霍夫曼斯塔尔，也不曾论及卡罗萨、施罗德、勒尔克、胡赫、多伊布勒。他们是数百年诗歌传统的继承人及其新高潮——这传统恰恰是法国八十年前所挣脱的。我想，没有人会就此得出结论，说我认为这传统已被消解。我自身也不是先锋派。我觉得歌德比艾略特更怡人。但是这不是关键所在。我所感兴趣的，是认识严格意义上的现代性之征候。而且我认为我们的语文学学者还必须在这一认识上花费比现在多得多的力气。

本书也许会遭致一些误解。诗人是执着于自身原创性的敏感之人， 11
诗人的崇拜者为这一敏感筑栏以护。所以我尤其设想到了这样一种误解，即认为我对许多我所引用的诗人是等量齐观的。然而这种误解恰恰与本书的意图背道而驰，本书所追求的是对现代诗歌超个人、超国家、超越短短几十年的征候予以考察。

对于我的论述所采取的方法原则，本书会在某些地方加以解释。我只想事先指出一点，即在未了解前四章的情况下不应当读第五章，因为那样就无法看清今日的诗歌与 19 世纪法国诗歌之间的关联有多么紧密。如果就单个征候对此再做一次证明，将是乏味的。在这一点上，关键词索引会有所帮助。另外还要指出的是，我在说到“现代”时，指的是自波德莱尔至今的整个时代，而说到“当代”时，指的仅仅是 20 世纪的诗歌创作。

考虑到德国读者的需要，我在单章之内的引用中，除了少数例外都仅仅采用了译文。在附录一中给出了一些原文，附上我所尝试的翻译。当然熟悉诗歌的人都知道，诗歌几乎是不可译的，最不可译的又首推现代诗歌。

胡戈·弗里德里希

1956 年复活节于弗赖堡

第九版序言

本书依照这一套丛书的主编[①]给出的格式进行了重新修订。修订包括多个方面：纠正错误，调整风格，添补内容，其中尤其值得强调的是添补了关于“新语言”的论述。附录一中增加了几首诗。紧随其后的新附录是一组对诗歌的阐释。最后参考文献也有所增加，此举的意义和原则在其说明中会予以解释。

与以往各个版本相比，这个版本在阐述之中加入了更多的引文和总结。在文中标注出的数字对应于统一编号的参考文献中的相应文献。只有在第二至四章中没有这样的数字标注，这几章中的引文都是取自参考文献中给出的原作版本，例如：波德莱尔=96；兰波=135；马拉美=161。所以在引文后仅注出页码。

本书标题所使用的“结构”这个概念遭到了许多误解。有人将“结构”想象成“呆滞、完全僵化之物”，或者不相信这个概念可以用于“抒情诗这样无定形之物”。这里的“结构”当然不是指僵化或者类似的概念，更何况在人文科学领域中这个概念自狄尔泰以来就已经失去了最初的无机体含义。对于文学现象来说，“结构”所刻画的是一种有机构造，是

---

① 指的是主编《罗沃尔特德语百科全书》(rde)的格拉西(Ernesto Grassi)教授，《全书》也是本系列的前身。胡戈·弗里德里希将这个修订版献给了格拉西，祝贺其65岁生日(1967年5月2日)。——原编者注

众多不同事物的一种具有典型性的共同之处。在本书中，这就是诗歌创作中的共同之处，它背离了古典的、浪漫的、自然主义的和宣讲式的传统，恰恰存在于诗歌的现代性中。“结构”在这里意味着一批为数众多的抒情诗作的共同形态，这些诗作之间完全不必相互影响，它们各自的独特性却可以彼此协调而相得益彰。无论如何，它们出现得如此频繁而且总以同一面目出现，以至于不可将其看做偶然事件。关于这一点，在第一版中，第五章的首段文字就已经用另外的话语进行过说明了。

我承认，我在这一修订版中本来更情愿回避“结构”这个词。因为在第一版时已经初露端倪的现象，现在在所有可以想象到的领域都已经广为传布了，即“结构”成了流行词汇。然而出于以下两个原因我必须将 13
其保留：其一，因为这本书是以这样的标题公之于众的；其二，因为我必须一如既往地抵制这种期待，即这里写的是一部现代诗歌史。一部诗歌史会要求采用另外的方法和另外的材料编排，正如人们在西本曼的杰作《西班牙的现代诗歌》(355)中所看到的，那本著作就是完全按照文学史的方式撰写的，还包括了单个诗人的发展历程。

我改换了副标题。之前的是：“从波德莱尔到当代”。现在的副标题给出的是年代，两者都是约数，所以可以灵活理解。不过，限定在1950年左右的终点比限定在1850年左右的起点更加确定。自我们这个世纪中期以来，欧洲诗歌中产生了一些值得尊敬的事物。然而我不知道，谁自此已经非常确定地跨越了现代经典所开拓的区域而走向对未来的构造。毋宁说，可以观察到的是一些缓和趋势，是在这里或那里可以感受到的一种向更人文的、私人化的、寡于悲喜的抒情诗回归的趋势。无论如何，抒情诗作为轻声却宏大的力量始终是包含自由与勇气的，借此我们的时代得以逃脱功利目的的束缚。我无法辨识出那些就其事实而言可能是崭新的事物，我无法从其可能的原创性，从其对近百年的诗歌构造的突破来认识它们，原因可能在我身上。不过，那些所谓的“具象诗”[1]，连带其通过机械地抛出的单词碎片和音节碎片，由于其不育性，是完全不在考虑之列的。

胡戈·弗里德里希

1966 年 10 月于弗赖堡

① 具象诗 (konkrete Poesie)，自1950年代以来出现的诗歌实验，完全打破了语法规则，用单词和字母本身构造出可见的图像。——译注

一 展望与回顾

对当代诗歌的展望：不谐和音与反常性

要理解20世纪的欧洲诗歌并非轻松之事。这诗歌的言说方式是谜语与晦暗。但它却有着令人瞩目的丰产性。自晚期里尔克和特拉克尔到贝恩的德语诗歌，自阿波利奈尔到圣琼·佩斯的法国诗歌，从加西亚·洛尔卡到纪廉的西班牙语诗歌，从帕拉采斯基到翁加雷蒂的意大利诗歌，从叶芝到艾略特的英语诗歌，其意义都是不容置疑的。可以看到，诗歌对当代精神状况的表现力并不逊色于哲学、小说、戏剧、绘画与音乐。

在读这些诗人的作品时，读者会得到一种体验，这种体验会让他，在他对此进行思虑之前，就得以临近这种诗歌的一种本质特点。这诗歌的晦暗难解让他着迷的程度，恰与让他困惑的程度相当。这诗歌的词语魔力和神秘性发挥着不容抗拒的作用，尽管理解是失去了方向的。“诗歌在尚未被理解之时就会传达自身意味”，艾略特在他的散文中如此说明。可以将这种费解与迷人的并列称为一种不谐和音(Dissonanz)。因为它制造的是一种更追求不安而非宁静的张力。不谐和音的张力是整个现代艺术的目的之一。斯特拉文斯基在他的《音乐诗学》(1948)中写道：“没有什么要求我们一定只在宁静中寻求满足。一百多年以来有越来越多的例子在表明一种风格，在这种风格中不谐和音获得了独立。它成为了一种物自体。而这就使得，它既不预备某物，也不预示某物。不谐和音并非无序状态的承载者，正如谐和音也并非确定性的保障。”这完全也适用于诗歌。

这诗歌的晦暗是有意为之的。波德莱尔就已经写过：“不被理解，这是具有某种荣誉的。”对于贝恩来说，诗歌创作就意味着“将具有决定性的事物提升入费解的语言中，意味着投身于那些事物中，那些足以
16 无法说服任何人相信的事物”。圣琼•佩斯狂热地向诗人说道：“两端尖峭的事物中的双语者，你自己就是处于所有争斗者之间的争斗，你说的话如此歧义丛生，就如同在羽翼和荆棘的战斗中误入歧途的人！”而蒙塔莱则较为冷静：“如果诗歌创作的难题就在于如何让人理解，那么就没有人会写诗了。”

对于有心读诗的人来说，在开始时可以给他的建议无非就是，让自己的眼睛努力适应笼罩着现代诗歌的晦暗。我们处处都可以看到，这种诗歌总倾向于尽可能地远离对单义性内涵的传达。这种诗歌更情愿成为一种自我满足、涵义富丽的形体，这形体是那些以暗示方式作用于前理性层面，同时又让概念的隐秘区域发生震颤的绝对力量所组成的一种张力织体。

现代诗歌这种不谐和音的张力还体现在另外一个方面。各种特质在这里形成对照：远古的、神秘的、玄隐的引源与敏锐的智识，简约的言说方式与错杂的言说内容，语言的圆满与内涵的悬疑，精确与荒诞，极为微小的主题范围与最为激烈的风格转换。其中一部分是形式上的张力，而且往往也只被看做形式问题。但是这种张力也会体现在内容上。

现代诗歌如果涉及现实——物的或者人的现实——那么它也不是描述性的，对现实并不具备一种熟悉地观看和感觉的热情。它会让现实成为不熟悉的，让其陌生化，使其发生变形。诗歌不愿再用人们通常所称的现实来量度自身，即使它会在自身容纳一点现实的残余作为

它迈向自由的起跳之处。现实从空间、时间、实物、灵魂的秩序中抽离出来，摆脱了一种正常的世界定向所必需的——被谴责为先入之见的——区分：美与丑、近与远、光与影、痛与乐、地与天。在抒情诗歌的三种可能的行为方式——感觉、观察和改造——中，在现代诗歌中占主导地位的是最后一种，不论是从世界的角度还是从语言的角度来看都是如此。按照从浪漫主义诗学中推导出的（被非常不恰当地普遍化了的）定义，抒情诗往往是心绪的语言、个人灵魂的语言。心绪（Gemüt） 17
这个概念指的是通过进入一种灵魂栖居的空间而达到的去张力状态，即使最孤独的人也会与所有有感知能力者分享这一空间。而在现代诗歌中要回避的恰恰是这种交流式的可栖居性。现代诗歌离弃了传统意义上的人文主义，离弃了“体验”（Erlebnis），离弃了柔情，甚至往往离弃了诗人个人的自我。诗人不是作为私人化的人参与自己的构造物，而是作为进行诗歌创作的智慧、作为语言的操作者、作为艺术家来参与的，这样的艺术家在任意一个其自身已有意味的材料上验证着自己的改造力量，也即专制性幻想或者超现实的观看方式。这并不是在否定这样一首诗歌是出自灵魂魔术并且唤醒了该魔术的。但这与心绪不是一回事。这是纯粹主观性的多声结构和非限定性，这种主观性不再是可以分解成单个感觉值的。“心绪？我没有心绪，”贝恩如此表白道。当与心绪相近的柔和元素即将出现时，就会横冲出阻挠之力，以坚硬的、反和谐的词语将这些元素撕碎。

可以说这是现代诗歌创作的一种攻击性戏剧效果（aggressive Dramatik）。这种效果表现在众多更倾向于彼此对立而不是相互依附的主题和母题之间的关系中，也表现在这些主题和母题与一种不安定的风格铺展的关系中，这种风格铺展尽可能地让能指与所指相分离。但是这种戏剧效果也决定了诗歌与读者之间的关系，制造了一种惊吓作用，读者是其中的受害者。他感到自己不是得到了安定，而是受到了警告。虽然诗歌语言向来就是区别于普通的语言功能即传达信息的，但是除了个别例子——但丁或者贡戈拉——以外，这是一个极有节制和渐次推进的区别。突然，在19世纪下半叶，从这一区别中形成了通常语言与诗歌语言的极端差别，与晦暗的内涵、困惑结伴而行的一种过量的张力。诗歌语言具有了一种实验的性质，从这实验中涌现了不是由意义来谋划，而是以自身制造意义的词语组合。常用的词语材料展示出了不同寻常的意义。出自最生僻的专门用法的词语通上了抒情诗的电流。句子失去了肢干或者收缩为有意原始化的名词型表述。诗歌最古老的手法，对比与隐喻，以一种新方式被使用，这种方式绕开了天
18 然的对比对象，强制实现了从实物层面和逻辑层面都不可统一之物的结合。正如在现代绘画中，变得自立的颜色结构和形式结构将所有的对象都进行了推移或者全然清除，以仅仅实现自身，在抒情诗中，自立了的语言运动结构，对与意义无涉的声响效果和强度曲线的需求也导致诗歌完全无法再从其言说内容出发来加以理解。因为其真正的内涵存在于外部与内部形式力量的戏剧效果中。因为这样的一首诗歌依然还是语言，但却是没有可传达客体的语言，所以诗歌就带来了不谐和音的后果，而感知诗歌的人同时既受诗歌吸引又为诗歌而困惑。

面对着这些现象，读者必然会产生反常性(Abnormität)的印象。与此相应，现代的文学理论家的一个基本概念就是：惊奇、诧异。谁若想令人吃惊、制造诧异，他就必须使用反常的手法。当然，反常性是个危险的概念。它会造成这种假象，即存在一个超越时间的常态。反复出现的情况是，某个时代的“反常”者往往成为了下一个时代的常态，也即实现了与时代的同化。而这一点必然不适用于我们在这里要阐述的抒情诗。对于这类诗歌的创立者来说，就已经不再有这种情况发生了。兰波和马拉美不会再被一个数量较大的读者群所同化，直到今天都没有，尽管已经有多部关于他们的论著问世。不可同化性在最现代者那里也始终是一个常见特征。

我们想启发式地使用“反常性”这个名称，就如对“正常”的使用一

样。在不考虑历史条件的情况下我们将如此一类灵魂状态和意识状态设立为正常，这种灵魂或意识状态可以理解歌德或者霍夫曼斯塔尔的某个文本。这样就有可能更清楚地识别出当代抒情诗中那些如此远离以上那种方式的诗歌创作以至于必须被称为反常的现象。“反常”并不是价值判断，并不意味着“堕落”，这不论如何大力强调都不为过。不加批判地赞赏现代诗歌创作的人总是习惯于对其进行捍卫，以抵御市民的有限眼光，抵御学院品位与家庭趣味。这种做法是幼稚的，而且也完全误解了这些诗歌创作的动力，并且证明了他对欧洲三千年文学的无
知。现代诗歌（和艺术）并不是有意让人惊讶，也不是有意抵制。作为当 19
代一个持久不衰的现象，它有权得到人们的认识。但是读者也有权从早前的文学中获取他的评价标准，尽可能地将标准定高。我们放弃以这样的标准进行评价，但是我们不妨用这样的标准来描述和认识。

因为我们对如此一类诗歌也是有可能进行认识（Erkennen）的，这类诗歌首先期待的并不是被人理解，因为按照艾略特的话来说，它并不包含“让读者的某种习惯得以满足”的意义。艾略特接着说道：“因为一些诗人在面对这种意义的时候会感到不安，因为这种意义在他们来看是多余的，他们看到，诗歌的强度有可能产生于对这种意义的挣脱。”这样一类诗歌是完全可以认识、可以描述的，即使在其中有如此大的一种自由在发挥作用，以至于认识至多能够确认这种自由，却无法再理解这种自由所达致的内涵。更何况这些内涵（这又是艾略特的话）在其意味中是如此无边无际，甚至连诗人自己对其作品的意义也是所知有限的。对这类诗歌的认识将其费解或者不可理解的性质接受为其风格意志的首要特征。其他特征也可以一一确认。认识是可以对自己抱有些许希望的，因为它所指向的是历史条件，是诗学技巧，是最为迥异的作家所用语言中不容否定的共同之处。最后，认识是跟随这些文本的多义性的，它本身融入了文本试图在读者那里推进的过程，亦即继续创作、不可终结、走向开放的释义尝试的过程。

否定性范畴

要认识现代诗歌，首先面临的任务，是寻找范畴来描述现代诗歌。无从回避的一个事实，也是所有的批评都证实了的一个事实是，这里主要使用的是否定性范畴(negative Kategorien)。不过具有决定性意义的是，这些范畴不是用来贬低，而是用来定义的。的确，用来定义而不是用来贬低，这本身已经是现代诗歌从早前诗歌中脱离出来这一历史进程的一个后果。

20 在19世纪，诗歌中产生的变化也在诗歌创作理论和批评话语的概念上带来了相应的改变。在进入19世纪之前，部分也在19世纪开始之后，诗歌是位于社会的回音室(Schallraum)之内的，它被期待为对常见素材或境况的理想化塑造，即使在呈现邪魔之物时也应表现为救赎的安慰，而抒情诗本身虽然作为一种文体与其他文体相区分，但是绝没有凌驾于其他文体之上。之后诗歌却开始对立于一个忙于从经济上取得生活稳定性的社会，演变为对科学破解世界之谜、对公共领域丧失诗性的控诉；一个与传统的激烈分裂出现了；诗歌的原创性从诗人的反常性中获得辩护；诗歌表现为一种在自我内部往复的受难话语，这种受难不再追求救赎，而是追求精微的语词，而抒情诗就被确立为这种诗歌最纯粹、最高的表象，抒情诗开始与其他类型的文学对立，赋予了自己以下权力：可以无拘无束、毫无顾忌地诉说它从某个专断的幻想、某个延伸入无意识的内倾化、某次与空洞的超验性之间的游戏中获取的一切。这一转变在诗人和批评家用以言说抒情诗的范畴中反映得尤为确切。

此前的时代在对诗歌进行评价时主要是针对其内容质量，并且使用积极范畴来加以描述。从歌德的诗歌评论中我们可以找到这样的评价：适意、愉悦、内容丰足而情意协和；“一切大胆之举都屈从于一种合规律的节制”；灾难转化为福祉；平庸获得了升华；诗歌的善举就在于，

“它教人理解人类的状态是值得期许的”；诗歌具有“内在的欢快”，一
种“看待现实之物的幸福眼光”，将个人特性抬升为普遍人性。形式上
的质量则在于：词语的表意性（意义内涵），这是一种“凝练的语言”，该
语言“以沉静的谨慎和精确行事”，正确选用每一个词语而“无次选”。
席勒也使用类似的概念：诗歌带来高贵，给予感情以尊严，是“其客体
的理想化，若没有该理想化，诗歌就枉有诗歌之名”；诗歌会回避那些
违背“理想化的普遍性”的“罕见之物”（荒诞不经者）；诗歌的完美是以 21
一个欢快的灵魂为基础的，诗歌的美妙形式则是以“关联的持久性”为
基础的。因为这样的要求和评价是受其对象限制的，所以早前时代也
必须使用否定性范畴，但完全是为了进行判决：碎片式的、“混乱”的、
“图像的单纯堆积”、暗夜（而非光明）、“聪明的简略涂画”、“摇摆不定
的迷梦”、“颤抖的交织物”（格里尔帕策[1]语）。

而此时，对于另一种类型的诗歌创作也出现了另一类几乎完全否定的范畴，尤其日益增长的趋势是，该范畴不再指向内容，而偏于形式。在诺瓦利斯那里，这些范畴就不是在谴责的意义上，而是在描述甚至赞扬的意义上使用的：诗歌是建立在“有意为之的偶然产品”之上的；它“以偶然的、自由的链条”来表现所言之物；“一首诗越是个人化、地域化、限时化，它就越接近诗歌的中心”（需要注意的是，“限时化”之类在当时的美学中一般是指受到严格限制之物）。

在洛特雷阿蒙笔下，否定性范畴就已密集出现。他在 1870 年以其锐利眼光为他之后的诗歌勾画了一幅图像。尽管这一勾画——如果可以对这位隐藏在频频更换的面具后面的多变分子的心思略加揣测的话——旨在给出警告，然而令人吃惊的是，为其后的抒情诗也做了部分铺垫的他以如此一种方式刻画出了这类诗歌的特征，以至于他是否——也许——要阻止他所预见的发展趋势这个问题就无关紧要了。他的刻画如下：恐惧、困惑、贬损、怪相、特例与怪异的主导地位、晦暗

① Grillparzer，奥地利19世纪著名剧作家。——译注

不明、幻想纷扰、沉郁和阴暗、被最极端的对立撕扯、热衷于虚无。然后，紧随着这一类概念之流出现了：拉锯状。但是我们也在其他地方看到了这一拉锯[1]。艾吕雅的一首诗《恶》(1932 年)是由一些被损毁之物的图像堆积而成的，其第一行就是：“在这里那些门如同一把锯”。毕加索的许多幅画没有依据物象的必要性，而是通过陈列的几何形体展示出了一把锯或者仅仅是一把锯的锯齿；还有一幅画，其中曼陀铃的琴
22 弦呈现为与锯类似的形态。没有必要设想出某种影响。不妨将跨越这些时间间隔而出现的锯这一象征物看做最具意义的征兆之一，这征兆昭示的是自 19 世纪下半叶以来主导现代诗歌和艺术的结构强制力(Strukturzwang)。

在谈论当代抒情诗的德语、法语、西班牙语和英语文献中可以列举出更多的关键词。我们强调，这些词语都是用来描述，而不是用来贬责的。它们包括：方向丧失、通常物消解、秩序瓦解、内在统一性消失、碎片化倾向、可颠倒性、排列风格、去诗意化的诗歌、摧毁性闪电、切割性图像、粗暴的突兀、脱节、散焦观看法、间离化……最后还有一位西班牙评论家达摩索·阿隆索的话：“目前除了以否定性概念来指称我们的艺术之外，再没有别的有效手段了。”这句话写于 1932 年，也可以在 1955 年重复使用而不会对现实状况造成误解。

用这些概念来言说是可靠的。当然也有其他的概念。魏尔伦称兰波的诗句是“维吉尔式”的。但是拉辛的诗句也可以被称为维吉尔式的。肯定性的称谓只有模糊的近似值，而不能实现确切的表达，因为它回避了兰波作品在实际内容上和用词上的不谐和音。一位法国的批评家提到了艾吕雅诗作中“独特的美”。然而这一肯定性概念也迷失在了一系列完全否定的概念中，而这些否定性概念才显示出了那种“独特的美”的特征。在绘画的解释者那里我们也有相似的经验。他们称毕加

[1] 这个法语词scies也有“怪癖”、“烦扰”、“陈词滥调”之类的引申意义，在原文中所指的虽然首先是这些意义，但是随后却回到了其具象的意义上。

索画的一个脖子是“优雅”的。这个词是恰当的，但却没有体现出这个脖子特有的优雅之处，因为这是一个完全非现实形体的优雅，这个形体不再是人形，而是一个木质的拼接物。为什么批评家没有勇气将这一点也纳入那个优雅的定义中去呢？

这里出现的问题是，为什么在描述现代诗歌时用否定性范畴比用肯定性范畴更准确。这个问题是在追问这类抒情诗的历史性限定条件——是一个指向未来的问题。是不是所有这些诗人都已经比我们超前了这么多，以至于没有合适的概念可以追上他们，因而认知只能凭借那些消极概念作为应急手段？或者之前已经暗示过的可能性更切中肯綮，即现代诗歌创作的本质特点之一就是一种彻底的不可同化性？两者都有可能，但是我们不知道孰是孰非。只有反常性这一事实是可 23
以确定的。从反常性出发，必然要使用那些概念来对这反常性的元素作进一步的认识。哪怕是最热心的观察者，反常性也会将这些概念强加给他。

18世纪的理论先驱：卢梭和狄德罗

18 世纪下半叶，在欧洲各类文字作品中开始出现一些现象，从后代的抒情诗的角度来看，不妨将这些现象解释为它们的先驱。我们将仅仅通过卢梭和狄德罗来展示这一点。

卢梭在这里并不是作为从事国家设想和社会设计者，也不是作为沉醉于自然的道德激情主义者而得到考察的。或者说即使对于他的这一点有所涉及，也是因为贯穿他所有作品中的那种不可化解的张力在这一点上达到了极致。这是智识的敏锐与情感的激荡之间、逻辑推理思考上的天赋与对乌托邦情感的投入之间的张力——这是现代不谐和音的一种特殊情况。但是对于我们现在来说，更重要的是另外一些特点。

卢梭虽然是许多传统的继承者，但是对于他的心愿来说，这些传统都不再有约束力。就仿佛他想独自伫立，仅仅面对自己与自然。具有关键意义的正是这种意愿。卢梭开始着手建立历史的零点(Nullpunkt)。他通过自己的国家设想、社会设想和人生设想来贬低历史，对于这些设想来说，深入研究历史限定条件就已经是伪造。他以其孤立的姿态体现了现代与传统断裂的第一种极端形式。这种形式也是与周遭世界的一种决裂。人们习惯于将卢梭判断为心理疾病患者，作为迫害症的一个经典案例。这一判断是有所欠缺的，它不能解释，为什么他的时代和他以后的时代恰恰会赞赏他的孤立和他由此得到合法化的唯一性。绝对的自我在他这里以壮烈到费解的激情登场，推动了自我与社会之间的分裂。虽然这种分裂是在卢梭个人的病态条件下出现的，但是它显然也与该时代的一种已经超越个人的经验相关联。将
24 自己的反常看做自己使命的确证，如此坚信自我与世界必然不可妥协，以至于在这信念的基础上树立原则：宁可被人憎恨也不愿归于正常——这是一种自我阐释的模式，在其后一个世纪的诗人身上不难再次识别出这一模式。魏尔伦为这一模式找到了恰切的关键词：受贬斥的诗人(poètes maudits)。不被理解的自我因为他自己所引致的周遭世界的贬斥而痛苦，他退回到孤芳自赏的内心中去，这种痛苦和退却成为了一种骄傲的行为；贬斥带来了对优越感的诉求。

在他晚年的作品《一个孤独漫步者的遐想》中，卢梭成功地表达出了一种前理性的存在确定性。这种确定性的内容是一种梦中的迷蒙，这迷蒙从机械时间沉入了内心时间(innere Zeit)，内心时间不再区分过去与此刻、纷乱与适意、幻想与现实。内心时间的发现并不新鲜，塞内加、奥古斯丁、洛克和斯特恩都曾对此有过思考。但是卢梭投入内心时间的那种抒情诗式的强度，尤其是将这内心时间最终归于厌恨周遭世界的灵魂，对未来的诗歌创作都具有开拓性力量，而这力量是无法出自于前代对时间的哲学分析的。机械时间—时钟被感受为技术文明令人憎恨的标志(如波德莱尔及其后许多诗人，例如马查多等)，内心时

间构成了一种抒情诗的圣地，让其脱离了压挤人的现实。

消除幻想和现实之间的区别，这在卢梭作品中出现了多次。他在《新爱洛伊斯》中写道，只有幻想会带来幸福，但是实现幻想是幸福的死亡。“空想之乡是这个世界上唯一值得居住之地；人是如此无意义，只有那不存在的，才是美好的。”（VI，8）此外还出现了创造性幻想这个概念，创造性幻想的权力在于，以主体的现有力量造出并不存在之物，并且将其置于存在物之上（《忏悔录》，II，9）。这些句子对于未来诗歌创作的意义无论如何高估都不为过，虽然卢梭是从一种带有个人色彩的幸福感伤说出这些话的。如果去除了这种色彩，那么我们可以看到，这里的幻想被大胆地提升为一种能力，这种能力清楚自己的虚假性，但是仍愿意拥有这种虚假，因为它有如此的信念，即虚无——不过卢梭还 25
将其理解为道德上的无意义——杜绝了想象产品之外的精神生产，单单想象产品就能满足内心的发展需求。由此就没有必要以事实上和逻辑上的可靠性来测量幻想产物以使其远离单纯的空想了。幻想被绝对化了。我们将在19世纪再次碰到如此定义的幻想，在那里幻想锐化为专制性幻想，而且彻底摆脱了卢梭的感伤色彩。[1]

狄德罗也赋予了幻想一个独立的地位，并且让它可以仅仅以其自身来衡量。他的思路与卢梭有所不同。他的这些思考是与他对天才的解释相联系的，比如他以说教的方式在《拉摩的侄儿》中所作的解释，以及在《百科全书》的“天才”词条中所作的解释。在第一部作品中，他的解释导出了这一论点，即天才与非道德、社会实用才干的缺失与精神力量的强大常常结伴出现，也许必然结伴出现，对这一点必须予以

---

① 现代意义上的幻想与亚里士多德所指的关于幻想的希腊语概念之间有着重要的区别。对此，参看：Szilasi，《论想象力》（Über das Einbildungsvermögen. In: *Ideen und Formen. Festschrift für H. Friedrich*, Frankfurt a. M. 1964）——较新的幻想概念的发展史参见M. Eigeldinger的《卢梭与幻想现实》（*J.J. Rousseau et la réalité de l'imagination*. Neuchâtel 1962）。——当然不可忽视，大约从16世纪开始，幻想就获得了制造不存在之物或者联合在自然中本不在一起的事物的权力。但是这里指的是幻想构造神话的力量，而不是其制造幻象的力量，后者是从卢梭开始的。

确认，尽管不能加以解释。这种想法具有的勇气是非同寻常的。自从古典时期以来，将美学力量与认知及伦理力量划归为一的通常做法被取消了。艺术天才被赋予了一个独立的秩序。我们可以将这一论点与莱辛和康德所作的尝试进行一下对比，他们还试图将天才的超常性质联结在真与善的控管价值上。《百科全书》中的词条在大胆程度上也并不逊色。它虽然沿袭了一个较老的观点，即天才在于一种天然的幻想力，这种力量可以突破一切规则，但是从没有哪位先人有过这样的论述：天才有权变得野蛮，也有权犯错误；恰恰是他那惊人的、怪异的错误能点燃火花；他散播着发光的谬误；他随着他那如鹰一般高飞的思想而
26 去，他建起的房屋中是住不进理智的；他的创造是自由的联结，他热衷于此就如同一种诗歌创作；他的能力与其说是发现不如说是生产；所以，“真与假不再是天才的区分标准”。以上汇集的引文中多次使用了幻想这个概念。这是天才的引导力量。归于天才名下的，也就归属于幻想：这是一种精神强力的自我运动，对其质量的量度要依据其产生的图像尺度，依据其理念的作用暴力，依据一种无法限定于内容的纯粹动力，这种动力抛开了善与恶、真理与谬误之间的区别。从这里到后代诗歌中的专制性幻想，距离已小于一步之遥了。

从狄德罗的论述中还可以确定另一点。这主要是来自他对当时的绘画的批判性赏析，即《沙龙》系列。这些文字里充满了对一幅画的氛围价值的敏感体悟。它们展现出了作者对与主题无关的颜色及光线规律的崭新洞见。但更重要的是，对绘画的分析是与对诗歌的分析交织在一起的。这尚且与古老的教条有些许关联，这个教条一般都以（遭到误解的）贺拉斯的公式“诗如画”（ut pictura poesi）作为例证。[1]这里呈现出的，更多的是现代所特有的现象：对诗歌的思考和对造型艺术的思考之间的接近。这在波德莱尔那里会再度出现，而且延续至当代。在

① 对该公式的正确理解参见：Horatius Flaccus，《书信集》(*Epistulae ed. Kiessling-Heinze*, Berlin 1957)，第351页。

《沙龙》中形成了一种对诗歌进展状况的洞见，这在当时至多只有维科可以与之相比，但是狄德罗与这位意大利人并不相识。狄德罗看到，音调之于诗句，就如同颜色之于图画。他将两者之间的共同之处称为“节奏魔力”。这魔力比事实内容的精确更能深切地动人耳目、激起幻想。因为“清晰有损”，所以他才会呼吁：“诗人们，走向晦暗！”而这指的是，诗歌应该转向暗夜一般的、遥远的、悚然的、制造隐秘的对象。但是在狄德罗看来，诗歌首先还不是对对象的言说。它是以自由地创造隐喻为手段的感情运动，可以“将自己投入极端之物中”，极端的音调同样也 27
是它的手段。也就是说，这里表现出了一种将语言魔力置于语言内容之上、将图像动力置于图像含义之上的坚定做法。狄德罗在脱离对象限制上能走多远，体现在下面这句话中，它还显出试探的姿态，但已经让人震惊了：“物质材料中纯粹和抽象的方面并非没有一定的表达力”。对此，波德莱尔还会再次表述，不过其态度更坚定，而且以这种方式为诗歌创作的那种不妨称之为抽象诗歌（abstrakte Poesie）的现代性奠定了基础。

另外，狄德罗还发展出了一种理解的理论，总结起来就是：在理想状况下只存在作为自我理解的理解；与此相反，诗歌与读者之间的交流，由于语言在精确再现意义上的不足，绝不是这个意义上的理解，而是魔幻式的暗示。最后，狄德罗开启了对美这一概念的扩展。他尽管小心翼翼，但却大胆地尝试着将无序和混乱设想为可以得到审美表现的，而且将惊讶看做一种可行的艺术效果。

这一切都是闪现于如此一个头脑中的惊人的现代因素，这个头脑在奇思、预感和灵感上的丰富导致他常常被比作火与水的元素，被比作一座火山，还被比作普罗米修斯和蝾螈。当然，他的理念只是在他被遗忘之后才迎来了自己的时刻，因为这时他早已融入了他人的思想中。

诺瓦利斯论未来的诗歌

上文中以卢梭和狄德罗为例证所指出的对幻想和诗歌的新定义在德国、法国与英国的浪漫主义中得到了强化。从当时到19世纪中期及晚期的作家，这定义走过的路径是可以得到准确追溯的，也常常被人描述，在此就无需重复了。我们可以把论述限制为，将浪漫主义理论本身中出现的，同时也成为现代诗歌创作征候的那些最重要特征汇集起来。

28 这工作必须从诺瓦利斯开始。他自己的诗歌作品可以先搁置。他在《断片集》及《奥夫特丁根》的某几页中所写下的反思比其诗歌作品超前了不少。为了解释浪漫主义诗歌，这些反思段落构想出了一种未来诗歌的概念，而要认识这概念的所有意义，又只有以波德莱尔及至当代的诗歌实践来衡量它才行。

诺瓦利斯对于诗歌所说的，几乎全都是关于抒情诗的，抒情诗是作为“纯诗性者”显现的。诺瓦利斯将不可确定性和它与其他文学的无限距离算作它的本质特点。虽然他有时也将它称为“心绪的表达”，但是有一些句子则与之相反，将抒情诗主体解释为一个中性的被确定者，一个内心的整体，这个整体无法将自己归结为某个精确的感受。在诗歌行为中，“冷静的深思”获得了主导权。“诗人是纯粹的铁，坚硬如一块卵石。”在实物材料和精神材料中，抒情诗推动了异质之物的混合，让过渡之物闪闪发光。它是一种“对抗庸常生活的防护武器”。它的幻想享受着“将所有图像交错抛置”的自由。它是惯常世界的歌唱着的对立面，诗意的人在这惯常世界里是无法存活的，因为他们是“先知的、魔幻的人”。诗歌再次被等同于魔幻——这来自于最古老的传统，但却被置入一种“建构”与“代数”的新型结合，诺瓦利斯对他喜欢强调的诗歌特征就是如此称呼的。诗歌魔术是严厉的，是“幻想与思想力的统一”，是一种“操作”，就其作用而言与单纯的享受是截然不同的，那种享受现在就不再是诗歌的陪伴了。从魔术中，诺瓦利斯获得了“召唤”

(Beschwörung)这个概念。“每个词都是召唤”，是在呼唤和召引它所称述的事物。所以他才会说“幻想的魔力”以及“魔术师是诗人”，反之亦然。魔术师的权力就在于，他能强迫被施魔术者“以我所愿去看、去相信、去感觉某物”：专制性（生产性的）幻想。这是“精神最大的财富”，是不受“外部刺激”限制的。所以它的语言才是一种“自语”，是没有传达目的的。诗歌语言“就如数学公式；它们制造了一个自为的世界，只与自己本身游戏”。这样的语言是晦暗的，也是因为写诗者此时“无法理解自身”。因为在他来说重要的是“音乐性的灵魂关系”，是音调与张力 29
的序列，这些都无法再依托于词语的意义了。它也许还是追求一种理解的，但却是少数知情者的理解。这些知情者不再期待文学中“低等文体”的称谓，即“正确、清晰、纯粹、完整、秩序”。因为还有更高的称谓：和谐、悦耳。随之而来的则是语言与内涵之间坚定的现代决裂，决裂是为了凸显前者：“诗歌，单纯悦耳，但是却没有任何意义和关联，至多只有单个的诗节可以理解，仿佛充满了最不同事物的碎片。”语言魔术被允许将世界打碎以实现魔幻化。晦暗和不连贯成为了诗歌暗示的前提。“诗人需要词语就如同需要琴键”，他掀动了词语中不为日常言谈所知晓的力量；马拉美谈到过“词语钢琴”。针对“将其存储放置在一个可以轻易把握的秩序中”的前代诗歌，诺瓦利斯写道：“我几乎想说，每篇诗作中都必须闪现出混乱。”新的诗歌创作造成了全面的“异化”，为的是将人引向“更高的家园”。它的“操作”就在于，如何像“采用数学方式的分析家”那样从已知中推出未知来。诗歌创作从主题上来看依从偶然，从方法上来看依从代数学的抽象，这种抽象与“童话的抽象”相通，都摆脱了因“太过清晰”而受损的惯常世界。

中性的内心性取代了心绪、幻想取代了现实、世界碎片取代了世界统一体、异质物的混合、混乱、晦暗和语言魔术的魅力，还有可以与数学相类比的、让熟悉者异化的冷静操作：这正是波德莱尔的诗歌理论，是兰波、马拉美和今天诗人的抒情诗作品置身其间的结构。这一结构始终是透明可见的，即使当它的单个组成部分后来发生了推移或者得到了补充，也是如此。

上述一切还可以用弗里德里希·施莱格尔的话来补充。弗·施莱格尔谈到了美与真、善的分离，谈到了混乱的诗学必要性，谈到了“异常和古怪”作为诗歌原创性的前提。诺瓦利斯和弗·施莱格尔的作品在法国得到了传阅，激发了法国浪漫主义的主导思想。

30 我们对于后者要稍作关注。它将以上描述的一切传给了波德莱尔，亦即传给了现代性的第一位伟大抒情诗人，他同时也是欧洲第一位在现代抒情诗及艺术思考方面具有决定性的理论家。

法国的浪漫主义

在 19 世纪中期，作为一种文学热潮的法国浪漫主义消退了。但是它仍然是其后各代人的精神命运，对于那些自以为已将其清除并且引入了其他潮流的人来说也是如此。浪漫主义中的那些过分逾矩之物，那些作态、浮华和急剧衰竭的庸俗之处都没落了。但是它为这个世纪下半叶那些实行了变革、日益去浪漫化的意识状态提供了表达工具。在它的和谐之中隐含着未来的不谐和音。

波德莱尔在 1859 年写道：“浪漫主义是一种天国的或者魔鬼的赐予，有赖于它，我们有了永恒的伤痕。”（第 797 页）这句话准确地指出了这一事实，即浪漫主义即使在灭亡之时也给其后来者打上了烙印。那些后来者掀起反对它的革命，因为他们为它的迷魅所困。现代诗歌创作是去浪漫化的浪漫主义。

苦涩、灰暗、阴郁是浪漫主义者强制性的，但却一贯具有的基本体验。对于古典时代[1]和后古典时代直至 18 世纪的生活文化来说，欢乐是展示社会精英中有智慧者、有信仰者、骑士、廷臣和有教养者达到了完满的灵魂峰值。悲伤如果不是暂时性的，就被视为消极价值，在神学

① 指古希腊罗马。——译注

家眼中就是罪。自18世纪前浪漫主义的受苦情绪开始，这一关系发生了逆转。欢乐和欣喜从文学中消失了。忧郁多愁和厌世感伤取代了它们的位置。这两者都不需要缘由，它们从自身中获取滋养，成为了灵魂的高贵表达。浪漫主义者夏多布里昂发现了无对象的忧伤，将“悲伤与恐惧的学问”抬升为艺术的目标，并且将灵魂的分裂状态解释为基督教的赐福。他自诩为文化上的迟来时代的成员。颓废意识扩散开来，作为反常刺激的来源而得到享用。毁灭性的、病态的、犯罪的内容在让人感兴趣之物中获得了地位。在维尼的一首诗《牧羊人之屋》中，抒情诗 31
成了对技术带来的、威胁灵魂的危险的哀叹。虚无的概念开始发挥其作用。缪塞是虚无的第一个代言人，他是在一种经验范围内部抒写虚无的，在这里，充满幻想的青年被拿破仑点燃了激情，撞上了毫无激情的职业世界，而目睹着这两者，幻想和职业陷入了无意义、乏味、沉默和虚无。“我相信虚无，正如我相信我自己，”他如此写道。忧伤和哀叹最终转化为了对悚然之物的恐惧。奈瓦尔的一首诗有个与其内容不相称的标题“黄金诗句”(1845年)，诗中将人与非人等同为一，其中一句诗是:“害怕那盲目的墙中的一束/窥望你的目光。”我们将看到，这所有的情绪如何在波德莱尔笔下得以延续——和改变。

法国浪漫主义追随着德意志的先例——在这些先例中柏拉图的传统黯然失色——也将诗人解释为不被人理解的先知、神圣艺术的牧师。诗人构成了一个反对市民读者的党派，最终变成了彼此对立的诸多党派。斯塔尔夫人在1801年还在使用的公式，即文学是社会的表达，失去了其意义。文学重复了革命对既存社会的反抗，成为了反对派文学或者一种“未来”文学，最终成为了一种疏离的文学，因其孤独而日益骄傲。卢梭建立在反常性基础上的独特性模式成为了这一代人——及其后代人——具有规划性的模式。

确定无疑的是，诗人的自我圣化，真实的或操演出的对痛苦、忧伤、世界虚无的体验，释放出了有利于抒情诗的力量。法国抒情诗在浪漫主义中达到了繁荣，在经历了之前三个世纪的光辉之后又获得了一次新的充实。这一时期的抒情诗有许多伟大之处，即使没有达到凌驾全欧洲的高度。推动它发展的是四处，包括在法国都在宣扬的思想，即诗歌是人类的原初语言，是全然主体的全然语言，对于这种语言来说，材料之间是没有界限的，宗教热情和诗歌热情之间也是没有界限的。法国的浪漫主义抒情诗具有内部经验的广度和微妙，包含了来自南
32 方、东方和异国风情的创造性刺激，带来了让人心醉神迷的自然诗歌和爱情诗歌，掌握了精湛的诗歌艺术。它是闪闪发光的，是面目多样的，是极度丰产的，在维克多·雨果笔下是雄辩的，在他那里，静默的私密场景与饱含幻想的图像同样出色。对于缪塞来说，抒情诗是愤世嫉俗和痛苦体验的混合物，对于拉马丁来说——在某些诗作中——是一种纯粹的音调，他自己对此都说过，这音调如天鹅绒一样柔软。

对现代性来说影响深远的诗歌创作，就其语言来看，也从此处开始，尤其是对词语本身中的律动的把捉。雨果不仅使用了这种方法，而且还借许多前人为先驱说明了其理由。在《沉思集》中的一个著名段落里，我们可以读到：词语是一种有生命之物，比使用词语的人更加强大；它来自于晦暗，创造了它所想要的意义；它本身是——而且不仅仅是——外部的思想、观看、感情所期待之物，是颜色、暗夜、欢乐、梦幻、苦涩、海洋、无限；它是上帝的逻各斯。这一段话，正如狄德罗的试探性论述和诺瓦利斯的坚定话语一样，是人们试图理解马拉美关于语言原创力的思想时必然会联想到的；当然，就其严谨性而言，马拉美已经与雨果那迷乱的陶醉相距甚远了。

关于怪诞与碎片的理论

同样具有深远影响的还有关于怪诞(Groteske)的理论。狄德罗在《拉摩的侄儿》中已经围绕这个话题作了论述。雨果在他的《克伦威尔》(1827 年)前言中将这一理论发展成为了戏剧理论的一部分。这也许是

法国所创造的浪漫主义理念财富最重要的贡献了。这一理论的根源，估计是出自施莱格尔关于谐趣和反讽的表述，属于这个范围的概念还有：混乱、变动不居、碎片化、滑稽。其中许多细节都显示出了原创性，是这位当时二十五岁的诗人脑中的吉光片羽，当然不可以苛求他对其有过深思熟虑。但这都是预先出现的现代性征候。

“怪诞”起初是一种绘画术语，用来描述一幅绘画的涡卷形花饰上 33
大多具有幻想色彩的装饰性题材。自 17 世纪以来，其意义发生了扩展，渐渐涵盖了所有领域中古怪、滑稽、变形、特异之物。在雨果这里就是如此，他当然是受到了施莱格尔的启发。然而他还将丑陋也囊括了进来。他的怪诞理论向着对美与丑的拉平又迈进了一步，不过是相当有活力的一步。在此之前不受认可的、只允许在低等文学类型和造型艺术边缘地带出现的内容被提升到一种形而上的表达价值。雨果是从如此一个世界的概念出发的，这个世界就其本质而言分裂成了种种对立面，只有借助这种分裂状态才能作为更高的统一体存在。这在他之前就常常被人论说了，是一个古典的思想。但是他却以新的方式强调了丑的作用。丑不再仅仅是美的对立面，而具有了自我价值。在艺术作品中，它作为怪诞，作为未完成的、未确定的造型出现。但是未完成状态“是形成和谐的恰当手段”。可以看到，不和谐的概念是如何在这个意义发生了推移的“和谐”背后凸显的：碎片的不和谐。怪诞要让我们摆脱美的束缚，要以其“刺耳的声音”扫除美的单调。它反映出了人的兽性层面和更高层面之间的不谐和音。它将表象打破为碎片，以此表现出，“伟大的整体”只能被我们作为碎片来感知，因为“整体”是无法与人相协同的。哪一个整体？具有特别意义的是，对此并没有答案，或者答案是含糊不清的。也许这指的是，正如雨果所信仰的，基督教意义上的整体——是一种空洞的超验性。只有怪诞的丑脸中包含的整体碎片对他来说才是存在的，而这些丑脸本身与欢笑再没有什么关系。经过如此解释的怪诞，其欢笑就让位于冷笑或战栗。笑脸变成了怪相、挑衅性的激奋和一种不安的挑动手段，现代的灵魂所追求的更多是这种不安而不是放松。

这些就是短短几年之后在戈蒂埃那里又会看到的浪漫主义理论。它们属于波德莱尔所说的伤痕。它们所指出的道路上将会出现魏尔伦的诙谐诗、兰波和科比埃尔的怪相诗、超现实主义者及其先驱洛特雷
34 阿蒙的"黑色幽默"，最后则是最现代者的荒诞。这一切都服务于那个晦暗的目标，即通过不谐和音和碎片来暗示一种超验性，这超验性的和谐感和整体性再没有人能够感知到。

二 波德莱尔

现代性的诗人

法国抒情诗因波德莱尔的出现而成为一个欧洲事件。它自此以后对德国、英国、意大利和西班牙的影响便可以说明这一点。在法国本土很快展现出如此景象：出自波德莱尔的诸多流派具有了比出自浪漫主义者的更独特、更激荡人心的性质。这也是贯穿兰波、魏尔伦和马拉美诗作的潮流。马拉美就曾坦言，他是从波德莱尔必须止步处开始的。在其生命将尽之际，瓦莱里还指出了从波德莱尔到他自己有一条直接联系的纽带。英国人艾略特称波德莱尔为“以某种语言写成的现代诗歌之最伟大范例”。科克托在 1945 年写道：“在他的种种怪相背后，他的目光缓缓地向我们游移而来，如同恒星之光。”

在众多此类表述中，常常提到“现代性”的诗人。对于这一点完全可以直接予以确证。因为波德莱尔是这一词汇的创始者。他在 1859 年使用过它为自己的崭新特性辩解，但是他尤其需要用它来表达现代艺术家的特殊之处：那是如此一种能力，在大城市的荒漠里不仅仅看到人类的堕落，也嗅到迄今未曾发现的、充满神秘的美（第 891 页等）。波德莱尔独有的问题即在于，在商业化和技术化的文明中，诗歌如何成为可能。他的诗歌展示了这种道路，他的散文则从理论上详尽探讨了这一道路。这一道路所通向的，是对现实的庸常保持尽可能大的距离，也即通向一种神秘者的区域。然而现实文明的刺激材料仍然被引入了这一区域，经过诗歌化而具备了激荡能力。这就是现代诗歌的序幕，是现代诗歌既具有腐蚀性又具有魔力的基质。

波德莱尔的基本特质之一是其严格的精神追求和其明澈的艺术自觉。他将诗歌上的天才与批判性的智慧结合了起来。他对诗歌创作
36 过程的洞见与其诗歌创作本身并列于同一级别，在许多时候甚至先于创作本身，正与诺瓦利斯的情况相同。这些洞见对于后世的影响也超过了其诗歌的影响。它们记录在论文集《美学珍玩》和《浪漫派的艺术》(两者都是在其身后于 1868 年出版的)中。两者中保留的释义说明与纲领阐述不仅仅来自对同时代文学作品的观察，也来自对绘画和音乐作品的观察。在更高一级阶梯上，在狄德罗那里已经呈现的事实又再度出现了，即出于新目的而对诗歌创作进行的思考借用了其他艺术门类的论据。然而这些论文往往还扩展至对时代的意识，乃至对整个现代性的分析，因为波德莱尔将诗歌创作和艺术理解为对时代命运的塑形式领会。马拉美将来迈出的一步在这里已经初显雏形，这一步迈向的就是本体论诗歌创作和以本体论为依据的诗歌理论。

去个人化

许多研究在揭示波德莱尔和浪漫主义之间的关系方面已经取得了不小成就。但是我们在这里只谈他的独特性质，这种特质让他得以将浪漫主义遗产转变为一种催生了后代抒情诗的创作和思考。

《恶之花》(1857 年)不是自白式抒情诗，不是私人状态的日记，尽管它记下了一位孤独、寡欢、受病之人的痛苦。波德莱尔与维克多•雨果相反，没有为自己的任何一首诗记下创作日期。在他特有的主题中没有什么是可以通过生平事迹阐明的。现代抒情诗的去个人化从波德莱尔开始，这至少在以下意义上是成立的，即抒情诗的语词不再出自诗歌创作和经验个人之间的统一，这种语词也正是浪漫主义者所追求

的，是区别于之前多个世纪的抒情诗的。而波德莱尔对此所作的表述，如何重视都不为过。他的表述是承接着爱伦•坡的类似表述的，这样说丝毫不会贬低这些表述，反而将其放置在了正确的族系中。

在法国之外，坡是最坚决地将抒情诗与个体心灵分开的。他作为抒情主体渴求一种热烈的激奋(Erregung)，但是这种激奋与个人的激情无关，与"心灵的沉醉"(the intoxication of the heart)无关。毋宁说，他的激奋指的是一种内涵广泛的心境（eine umfassende Gestimmtheit)，他聊将其称为灵魂，但是每次如此称呼时都加上了"而非心灵"。波德莱 37
尔照搬了这种区分，而且用自己的表达方式进行了修改。"心灵的感受能力对于诗歌工作来说是不利的"，这与"幻想的感受能力"相反(第1031页等)。在这里要注意的是，波德莱尔将幻想理解为一种由智识来导引的操作；这一点后文中还将提到。这种理解为上述的引文提供了必要的明鉴。引文中要求为了一种目光敏锐的幻想而离弃所有个人的感伤情调，前者与后者相比，能以更好的方式胜任更艰难的任务。波德莱尔曾经将这样的格言加诸诗人："我的任务是与人无涉的。"(第1044页)在一封信中他谈到了"我诗作中有意为之的非个人化"，这指的是，他的诗作能够表达出人类所有可能的意识状态，尤其是偏于极端的状态。其中有眼泪？是的，但是那些是"并非出自心灵"的眼泪。波德莱尔所为之辩护的，是诗歌化解个人心灵的能力。他的辩护还是试探性的，更多时候还包裹着先前的观念。然而这种辩护让人识别出了从个人的化解到抒情主体的去人性化这一具有历史强制性的未来发展途径。无论如何，在他这里已经出现了去个人化，这种去个人化之后会被艾略特和其他诗人解释为诗歌创作之精确性和有效性的前提条件。

《恶之花》中几乎所有的诗都以"我"来发言。波德莱尔是一个完全向自己躬身的人。然而这种自我指涉，在他写诗时，几乎从不看向他的那个经验自我。他写关于自我的诗，是将自己看做现代性的受苦者。现代性就如同施加在他身上的魔咒。他所受之苦不仅仅是他自己的，这他说得已经足够多了。具有典型特点的是，他个人生命的其他内容，那些尚还附着在他的诗歌上的内容，都是语焉不详的。像维克多•雨果那样为了自己某个孩子的死而写下的诗句，他从来没有写过。他以一种方法上严苛的彻底性巡视了自身内部在现代性压迫下形成的各个阶段：恐惧，身陷绝境，面对自己一心热烈渴求却逃逸入虚空的理想状态时的崩溃。他叙说着自己着魔般承受这种命运的痴迷。“着魔”和“命运”是他的两个关键词。另外一个关键词是“集中”，此外还有“自我的
38 中心化。”他将爱默生的话化为己用：“英雄就是那成为中心而不可移动者”。与此对立的概念是“化解”和“卖身”(Prostitution)。后一个词——源自18世纪法国的光明会(Illuminaten)——指的是献出自己，是对精神命运的违禁脱离，是向他者的逃遁，是以消散方式进行的背叛。这些是波德莱尔所强调的现代文明的征候，是他自己努力抵御的危险——他是“凭自身禀赋之命运而成的大师”(第676页)，所凭借的是对一种自我的专注，这种自我已经清除了个人的偶然性。

集中与对形式的意识；抒情诗和数学

《恶之花》全书贯注着一种主题脉络，这种脉络使其成为一种集中的有机体。甚至可以说是一个体系，尤其是诸多散文、日记还包括一些书信都体现了对这些主题的深思熟虑。这些主题为数不多。而令人惊讶的是，它们出现得如此之早，在1840年代已经有所崭露。直到《恶之花》的出版，以至直到他去世，波德莱尔几乎没有迈出过这些主题的范围。他更倾向于对早年的谋划加以改进，而不愿写一首新的诗。这不免让人看做一种不育性。实际上这是集中所造成的丰产性，这种集中让已经获得的突破口向深处延展和加固。它激发了追求艺术完满的意志，因为只有在形式成熟时，言说的内容才能确保其超个人性。波德莱尔的这几个主题可以理解为一种基本张力的载体、变式和变形，这张力我们可以简约地描述为撒旦主义和理想状态之间的张力。这种张力

始终无法化解。但是它在整体上具有秩序和逻辑性，这也是每首具体的诗所具有的。

未来的抒情诗所走的两条路径在这里还是一体的。这不可化解的张力在兰波那里会强化为绝对的不谐和音，但是也毁坏了所有的秩序和内在统一性。马拉美也会使这种张力尖锐化，会将这种张力移置到其他主题上，从而又创造了一种与波德莱尔类似的秩序，不过这种秩序随后又会退入一种新的意义晦暗的语言中去。

通过其诗歌创作在主题上的集中，波德莱尔实现了不陷入“心灵 39
的沉醉”的意图。这种沉醉可以在诗歌中出现，但是它还不是诗歌本身，而只是素材。导向纯粹诗歌创作的行动叫工作(Arbeit)，是有计划地建立起一座建筑，是对语言脉动的操作。波德莱尔多次提醒人注意，《恶之花》无意成为一种单纯的纪念册，而是要成为一个有开端、分段的进展和结局的整体。此言不虚。就内容上看，它包括了绝望、麻木、跃入非现实的高烧般的激越、对死亡的渴求、病态的刺激游戏，但是这些消极的内容尚且还能被一种经过深思熟虑的布局所围住。除了彼特拉克的《歌集》、歌德的《西东合集》和纪廉的《歌谣集》之外，《恶之花》是欧洲抒情诗中建筑构造最严格的诗集。波德莱尔如此来编制在《恶之花》首次出版之后所添加的一切，以至于这一切添加物都被安置于他在 1845 年就已经设计好并且在第一版中扩建好的框架里，这也是他在通信中承认过的。在第一版中，甚至连数字布局的旧有惯例都发挥了一定作用。其中包含了五组诗歌，共一百首。这又是形式构造意志的一个表征。确定的是，这其中表现出了罗曼语系中一种普遍的形式追求。此外，在其诗歌中可以辨认出基督教思想的遗存，这也让人不禁推测，在其精细得惊人的形式结构中有中世纪盛期的象征手法的回音，这种手法习惯以形式布局来反映神创宇宙的秩序。

波德莱尔在接下来的版次中又放弃了与数字相符的圆整，但是却加强了内部的秩序。要辨认出这秩序并不难。在提前预告整部作品的开篇诗之后，第一组诗《忧郁和理想》(*Spleen et Idéal*)体现了腾跃与坠落之间的反差。接下来的一组《巴黎风貌》(*Tableaux Parisiens*)展示了逃入大城市的外部世界中的尝试，第三组《酒》(*Le Vin*)表现出的是尝试进入艺术天堂的突破之举。这个天堂也没有带来安宁。所以随后是对摧毁者的全然着迷：这是第四组诗的内容，正如诗集总标题所示(《恶之花》)。这一切的后果就是第五组诗《反抗》(*Révolte*)中对上帝的嘲讽式叛乱。最后的尝试就只剩下了在死亡中，在绝对陌生者中得到安宁：所以这部作品就在最后一组，第六组诗歌《死亡》(*La Mort*)中结束了。
40 然而这一建构计划也表现在了单组诗的内部，作为诗歌的一种辩证式顺序。这一点无需在此展示。因为本质特点是从整体中得出的。这是一种动荡的秩序结构，其线路在其自身中变换。在整个进展中这结构勾画出一个自上而下的曲线。结局是最深的那一点。它叫“深渊”，因为只有在深渊中还有希望，见到“新”者。哪一种新？深渊的希望对此缄口无言。

波德莱尔是将《恶之花》作为一个建筑来编排的，这证明了他与浪漫主义的距离，后者的抒情诗集只是单纯的汇集，在编排上的随意性再现出了他们灵感的偶然性。另外，这也证明了形式的力量在他的诗歌创作中所起的作用。形式力量的意义远远超过修饰，远远超出适度的维护。它们是拯救的手段，是诗人在极度不安的精神状态下极力寻找的。诗人们历来就明白，忧愁只有在歌吟中才会冰释。这便是通过将痛苦转化为高度形式化的语言而使痛苦净化(Katharsis)的识见。但是直到19世纪，当有目的的受苦转化为了无目的的受苦，转化为了荒芜，最终转化为了虚无时，形式才如此突出地成为了拯救，尽管作为封闭体和静立物，它与其不安宁的内涵构成了不谐和音。我们再次遇到了现代诗歌的一种基本的不谐和音。正如诗歌要与心灵相分离，形式也与内容相分离了。形式的拯救只是语言上的拯救，而内容始终还是无法化解的。

波德莱尔常常直言这种通过形式获得的拯救。他有一段话就提到了这一点，这段话使用的惯用词语表面上看起来并无冲击力，但是其意义却颇具挑衅性："艺术的神奇特权就在于，可怕之物经过艺术性的表述，会成为美；节奏化了的、分段表述出的痛苦能让头脑充满一种宁静的欢乐。"(第1040页)这些话尚且遮盖了在波德莱尔笔下已经出现的现象，即追求形式的意志所占的分量超过了单纯表达的意志。但是这些话展示了他通过形式追求安定的渴望有多强烈——这也就是对"形式的拯救之环"的渴望，正如后来纪廉的一句诗所说的那样(387，第263页)。波德莱尔在另一处还说道："很显然，格律的规则并不是随意发明出的专制暴政。它们是精神有机体本身所要求的规则。它们从
来没有阻止原创实现自身。反过来说要正确得多：它们始终都在帮助 41
原创走向成熟。"(第799页)斯特拉文斯基在他的《音乐诗学》里就将这一段话作为论述基础。这段话的思想在马拉美和瓦莱里那里得到了重复——不仅仅是因为波德莱尔证实了浪漫主义对形式的意识，而且还因为他可以支撑某些现代派所青睐的创作实践，在这些实践中，押韵的成法、诗句音节的数量、诗节的构成都被用做工具来切入语言，刺激语言做出反应，这些反应是诗歌的内容设计无法带来的。

波德莱尔曾经赞扬过杜米埃，说他能够以精确的明晰感表达低下、庸俗和颓败之物。这样的赞扬也可以用在他自己的诗歌上。这些诗歌将致命性与精确性结合起来，由此成为了未来抒情诗的前奏。诺瓦利斯和坡让计算(Calcul)这个概念进入了诗歌创作理论。波德莱尔承接了这一概念。"美是理智与计算的产物，"他在对人工造物(即工艺品)相对于纯粹自然之物所具有的优先地位进行他特有的解释时如此写道。(第911页)就连灵感在他看来也是简单的自然，是不纯净的主体性。如果作为诗歌创作的唯一推动力，灵感同样可以导致不精确和心灵的迷醉。它作为之前艺术工作的酬劳才是让人乐见的，这样的工作则具有一种必修功课的地位；这时灵感就获得了优雅，正如一个"在

暗地里跌打骨折了上千遍才登台为观众表演”的舞者(第1133页)。波德莱尔认为诗歌创作活动包含着对智识和意愿层面的高度参与,这种参与是不容忽视的。正如诺瓦利斯所说的,这些思虑会伴以数学的概念。为了标明风格的恰切性,波德莱尔将风格比作“数学的奇迹”。这一隐喻包含着“数学般的精确”这一评价值。这一切都源自于坡,他说出了诗歌创作任务与“一道数学题的严密逻辑”之间的亲似性。这一点将通过马拉美影响后世直至我们今天的诗学观。

42 末世感和现代性

在主题内容上也可以看到让波德莱尔与浪漫主义相分离的那种转折。他从浪漫主义那里所继承的——为数不少——被他如此改造为一种艰苦的体验,以至于与他相比,浪漫主义者形同游戏者。他们深化着自启蒙晚期以来再度扩展开的(既来自古典时代又包含基督教根源的)末世论,按照他们的理论,他们自己的时代被看做末世。但是这主要还是一种气氛,在文化的夕阳余晖中获取的色彩之美让其失去了毒性。波德莱尔也将自己和他的时代归于末世,但是是通过其他的图像和刺激来表现的。自18世纪以来直至我们当代遍布欧洲的末世论意识在波德莱尔笔下成为了受到悚惧也让人悚惧的敏锐识见。1862年他的诗歌《浪漫派的夕阳》问世。这首诗包含了光与火逐渐减弱的过程,这一过程一直过渡至冰冷的深夜和对泥沼恶虫的恐惧。这样的象征是不容误解的。它指向的是最终的晦暗,它喻示了即使在颓败时仍可能拥有的灵魂深处对自己的信赖也遭丧失。波德莱尔知道,一种与时代命运相符的诗歌只有通过把握暗夜之物和反常之物才能获得:这是唯一一处让自我异化的灵魂还能写诗并逃脱“进步”之平庸的处所,末世正是以这“进步”为伪装的。他顺理成章地将自己的《恶之花》称为“末世缪斯的刺耳产物”。

他以一种完全不同于浪漫主义者的规模彻底思考了现代性的概

念。这是一个非常复杂的概念。从消极方面来看，它指的是没有植物的
大都市及其丑陋、其沥青路、其人工照明、其砖石峡谷、其罪孽、其人群
中的孤独所组成的世界。另外它也指蒸汽动力和电力技术与进步的时
代。波德莱尔将进步定义为"灵魂的日渐消瘦，物质的逐渐掌权"（第
766 页，与第一版有所出入），在另一处将其定义为"精神的萎缩"（第
1203 页）。我们听到了他对海报、报纸、"拉平一切的民主运动高涨的洪
流"的"无限厌恶"。这也是司汤达、托克维尔和稍晚的福楼拜曾经说过 43
的。然而波德莱尔的现代性概念还有另一个方面。这个概念是充满不
谐和音的，同时从消极之物中制造出了一种让人着迷之物。贫穷、堕
落、邪恶、暗夜、人造物都提供了被当做诗来感受的刺激材料。这些材
料包含着将诗歌创作引向新路的秘密。波德莱尔在大城市的废弃物中
嗅到了一种神秘。他的抒情诗将这种神秘展示为磷火的闪光。而且他
还肯定所有摒除自然以建立人工造物的绝对王国的效用。因为城市的
立方形石林是无自然的，所以虽然它们组成了邪恶之所，却归依于精
神的自由，是纯粹精神的无机景象。这样的辩护理由在后代诗人中只
是零碎地重现。但是甚至 20 世纪的抒情诗都还在大城市之上燃烧着
波德莱尔发现的神秘磷火。

就波德莱尔自己而言，充满不谐和音的大城市图像是高度聚合的。这些图像将煤气灯与夜空相连，让花香与焦油的气味并列，充溢着享乐与哀怨，又凭借他的诗句那巨大的振幅使这两者形成对比。这些图像来自于平庸，就如同毒药采自于毒草，通过抒情诗的改造，成为了反对"平庸之恶"的手段。不堪之物与音调的高贵相结合，获得了那种他用以称赞坡的"电流般的悚栗"(frisson galvanique)。积着灰尘、留着雨的痕迹的窗户，模糊不清的灰色房宇，毒药般的金属绿，在肮脏污渍和妓女兽一般的沉睡中到来的晨曦——公共汽车的轰鸣，没有嘴唇的面孔，年迈的女人，铁皮交鸣，浸透苦汁的眼珠，已经走味的香水：这是他的诗歌"电流般的"现代性的一些内容。在艾略特那里，这些内容还

依然鲜活。

丑陋的美学

波德莱尔常常说到美。然而在他的抒情诗里，美在于格律的形式和语言的颤动。他的描写对象不再与旧有的美的概念相合。波德莱尔
44 使用了颠倒性的、悖论式的补充，让美具有了一种侵略性的刺激，就有了“疏离化的风味”。为了让这美免受平庸的侵害，为了挑衅平庸的趣味，这美就应当是怪异(bizarr)的。“纯净与怪异”正是他对美的定义之一。但是他也直截了当地希望刻画丑陋，将其作为新登场的隐秘的对应物，作为上升至理想状态的突破口。“诗人从丑陋中唤醒了一种新的魔力。”(第1114页)畸形之物引起了惊讶，而这是面对“未曾预料的攻击”时感到的惊讶。反常性以前所未有的激烈程度出现，成为了现代诗歌创作的意旨所在，这种反常性的存在理由之一也是：以刺激性反抗平庸和习见。在波德莱尔看来，习见也包含在旧有风格的美中。新的“美”可以与丑陋同时出现，它通过纳入平庸并将平庸改造成怪异，通过“让惊悚之物与愚笨之物结合”——正如波德莱尔在一封信中所说的——制造了不安。

自施莱格尔的“超验性诙谐”(transzendentale Bouffonnerie)和雨果的怪诞理论以来声名渐广的理念在这里得到了强化。波德莱尔对坡的书名《怪诞故事与阿拉贝斯克风格故事》(1840年)表示了赞同。“因为怪诞和阿拉贝斯克背弃了人的面容。”在波德莱尔笔下，怪诞也不再是逗趣之物。他对“平白的滑稽”感到厌烦，赞扬杜米埃漫画中“血腥的愚人游戏”，发展出了一种“绝对滑稽的形而上学”，将怪诞看做理想状态与魔鬼之物的碰撞，将怪诞加以扩展，添加了一个影响后世的概念：荒诞(das Absurde)(第710页等)。他独有的体验，同时也是整个人类的体验，即被撕扯在狂喜与坠落之间，是他从“荒诞的法则”中引申出来的(第438页)。这是人类在“以笑来表达痛苦”时所必需的法则。波德莱

尔谈到了“对荒诞的辩护”,赞美梦,因为梦让现实中不可能之事“获得了荒诞的可怕逻辑”。荒诞成为了向非现实世界的眺望,而波德莱尔及其后代诗人力争进入这个世界以挣脱现实的挤压。

“刻意挑衅的贵族式消遣” 45

需要这些概念为自己辩护的诗歌创作挑衅读者，或者脱离读者。伴随卢梭出现的作者和读者之间的裂缝在浪漫主义中导致了孤独诗人所钟爱的、尚且以优美旋律来处理的主题。波德莱尔以更尖锐的声调拾起了这个主题。他为它添加了那种从此成为欧洲诗歌与艺术特有标志的侵略性戏剧感——甚至在其惊吓意图并没有特地以原则的方式加以宣明时,这种戏剧感也足以通过其作品本身表现出来。波德莱尔尚且还有这样的原则。他谈到了“刻意挑衅的贵族式消遣”,将《恶之花》称为“充满激情的反抗乐趣”和一种“仇恨的产物”,乐于看到诗歌造成一种“神经惊吓”,乐于让读者迷惑,并不再被读者所理解。“诗歌创作的意识,曾经是欢乐的不尽源泉,现在已经成了取之不竭的折磨工具库。”(第 519 页)这一切都不再只是对浪漫主义格调的模仿。诗歌内部的不谐和音也就顺理成章地成为了作品与读者之间的不谐和音。

遭毁弃的基督教

对于那种内部的不谐和音,这里无需详细讲述。需要说明的只是上文已经有所涉及的撒旦主义与理想状态之间的总体不谐和音。对此进行说明是有必要的，因为在这一点上出现了后代抒情诗的内涵特征,这种特征我们可以称之为空洞的理想状态。

“要看透一个诗人的灵魂，就必须在他的作品中搜寻那些最常出现的词。这样的词会透露出是什么让他心驰神往。”(第 1111 页)波德莱尔的这两句话包含了一种出色的阐释原则。这种原则也可以用在波德莱尔自己身上。他的精神世界之严整,这世界中为数不多却集中的主题之恒定让人得以从最常见的词语中读出这世界的焦点所在。这是一些关键词。很容易将它们分为两个对立的词群。一边是:晦暗、深渊、恐
46 惧、荒芜、沙漠、牢狱、寒冷、黑色、腐坏……另一边是:激扬、蔚蓝、天空、理想、光亮、纯洁……几乎每一首诗都贯穿着这两个词群激起的对照。这种对照往往被压缩在最小的空间之内,成为了语词中的不谐和音,比如"肮脏的伟大"、"崩塌而有魔力"、"迷人的战栗"、"黑色而明亮"。人们将这种通常不可结合之物的统一体称为:矛盾修辞(Oxymoron)。这是文学言说的一种古老的艺术手法,适于表达复杂的灵魂状态。在波德莱尔笔下,这种手法因为使用超量而引人注目。这是其基本不谐和音的关键之处。波德莱尔的好友巴勃将这种手法加诸标题"恶之花",是个好点子。

在这些词群背后是基督教的遗存。如果没有基督教,波德莱尔是无法想象的。但他不再是一个基督徒。这一事实不会因为他多次描写的"撒旦主义"而遭反驳。谁如果为撒旦所迷,虽然会由此刻上基督教的烙印,但是这还不等同于基督教的拯救信仰。如果可以简短概括的话,波德莱尔的撒旦主义就是以有智识思考的邪恶来战胜单纯的兽性邪恶(及平庸),其目的在于,从这种最高的邪恶中获得向理想状态的腾跃。所以《恶之花》中有种种残酷和反常。出于"对无限的渴求",《恶之花》将自然、欢笑和爱情降低,化作魔鬼之物,以便在其中找到通向"新"的突破口。按照另一个关键词,人是"双曲线",在精神的狂热中始终向上拉伸。但人就其本质而言是分裂的人(homo duplex),他必然要满足自己撒旦的那一极才得以感受天国。基督教的早期形式摩尼派和诺斯替派在这一模式下得以重现,并经过了18世纪光明会和迈斯特的中转。这样的一种回归不应当仅仅解释为影响。在这种模式下表达出的是波德莱尔的一种需求。这个——远远超出他个人的——需求的征候在于,现代的智识追溯旧有的思维方式,而且是那些与智识的分裂状态相符的思维方式。

即使是人们习惯用来证明波德莱尔身上所谓的基督教性质的那许多细节也不能改变这一形象。他有祷告的意志，以完全严肃的方式叙说原罪，深深渗透着人类的罪责感——这达到了如此一种程度，以至于他对我们今天那些将他的痛苦解释为“受压抑的恋母情感”的心理学家也许会一笑置之。但是他没有找到路。他的祷告变得疲软无力， 47
最终完全不成其为祷告。他虽然书写痛苦，却将痛苦看做人类的尊严标志，而且熟知那些诅咒，那些诅咒让人不禁推测他心中存活着一个碎裂的扬森教派[①]。他固然缺乏种种决断，但唯一不缺的是如此一个决定：不断强化分裂状态。这种状态在两个方面是超出一般的。我们可以从他对女人的态度上看到这一点。对她们的诅咒已经偏离了人性的适中程度。他的“双曲线”张力只有在对神秘拯救的信仰延伸至她们头上时才是基督教的。但他恰恰没有做到这一点。基督在他的诗作中只是作为浮光掠影的隐喻出现过，或者作为被上帝降下凡间者。在遭到诅咒这一意识背后，激起的是“满心欢喜地享受”诅咒的兴致。没有基督教的遗产，这一切必然是无法想象的。然而遗留下的只是一种遭毁弃的基督教。在信奉托马斯主义的天主教徒所认可的创世概念中，邪恶只有次要意义。但是波德莱尔正如之前的摩尼教徒那样，再次将邪恶分离出来，让其成为了独有的强力。他的抒情诗在这种强力的深处和悖论式纠结中获得了走向反常的勇气。后代的诗歌——兰波除外——已经失去了这一记忆，即反常源自一个逐渐消亡的基督教的腐坏。但是反常得以持续。即使是更严格意义上的基督教诗人都无法或者不愿挣脱这种反常。这在艾略特身上就可以看到。

空洞的理想状态

从遭毁弃的基督教出发，可以理解波德莱尔诗作的另一个对后世

---

① 由扬森尼乌斯·冯·于蓬（Jansenius v. Ypern）主教创立（1636年）的延续奥古斯丁教义的神学改革运动，被一些人斥责为异端邪说，影响主要在法国。

影响深远的特性。这一特性附着于诸如“灼烧的精神性”、“理想”和“上升”的概念上。但是向何处上升呢？诗中间或是将上帝称为目标的。但是更多时候这目标只是不确定的名字。这是什么呢？诗歌《高翔远举》(*Élévation*)可以给出答案。它的内容和语气都表明了高度。三个诗节是
48 以自己的精神为叙说对象的，它们要求精神上升，飞越水塘、峡谷、山峰、森林、云朵、海洋、太阳、天穹和群星，进入一个彼岸的火之地域，那里是清除了尘世瘴气的。然后叙说就中止了。随之出现的是一种普遍性质的表述：谁如果能做到这些，并在这样的高空学会理解“花朵和沉默事物”的语言，他就是幸福的。

这首诗是以源自柏拉图和基督教—秘教的常见模式为范域的。按照这个模式，精神升入了一个超验世界，这个世界如此改变了它，以至于当它回望时，会透过尘世物的外壳，识别其真实的本质。这是基督教所称的耶稣升天(ascensio)或者高举(elevatio)的模式。后一个称呼恰恰是这首诗的标题。然而可以看到的一致之处不止这一个。按照基督教神学的教义，最高一层天是真正的超验世界，净火天(Empyreum)。在波德莱尔笔下则是“清澈之火”。如果继续往下读的话还会看到“让你纯净”，这让人联想起秘教中常见的行为“纯化”(purification)。最后：秘教总习惯将上升分作九层，而每层的内容可以调换，因为重要的是神圣的数字九。它也出现在了我们这首诗中。精神要飞越的恰恰也是九个区域。这是让人惊异的。这是一种出自秘教传统的强迫性所致吗？也许。这是类似于整个基督教遗产对波德莱尔施加的必然影响的强迫性。它并非可以由人来决定，更何况还可以设想史威登堡和其他新神秘主义者对之产生的作用。但是对于我们来说重要的并不在此。恰恰因为这首诗与秘教模式有如此多的一致之处，所以清楚可见的是，它因为缺少了什么而无法与后者**完全**一致：这就是上升的到达，甚至到达的意志。西班牙的神秘主义者德·拉·克鲁兹曾经写过这样的诗句：“我飞得如此高，如此高，直至我的寻猎达致目标。”而在波德莱尔这里，

到达还只是一个虽已让他得知但却不会让他获享的可能性，正如最后一个诗节所暗示的。诗中以模糊的语气提到了“神性之琼液”，提到了“深邃的不可测量性”，提到了“光一样亮的空间”。但是没有提到神。我们也无法得知，将被上升者理解的花和沉默事物的语言是怎样一种语言。上升的目标不仅仅是遥远的，还是空洞的，是一个没有内容的理想状态。这是一个空白的张力极点，以双曲线的方式被追求，但却无法被获致。

这在波德莱尔笔下随处可见。这种空洞的理想状态有浪漫主义的
起源。波德莱尔却以这种方式推进了这理想，让其产生了一种吸引力： 49
这理想唤醒了超出一般的向上张力，而将被拉张者朝下击退。这理想就如邪恶，是一种强迫，必须被倾听，而不会让倾听者放松。所以“理想”才被等同于“深渊”，所以才会出现这样的词句：“啮人的理想”、“我被束缚在理想的坟墓里”、“难以企及的蓝天”。这些词句在古典秘教中都是为人所知的，在秘教中它们标示出的是神之恩惠那让人痛苦又充满欢乐的强制力，是至福的预先阶段。在波德莱尔笔下，这两极，撒旦的邪恶和空洞的理想状态，都具有始终保持某种兴奋的意义，这种兴奋让挣脱平庸世界成为可能。然而这种挣脱是无目标的，是无法超出不谐和音的激奋的。

《恶之花》的最后一首诗《远行》检验了所有突破的尝试，终结于赴死的决定。死亡会带来什么，这首诗并不知道。但是死亡诱人。因为它是通往“新”的机会。那么何为新呢？是不可确定者，是现实之贫乏的空洞对立物。波德莱尔式的理想状态在变得完全消极而且无内容的死亡概念上达到顶峰。

这种现代性的迷乱之处就在于，它被挣脱现实的欲求折磨至神经发病，但却无力去信仰一种内容确定而含有意义的超验世界或者创造这一世界。这就将现代性的诗人引入了一种无从化解的张力动态中，引入了一种因现代性本身而成的神秘性。波德莱尔常常说到超自然和

秘教。要理解他所指为何，就必须像他自己一样，放弃以纯粹神秘性本身之外的内容来填充这些词。空洞的理想状态，不可确定的“他者”——在兰波那里还将更加不确定，在马拉美那里会成为虚无——再加上现代抒情诗那围绕自己回转的神秘性：这都是彼此呼应的。

语言魔术

《恶之花》不是晦暗的抒情诗。它以并不费解的诗句表达了它那反常的意识状态、它的秘密和不谐和音。波德莱尔的诗歌创作理论也是
50 完全清楚明白的。这理论发展出的识见和纲领在他自己的诗歌中并没有实现或者只是零星地实现过，但却为他之后很快出现的晦暗诗作做了准备。这理论指的主要是关于语言魔术和幻想的理论。

对于诗歌，尤其是浪漫主义诗歌来说，常常会出现这样一些时刻，诗句本身被提升为音调的一种独有力量，这种力量的作用比其内容更具有强制性。元音和辅音的巧妙搭配或者节奏上的彼此呼应制造出的声音效果让耳朵着迷。不过，最古老的诗作在这种情况下也从来不会展现内容，而是恰恰试图通过音韵的主导强化内容的含义。在维吉尔、但丁、卡尔德隆和拉辛的作品中不难找到这样的例子。自欧洲浪漫主义以来，出现了不一样的情况，产生了更愿意发音而不表意的诗句。语言的声音材质获得了暗示性的强力。语言材料与一种过于激发联想的振荡相结合，从而形成了一种梦幻般的无限性。不妨读读布伦塔诺这首以“当跛足的织工梦见他在织”开头的诗歌。这首诗实际上不再想被人理解，而是想被人认作声响的暗示。语言传达意义的功能和语言作为音乐力场中一个独立有机体的功能以前所未有的强度发生了分离。但是语言也决定了诗歌创作过程本身，诗歌创作完全投入了存在于语言中的律动。人们认识到了以一种组合方式催生一首诗的可能性，这种组合方式调配语言的声音元素和节奏元素就如同调配魔术公式一样。诗歌的意义就来自于这些元素而不是主题上的谋划——这是一种

浮动的、不确定的意义，其神秘性与其说表现为词语的核心含义，不如说表现为词语的声音力量和边缘词义。这种可能性在现代诗歌中成为了占主导地位的创作实践。抒情诗人成为了声音魔术师。

对诗歌和魔术之间的亲似性的认识虽然自古有之，但是在人文主义和跨越阿尔卑斯山的复古主义掩埋了这一认识之后，它必须重新得到发掘。这种发掘发生在18世纪末，在美国它导致了爱伦•坡的理论。他的理论是与现代所特有的、逐渐增长的需求相符的：既使诗歌创作走向知识分子化，也让诗歌创作与远古诗作相承接。诺瓦利斯在谈论 51
诗歌创作时就已经让诸如数学和魔术的概念彼此靠近，这种接近正是如此一种现代性的征候。从波德莱尔直至今日诗人，当他们思考他们自己的艺术时，我们都可以找到这两个（或类似的）概念。

波德莱尔翻译了坡的作品，由此至少在法国境内确立了后者一直持续至20世纪的影响，这常常让英语作家——艾略特就是其中之一——感到惊异。在这里需要关注的是坡的两篇论文：《创作哲学》（1846年）和《诗歌原理》（1848年）。它们是一座通过观察自己的诗歌创作而得出结论的艺术智者的纪念碑。它们体现了诗歌创作和与之并肩（在这种情况下甚至更高一筹）的对诗歌创作的反思之间的那种相遇，这同样是现代性的一个本质性征候。波德莱尔对第一篇作了全篇翻译，对第二篇作了选译。文中的理论被他坚定地纳为己用。所以我们也可以将其视为他的理论。

坡的奇特想法在于，他将旧有诗学中诗歌创作行为的顺序颠倒了。原本显示为结果的“形式”成了诗歌的起源，而原本显示为起源的“意义”成为了结果。诗歌创作过程的开端是构造一种“音调”，它先于赋有意义的语言，而且贯注始终，是一种无形体的氛围。为了赋予其形体，作者要寻找语言中那些最接近这音调的声音材料。声音会与词语相连，这些词语最终结集为诸多母题，而意义关联作为最终产物就从母题中被制造出来。这就将诺瓦利斯所预感到的那种谋划抬升为了自成逻辑的理论：诗歌产生于语言的律动，语言倾听前语言的“音调”，而自身则为内容指明道路；内容不再是诗歌的真正基质，而是载体，承载音调制造者及其带有意味的振荡。坡展示道，比如“Pallas”（智神星）这个词之所以存在于他的一首诗中，就是因为之前诗句散漫的联想，也因为这个词自身的声音魅力。随后他又——顺笔提及——将这种思考过程描述为一种来自不确定物的单纯暗示，因为按照这种方式，音调的主导性才会得以保持，不会因为意义主导而丧失作用。这样的诗歌创作可以理解为对魔术般的语言力量的全身倾注。在将后加的意义指
52 派给最初的音调时，就需要“数学般的精确”。诗歌本身是自我封闭的构造物。它既不传达真理，也不传达“心灵的沉醉”，根本就不传达任何事物，而只是自为存在的诗歌（the poem per se）。坡以这样的思想创立了这样一种现代诗歌创作理论，这理论后来就以“纯诗”（poésie pure）概念为中心。

诺瓦利斯和坡很有可能知道法国光明会的理论。这一点我们从波德莱尔那里可以得知。在光明会的理论中（也包含了象征主义的许多渊源）有一种思辨的语言理论：词不是人类的偶然产物，而是来自于宇宙的原初统一体（Ur-Eins）；词的叙说造成了叙说者与这样一种来源的魔术化沟通；作为诗歌中的词，它让凡俗之物重新沉入了它们形而上来源的隐秘中，让存在分支之间原本隐匿的类似性昭然显现。[1]因为波德莱尔对于这样的思考是熟悉的，所以不妨推测他有可能是从坡那里接受了这样的诗歌创作理论，而坡的理论则受到了同一个来源的启发。在波德莱尔这里，我们也可以听到词的必要性，而这句话后来被马拉美所引用：“在词中有神圣之物，它禁止我们与其做偶然的游戏。艺术地处理一种语言，意味着进行一种召唤魔术。”（第 1035 页）“召唤魔术”这一用语常常再现，也被用于造型艺术。这表达出的是一种位于魔

---

① 更详细的阐述见：H. Friedrich：《法国光明会的语言理论》(Die Sprachtheorie der französ. Illuminaten, in: *Deutsche Vierteljschrift f. Literaturwiss. U. Geistesgesch.*, 1935)。

术和次级(玄秘)秘教的想象领域中的思考。诸如“魔术公式”、“魔术操作”之类的用语屡见不鲜。最后还有另外一个关键词:暗示。我们稍后会对其进行说明。

《恶之花》只是在少数几处显露出这种纯粹的语言魔术,其形式包括罕见的叠加押韵、模糊的准押韵、音调的屈折、导引意义而不是被意义导引的元音排序,但这无损于以上结论。在理论阐述中,波德莱尔要走得远得多。这些论述预先展示了如此一种抒情诗,它为了达到魔术般的声音效果而越来越放弃事实性的、逻辑上的、情感上的和语法上的规范,任凭词的律动为自己施加内容,而这些内容是规划思考所无 53
法达到的。这是具有反常意义的内容,是临近或者越过了理解的界限的。在这里圆环得以圈定,在这里展示出的就是现代抒情诗的另一种自我合理性。理想状态为空的这一种诗歌创作通过制造一种无从把握的神秘性而挣脱了现实。它因此而愈发可以得到语言魔术的支持。因为通过对词的声音和联想可能性的操作,更多意义晦暗的内容会得以释放,还有纯粹音调的神秘魔力。

创新性幻想

波德莱尔多次提到过他“对现实感到恶心”。这针对的是那些表现为平庸或者简单自然的现实——这两种对他来说都与鄙陋无趣(Ungeist)同义。具有典型意义的是,在《恶之花》受到法庭审判时最让他沮丧的是:被谴责为现实主义。这沮丧不无道理,尤其是因为这一概念当时所指称的是那些描写道德上和美学上都低俗不堪的现实,除此之外再无其他目的的文学作品。而波德莱尔的抒情诗追求的不是复制,而是转化。它将本能的邪恶强化为撒旦,将苦难的图景燃烧为“电流般的悚栗”,它如此来处理较为中性的现象,让它们象征内心状态或者那些不确定的神秘世界,这世界将填充波德莱尔空洞的理想状态。将波德莱尔称为现实主义者或者自然主义者是疏忽之举。在他最尖锐、最惊人的材料中，他“灼热的精神性”燃烧得最为剧烈，这种精神性要挣脱一切现实。而且这一种挣脱在他诗歌技巧的许多细节中都可以观察到。表述对象时的精确主要是为了把握被极力向下推压的现实，也即被转化过了的现实，而除此之外，引人注目的是其图像内容所特有的漂移不定，是以情感性形容词取代客观准确的形容词的倾向，是突破感官界域的通感，诸如此类。

在波德莱尔为这种对现实进行转化和非真实化的能力所起的众多名字中，有两个是一再重现的：梦和幻想（rêve，imagination）。他比卢
54 梭和狄德罗更坚定地将这两个名字所指之物提升到了具有优越性的创新力的地位。我们着重说这是创新（kreativ），而不是创造（schöpferisch）。因为在德语中，与后一个词相连的一些观念可能会产生误导，让人偏离波德莱尔那些具有决定性的智识和意志之力，这些力量蕴含在他对梦和幻想的概念之中，而且也表现在同一个概念范围里对数学和抽象的叙说中。

当然，在波德莱尔诗中也会看到对梦这个概念的旧有意义的使用，比如当他将内心状态、内部时间、对远方的思慕这种种最为迥异的形式称为“梦”的时候。然而即使在这里，梦相对于近旁实物的优越性，梦之广阔和俗世之狭迫之间质的差别也体现得足够鲜明了。而我们现在要来看这个概念最高和最粗硬的极端意义。这样的概念出现在梦明显有别于“柔软的伤感”、单纯的“倾诉”、“心灵”的时候。在波德莱尔所翻译坡的《历史故事》的前言中，梦被称为“燃亮火花、充满隐秘、如水晶一样完美无瑕”。梦是一种生产力而不是感知力，这生产力的运行绝不会陷入混乱和随意，而总是精确而有计划。不论它以何种方式出现，具有决定性的始终是，它制造出了非真实的内容。它可以是诗歌的基础设置，也可以通过麻醉品和毒品引入，或者从心理病态中产生。所有这些推动力都具有“魔术操作”的能力，梦正是以此将人造的非现实置于现实之上的。

当波德莱尔将梦称为“如水晶一样完美无瑕”时，这并不是一个偶然的比喻。通过这一用词，梦被类同于无机物，其地位由此得以确认。在诺瓦利斯那里我们就可以读到，“石头和素材是最高的：人是真正的混沌”。这种来自炼金术的对等级地位的重新设置在波德莱尔以梦为诗歌主题时屡屡出现。他将自然贬低为混沌和不纯，作为对这个主题的补充。这一点在一位拉丁语系作家那里也许起初并不让人惊讶，但是单靠拉丁语系的思想已无法对其进行解释。波德莱尔所指的自然是消极的，但是也包括了人类的平庸低俗。而非有机的构成物作为绝对精神的象征如此凌驾于它们之上，以至于一种不谐和音的张力再度形 55
成。这在 20 世纪的画家身上依然是如此。与他们那些立体主义的图像或者配以非现实色彩的图像内容相对应的是，他们——如马尔克、贝克曼等人——将自然说成是不纯的、混沌的：这是结构的强制力，而不是彼此的影响。因此，在波德莱尔的眼中，无机物，当它成为艺术工作的素材时，就包含了最高的含义：雕像对他来说胜于活着的身体，舞台上的森林布景胜于自然的森林。这肯定也是来自拉丁世界的想法。但是这种极端的用法却是现代的。如此强烈地将艺术性等同于无机物，如此专断地将现实驱逐出诗歌，这在之前的时代至多不过在那些与现代诗歌暗含关联的作品中才可找到：意大利和西班牙的巴洛克文学。

但是即使在这些作品中也不可能有波德莱尔的《巴黎之梦》这样的诗歌，后者是波德莱尔对人造物和无机物加以精神化的核心文本。他着意构造出的不是一个真实的城市，而是一座梦之城；立体主义的构造物，其中一切植物都被驱除；巨大的拱廊，环绕着唯一一个活动的——然而无生命的——元素，水；金刚石的悬崖，宝石构成的穹顶；没有太阳，没有星辰，一片自我发光的黑暗；整个世界都没有人，没有所在地，没有时间，没有人声。我们可以看到标题中的“梦”这个词所指为何了：一种具有构造性的精神转化为了图像，这精神通过矿物和金属等象征表达出了对自然和人的胜利，并将它构造出的图像投射在空洞的理想状态中，图像又从这状态中反射出光来，在眼睛前闪烁，让心灵感到悚惧。

分解与扭曲

在波德莱尔对幻想的解释中也许包含了他促使现代抒情诗和艺术形成的最重要贡献。对于直接将幻想等同于梦的他来说，幻想就是创新能力，是“人类诸能力中的女王”。幻想如何进行？1859 年他写道：“幻想分解（décompose）了整个创造；按照来自灵魂内部最深处的规则，
56 幻想收集并排列了[由此产生的]各个部分，从中制造出新的世界来。”（第 773 页）这种思想——尽管在 16 世纪以来的理论中就已经有了类似先例——是现代美学的一个基本法则。其现代性在于，它将分解这样一种破坏性过程置于艺术行为的开端。波德莱尔在其通信中有一处内容相似的话还为“分解”添加了“分离”作为补充，从而强调了这一破坏性过程。被理解为感官所感知之物的现实，将其分解和拆散至零碎部分，这意味着让现实发生变异（deformieren）。变异这个概念在波德莱尔笔下多次出现，所指的往往是一种肯定意义。在变异中占主导的是精神的强力，精神的造物拥有高于变异者的地位。从这样一种破坏中形成的“新世界”不可能再是一个受现实所规范的世界了。这是一种非现实的构造物，它不愿再接受正常的现实规范的控制。

在波德莱尔这里，这还只是理论上的设想。在他的诗歌中，只有少数几处可以与之对应。“众云推搡着月”（第 341 页）大概可算作其中一处。然而从之后的时代来看——只需想想兰波——那关于幻想的语句催生了无畏的勇气和未来的内容。不论何时都必须始终看到这种基本方向：脱离狭迫现实的努力。幻想概念本身所具有的尖锐性在它与一种单纯的摹写方法相对立时表现得格外明显。所以波德莱尔才反对当时新兴的照相——这种反对与上述引文相距不远。他有一次将幻想的工作称为“被迫的理想化”（第 891 页）。这里的理想化不再像旧有的美

学中那样意味着美化，而是去现实化，是一种专制行为。看起来，恰恰在现代通过照相术这一形式将其技术能力用于摹画世界时，这一确实存在的有限现实就越来越快地被损耗，而艺术力量就越来越积极地转向非对象化的幻想世界。这可能是与科学上的实证主义所引起的反应类似的。波德莱尔对照相术的谴责与他对自然科学的谴责是如出一辙的。科学对世界的透彻研究在艺术头脑中被感受为对世界的压缩和对隐秘的剥夺，所以后者就以幻想暴力的极度扩张来回应。波德莱尔死 57
亡二十年后，对于隐秘丧失的同一种回应被称为“象征主义”。

在波德莱尔文中展示出的这一过程对于当代来说有着不容忽视的意义。在一次谈话中，波德莱尔说：“我想要红色的草地，蓝色的树木。”兰波将描写出这样的草地，20 世纪的艺术家将画出这样的草地和树木。波德莱尔对来自创新性幻想的艺术的称呼是：超自然主义(surnaturalisme)。他所指的是如此一种艺术，这艺术使实物失去物性，成为线条、颜色、运动、独立了的附属物，这艺术将“魔术之光”投置在实物之上，让它们的现实性在隐秘中毁灭。1917 年，阿波利奈尔从“超自然主义”中引申出了“超现实主义”(surréalisme)——这是理所当然的，因为这个词所指的正延续了波德莱尔所期望的。

抽象和阿拉贝斯克

还有一句话将幻想和智慧联合了起来。1856 年，波德莱尔在一封信中写道：“诗人是最高的智者，幻想是所有能力中最科学的。”(《通信集》，I，第 368 页)。这句话中所包含的悖论在今天也几乎和当时一样让人觉得悖谬。这悖论就是，恰恰是那些面对这个被科学去神秘化和技术化了的世界极欲进入非现实的诗歌，在制造非现实时需要同样的精确和智慧，而正是这样的精确和智慧让现实变得狭窄和平庸。后文中还会论及这一点。在这里只需描述出波德莱尔的思考路径。他合乎逻辑地推导出了这样一种新概念：抽象。在施莱格尔和诺瓦利斯那里，这一概念就已经被用于定义幻想的本质特点了。这不难理解，因为幻想是被看做制造非现实的能力的。在波德莱尔这里，“抽象”主要是指“精神性”，指向“非自然”的意义。这已经显示出了下一步的发展即抽象诗歌和艺术的萌芽，它们产生于一种不受限制的幻想，这幻想的对应物就是摆脱了对象的线条和运动。无对象的运动被波德莱尔称为“阿拉贝斯克”——这也是一个通向未来的概念。“阿拉贝斯克是所有
58 素描中最富于灵性的。”（第 1192 页）怪诞和阿拉贝斯克是让诺瓦利斯、戈蒂埃和坡彼此接近之处。波德莱尔则让他们更加贴近。在他的美学系统中，怪诞、阿拉贝斯克和幻想是共通的：幻想是自由精神进行抽象——即脱离实物的——运动的能力，前两者是这一能力的产物。

在波德莱尔的散文诗中有一个短篇作品是关于酒神杖的。具有创新性的幻想将酒神杖转化为了一个由舞动的线条和颜色组成的构造物，对于这构造物来说，木杖，如文中所说，不过是一个起兴之物——对“词的曲线运动”的起兴。这一解说指明了其与语言魔术之间的关联。阿拉贝斯克，这无意义的线条勾画，其概念是与“诗歌话语”的概念相连的。后者，正如波德莱尔在《恶之花》的一个前言草稿中所写的，是纯粹的音调序列和运动序列，能够构造出水平的、上升的、下降的线条，螺旋的形状，交错叠加的尖角——而正是在这一点上，诗歌与音乐、数学相通。

不谐和音的美、将心灵排除出诗歌主体、反常的意识状态、空洞的理想状态、取消实物对象、隐秘性，这都是从语言的魔力和绝对的幻想中产生出来的，都受惠于数学的抽象和音乐的运动弧线：波德莱尔借此铺设好了诸多可能性，让后代的抒情诗去实现。

这些可能性的肇始者是刻上了浪漫主义烙印的。他从浪漫主义的游戏中发展出了非浪漫主义的严肃，从他导师的那些细枝末节的想法中建造出了一座思想大厦，这大厦的正面是背离了那些导师的。所以不妨将他的抒情诗遗产称为：去浪漫化的浪漫主义。

三　兰波

引　论

三十七岁的一生；从少年时代开始诗歌创作，四年之后终止；余下的时光在文学创作上完全沉寂，躁动不安地来回奔波，原本一心想去亚洲，却不得不安心于近东与非洲中部，频频往来于殖民军队、采石场、外贸公司，最后为阿比西尼亚的国王做军火贸易，同时也向地理协会报告迄今尚无人探索过的非洲地域；在那昙花一现的诗人时期经历了飞速的发展，两年之后已经突破了自己的起始阶段，并且打破了这一起始背后的文学传统，创造出了一种语言，这种语言直到今天都依然是现代抒情诗的原初语言：这就是兰波的一些生平事迹。

这些事迹的激烈性与其作品相呼应。作品寥寥可数。但是兰波笔下的一个关键词可以用在这些作品上：爆发（Explosion）。作品以格律严谨的诗句开始，过渡到不再遵循章节的自由体诗句，更进一步达到具有不对称节奏的散文诗《彩图集》（1872/1873 年）和《地狱一季》（1873 年）[①]。这种对形式的消解，有前代人做过铺垫，是为了实现一种动态化的抒情诗，这种抒情诗将对象和形式作为其自由的任意媒介来使用。另外，对于我们来说，将其作品划分为诗体和散文体是不足考虑的。另外

① 这个创作时间遭到拉科斯特的反对，他用某些让人动心但并非毫无漏洞的证据说明《彩图集》才是兰波的最后一部作品。

一种划分也许更有意义：将其作品分为第一阶段，即到 1871 年左右为止的可以找到的诗歌作品，和第二阶段晦暗、奥秘的诗歌作品。

兰波的诗歌创作首先可以理解为波德莱尔的那些理论设想的实现。但是这些创作展现的是经过彻底改变的图像。《恶之花》中那些无法消解却以清晰的布局、严整的形式叙说出的张力在这里成了绝对的不谐和音。诸多主题只是间或可以通过猜测互相连通，它们显示的是
60 过多的断裂，大都彼此交错混杂。这种诗歌创作的核心几乎不再是主题内容，而是一种沸腾的激奋。自 1871 年开始，诗歌就不再创造任何可以让人领会的意义结构了，而是创造碎片、破裂的线条、感官表达敏锐却非现实的图像——但是这一切是如此一种状态，以至于这一片混沌在一种统一体中激荡，这种统一体要称之为语言就需要这种混杂：这是一种高于意义的、贯穿所有噪音与乐音的音调形成的统一体。抒情诗的语言行为越来越从内容表述转为一种专制的观看方式，由此转为一种不同寻常的表述技巧。这一技巧甚至不一定出现在对句法规范的破坏上。这种情形在惯于爆发的兰波这里是少见的，所以它在宁静的马拉美那里出现时才尤为引人注目。对于兰波来说，他用简化至粗朴的句子就足以让混杂的内容形成张力。

方向迷失

这样一种诗歌的作用是让人迷惑。里维埃在 1920 年论及兰波时写道："他的使命就在于让我们迷失方向。"这句话之所以正确，是因为它在兰波身上识别出了一种使命。这在克洛岱尔写给里维埃的一封信中也可以得到证实，信中前者提到了他第一次读《彩图集》的情形，随后写道："我终于走出了那个泰纳、那个勒南[①]的可恶世界，走出了那套丑陋不堪的机制，这套机制是由不屈不挠的、可以辨识可以传授的规则所引导的。而那则是超自然力的天启。"这里所指的是科学上的实证

① 勒南（1823—1892），法国哲学家、宗教历史学家。——译注

主义，其基础是认为整个世界和人是完全可解释的，它扼杀了需要隐秘的艺术力量和心灵力量。所以那些力求挣脱极端科学思想的可解释世界而进入极端神秘化的幻想世界的晦暗诗歌就能够发挥信使的作用，帮助领受者达到同样的突破。这一点也许就是兰波不仅仅对于克洛岱尔，也对许多其他读者产生吸引力的主要原因之一。他的非现实混沌是让人脱离狭迫现实的拯救。克洛岱尔因为他而皈依宗教。但信 61
教本身应由克洛岱尔一人负责。兰波和波德莱尔一样，都不可被误解为基督徒，虽然他的诗歌创作包含了与宗教狂喜相似的强力。但是在他这里，这些强力消散于一种空洞的超自然性的虚无中。

兰波的文本尤其给人以迷失方向的感受，因为它是从如此一种语言出发的，这种语言不仅仅凭粗暴的冲击力施以破坏，而且还能形成最具魔力的旋律。有时会让人觉得，兰波仿佛是在推动一种超脱俗世的愉悦，仿佛他是来自另外一个世界，闪烁着光芒，让人迷醉。纪德将他称为“燃烧着的荆棘丛”。在另外一些人眼中，他是天使，马拉美的说法则是“流亡中的天使”。充满不谐和音的作品激起了最为矛盾的评价。这些评价在将兰波抬举为最伟大的诗人和将其贬低为带有青春期躁动的少年之间移动，围绕着这少年形成了极度美化的传说。一种冷静的考察可以清除这些确实存在的美化，但是由此也将这些美化解释为兰波发出的威力造成的后果。不论这些评价如何，从它们之中可以看到，兰波这个现象是无可回避的，他如流星般出现又消逝，但是其焰光始终闪现在诗歌的天空。在他之后才了解他而自身创作并不直接受他影响的诗人发现，他们的作品和他的诗作源自于同一种“表达欲”，这是“内心境况”的表达欲，在一个艺术时期，这些境况反复出现。直到1955年，贝恩还有过同样的表述(547，第8页)。

通灵者信函
（空洞的超验性，刻意的反常性，不谐和的“音乐”）

1871 年兰波写了两封信，信中他设计了未来诗歌创作的纲领。这一纲领与他自己创作的第二个时期是吻合的。因为这些信是围绕先知（通灵者）的，所以人们习惯于将其称为“通灵者信函”（第 251 页等）。这证明，在兰波这里，现代诗歌创作也是与具有同样价值的对诗歌创作的反思并行的。

为诗人争取先知的地位，这当然并非新创。这一思想的根源之一
62 在古希腊。文艺复兴—柏拉图主义再次恢复了这一思想。兰波则是通过蒙田获得这一思想的，蒙田在一篇文章中将柏拉图关于诗人狂病的两处论述结合了起来。兰波在中学已经能背诵蒙田的这一段文字，另外，维克多·雨果可能也为之提供了启发。但是具有决定意义的是，兰波为这一古老的思想带来了怎样一种转折。先知诗人所知是何事？他又如何成其为先知诗人？对此的答案是与希腊颇为不同的，是非常现代的。

诗歌创作的目的是，“到达陌生处”，或者也可以这么说，“看到不可见之物，听到不可听之物”。我们熟悉这些概念。它们出自波德莱尔，而且在两处都是空洞的超验性的关键词。兰波也没有对它们作进一步的定义。他止步于对所期望目标的消极称述。这目标被界别为非常见者和非现实者，也即某种异类，但是其中却没有填充内容。这也被兰波的诗作所证实。这些诗作超越现实的爆发性突破首先是这种爆发欲本身的释放，然后才是将现实变异为那些图像，那些图像虽然是非真实的，但并不是一种真正超验性的符号。“陌生处”在兰波这里也始终是无内容的张力极点。诗的观看是穿越有意打碎的现实向空洞的隐秘看去。

这一观看的主体是什么呢？兰波用以回答这个问题的句子已经广为人知：“因为‘我’是一个他者。当铁皮作为小号醒来，就无法再将其

归为铁皮。我在我的思想繁茂之时在场，我凝视他，我倾听他。我用弓拉响一个弦音：交响曲已经在深处激活。说我思想，这是错误的。必须说：我被思想。”也就是说，具有行动力的主体不是经验自我。另一些强力取代了他的位置，那是从下升起的强力，具有前个人化的性质，但是带有强制性的支配力。只有它们才是观看“陌生处”的恰当器官。在这几句话中可以感受到神秘主义的模式：自愿献出自我，因为神赐灵感将主宰他。然而这种主宰现在是来自下方的。自我往下沉降，被集体深层意识（l'âme universelle）夺去了权力。我们现在位于一个门槛上，现代
诗歌从这里开始，从无意识的混沌中抛掷出那陈旧的世界材料无法再 63
提供的新经验。由此可以理解，为何 20 世纪的超现实主义者要求将兰波看做自己的一个先辈。

重要的还有另一个思考：自我要自弃权力，必须通过一种操作性行为。意志和智慧是这行动的指挥。“我要成为诗人，并且努力**工作**以成为诗人”，这是意志的语句。这语句的使用在于“所有感官的持久、无界限、受理智引导的迷乱”。更确切地说，“是要创造出一个畸形的灵魂，与那个将肉瘤植入自己的脸并让其长大的男人类似”。诗歌的动力通过自残、通过丑化灵魂的操作行为而启动。这一切都是为了“到达陌生处”。这种看向陌生处的观看者，诗人，成为了“伟大的病者、伟大的罪犯、伟大的受鄙弃者——也是所有知晓者中最高的”。由此来看，反常性不再像卢梭曾经遭受的那样，单单是被忍受的命运，而是一种蓄意为之的置身事外。诗歌于是被连接在这样的前提上，即意志扭曲了灵魂的构造，因为这样的扭曲让人得以突入前个人化的深处，并通向空洞的超验性。这时，我们已经远离了被缪斯赐予神启的希腊先知。

通过这样的操作而形成的诗歌被称为“新的语言”、“万有语言”，对于这种语言来说，是否具有形式无关紧要。它是“让人觉得陌生者、无法穷尽者、令人反感者和令人迷醉者”的相互交融。所有的高下等级都被拉平，包括美与丑。这语言的价值证明就是激奋与“音乐”。在他的

作品中，兰波处处都提及音乐。他将音乐称为“未知的音乐”，在“由骨建成的宫殿里”，在“电报机敲杆的铁造歌曲中”听这音乐。这是“新灾难的明亮歌声”，是“最集中的音乐”，在其中一切浪漫式的“仅仅音调优美的痛苦”都被清除。当他的诗歌让物体或者生命发出声音时，这声音总是一再成为一种嚎叫与怒吼，并横冲直撞进入歌曲中：不谐和的音乐。

回到通信上来。其中有个美丽的句子：“诗人定义了量度陌生者的尺寸，这陌生者在他的时代的所有灵魂中激荡。”紧接其后的是对反常性的纲领性宣告：“这是成为常规的反常性。”如此宣言的顶峰是：“诗人
64 到达陌生处，即使他始终也无法理解自己的视像，他毕竟看到了那图像。他也许会因为在穿越这闻所未闻、无法言表的物象时所做的巨大跳跃而毁灭：其他可怕的**工作者**会到来，从诗人自己溃灭之处开始展望那地平线。”

诗人：凭借具有暴力性质的幻想爆破世界的工作者。这幻想闯入了陌生处，并因此而瓦解。兰波已经预感到，现代的那些彼此敌对的掌权者，即技术工作者和诗歌“工作者”，暗地里是会相遇的吗？因为他们两者都是专制者：一个主宰地球，一个主宰灵魂。

打破传统

这一纲领和这些诗歌本身所包含的叛乱同时也是朝向后方的，形成了对传统的瓦解。虽然兰波青少年时代的阅读狂热已经为人知晓，他的诗句也充满了与他同时代作家及 19 世纪的前代作家的回音，但是这些回音具有来自兰波而不是来自其先范的尖锐音调。他所吸收的文学遗产在他这里通过加热或冷却转变为一种完全不同的基质。来自前人的回音被用于评价兰波时只有一种次要的表述价值。它所证明的，是在任何其他情况下也都能证明的：任何一个作者都不可能凭空开始创作。因此它并不能说明兰波的特殊性所在。其特殊处更多地是

体现在他对读取之物的极力改造，体现在他希望打破传统，甚至激化到仇恨传统的态度。“诅咒先辈”出现在第二封通灵者信函中。留传下来的表述还包括，他觉得卢浮宫可笑，呼吁烧尽国家图书馆。这些表述也许显得孩子气，但却与他最后一部作品（《地狱一季》）中的思想相符，虽然其作者依然是一个青年，但这部作品却肯定不能再被视为孩童意气了。兰波挑衅地脱离读者和时代，这也顺理成章地成为了对过 65
去的一种脱离。脱离的原因并非出自个人，而是具有时代的性质。随着真正的连续性意识消亡，随着该意识被历史主义和博物馆式收藏癖代替，过去成为了负累，在19世纪的一些智慧头脑中制造出了一种反作用力，导致了对一切过去之物的排斥。这仍然是现代艺术和诗歌延续不断的征候。

在中学时代，兰波是一个出色的人文主义者。在他的文本中，古典时代不时以被歪曲的方式出现。神话通过与庸常事物结合的方式登场。“郊区小镇的酒神节”，维纳斯为工人们送上烈酒，在大城市里牡鹿吮吸狄安娜的乳头。维克多·雨果从中世纪的滑稽雕像那里读取的怪诞，正如在杜米埃笔下一样，扩展到了古典时代的诸神世界。极端的例子是十四行诗《维纳斯从海中诞生》中的丑化。这个标题标示的是一个画一般至美的神话：阿佛洛狄忒（维纳斯）从海水泡沫中诞生。而诗中内容却与其形成了怪异的张力：从一个绿色的铁皮澡盆里站起了一个肥胖的女人身体，灰色的头发，发红的脊柱，在腰间刻着的“克拉拉·维纳斯”，以解剖般精确的手法描述出的身体部位上的烂疮。在这里可以看到对某些当时流行的诗歌（主要是帕尔纳斯派[1]）的戏仿。但这是一种并不取乐的戏仿。这种攻击是指向神话本身的，也即反对整个传统，反对美，是为了释放变异欲望而采取的攻击，但是这种变异的欲望——这一点是最值得注意的——又具有足够的艺术性，以便能在丑中刻印出某种风格逻辑的影响力。

① 法国抒情诗流派，喜欢用庄重的精确风格描述古典神话。

在诗歌《致以花为题的诗人们》中对美和传统的挣破更为剧烈。诗中对赞花诗如写玫瑰、紫罗兰、百合、丁香的诗大加嘲讽。因为新的诗歌适合于另外一种花草志：它歌颂的不是葡萄，而是烟草，是棉花丛，是土豆病；一支蜡烛的滴泪比花更具意味；异国之物垂落的纱线比本土的草木更具意味；在黑色的天宇下，在铁的时代，应该出现黑色的诗歌，其中跳跃出的韵脚“如钠灯放射的光芒，如橡胶流出的汁液”；电报机的敲杆是它们的五弦琴，有一个人会到来，说出伟大的爱，那是“施与黑暗宽恕的女强盗”。

66

现代性与城市诗歌

这样一种文本展现了兰波对现代性的态度。波德莱尔对现代性的态度是矛盾的：当现代性指的是物质上的进步和科学式的启蒙时，他反感现代性；如果现代性带来的是新的经验，这些经验的坚硬和暗夜性质要求一种坚硬的、“黑色”的诗歌，那他就会为现代性着迷。兰波的城市诗歌也来源于此。这类诗歌在《彩图集》中可以找到。它具有宏丽的力量，将波德莱尔的梦想之城推向了无从量度的奇观。其中最杰出的作品之一是以“城市”为标题的组诗（第 180 页等）。这些诗歌以并无内在关联而堆积于一处的图像编造了幻想之城或者未来之城，跨越了所有的时代，颠倒了所有的空间秩序；巨量之物在运动、鸣响、咆哮；实物与非实物彼此交错；在水晶的高山牧屋和铜质棕榈树之间，在悬崖和峡谷之上，上演着“庄严神圣者的崩溃”；人造的花园，人造的海洋，一个教堂的铁质穹顶，直径一万五千米，巨大的枝形烛台；城市上部造得如此之高，城市下部已无法看到……；此外还有如此的语句（第 180 页）：这样的城市摒弃了一切熟悉之物，不存在任何妄想的标记，数百万的人群彼此互不相识，然而一个人的生活却与所有其他人一样是千篇一律的藩篱；这些人是幽灵，煤烟是他们的森林树影和夏夜；死去而没有眼泪，相爱却不抱希望，而“在街道的泥浆里，一桩诱人的罪行发出刺耳的尖叫”。

这些图像的错杂让人无法理出头绪，一种予人安宁的意义在这里无迹可寻。因为它们的意义就在它们的图像混杂本身。作为一种激越幻想的产物，它们那无可量度的巨大混沌成为了无法以概念来解释，却可从感官上感受的观看符号，标示出大城市现代性的物质和灵魂元素，以及这现代性的恐怖之处，因其恐怖而具魅惑。

对基督教遗传强迫症的反叛：《地狱一季》

然后是兰波的基督教信仰问题。他的信仰不再像波德莱尔那样是遭到毁弃的基督教。文本表明，他以叛乱开始，而终于痛苦，因为他无法摆脱基督教的遗传强迫症。当然这更多的还是显出基督教特性，而
非冷漠或者启蒙的讽刺。兰波的反抗是如此一种反抗，其承受的控制 67
力恰恰来自其所反抗者。他自己也知道这一点。在《地狱一季》中，这一自知转化为了诗作。但是对基督教的怒火没有平息。它只是变得更加充满痛苦，更加显出智慧——而在沉默中戛然而止。这是他对所有传承事物的反叛的一部分，但也是其走向“陌生处”，走向那种空洞的超验性的激情的一部分，这样的激情他只有通过粉碎现有者来展示。

第一阶段的文本包含了最直白的攻击，并且演变为一种对基督教灵魂的心理化破坏。在诗歌《首次领圣餐》中：一个少女因为其本能的爆发而死去，这本能是归咎于基督教的，因为基督教压抑了它。然而兰波渐行渐远。大约在1872年左右，他写了一篇散文诗，其中第一句是：“伯赛大，有五个大厅的水池。”他所依据的是《约翰福音》中关于基督在伯赛大水边治愈病者的圣迹记载。但是这个记载被完全改造了。那些残疾者下到黄色的水中，然而没有天使降临，没有人来治愈他们。基督靠着一根柱子站立着，无动于衷地看着正在洗浴的人，在那些人的脸上撒旦在向他冷笑。这时有一个人站起身来，迈着稳健的步子向城中走去。谁治愈了他？基督一言不发，没有朝那痛风病患者看过一眼。也

许是撒旦？文本对此保持沉默，满足于让基督只是在空间上靠近病人。恰恰因此，让人不由得推测：不是基督治愈了疾病，可能也不是撒旦，而是一种力量，无人知道这力量居于何处，究竟是谁。这是空洞的超验性。

现在要简短地分析一下《地狱一季》，因为它包含了兰波对基督教的最终表述。这个文本由七个长篇散文诗组成。它的语言含有多样化的、彼此毫无过渡地直接相连的运动：突兀的跃进，开始了一个陈述，却没有结尾；跌跌撞撞或者匆匆忙忙的词语堆积；得不到回答的提问，其间夹杂着既充满魔力又让人悚惧的、周期跨度大的疯狂旋律。就内
68 容而言，这部作品是对兰波到此为止的所有创作阶段的一个修正。然而这种修正的方式却是，为了清除之前的各阶段而重新潜入其中，然后再将其摒弃。于是产生了让人困惑的来回往复：他曾喜爱的，现在让他痛恨，随后又让他钟情，之后再次遭到他痛恨。在一个句子中以赞许的口吻所展现的，在下一句中被取消，再到下一句又重新出现。反叛对自己进行了反叛。直到结尾处，一切才被拉入一个终结，告别了所有的精神存在。

在实物、灵魂和理智的惯常世界里无处为家：那种来回穿插的整体意义可以如此来归纳。这意义也决定了基督教的多个方面。基督教的词汇是有的——地狱、魔鬼、天使——但是这些词汇摇摆于字面意思和隐喻含义之间，只有在构建盲目激奋的符号时才是稳定的。“从我写满诅咒的日记中取出的丑陋的几页”，献给魔鬼，兰波如此来称呼这部作品。“异教之血重现，福音已成既往，我离开了欧洲，想要漂游，斩破青草，追猎，饮下如沸腾的金属般强劲的汁液——一个得救者。”然而在这几句之间写道：“我怀着欲念等待上帝。”几页之后又有：“我从来不是一个基督徒，我属于那在痛苦中歌唱的种族。”他呼唤“诅咒带来的狂喜”。狂喜没有来临。不论是基督还是撒旦都没有到来。但是他感到了他们的羁绊。“我知道我身在地狱中，因而我便在地狱中。”这地狱

是受困于宗教问答手册的奴役。异教徒是没有地狱的。因此异教也将他拒之门外。

这样的诗句似乎表达出，言说者因为基督教而受苦，就如同因为一种创伤而受苦。激奋成为了丑相，攻击和堕落在此合二为一。恰恰这种状态对他来说就是身在地狱。而这种状态必得被称为地狱，则是基督教强制力的作用。虽然没有明言，但是可以感受到的是透过文本浮现出的如下问题，现代世界与自己的内心世界显出的杂乱是否是一种变异了的基督徒命运。但是兰波提出的这个问题他自己没有解答。《地狱一季》的第二个常见主题是：离开大陆，从“西方的泥沼”、西方的愚蠢中脱离，“想要证明显然之事”，而没有看到，庸民随着基督一同诞生。这一主题逐渐摆脱了来回摇摆，获得了确定的方向，进入了秋、冬和深夜，自愿投入了苦难——“我头发中、腋窝中和心脏中的那些蠕虫”。在彻底灼烧殆尽之后，他下定了决心，“拥抱满是皱纹的现实”，逃 69
离欧洲，开始一种艰苦劳作的生活。

兰波实现了他的决心。他向他无法化解的精神存在之张力投降了。这所有诗人中将自己向“陌生处”抛掷得最远的诗人无法洞明，什么是那陌生者。他回转身，接受了内心的死寂，对他自己所炸过的世界保持缄默。这个世界最沉重的反抗在他来看是基督教的传承。这传承满足不了他对超现实之物的无限渴求，在他眼中如同所有尘世之物一样狭窄。兰波对所有现实和留传之物的爆破也让基督教崩解。波德莱尔尚且可以通过他的咒骂形成体系。在兰波身上，那些诅咒变成了混沌，最终走向了沉默。这一切都表明，他妹妹说他死时是虔信的，这一说法是虔诚的虚构。

虚构的自我；去人性化

在兰波的诗歌中发言的我与《恶之花》中的我一样是不可按照作者本人来理解的。虽然这个男孩及少年的经历，如果人们有兴趣的话，可以用来对文本作心理解释，但是它们难以增进对诗歌主体的认识。去人性化(Enthumanisierung)的进程在此加速进行。兰波诗中的我处于不谐和的多声调状态，是那种自我变形的操作行为产物，对此上文已有论述，由此也是那同一种想象风格的产物，他诗歌的图像内容正出自这种风格。这个自我可以戴上所有的面具，可以将自己扩展至所有的存在方式、所有时代和所有民族。当兰波在《地狱一季》的开端说及自己的高卢祖先时，还可以按字面来理解。但是几句之后，人们就会读到："我在各地生活过，没有我不认识的家族。在我的头脑中有施瓦本平原的街巷、拜占庭的远景、耶路撒冷的围墙。"这是被驱动的幻想，而
70 不是自传性描写。虚构的自我以"愚人的图像"，以东方和原始的刺激材料为滋养，变成了全球行者，使自己成为了天使和魔术师。自兰波开始了诗歌主体和经验自我的异常分离，这种分离可以在当代诗人庞德和圣琼•佩斯那里再次看到，单单是这种分离就已经禁止人们将现代抒情诗理解为传记式表达。

兰波也是从超越个人的现代性状况来解释他的精神命运的。"精神斗争如男人决战一样粗暴"(第 230 页)，这句话出自他给魏尔伦写的、为自己作为深深坠落者的宿命辩护的文本，这个坠落者也因其坠落而能看到更远处，但是却不为人理解，即使在温柔时也具有致命的作用力。他自豪地知道，"这怪异的受苦具有一种让人不安的权威"(第 161 页)。按照一个留传下来的自述，"我的优越性在于，我没有心灵"。浪漫主义的诗歌是让他反感的"善感心灵"。有一个诗节如此写道："于是你让自己脱离了人类的喝彩，脱离了低下的追索，而腾飞……"(第 132 页)

这不仅仅是理论规划。诗歌本身正是去人性化的。它不向任何人叙说，因而是一种独白，没有用一个词来谋取听者，因而显得是在用这样一种声音言说，这声音没有任何可以让人理解的载体，尤其是当被想象出的自我都已让位于一种无我的言说时。可以分辨的情感让位给

一种中性的颤动，这一点比在爱伦•坡笔下还要强烈。这一点以散文诗《焦虑》(第188页)为例就可看到。诗的标题似乎指向了一种精微的灵魂状态。但是恰恰这种状态是诗中缺失的。即使是恐惧都不再拥有人们熟知的面目。这恐惧确实在场吗？人们所感受到的，是一种无从确定的凝缩，其中混杂了许多，包括希望、崩塌、欢呼、丑相、疑问——这一切都被急速说出，又被急速越过，直到文本在创伤、苦痛和折磨中终结，而无人知道，这些创伤、苦痛和折磨意味着什么，从哪里产生。诗歌整体是不确定的图像和情感组成的眩晕，与它们同样不确定的是文本中简略提过的两个女性。如果表达的情感可以说是恐惧的话，那么这恐惧也完全从感情生活的正常框架中脱离了出来，从而无法再承担“恐惧”这个归于人类的名称。

当兰波将人类作为一首诗的内容时，他们就会显示为来历不明的
陌生来客或者假面。身体的单个部位与整个身体处于不协调状态，被 71
过度照亮，以解剖学的专有名词来修饰，造成了一种坚硬的客观化效果。即使是如《河谷中的牧羊人》这样一首曲调宁静的诗歌也可以作为去人性化的例子。诗中一片小小的河谷草地，“波光泼溅”的草地导向了死亡。与此同时，诗歌语言从开始时微微醉人的诗句走向了结尾时冷静的语句，后者表明，那静默的牧羊人是一个死去了的士兵。走向死亡的下降非常缓慢，中间有所停顿，到了最后才急转直下，出人意料。这首诗的艺术内涵是从明亮到黑暗的运动过程。然而这个过程是不带感情色彩的，笼罩着冷冰冰的安宁，这安宁也不是来自死亡，而是因为这里使用了之前描绘河谷草地的同一个词：之前是“一个由绿色组成的洞”，现在则是复数的“右边的两个洞”。被杀者在观看者眼中是纯净的画面。心灵可能产生的震动无处可寻。取而代之的是一种艺术化的运动风格，这种风格将一个人的死亡用做一个跳板，让运动进入陡然的静寂。

边界的打破

兰波的诗歌主体渐渐获得了一种激奋，这激奋向着想象的远方扩展。奔赴“陌生处”的强迫症让他和波德莱尔一样叙说“蓝天的深渊”。天使群集在这个同时也是低下深渊的高处，这是一个“海洋与寓言相遇的火之泉”。这些天使是光亮的点和浓缩的点，是高度、广度和一种无法把握的富余的闪电般转瞬即逝的符号；然而这是没有上帝也不带神谕的天使。在他的早期诗歌中就已经引人注目的是，有限之物是如何奔向远方的。比如说《奥菲利亚》。这个奥菲利亚与莎士比亚剧中的人物不再相关。她随流漂下，但在她身边展开了一个辽远的空间，其中有带来神秘歌声的黄金星辰，有从远方奔驰而来的山风，有海洋的低鸣，有无限物造成的恐惧。而她自己则被超拔为一个持久不灭的形象；她在河中漂荡超过了一千年，她的歌曲吟唱那些狂想超过了一千年，怀着狂想的那些人因为“巨大的幻象”而使语言纷乱。

72 这种以远方来提升近物的手法作为动力模式贯穿了兰波的所有作品。这一模式进行的速度越来越快，往往就在单个句子中完成。激奋之感成为了酒神之歌。“我在塔与塔之间拉紧了绳索，在窗与窗之间拉紧了纸带，在星与星之间拉紧了金链，然后我起舞。”（第 178 页）这是毫无目的的无序舞蹈，正如在波德莱尔的《七个老头》结尾处已经出现的那样。远方最终无法再被提升，而是开始毁坏。散文诗《通俗小夜曲》（第 187 页）是以这样的语句开始的：“一场风暴在墙上打开了缺口，冲破了房屋的边界。”这可以看做兰波诗歌的纲领性词句。诗歌本身实现了这纲领，以其来自所有空间状态的崩解了的图像；在诗歌的结尾处，开端的词语如同副歌一样重现。制造混沌的破界并没有因为这首散文诗相对较短的形式而受阻。这一类文本的终结早一点或晚一点都无关紧要。

《水滴》（第 125 页）是晚期一首意义隐晦的诗歌，它给出的谜语既无法从它那毫无关联的标题，也无法从单个部分的内容来破解。（毫无关联的标题将始终是现代抒情诗的一个基本特征，参见后文第159页[①]。）从此开始，现代抒情诗的解读要用另一种思路，这也是我推荐用以解读这首诗歌的思路，即不依据运动中的图像，而依据运动过程本身。一位饮酒者坐在一条河流边。他所饮的，让他恶心。这是序幕。在不对称的下一处，发生了一次冲撞：暴风雨让天空剧变；在蓝色夜空下是黑色的田野、湖泊、旗杆、柱子，上空出现了多个车站；水浪席卷森林，冰块冲入水池。这发生的是什么？一片有限的地上风景猛然转变为天上的洪水景象，随后大地也参与其中。伴着饮酒者的胡言乱语，文本结束了——这是没有结束的结束，它重新制造了谜语，当然对这个谜语有一点是可以感受到的：通过喧腾的远方的闯入，将边界打破。

"饥"和"渴"是兰波语言中的常见词。同样的词语也曾经被神秘主义和但丁依照《圣经》的先例使用过，为的是刻画出神圣的欲求。但是，在兰波这里，相应的语句却展示出走向不得安宁之物的方向。《渴之喜剧》的结尾是：所有生物，鸽子、野兽、鱼群、最后的蝴蝶都渴——但是谁能在缺少主宰的云朵消融之处融化呢（第128页）！诗歌《饥饿的节 73
日》出自同一年，1872年。这一饥饿的节日却是：吞食石、煤、铁、沙砾，在支离破碎的黑色空气下，在发出鸣响的蓝天下。这饥饿永不可消除，因为通往蓝天的路径是封闭的，这饥饿被压抑成了坚硬物，成为了反抗的诗歌，成为了黑暗盛怒的"节日"，这盛怒自知是一场灾祸。"病态的渴使我的血管晦暗。"（第131页）

《醉　舟》

这里要谈论的是兰波最著名的诗歌，《醉舟》（1871年）。他写下这首诗时并没见过诗中焕发光彩的异国海洋和土地。有人设想，他是从带插画的杂志中得到灵感，描绘出那些图像的。也许确实如此，但是这仅能说明人们可以从这首诗歌本身中读出什么来。它与任何真实状况

① 此处页码指原书页码，见本书边码。下同。——译注

都毫无关联。一种具有暴力并施展其暴力的幻想创造了一幅高烧时才会看到的景象：被过分拉张的、旋转着的、完全非现实的空间。文学研究习惯于指出诗中借自其他诗人的细节。然而这种借用——其实是种转化——并不能掩盖这一事实：这首诗有完全属于自己的力量中心。有人将这中心与维克多·雨果的《盈满的天空》(出自《历代传说》)相比：两者中都出现了冲向天空的小舟。然而在雨果笔下，大量的图像都是为了表现对进步和幸福的庸常激情。《醉舟》却最终走向了一个孤独而受挫败者的破坏性自由。这首诗的运动构成除了兰波自己以外再没有先例。在《奥菲利亚》中已经崭露的将有限者提升为无限者的行动这时已经成为了极端却合理的超拔。

这一超拔过程的载体是一只小舟。虽然没有明说，但是不容误解的是，这一过程同时也是诗歌主体的行为。图像内容具有如此猛烈的强力，以至于小舟和人之间的象征性合一只有在整体的运动过程中才能得以辨识。运动着的内容本身是可见的、得到精确描述的细节。这些图像变得越是陌生和非现实，它们的语言就越是感性化。那种将整个
74 文本作为绝对隐喻(absolute Metapher)的诗歌技巧，使诗歌得以只叙说小舟，而不叙说被象征的我。这种做法有多么大胆，可以从以下轶事看出来，兰波将这首诗读给邦维尔听，后者觉得有所不足的是，这首诗可惜没有以“我是一只小舟……”开始。他没有理解，这里的隐喻不再是单纯的比喻手法，它创造了一种身份认同。绝对隐喻始终是后代诗歌中一种占主导地位的风格手段。就兰波自己而言，绝对隐喻是与他诗歌创作的一个基本特征相符的，这一特征在后文中会以“感性非现实”这一关键词加以论述。

《醉舟》是一种独一无二的扩展行为。间或也安插了停顿，但是在这之后扩展得到了新的急剧推进，在某些诗句中达到了混乱的爆发。这一过程是以某种宁静开始的，起初还只是顺流漂荡。但即使是这种安静也是以一种排斥为前提的：小舟不再关心它在岸边死去的船员。

然后一切牢固之物迅速消散。顺流而下演变成了在风雨海涛中破碎的小舟的舞蹈，小舟漂过了所有的国土。这是在绿色的多个深夜里，在腐败和危险中，在死亡符号和“唱歌的磷火”笼罩下的舞蹈，向上抛入鸟雀绝迹的穹宇，在砖红色的天空上砸出洞来——直到转折出现：对欧洲的乡思。但是乡思不再引人回到故乡。小舟获得短暂的田园曲，来自一个在黄昏的香气里在水池边玩耍的孩子。然而这终究是无望的梦境。因为小舟呼吸过海洋与星辰群岛的辽阔，深知自己会因为欧洲的狭小而败坏。正如诗歌开端时的宁静中包含了排斥，在诗尾处，疲惫的安宁则收容了之前诗节中毁灭性的爆炸。这是强弩之末的宁静，是在无限中沉舟的宁静，也是有限物无能为力的宁静。

这首诗表现出了诗句技巧的高度准确性。它也包含了简单的句子结构，给予所表述的内容一种形式上的透明感。其爆破力不是来自于句法，而是来自于观念。的确，爆破力越是与句子组接形成一种形式上的不和谐，就越剧烈。观念本身是幻想的日珥，那幻想不仅仅是一个诗节接一个诗节，而且也是一个诗行接一个诗行，有时甚至在一个诗行
之中，在遥远和狂野上累计更多的遥远和狂野。这些图像彼此之间并 75
没有内在关联。没有一个图像是依照必然性从另一个图像中产生的，由此形成了一种随意性，这使得整段诗节都可以相互调换。另外更增强效果的是，单个的图像组合式来自最对立之物的混合，来自现实中不可统一之物的结合，来自美与令人憎恶者、松散者与迷人者的结合，也来自专业术语，尤其是航海术语的特殊使用。在一个尚且没有被毁掉的句法结构中酝酿出了混沌。

但即使是这混沌也是有一种段落划分的。运动方向的重要再次超过了运动着的内容。诗歌的动力赋予了图像随意而彼此无关的出场，因为它们只是独立化了的运动的载体。这些运动本身清楚地体现为三种行动方式：排斥和反叛，突破以致无法量度，沉入毁灭的寂静。它们不仅仅是《醉舟》中的运动构成，也是兰波整个创作的运动模式。在许

多细节上，诗歌内容上的混沌已经无法进行解释了。但是这样的抒情诗，如果深入钻研其运动构成，是可以解释的。另一个由此得到的合理结果就是，这些抒情诗变得日益抽象。抽象的概念，就其在这里的使用而言，并不是局限在不可直观、没有对象的意义上。它更多地是描述这样一些诗行、诗段和词句，它们自给自足，是纯粹的语言动力机制，借助该机制让内容之间可能的现实联系被摧毁成无法理解之物，或者让其根本无法出现。现代抒情诗的很大一部分，尤其是那些与兰波的诗歌类型相近的诗歌，都遵循这一点。

就兰波本身而言，三重运动构成表现出了他与现实以及与超验性的关系：翻腾搅拌地将现实变异，渴求着奔赴远方，终止于失败，因为现实太狭窄，而超验世界太空洞。其散文中有一句话用一连串概念对此作了总结："宗教上的或者自然的神秘主义，死亡，诞生，未来，过去，创世，虚无。"(第 213 页)在这一串概念中，最后一个是虚无。

76 被摧毁的现实

对任何文学作品，尤其是抒情诗，必然无法再按照它们与外部现实相关的图像内容在多大程度上是准确和完整的来进行评价了。文学其实一直有对现实进行移置、调整、充满暗示地缩略、扩展性地魔魅化，使其成为一种内心表达之媒介、成为全体生命状态之象征的自由。然而需要注意的是，这样的改造在很大程度上仍要顾及事实上的既有状况，它们在进行种种虚构的同时在很大程度上始终还是现实世界的可能组合，以及它们在很大程度上还是停留在那种隐喻图像力量的框架里，这种力量从一开始就内在于所有语言中，所以也是容易理解的。而自兰波以来，抒情诗只是在日渐缩小的范围里保留着这样的顾虑。抒情诗越来越不关心各部分叙说内容之间的关系及其地位高低。对于观察者来说，这就更有必要以启发的方式将现实看做比喻。因为只有这样才能识别诗中那种对现实的摧毁的规模，尽管旧有的隐喻遗产中的爆发力也是如此激烈。

在他最后的诗作中，兰波让他的朋友魏尔伦说出：“有多少个深夜我在他熟睡的身边醒来，为的是探究出，他[兰波]为什么要如此强烈地冲破现实。”(第216页)在他所虚拟的魏尔伦的话中，是兰波自己在说话。他自己无法解释他冲破现实的原因。然而他的作品却为我们展示了一种完全可以解释的契合，他对现实的关系和他奔赴“陌生处”的激情之间的契合。那无法再以信仰、哲学和神话填充的陌生者，比波德莱尔更强烈，是一种张力的一极，因为这个极点是空洞的，所以张力就会回转来冲击现实。又因为现实在面对这种——尽管是空洞的——超验性时让人觉得有所匮乏，所以追求超验性的激情就转而毫无目的地摧毁现实。这种被摧毁的现实构成了一种混沌的符号，标示出现实的匮乏性和“陌生处”的无法抵达。这种状况不妨称之为现代性的辩证法。它远远不止于兰波，而是决定了欧洲的文学和艺术。“对于我来说，一幅图画就是摧毁的总和，”后来毕加索如此说。

波德莱尔有句话是需要忆起的，他认为导入幻想的行为是一种 77
“分解”。这种分解的相近概念在波德莱尔那里还包括“变异”，而兰波的诗作让这种分解确实成为了诗歌创作方式。如果现实仍然还在场(或者如果我们能以启发的方式用现实来量度诗歌)，它就会遭受扩展、肢解、丑化、两极对立，而且程度如此强烈，以至于它不断成为向非现实的过渡。在兰波的物象世界中，水和风是两个原初元素。在早期诗歌中它们还有所拘囿，在后期则发展为怒波和风暴，成为了洪灾的威力，在这种威力之下，时间和空间的秩序都被打破，“平原、沙漠、地平线变成了暴风雨的红色外衣”(第124页)。如果将他的诗歌中出现的物象和生物放置在一起，就可以看到，他是以怎样的骚乱在所有的广度、高度和深度上不可停息地将熟知之物陌生化的(这大多是如此来实现的，他既不从空间也不从时间上为熟知之物提供维系)：乡村街道、流浪人、妓女、酒鬼、酒馆，但是也有森林、群星、天使、孩童，却又有火山口、钢架、冰川、清真寺或者马戏团世界和卖艺场世界，对于后者，诗中写道，它是“飞奔的鬼脸的天堂”(第 172 页)。

丑陋的强度

这样的现实无法再归结于任何一个中心，这样的中心会以**一个**实物、**一片**国土、**一个**生命来为其他事物提供尺度。现实是高烧般的强度留下的灼热痕迹。对它们的表现与任何现实主义都毫无共同之处。兰波为现实在他文本中的残留物所刻印上的丑陋也可理解为一种强度。不过美也是如此。在他笔下有非常“美”的地方，美在图像或者美在语言的声韵。然而具有决定性的是，这些美丽之处不是单独存在的，而是与其他“丑陋”之处毗邻的。美和丑不再是对立的价值，而是刺激的不同变体。它们的客观差异被取消了，正如真和假的差异也消失了一样。美和丑如此紧密相邻，制造出了一种反差的动力，这是一切的关键所在。这种动力应该也可以从丑本身产生。

78 在之前的诗歌中，丑陋主要是以滑稽或批判的方式表现道德低下的符号。比如《伊利亚特》中的忒尔西特斯[1]，但丁笔下的地狱之旅，中世纪盛期丑化非宫廷人物的宫廷诗歌。魔鬼是丑陋的。在 18 世纪下半叶，然后在诺瓦利斯笔下，之后在波德莱尔那里，丑陋作为“有趣”者进入了诗歌，迎合了需要强度和表现力的艺术意志。在兰波这里，丑陋却获得了为一种感性能量服务的任务，这种能量旨在对感性现实进行最剧烈的变异。这样一种诗歌创作，在自己的描述对象中追求的更多是其超越物象的张力关系而不是内容，它需要丑陋，是因为丑陋作为对自然美感的挑衅会在文本和读者之间造成惊恐的戏剧效果。

1871 年诗歌《Les Assis》问世，按照文本使用语言的大胆，不妨将这个标题翻译为“坐者”。按照魏尔伦的记述，这指的是沙勒维尔的一个城市图书馆管理员，他惹恼了兰波。这有可能，但是对于理解这首诗

① 《伊利亚特》中的一名希腊士兵，丑角，喜爱骂人。——译注

歌来说，这个轶事帮助不大。借助一种充满了解剖学术语、生造词和暗语的语言，这首诗创造了一个关于最非同寻常的丑陋的神话。它叙说的不是一个图书馆管理员，也不是多个管理员，也不是书本。它叙说的是一大群兽化了的、蹲坏了的、凶巴巴的老头。是的，最开始甚至都没提到这些老头，而只是令人毛骨悚然的细节：黑色的肿瘤、麻子、眼眶泛绿的眼睛、在股骨周围抓挠的蜡一样白的手指；描述出的是前额上“模糊的沉闷不快”，犹如旧墙上患麻风病的繁花。然后才是人物：怪异的骨架，癫痫般的淫欲鼓胀着椅子骷髅；他们的双足插进了患有佝偻症的座位铁杆里，从早到晚，一贯如此，永远如此；灼人的日光烧透了他们的肌肤，眼睛朝向窗口，“那里雪在凋谢”；在椅子的稻草里熊熊燃烧着旧日被窒息的阳光，在阳光背后谷粒曾经发酵；膝盖靠着牙齿，老头们就这么蹲坐着，“绿色的钢琴师”，用十只手指在座位下敲打，他们的头在他们衰老幻想中的情爱晃荡中摇晃。如果有人喊他们，他们就会像被打了耳光的猫一样呜呜叫，他们缓慢地将肩头伸开，他们的弯脚拖沓地往前走，光头撞上了灰色的墙，他们的燕尾服纽扣穿过走道 79
的黑暗钩住人的目光，从他们杀人的眼神中渗出被殴打的狗的恶毒。他们又坐在那儿了，将他们的拳头缩进肮脏的袖口；在干瘦的下巴下，在靠近座位的地方，颤抖着一束腺体；他们梦着更美的坐；墨水之花在他们的梦中摇摆，喷吐着逗号的精液。

这样的丑陋不是重现，而是新创。这是无处不在和无时不在的复数存在；不再是人，而是骨架，与实物合一，而实物也是蹲坐在实物之上者的同伴；此外还有虚弱无力的凶狠和衰迈性爱的朦胧状态。这一切都是以出自冥界的嘲讽说出来的，这种嘲讽始终隐藏在诗句那歌唱般的韵律中：整体而言是旋律与图像的不谐和音。即使是其中嵌入的“美”的残余也是服务于不谐和音的，或者本身就是不谐和的，让抒情诗的原始潜能与平庸之物相结合：“墨水之花”，“逗号的精液”，而后者则又被一个比喻，即在菖蒲上飞过的蜻蜓所美化。丑所起的作用是显而易见的。如果用所谓正常的丑来衡量，就会看到，这一诗歌中的丑也让正常的丑变异了，就如同它让所有现实物发生了变异一样，其目的是通过破坏让人感受到向超现实的飞跃，而这也是向虚空的飞跃。

十二年前，波德莱尔写下了诗歌《七个老头》。诗中也展示了人和实物的丑陋。但是这种丑陋以多种方式提供了辨识方向。展示地点和行进过程是以精确的步伐铺展开的：首先是熙熙攘攘的城市，然后是郊区的街道，然后是时间的设定（清晨）；一个老人出现了，他的整个形象得到了细描细绘，接着出现了第二个；最后一共是七个。诗歌中的我对此的反应是精确的：惊吓，悚惧，然后是最终判断。丑陋是以感官上的精细刻画呈现出来的，就其自身而言是有所控制的，最重要的是，它被设定在确定的空间、时间和情感反应之内。其中一个老头被比作犹大。而这也提供了一个辨识方向。文本通过与一个众所周知的人物的联系让人得以回归熟悉之物，与之类似的是，主体的激奋为这一可怕的演示带来了诸如温暖之类的元素，因为这种激奋，尽管包含了种种痛苦，但却是人的激奋。而在兰波笔下，这样的辨识方向是完全缺失的。他的老头只是作为群体显现，而这个群体又是由解剖学细节和病理学细节，而不是由人物形象组成的。诗中的空间只是一些残片。时间
80 是一种"一贯"。具有典型意义的是，对魏尔伦提到过的现实缘起（沙勒维尔图书馆），兰波在他的诗中甚至都不曾以影射的方式提及；如果那样做的话，就会造成太多与现实相连的方向指示。诗人营造的这种超量的丑陋却不愿重获任何熟悉感。虽然悚然之物也依然会让人感到熟悉，现代抒情诗人施行变异的意志却将悚然之物放置在了无所依傍的悬空之处。

感性非现实

以现实来量度兰波的图像内容，只可能具有启发性价值。观察一旦深入，人们就必然认识到，"现实"和"非现实"之类的概念不再行之有效。另一个概念显得更加有用：感性非现实（sinnliche Irrealität）。我们

用这个概念指的是如下意义。变异了的现实材料往往是以词群来表达的，这些词群中每一个组成部分都具有感性质量。然而这样一种词群是以如此反常的方式来统一那些事实上不可结合之物的，以至于从这些感性质量中形成了一种非现实的构成物。[①]这里涉及的始终是可以观看的图像。但是这些图像绝不会与肉眼相遇。它们远远超出了诗歌一贯所具有的、来自于隐喻的基本语言力量的自由。“街道之面包干”，“背朝天站立的国王”，“蓝天之鼻涕”：虽然这些图像有时也会让现实中本已存在的特性发挥更加锐利的作用，但是它们所指向的方向不是现实物，它们追随着一种摧毁动力。这种动力仿佛是不可见的“陌生者”的代表，它推移了现实的形体界限，强行合并现实的极端对立面，让现实本身成为了遭受感性刺激也制造感性刺激的陌生者。改变现实秩序，却仍然体现出感性，这是旧有诗歌也曾使用过的手法。在兰波的诗中偶尔也会出现有所节制的例子。一面红旗被称为“淌血之肉组成的旗帜”。这一图像的真实缘起，红色，并没有被明言出来；是语言让这一(体现出其残忍倾向的)隐喻与现实相连通。然而这样的例子只是停 81
留在萌芽阶段的变异手法，这手法在其他情况下会以压倒性的数量全面展开，让兰波的感性非现实成为他惊悚戏剧效果的展示场所。

“肉之繁花，在星辰之林中浮现”；“穿木鞋的田园诗在花园里吱嘎作响”；“诸城市的污秽，且红且黑，如一面镜子，当隔壁房间的灯在盘旋”：这一切都是来自感性现实的元素，但是通过紧缩、省略、移置和重新组合被提升为一种超现实。而新的构成物恰恰因此而不再回溯现实，而是强迫观者的目光投向这构成物所呈现的行为本身。这是一种专制性幻想(diktatorische Phantasie)的行为，它让那种仅仅从启发式理由出发用现实来量度文本的做法成为多余之举。我们现在身处这样一个世界，这个世界的现实性仅仅存在于语言之中。

① 这可以比照霍夫曼斯塔尔对诺瓦利斯的一个评述：“最奇妙的诗歌语句是那些以一种强烈的、形体上的确定性和清晰性，通过描述的方式展示出形体上不可能之物的诗句；这是真正以词语进行的创造。”(《笔记》，1959，第183页)。

专制性幻想

专制性幻想并不是以感受和描述来进行的，它拥有不受限制的创新自由。现实世界在如此一个主体的权力叙说下瓦解，这个主体不愿接受其内容，而要自己制造出其内容。兰波的巴黎岁月中有一段口头表述流传了下来：“我们必须努力让绘画挣脱其进行复制的古老习惯，以便让它获得主权。它不该再复制客体，而应该通过线条、颜色和取自外部世界却加以简化和驯服的轮廓，将刺激强加给客体：一种真正的魔术。”有人援引这一表述以让人理解20世纪的绘画（巴黎1955年毕加索展览图册）。这样做是合理的，因为兰波的这段表述，正如兰波的诗作一样，确实预先体现出了现代绘画的意旨，这种绘画不可以依照实物对象来加以解释。主体的绝对自由想要显现其本身。很容易看到，兰波这种尚且理论化的对幻想的思考以怎样的规模为延续至20世纪的诗歌和艺术实践打下了基础。

卢梭、坡、波德莱尔都谈论过“创新性幻想”，而且已经谈到，这一
82 个关键词的重要性在于创新能力。具有典型意义的是，兰波用其基本成分推动了这个关键词的发展。他提出了“创造性**律动**”，这出现在一句可作为兰波的美学总结的句子中：“你的记忆和你的感官只应该成为你创造性律动的养分。但是这个世界，一旦你离开了它，它还能有何成就？可以肯定，它从它此时的外表中再无可获。”（第200页）。艺术创造的律动留下的是这个世界的一幅扭曲了的、不再熟悉的面孔。这律动是一种暴力节奏。兰波文本的一个关键词就是：残忍（atroce）。

专制性幻想颠覆了空间秩序。少数几个例子：马车在天空上驰行，在一个湖的深处有一个沙龙，在最高的山峰上漂浮着海洋，铁路轨道穿越并凌驾于一个旅馆。但是幻想也颠覆了人与物之间的正常关系：“公证人悬挂在他的表链上”（第59页）。这幻想强行让相距最为遥远者相连，让显明之物与想象之物相连：“为早晨的牛奶，即上个世纪的深夜的喃喃自语阴郁至死”（第163页）。这幻想涂抹出非现实的颜色，

这些颜色是实物并不具备的，由此更加使其陌生化，而这也实现了波德莱尔的那些愿望：蓝色的水芹、蓝色的牝马、绿色的钢琴师、绿色的欢笑、绿色的天空、黑色的月亮。向远处扩展的幻想使原本单数的实物变为了复数：诸埃特纳山、诸佛罗里达州、诸大漩流。这些实物由此在感性上被强化，却同时超出了现实。这一方式与兰波的另一个偏好是相符的，即通过总括式的“所有”取消所有地域上的界限或者其他界限：“所有的谋杀和所有的屠戮”、“所有的雪”。复数化和这种总括是如此一种幻想的权力手段，这幻想伸长了手搅乱现实，丢弃现实，搓揉出新的超现实。

梦幻般的景象，就如在波德莱尔笔下一样，向无机物延伸，以便借助无机物使自身硬化，脱离自身进入陌生处。“在苦涩的时辰，我用蓝宝石，用金属打造我的球。”（第 170 页）一首最为完整的散文诗名叫“花”（第 186 页）。诗中句子有节奏地起伏，制造出一种张力，虽然这张力在结尾处化解，却让人无从解释。图像的运动是绝对幻想和绝对语言的纯粹曲线。而这恰恰得益于无机物，无机物是非现实性的符号，也 83
是——正如在这诗中——一种魔幻之美的符号：金子的阶梯、绿色的天鹅绒、如阳光下的青铜般呈现出黑色的水晶片，一朵毛地黄绽放在一席由银丝、眼睛、头发编织成的地毯上，撒播在玛瑙上的碎金、桃花心木的支柱、绿宝石做成的大教堂、细长的红宝石枝条。在这样的环境中，玫瑰被坚硬的非现实所攫取，与毛地黄的毒形成了隐秘的亲似性。因为在这幻想的深处，魔幻的美是与毁灭合一的。

毒草与玫瑰，在别处还有污秽与黄金：这就如同不谐和音的图像程式，是这种幻想赋予其产物的。频繁出现的还有锐利的词汇不谐和音，也即将异质事物或价值浓缩在最短小的语言空间中的词群：饮焦油而醉的太阳，有着冬日阴灰情调的七月早晨，铜棕榈树，“鸽粪般的”梦。那本可以让人觉得舒适惬意的，遭受了猛然冲击，这大多是在文本的结尾处，来自一个突然插入的粗野或庸俗的词。这种诗歌的意志在于撕裂而不是终止。言说方式和言说内容之间的不谐和音也值得注意。兰波以民歌的曲调吟唱他的一首意义最为晦暗的诗歌《最高塔之歌》。另一首诗歌《抓虱子的女人》将垃圾、欲望的湿热、抓虱子的仪式放置在最纯粹的抒情诗语言韵律中。混沌和荒诞是以冷静的简练表现出来的,对立之物被镇定地列举出来,不含“但是”、“然而”、“可是”。

《彩图集》

这些也可以用来描述《彩图集》的特点。这标题具有典型的多义性,既可以指“彩色印刷”,也可以指“照亮”。要从内容上对这部作品进行段落划分是不可能的。谜一般的图像和发展过程相继起落。在语言中轮番出现沉醉和生硬的破裂、单调而固执的重复和毫无支撑的词语链条。很少有某首诗歌的标题有助于对该诗歌的理解。支离破碎的主题运动于回顾与展望、仇恨与美化、预言与放弃之间。激奋散布在一个
84 从群星延伸至墓群,充满无名的形象、凶手和天使的空间里。伊庇鲁斯、日本、阿拉伯半岛、迦太基、布鲁克林汇集在**同一个**展示地。而在现实中彼此相连的,却反过来分道扬镳而形同陌路了(例如《海岬》,第191页)。这些诗作的戏剧性就在于,毁坏世界以便让无序状态成为不可见的隐秘的感性现身。一个文本的开端就已经与起兴的思想或者实物拉开了如此远的距离,以至于文本立刻就获得了断片的品质,是从另外一个世界偶然到达我们的碎片。在此处彼处都叙说了某物,比如在《寓言》(第170页)中。一位王子——哪一个?——杀死了女人们。她们又重新出现。他杀死了他的男部下。他们仍然跟随他。“可是他怎么才能被摧毁所迷醉,因残忍而重获青春!”一个具有超凡之美的天才与这王子相遇,两人都死去了。“但是这王子是在他的宫殿里逝世的,死时是普通的年岁。”狂醉般的杀戮和死亡并没有奏效;被杀死者依然存活,与天才一同死去者稍后还是归于庸常的死亡。也许这就是意义所在:即使是摧毁也无济于事,即使是摧毁也会走向平庸。然而这一

"童话"最引人注目之处在于，它借助叙述上的确定性表达出了荒诞，而且它知道，即使荒诞也是不够的。"我们的欲求缺乏宣告的音乐，"结尾时的截断语如是说。

《彩图集》是一个并不考虑读者的文本。它不想被理解。它是一场释放幻觉之电流的暴风雨，至多不过预计要唤起对危险的恐惧，而从中会产生对危险的爱。它也是一个没有诗歌之我的文本。因为在某些段落里出现的我是那个人造的、陌生的我，正如《通灵者信函》中的我一样。不过，彩图集借此证明了，这作品的诗人，如其中一句所言，是"创造了与所有先辈都截然不同的功绩的发明者"(第 174 页)。这部作品是走向绝对化的现代幻想的伟大纪念碑。

穿插技巧

诗歌《海岸》也许是属于诗集《彩图集》的，最后的出版者将这首诗收录在了诗集里(第 188 页)。它写于 1872 年，是完全自由体的诗句在 85
法国的第一个例子：十行诗，长度各一，不押韵，也没有阳性和阴性句尾的规则序列。在法国(直到今天)对严整格律的放弃比在其他国家都要更醒目，被更强烈地感受为反常诗歌创作的一个征候。兰波让形式语言也配合了他毫无规章的幻想。他将形式推移为不对称的诗句构成，这与他的散文诗非常接近。他以此在形式上也比波德莱尔迈出了坚定的一大步。自《海岸》之后，自由体诗句日益主导了法国的现代诗歌。卡恩、阿波利奈尔、雅各布、雷尼耶、艾吕雅成为了 20 世纪的自由诗能手。自由体诗句成为了这一类抒情诗的形式标志，这个类型——不论是有意识还是无意识——是追随兰波的。这首诗是这样的：

海之一份

这银与铜的车辆——
这钢与银的船头——

击打起泡沫,——
抬举起荆棘的残干。
荒原的洪流,
和退潮那无可量度的犁沟
回旋着朝东方涌去,
去那森林之柱,
去那堤坝之干,
而在堤坝边角处激起了光之漩涡。

这首诗包含着双重的对比:一重是格律的不规整与言说方式的规
86 整和宁静之间的对比,另一重是言说方式的规整宁静与内容那不同寻常的放肆之间的对比。诗歌以从容的态度一个接一个地列举出各个内容。只有在两处地方——而且完全无足轻重——通过小品词彼此相连(第 6 行和第 10 行)。这种对连接手段的回避恰恰使诗歌脱离了简单的散文,让其冷静的、无我的言说方式充满了神秘:魔术般的冷静。诗句不仅仅是句子成分在版式上的单列,如果写成散文,这些成分就会要求一个分隔符。这样的单列更多地赋予了这自由体的词群一种提升了的强度,为这音调铺陈赋予了一种与《圣经》相近的平行结构。此外,词汇材料则是以名词为主。少数几个动词退回到物象之后,物象的构图价值这一次比其运动更为重要。然而其中也出现了一些颠覆之举。这来自于非现实幻想的分配暴力。这一份海是以与标题并不相称的一行诗开始的:银与铜的车辆。第二行诗较为对应:钢与银的船头。两者,车辆和船头,"击打起泡沫,抬举起荆棘的残干"。接下来说到了"荒原的洪流"、"退潮的犁沟",而这一切都涌向"森林之柱"和"堤坝之干",一起被激荡起的光之漩涡所覆盖。

可以看到,这首诗在做什么:它涉足了两个领域,一个航海领域(船、海),一个土地领域(车辆、荒原);但是它们是如此交错,以至于其中一个插入了另一个，而所有常规的事实性分隔被取消了。海之一份同时也是土地之一份，反之亦然。也许诗歌的缘起来自在拉丁语中就已经常见，在法语中也通行的隐喻所包含的统一：船在“犁”或者“耕”海。但是这首诗远远超过了这一可能的缘起，诗中的动词将两个领域缩合，单个的词群也是如此（荒原的洪流等）。所以这里绝不是隐喻。取而代之的是对事实上截然不同之物的绝对等同。另外还需要注意的是，文本并没有提及海，而是提到了泡沫和退潮，没有提及船，而是船头。不举出整体而只称述部分，这虽然是每个时代都可能有的诗歌手法（这被称为举隅法），但是在兰波这里这一技巧发挥的作用更加精 87
细。他绝大多数时候都只列出物象的部分，从而已经引入了摧毁，随后将会破坏整个实物秩序。

在这些宁静而简练的诗歌里，我们不仅仅看到了自由体诗歌在法国第一次坚定的出场，也看到了现代穿插技巧的第一个例子，而这技巧本身又是去现实化、感性非现实的一个特殊例子。其中的新意是什么呢？从物象来看，只能以否定方式来定义：这是一种非现实，是对事实差异的毁坏。从中升起的谜是无可解答的。互相穿插的实物在随意性和可交换性中回旋——而且文本本身也是如此：从这十句诗行中，至少有三或四行可以调换而不让其有机整体受损。可以将创造这一切的幻想称之为自由。这是一个肯定的概念。但是如果想更进一步定义这样的自由，却会重新出现否定性称谓。因为这种自由诗对事实秩序的突破，是迥然不同之物的非现实交错。这样一种幻想自由就整体而言具有力度，在艺术上是可信的。但是在单个进程中它并不具有必然性。这将始终是现代抒情诗的一个基本标志：它的言说内容是可交换的，而言说方式本身却听从一种风格规则，这规则自有其明证。

穿插技巧直到当代都是诗歌和绘画众多共同处之一。有趣的是，普鲁斯特对此有过一段详细的说明。在《少女花影下》的第三卷中（1919 年，第 97 页等），他描写了他对虚构的画家埃尔斯蒂尔的一次拜访。描述中织入了一些思考，这些思考与现代绘画的美学观惊人地一致。我们也不妨将其看做对兰波的手法的证明，同时也是对该事实的证明，即诗歌为现代绘画开创了道路。艺术家所具有的决定性力量，普鲁斯特的这几页话可以如此来总结，就是“梦”，也即高于现实的幻想。正如诗歌借助于隐喻，绘画则借助于“变形”来将物象转化为现实世界中不存在的构成物。用于画家埃尔斯蒂尔的评语：“他最常见的几个变
88 形就在于，他在海景（Marines）中取消了海洋与大地的界限”；以“对海洋的表现手法”来表现城市，而对海洋又使用了“用于城市的表现手法”；于是就形成了一幅“非现实和神秘的”画面，画中实物和领域的统一体被拆分，各个部分被转变为迥然相异者的一种非现实“合并”。这正是我们刚刚在兰波的《海之一份》中所观察到的。普鲁斯特以海景为例来论述这种美学，这是一个巧合，却仍让人惊异。

抽象诗歌

《彩图集》中的专制性幻想能够达到荒诞的程度。例如在《洪水过后》（第 167 页）中：一只三叶草中的兔子透过一张蜘蛛网向彩虹祈祷，女士把一架钢琴放在阿尔卑斯山顶……幻想能成为图像碎片的迷醉，例如在《醉之晨》中。但是幻想还有其他的可能性。这就是波德莱尔用抽象这个关键词所指的可能性。这个关键词也可以用在兰波的文本上，在这些文本中线条和运动也作为从实物中抽离出来（抽象）的编织物置于图像内容之上。

简短的散文诗《桥》（第 179 页）就是这样一个例子。为了清楚地说明这一点，以下全文引用这篇散文：

桥

水晶灰的天空。多座桥组成一幅怪异画面——一座笔直，一
89 座腹部宽大，另一座沿着斜角向前几座垂下，而这种种形态重现

于运河另几处被照亮的拐角——然而，一切都是如此颀长而轻盈，载有教堂的河岸于是沉落而消退。这桥中有几座还载着古老的墙。在另几座上立着旗杆、信号、瘦削的栏杆。小三和弦彼此交错，一条条掠过；从斜坡里升起琴弦。你会认出一件红色夹克，也许还有其他衣裳，就如乐器一般。这是民间的歌谣，是高贵音乐会的片段，还是国歌的余音在响？水且灰且蓝，宽阔如海湾。

一束白光从天空降下，毁灭了这一喜剧。

这个文本虽然充满了细致描绘，但是它的对象却是想象出来的，不是通过摹画而是通过幻景而形成的一座城市剪影，不知在何处，不知在何时。桥——对它们来说首要的不是它们的物体整体，而是它们的线条：笔直、腹部宽大、斜角线条，一幅“怪异画面”。（我们还记得，在波德莱尔那里，“怪异”就属于“抽象”和“阿拉贝斯克”的临近概念。）所以这些线条也被一概称为“形态”。这些形态重现在“另几处”（哪几处？）运河拐角。重力规律被消解了，因为这些形态（还是被看做桥）如此轻盈，以至于它们将沉重的河岸压了下去：轻者压倒了重者。新的线条，这一次由音调组成，音调成了一条条的。其后是对一件红夹克或者几件乐器的简短展示，然后就是突兀的结尾。这一切都始终无从解释。在一种同样极为简略的句法之内产生了一种全然的陌生感。言说方式那冰冷的精确性增强了这种陌生感。人是缺席的。那件红色夹克是单独存在的，正如来历不明的音乐一样，它让人的缺席更加显眼。物象是主导，但却处于复数的不确定性中，处于彼此关系的荒诞中，在它们的关系中没有正常的因果联系。这些物象裸露为纯粹的运动和几何化的抽象物。尽管这一切已经如此非现实了，却还非要有结尾处的毁灭，使之变得更加非现实。兰波在这一无处之境中的运动不带任何激情。他可以放弃他早期诗作中在涌向陌生处时所携带的革命爆发力。因为他现在已置身于陌生处。一种精确工作的视镜对它自己制造出的特异之物进行认识，把它交付给了一种语言，这语言以不言而喻的口吻记述它，但却不再把它传达给任何人。

90
独白式诗歌

自 1871 年起，兰波的诗作日益成为一种独白。在他的散文体作品中有几篇的草稿保留了下来。如果把它们与最终定稿做比较，就会看到，兰波是朝着哪一个方向修改的。句子变得越加简短，中间环节的跳跃变得越加大胆，怪异的词群变得越加频繁。同时代的报道记述说，他通常会用掉大叠大叠的纸，直到写出一个让他满意的版本为止；他会反复考虑，是不是该加一个逗号，是不是该删去一个形容词；他会搜集少见或者奇特的词，然后用在自己的文本里。所有这些事实都证明了，兰波的工作方式与追求清晰的古典主义者没有差别。他的独白式晦暗不是毫无控制的发泄，而是有计划的艺术工作，而作为艺术工作，它在如此一种诗歌中完全是合理的，这样的诗歌对“陌生处”怀有无法满足的激情，这激情唯一知道的路径就是捣毁熟悉者，使其陌生化。兰波后来在回顾自己的创作时曾写道：“我记下了那不可表达者，我定格了漩涡。”(第 219 页)但是在几页之后他又写道：“我无法再言说。”在这两种早已远远搁置在外的态度之间，兰波铺展开的是晦暗的诗歌：从未被说出者的晦暗，无法再被言说者的晦暗，临近缄默的边界。

不再为任何人言说的人，他为何要写诗？这个问题几乎没有答案。也许可以将这样的诗歌理解为极端的尝试，即在反常的言说中，在幻想的专制下，从一种历史状态里挽救出精神的自由，这种状态就是科学化的启蒙，文明、技术、经济的权力机制管理自由并让其集体化——也就让自由失去了其本质。一种在所有居所都无法居住的精神可以在诗歌中创造唯一一个它自己的居所和工作地。也许他就是为此而写诗的。

运动动力和语言魔术

兰波诗歌的张力结构来自于音乐中常见的那种能量。它与音乐的 91
类似之处与其说是在于乐音形态，不如说是在于强度的演变过程，在于上升下降的绝对运动，在于滞障和释放的交替。那晦暗的、仿佛对着虚空言说的诗歌，其真正的魅力也来源于此。

这样一种运动的动力机制是如何运行的，可以通过研究散文诗《神秘》(第 185 页)来了解。这是发生在想象出的风景中的一个事件，其本身也是该风景的一部分。它是从天使在一个斜坡上，在“钢和绿宝石的草里”的舞蹈开始的。这里有草地，但不是宁静的草地，而是“火焰的草地向上朝着小山的顶峰跳跃”。在左边是一线山脊，“被种种谋杀和屠戮践踏，种种毁灭的咆哮拉紧了它们的弓”。画面上方的条纹“来自海洋贝壳和人类深夜的旋转着、弹跳着的呼啸”。结尾处让“群星盛开的甜美”沉入“散发香气的蓝色深渊”。可见之物和可嗅之物互相融合，而且也与抽象物相融合，比如另一处山脊被称为“上升和前进的线条”。单个界限被突破是与整体界限被突破和去物质化相符的，这是在空间上广延的运动所带来的：首先是下层水平方向的运动，然后是上升运动，接着又是水平运动，但是现在换到了高处(这高处又悖论式地来自深处：海洋贝壳)，最后是下降运动，这运动终止于最底层。在这一些运动中，非现实的感性特质比逐渐可见的感性特质更容易被感受到，它们是绝对化的动力结构。句子的周期性运动也是如此：首先是活跃的、被延缓的上升运动，延续至文本中段；之后是一个大跨度的曲线运动，首先是浮升的，然后是突然停顿和下降；到文本结束时，随着单独出现的、简短的“那下方”，这个曲线陡然下坠。是这样一些运动，而不是“内容”组构了这首诗。读它的次数越多，它的魅力就越大。

另外还有语言魔术。语言魔术该如何理解，我们在上一章中已经解释过了。从诺瓦利斯到坡和波德莱尔，他们都仔细思考过一种方式，让抒情诗文本不仅仅出自主题和常见话题，而且，甚至是专断地让其

92 出自语言音调的组合可能性，出自词语意义的联想式振荡。兰波却以前所未有的大胆实行着这一方式。一种不再顾及可理解性常规的诗歌更适合使用这一方式，因为此时作为音调和暗示的词与作为一种为直接传达意义结构服务的词已经分离。在词中释放出了非逻辑的力量，这种力量引导着言说，借助不同寻常的声音排序发挥出一种不同寻常的魔力。这魔力以与感性非现实和绝对运动同样的规模让"陌生处"间接地为人所感受。

兰波提到了"词语的炼金术"(第218页等)。从这一个说法，以及从其他用词出发，不妨推论，他是熟悉魔术实践的，而且从玄秘作品中吸取过灵感。虽然惹人注意的是，自19世纪中期开始，这样的作品就在法国流传，而且也进入了文学界的上层，其中包括所谓的"隐秘文集"(Hermetische Bücher，希腊的魔术理论，被归在神话中赫尔墨斯•特里墨吉斯托斯的名下)，这套书1863年被梅纳德翻译过来。但是证明兰波熟知这类作品的有力证据还没有找到。间或出现的尝试，将兰波的诗歌看做写给玄秘学家的充满密码的秘密文本——如荣汝所做的——是无稽之谈。诗歌与魔术及炼金术相接近的观点自18世纪以来就相当普遍。对此当然不能按其字面意思理解。但是对于这种近似需要严肃看待的是，它在诗歌行为中看到了与魔术和炼金术操作相契合之处，后者希望通过使用一种神秘的物质让低等的金属转化为黄金。这样一种类比频频被人提出，直到今天都被现代诗人提及，这属于现代特有的倾向，即将诗歌置于智识和复古的神秘魔术之间的张力中。

对于"词语的炼金术"这一关键词，兰波如此来阐述："我计算每一个辅音的形式和运动，幻想借助[语言]与生俱来的节奏发明一种诗歌的原初词汇，这样的词汇，或早或晚，可以让所有感官领会。"在兰波最后的作品中出现的这些句子想要暗示的是一个已经被逾越的阶段，这并改变不了以下事实，即他在这最后一部作品中也不同程度地施行了
93 语言魔术。每一次的使用都会形成如此一些构成物，如果将其大声地

诵读出来，就会感受到，诗人是经过了怎样的慎重考虑才设置出元音的细微变化、辅音的彼此亲和的。而他的大胆在于，有些地方声响的意志占据了如此主导的地位，以至于它所引导出的诗行或句子毫无意义或者顶多具有一种荒诞的意义：“一种泪之岩浆的制剂”(Un hydrolat lacrymal lave)，“我悲伤的心借船尾在垂涎”(Mon triste cœur bave à la poupe)。可以将之比作无调性音乐。荒诞意义和绝对的音调力量之间的不谐和再也无法化解。

用一个例子也许可以看得更清楚。这是散文诗《大都市》(第 189 页) 中的诗句：“...et les atroces fleurs qu'on appellerait cœurs et sœurs, damas damnant de langueur.”(另一种读法是“longueur”，但是这并不重要。)如果要翻译的话，就会形成如下诗句：“而这些残忍的鲜花，人们可以把它们称为心灵和姐妹，在欲望前进行诅咒的锦缎。”但是这样的翻译是错误的——不是因为这个翻译导致了无意义(原文就是如此无意义)，而是因为翻译没有抓住这个句子的起源所在，即语言的生产力。这句话是半谐韵和头韵组成的抽象音调序列。元音和辅音的相似性确定了该音调序列，以至于由这些发音带出的词语，其词义无法再形成统一图像或者思想联系。为什么鲜花要被称作“心灵和姐妹”？没有其他理由，只是因为它们在法语中包含了和鲜花这个词同样的元音(fleurs, cœurs, sœurs)。那么翻译者该怎么办？他必须进行毫无希望的尝试，找到某种构造物，能够多少在形式上与原作中出现的单纯音调序列和怪异意义相对应。比如：“这可恶的鲜花(Blüten)，且称它们为亲盟 (verbrüdert) 与甜美 (süβ)，让人精疲力竭的 (Ermattens) 诅咒(verdammende)之堤(Damm)。”但是这同样会导致虚无。兰波是无法翻译的。他证明了他自己说过的话：“你的手指敲一下鼓，就释放出了一切声响，开创了一种新的和谐。”(第 175 页)法国人也许能听出这种新的和谐。但是它来自本国语言那至深的底层，其他的语言已经无法再重现它。翻译在这里只能成为关于内容的不完整记述，这内容在这里比在其他抒情诗中更加无足轻重。

现代抒情诗的反常性让其不可翻译性也随之增长，这不仅仅是在
94 法国如此。诗歌的魔术语言和转述性语言之间的裂缝也成为了欧洲各国语言之间的裂缝。

结　　论

里维埃在他的兰波论著——直到今天这本书都无人可望其项背——中写道："他带给我们的帮助在于，他让我们无法再在尘世中停留……世界沉落到它起初时的混沌中，实物重又以那种它们曾经拥有的可怕自由出现，那时它们还一无用处。"这是兰波的伟大之处：他无法抵达"陌生处"，却用混沌来代表"陌生处"，让这混沌演变为了一种充满神秘完美性的语言，并且从艺术上驾驭了这种混沌。他正如波德莱尔一样，预见着未来，并勇敢地承担起"粗暴的精神斗争"，这斗争是他自己的叙说，也是他那个世纪的命运。

当他到达了自己的边界，当他那让世界和自我都发生变异的诗歌开始摧毁自身，刚满十九岁的他具有足够的个性选择沉默。这沉默是他的诗歌存在本身的一种行为。之前诗歌**中**的极度自由现在成了一种**挣脱**诗歌的自由。一些后来者受他的榜样诱惑多于受其引导，他们本可以从他那里学到，他们最好完全静默不语。但是在他之后还是有诗人出现，他们的作品表明，对现代灵魂的语言表现还没有被穷尽。

四　马拉美

引　论

马拉美的抒情诗无法与任何前辈或者同代人的作品相对比。它出自这样一个男人，他的一生遵循着常规的市民生活轨迹，他尽管经历了很多坎坷，却满怀善心，没有表现出任何内心分裂，言及自己个人时多半是自嘲的口吻。但是在这样风平浪静的生活中，他的精神却非常缓慢地从事着一种创作和思考，其表现出的抽象程度远胜过兰波的喧腾。他诗歌的晦暗让人恐惧且享有盛名。要对它进行解码，就必须从唯有这一诗人使用的语言出发。然而可以看到：马拉美的抒情诗也从属于如此一种诗歌结构，该结构的单个分支可以回溯至浪漫主义，而自波德莱尔以来这结构日渐鲜明。

一直跟随我们之前的论述的读者，在我们用以下关键词来点明这种从属性时将心有灵犀。在马拉美的诗中，我们也会发现：充溢情感与灵感的诗歌的缺失；以智识来引导的幻想；对现实和逻辑常规秩序及情感常规秩序的破坏；对语言的律动力量的操作；暗示性取代可理解性；身处文化晚期的意识；对现代性的双重态度；与人文传统和基督教传统的破裂；自命不凡的孤独；诗歌创作与对诗歌的反思被等量齐观，在后者中否定性范畴占据主导地位。

这些标志让人看到，马拉美的诗歌也具有现代诗歌的普遍特征，它们在他笔下被重构、被加深。这样的重构和加深虽然结果非常复杂，但就其自身逻辑来看是容易辨识的。从中出现了现代抒情诗的另一种类型。这是与兰波类似的一个悖论，即马拉美充满谜语而有悖常理的作品也产生了巨大的影响。这一事实本身也是所有现代诗歌所处状态的一个征候。孤独的、自我封闭的诗人让人不安，被人聆听，一再获得
96 新的解释，吸引来门徒，并从中造就了大师。恰恰是他的不同寻常让他引起了那些厌倦寻常者的兴趣。他的作品并不是闲适笔墨、唯美主义或诸如此类。它出自一个诗人对自己可能提出的最高要求。马拉美得到了聆听，他的诗作结出了果实。对此可以列出多个欧洲诗人的名字：格奥尔格、瓦莱里、斯温伯恩、艾略特、纪廉、翁加雷蒂。

需要提前指明的是，马拉美的特殊之处何在。我们在这里所分析的，以及在以下论述的，仅仅是他在 1870 年左右开始的第二个创作阶段。这时的诗作在一个几乎与空气隔绝的空间里振荡，声音轻，不急切，但也不会被漏听。单首诗作具有多个彼此超越的意义层面，其中最后一个层面最终成为了几乎无法理解的意义可能性。马拉美充分实现了自波德莱尔以来日渐为人所知的观念，即艺术幻想不是理想化的摹画，而是对现实的变异。他是如此来充分实现这观念的：他赋予了这观念一种本体论的解释。他也为诗歌的晦暗、诗歌对可理解性之限制的偏离提供了本体论的解释。因为艺术创作和对艺术的反思之间的统一在他这里被另一种思想提升，后者思考的中心是绝对存在（das absolute Sein）（与虚无相等同）及其与语言的关系。对这一思想始终小心翼翼的理论表述见于《离题集》的论文和几封信件中。这一思想真正的形态却在诗歌中。这不可以被误解为，他的诗歌是一种说教的诗歌。毋宁说，这里的诗歌是想成为让绝对存在和语言可以相遇的唯一场所。由此，抒情诗被提升到了如此一个高度，这是它在古典时代之后的文学中尚未达到过的。当然这并不是一个让人幸福的高度。它缺少真正的超验者，缺少众神。

我们稍后还会对这一切进行解释。读者也许会问：这还是抒情诗吗？为什么马拉美不用概念化的、单义性的陈述来表达他的主体论思考呢？这种陈述之所以行不通，是因为固定于单义性就会丧失神秘性。而神秘性，或者对神秘性的尽可能贴近，恰恰是关键所在。他的创作和思考路径不是从经验世界走向本体论的普遍化，而是反过来。他的抒情诗使用的都是简单的实物：花瓶、壁架、扇子、镜子。虽然它们被去除了物性，被移置为不在场者，变成了一种不可见的高压电流的载体，但 97
无论如何它们是通过称述它们的词语以其观念在场的。它们凭借这种在场方式获得了一种异常的意义增殖，因为那不可见的高压电流也进入了它们本身。它是如此强烈地进入它们，以至于它们，我们世界中的普通实物，完全被隐秘所充盈。这种情况对我们周围的一切实物都具有代表性。恰恰由于马拉美没有通过概念，而是将绝对存在，将虚无深深刻印在最普通的实物中，让那些实物在我们眼前变得谜一般神秘，他就在熟悉之物上实现了适于其本质的隐秘性。这因而也成为了抒情诗：以词语和图像来吟唱隐秘，对这隐秘的感知让灵魂颤抖，它正被引向陌生之处。

对三首诗歌的阐释：
《圣女》《（马拉美夫人的）扇子》《从匆匆而过的……》

在开始了解这位令人费解的诗人时，不妨先来谈谈三首他的诗。虽然这免不了有点学究气。

第一个文本是《圣女》（第 53 页），最终版本写成于 1884 年。精通法语的读者尽可以轻声诵读原作，对后面的诗歌也可以这么做。因为这样的诗歌首先要对耳朵产生作用，以便通过它交叠的声音刺激为读者内心对其反常内容的接受做铺垫。

在窗口——那窗隐瞒了
提琴那金色褪尽的古老檀木,
那曾经伴随笛子或者曼陀林
光彩焕发的提琴——

是苍白的圣女,她铺开写着
圣歌的古书,圣歌展开——
那曾在晚祷时分或者晚课时
不时飘出的圣歌,

98 她靠在圣体匣那一块玻璃上,
被一架竖琴轻轻触及,竖琴
被一个天使的傍晚飞行塑造
为了她手指的柔软形体,

没有古老的檀木,没有古书
她摇动手指
在长满羽毛的乐器上
沉默的女音乐家。

这一从格律上来看无可指摘的文本只包含了唯一一句尚不完整的话。这句话的结构,虽然用了种种繁复的修辞,但却是非常简单的,不过需要点时间才能把它整理出来,这就是:“在窗口……是苍白的圣女……靠在圣体匣那一块玻璃上……”这句话是由一个副词限定语、一个包含最不带压力的动词(“是”)的简短主句和一个仿佛迟来的同位语构成的。然而这一基本结构却被第一诗节中的插入语、第二诗节中类似于从句的补足语以及最后第三和第四诗节中的从句所包裹。同位语（“一块玻璃”）飘浮在空中，随后出现的从句不再形成一个完整的句子结构，而是让整首诗转入开放的结局。这虽然简单，但其自身多有省略的句子展开方式为一种喃喃低语的言说方式提供了空间，在沉默（在最后一组词中也是这么出现的）的边缘区域。

这首诗有一个几乎在二十年前写就的早期版本。那个版本的标题是：“圣塞西尔在一个小天使的翅膀上弹奏”，这个标题中只有“Sainte”（圣女）保留了下来，也就是最泛化最不确定的一个词。诗的标题也遭到了去现实化的处理，任何导致单义性的限定语都被去除了。

诗中出现了些实物，一个窗口、一架檀木做的古老乐器、一块圣体匣的玻璃、一架竖琴、一本圣歌古书。但是它们彼此处于一种谜一般的关系中，或者就其实物性质而言根本就不在场。从句法上来看，似乎圣体匣的玻璃是对窗户进行注解的一个同位语。那么这玻璃就和窗户是同一样物品了？按照常规的事实秩序，这几乎无法想象。第三诗节中的竖琴“被一个天使的傍晚飞行塑造”。它是对天使翅膀的隐喻吗？但是它随后似乎还是一架竖琴，作为乐器被使用，而且长满羽毛。它既是翅膀又是竖琴，不是单纯的隐喻，而是合二为一——我们在兰波那里就 99
见识过这种手法。这首诗歌是在如此一个领域中运动，在这个领域里现实差异被取消了，发生了一种多义性的互相融通。不过还有其他的事情在发生。提琴被窗户“隐瞒”，所以不是以其实物在场，而只是在语言上出场。笛子和曼陀林（一种古琴）也只是通过“曾经”以回忆的方式在场。古老的圣歌集虽然出现了，但是它连同它较为切近的特征也不属于现在：它的歌声“曾经”飘出来。但是，从第三诗节开始，实物的离散展开得更加强烈。那架竖琴形成了一个过渡，它同时也是天使的翅膀，一个非现实的统一。所有其他实物最终都离场了。圣女“没有”古老的檀木，“没有”古书。她到底还在弹乐器吗？不如说她处于沉默中，沉默的女音乐家。

可以看到：事实上在场者数量很少，由不明之物组成或者由迥异者的非现实统一体所组成，最终一起遭到毁灭，被迫离场或者沉默。导致这个结局的并不是客体的活动，也不是“圣女”的行为，而仅仅是语言。语言制造了这一离散，并由此导致了实物的毁灭，但是它同时也让被毁灭者在语言中存在。只有在语言中，那些离场的实物才能拥有在场。这是一种精神性的在场，而且越是实物的经验实存被消解，这在场就越绝对化。

这首诗不是在实物中，而是在语言中展开的。这种展开发生在一个特殊的时间阶段，时间也将实物从现时中放逐出去。这在诗歌开端就表现了出来。檀木褪尽的金色制造了逐渐减弱的光线，是黄昏时分。“晚祷时分”和“晚课时”，虽然本身是联系在离场者上，但却增强了黄昏时刻的印象。但是这不是一个确定的、让人能设想圣女置身其间的黄昏时刻。这是，如果允许我用这种表达的话，一种准黄昏时刻（Abendzeitlichkeit），是绝对的晚，是与下沉和毁灭相适合的时间范畴。这在第三诗节清楚的称述“傍晚飞行”中得到了强化，这一称述也脱离了经验时间。如果再加上多次使用的“古老”以及曼陀林这样的古典乐器，那么就有足够的符号体现这应当被理解为绝对概念的晚。物性被
100 毁灭了，附着于物的时间特征也随之消散。在与离场者、与虚无的非现实协同中，绝对化了的时间特征构造出了晚时和往昔的本质——这一本质又只有以空无实物的空间为前提才能获得自由而完全回归自身。

提琴被窗户隐瞒了，笛子和曼陀林只是在语言中呈现。它们到底为什么要出场，哪怕“只是”在语言中？它们都是乐器，正如非现实的竖琴一样。而那些被隐瞒或离场或非现实的实物则都是一种本质的载体——这一次是发出声音的，是音乐。但是这一音乐又是怎样的呢？圣女没有弹奏。音乐是一种沉默的音乐——而这恰恰使其成为如此一种本质，它与晚时的本质和实物的离散一样都在语言中拥有一种精神性存在，而且仅仅在语言中。

马拉美的这首诗是他最美最纯粹的诗歌之一，它诉诸我们的视

觉，也许还有听觉感知。但是它又将可感知物进行了转变，让其成为陌生者，还有令人悚异者。它以其完美无缺的格律、梦呓式的无辜完成了反常的行动。它摧毁了实物，以便将它们提升为绝对本质，这些本质因为与经验世界再也无涉，更加彻底地在语言中在场。它们借助语言而进入了一种脱离了一切现实秩序的相互关联。

对这一切进行辨识，需要走很长一段路。人们真的需要巴雷斯在批评马拉美时所戏言的那种“脑中眼镜”。因为这种抒情诗与咏情诗、体验诗、状物诗都已经没有了关联。它以陌生的方式，通过宁静的强制音调，从一种失去外形的、孤独的内心空间向外叙说，在那空间里，摆脱了现实阴影的精神凝视自身，通过与自己抽象张力的游戏获得一种统治的满足感，正如它在数学的公式链条中所获得的那样。

第二个文本是十四行诗《(马拉美夫人的)扇子》，写于 1887 年(第 57 页)。

随着如同向天空那样
向语言的一击，未来
的诗句以此脱离出了
那美妙如许的家园

振动翅膀吧，轻轻地， 101
这信使，这一把扇子，
如果是它，正是它让
你身后一面镜子通亮

非常明亮(之后会落下
被驱散成每一颗粒的那
些不可见的灰，只有

它们让我心生忧愁)

正是它,但愿它总在你
那永不停歇的手中显现。

乍看上去可以说:这是一个以传统形式表现的传统母题。传统形式(即使在法国很少使用)是英国的十四行诗形式。传统母题是一个女人的扇子,早几个世纪的风流诗歌喜爱这类事物。但是以这种形式叙说出的是**什么**,**为什么**选择这一毫无重量、几乎微不足道的扇子物象,以及这一实物母题最终**如何**与一种理念主题缠绕在一起——这是非常不传统的。强加于读者的不是什么传统之物,而是一种不可理解。这种不可理解在语言陈述中已经体现出来了。这首诗原本没有标点符号,唯一一个指明意义划分的格式符号是第三诗节中的括号;这括号对理解没有多少助益,不论怎样都没有打断在这首诗里反复能听到的梦呓式语言。第一诗节和第二诗节的开端都是难以拆解的紧缩形式;第二诗节的开端是呼唤;而副词“tout bas”(轻轻地)也是大胆地作为呼语使用的。第二诗节的诗行是马拉美后期风格的一个范例,他不愿让词语借助语法关系来言说,而是通过它们自己放射出它们多样的意义可能性。要辨认其句子结构也要费不少力,至少从这个诗节开始。“如果是它……正是它,但愿它”属于同一句话。但是这两组词群之间横跨了如此多的插入语,以至于在读它们的时候会觉得这是一句省略语。句子结构被拉扯碎了,造成了多义性,正如其内容所造成的效果一样。

虽然标题名为扇子,但是这个文本很快就离开了这一具体实物,只是从它的相关意义中选取了“一击”(battement)——然而这一个词本身已经是一个断片:完整的形式应该是“翅膀之一击”(battement
102 d'ailes)。如此截断的碎片具有了一个普遍的、远远超出“扇子”相关语义的意义。它完全不再指向扇子,而是以隐喻的方式指向诗歌本身,正如它被设想为未来的，也即理想的诗句一样(le futur vers)。在第一诗节中已经不是某个实物的呈现，而是从该实物的游离；该实物变得不再清晰，清晰的倒是去实物化的过程。第一诗节的主题可以如此来重述：未来的诗歌不再具有通常意义上的语言；它只是“仿佛”具有一种语言，但是这语言几乎空空如也，是向天空、向高处、向理想状态发出的一次简单的翅膀拍击那样的虚空；而这种诗歌脱离了惯常的一切(脱离出了家园)。马拉美以宁静方式所表达的，用兰波的语言来说，就是“一场风暴在墙上打开了缺口，冲破了房屋的边界”(参见上文第72页)。

从第二诗节开始，文本就与扇子发生了缠绕。起首一行诗句的词语难以按照句法安置，从这些词语来看，安插进来的是被最温柔地勾勒出的物象——同样是为了最终离去。扇子的确被叙说出来了。然而在其后有一句限定语：“如果是它”；这把扇子立刻又落回了不确定的假设中。这一不确定性得到了重复，产生了变体，在镜子中：镜子是被扇子照得通亮的，所以已经不在场了。而且它是“一面镜子”(quelque miroir)——这是马拉美非常频繁地使用的一个冠词，表征不确定性的冠词。在这面已经不在场的镜子中所发生的，再次是一种不在场。在镜子中会落下不可见的灰。这灰是什么，我们无法得知——也许是被称述对象那变灰白的头发？但是我们对这个问题不能下定论。灰在语言中出场，这已经够了。就其实物而言它并不在场，它是不可见的，是将要来临的，而且“被驱散成每一颗粒”。在这些诗句中，正如在马拉美的其他诗作中那样，需要关注的不是词语的表面意义，而是语言用以处理物象的那些范畴，在这里就是：过去、未来、不在场、假设、不确定性。这些范畴也主导了结尾部分。扇子始终如此：一个朝向上方的翅膀之一击，一个假设出的实物，该实物与曾经的镜子、曾经的光亮和未来的 103
灰都处在隐秘的联系中。

这首诗是向一个“你”叙说的。但是这一对象与残余的人类征象，与“灰”和“忧愁”一样并不重要。温柔的情感或者风流的吟颂在这个文本中是不存在的。即使是忧愁也被感知所化解。起主导作用的是一种宁静的冷漠，它排除了实物性质和人的因素。在这里，实物的不在场也比它们的在场具有更高的地位，在这里，实物也都只是在语言中在场。它们为人所熟悉的惯常特性被剥离了。这首诗通过实现这种剥离也实现了它的起始诗节中所希望的：“脱离出家园”。《扇子》与马拉美几乎所有的抒情诗一样，是一首关于诗歌创作本身的诗歌。本体论的模式贯穿始终：实物如果是现实的存在，就是不纯粹的、不绝对的；只有在遭到毁灭时，它们才有可能在语言中诞生出自己纯粹的本质力量。如此一种语言，与常规用语相比，只能是一种“仿佛如此”的语言，是一种超验化语言，是拒绝任何意义单一化的。它只能是翅膀之一击，一种含义丰富的意义氛围，在其中一切都是运动，无一是界定。

抒情诗向来具有的优先权就是让词语以其多义性振荡。马拉美将其推向了可能的极致。他将语言的无穷潜能作为自己诗歌的真正内容。由此他达到了一种隐秘性，这不仅仅像在波德莱尔和兰波笔下那样挣脱了狭迫的现实，而且也让本体化了的空洞超验性得以借助对熟悉之物的彻底陌生化在语言中表达自身。

最后，第三个文本是作于 1887 年的一首十四行诗，没有标题（第 74 页）：

从匆匆而过的玻璃构成物的
圆满和弹落中浮现，还不曾
用鲜花点缀那苦涩的清醒，
不相识的脖颈突然间折断。

104 我相信，这两张嘴还从没有
——我母亲的爱人没有，她自己

也没有——在同一错觉中啜饮过，
我，房间冰冷角落中的气仙！

纯净的水瓶中盛的不是饮浆，
而是那取之不尽的丈夫遗产，
她正渐渐死去，却断然拒绝，

无恶意的吻是最致死的一吻！
呼出那某一物，那将会宣告
一片幽暗之中的一朵玫瑰。

这首十四行诗在形式上是严整的，它的三句话都是按照十四行诗的经典结构规定分布的：两个四行诗节分别是一个不同的句子，两个三行诗节共同构成**一句**话。这一点是与表达内容的逐步展开相一致的。这一正确的形式这一次在句法上也只是稍微偏离了常规，它所呈现的依然是一种极其难解的内容。语言出场，仿佛在叙说不言自明之物——而它叙说的是谜一般的内容。我们必须小心地解密，直到这种解密退回到听觉上，这时以思考所辨识出之物得以咏唱，并沦为不可辨识者。

这首诗可以通过对其运动行为的观察来解析。第一诗节包含了浮现的运动，它被突然打断。从哪里浮现？从圆满(croupe)和弹落(bond)中。语言将一个空间值(圆满)和一个动力值(弹落)移置到同一个层面，将异质之物归于一处。这还暂且是两个陌生物。它们都属于"匆匆而过的玻璃构成物"。虽然这是一个实物，但是被描述得如此宽泛，让人一开始无法辨认，而必须被迫同样将其接受为陌生物。这种过程是有意为之的。文本在涉及实物时，结合了不确定性和广泛性。但是运动方式却被描写得很精细，这运动也将实物本身纳入其中，将实物的静态线条变换为一种“弹落”。只是之后，在第三诗节，在去实物化完成之后，玻璃构成物才得到了精确的命名。这是“纯净的水瓶”。这个水瓶是
105 披着运动的面纱出场的——而且只出场了短暂的一刻。它几乎也无法观看。修饰语“纯净”(pur，具有双重意义，既可以是“简单”也可以是“纯净”，去除了所有有碍于形式的掺杂物的纯净）作为单纯形式上的鉴定，并不能起到让水瓶可见的作用。这个文本只是逐渐接近了物象，却没有牢牢把握住它。

马拉美喜欢谈及艺术的“障眼幻术”(prestiges，取拉丁语 praestigia 之意，第 649 页）。他所指的——与其他许多种诗句并列——也包括以语言的组合游戏形成的诗句；当读者破解了这些幻术之后，诗句也无损其尊严，因为这样的诗歌就是在进行一场大的游戏。在写给坡的坟墓诗中也有这样一句诗：“宁静的一块，坠落自一颗黑暗的非恒星”(第 70 页）。这句诗既指涉了坡，又指涉了坡的坟墓，也指涉了诗本身。“黑暗的恒星”会让人有这样的猜测(更何况马拉美在他的散文中曾经用类似的话来形容坡）。但是这一个词却被诗句本身所回避，诗句用它的反词取代了它本身——从而制造了一种内涵丰富的关于诗歌本身的表述。被回避的词(恒星)是出场的词(非恒星)的根基。这是语言的障眼幻术和魔术。

在我们这首十四行诗的第一句诗中也是这种障眼幻术在发挥作用。“圆满”(更确切的翻译是“圆臀”)和“弹落”虽然有可能是对水瓶的形体和水瓶轮廓的动感线条的描述，但是对于法语的语感来说，这是非同寻常的。它们让人猜疑，它们可能有另一个与实物相关的来源。与“水瓶”具有相关语义的有“高脚杯”(coupe)和“土地”(fond)。这两个词很容易被联想到，文本回避了它们，却又使用它们引出了音近词[1]——它们是如此出现的，带有精心营造的不同寻常的效果。障眼幻术具有

① 法语中的“高脚杯”(coupe)与“圆满”(croupe)，“土地”(fond)与“弹跳”(bond)发音相近。——译注

了某种深层含义，这种含义只是以讽刺的方式隐藏在了马拉美的微笑之后。障眼幻术是与他的抒情诗中所使用的整套手法相呼应的，这套手法用许多特异性进行实验，以便唤醒语言中沉睡的精灵。如果不是因为马拉美的风格从一开始就摒弃了惯常的实物描述，而这种摒弃又与对惯常的实物性质的摒弃完全相符的话，就不可能使用词语的音韵脉动来制造效果。当偶尔也写诗的画家德加抱怨说，他有太多想法在脑中，这让他的诗歌遭到了损坏时，马拉美回答说："诗句不是用想法，而是用词语来造就的。"瓦莱里将这一情景写进了自己关 106
于德加的书中，随后补充道："这就是所有隐秘之所在了。"马拉美，正如大多数现代抒情诗人一样，满心怀有这一古老信念，即词语包含的潜能远远多于思想。

回到我们的十四行诗。谁跃起而又突然被折断？"不相识的脖颈"。也许这是瓶颈。但是也可能另有所指。我们再一次陷入了语言的障眼幻术中。这一次是另一种形态。在一封早期的信中，马拉美对他的一首诗做了注解，他解释道："意义——如果诗歌确实有某种意义的话——是通过词语本身的内部镜照而唤起的。"(1868 年 7 月 18 日致卡扎利斯)这里指的是，一个词语让其意义延伸至另一些词，后者与该词没有实际关联。诗中的"fleurir"(用鲜花点缀)就是这样一个词。它唤起了对鲜花的想象，虽然只是附带的——而且将鲜花投射到"脖颈"上：鲜花的脖颈，也就是花的茎秆。这样的想象是可能的，因为在最后一句诗中出现了"玫瑰"，它给脖颈以返照。虽然很有可能，却并非它的确定意义，因为诗中不愿让物象具有任何确定意义。

确定的意义在别处。引人注意的词语是"匆匆而过"、"不曾"、"苦涩"、"不相识"和"折断"，它们体现出了否定性。其中最强烈的否定是脖颈无法被人认识：鲜花茎秆——如果确实是指向它的话——并不存在。这种否定性的展开就如同在《圣女》和《扇子》中一样坚定不移。诗歌的叙说者是一个气仙(Sylph)——一个神话中的精灵(出自帕拉塞尔苏斯[1]笔下)。关于它,我们所知道的是,它的父母(值得注意的是这里对常规顺序的颠倒:我母亲的爱人和她自己)不再相爱了。熟悉马拉美并已能领会一二的人会理解如下说法:即使是这个气仙也并不存在。水瓶所盛有的只是虚空,与死亡相近,不允许呼出那将会宣告"一片幽暗中的玫瑰"的某物。玫瑰,如所有花儿一样,在马拉美笔下是诗歌词语的象征,这结尾则意味着:空水瓶本身已经丧失了一切,却连拯救的词语都不愿接受,这词语也只有在幽暗中才能施以拯救[2]。

107 这首十四行诗是一种否定性诗歌。它首先否定的是物象:并不存在的鲜花,并不存在的气仙,空无一物的水瓶。然而从整体来看,否定性完全是一种范畴式的本质性,它的范围超过了它的经验载体。只是因为如否定本质这样完全抽象之物必须附着于词语来显示,这样一首诗才是有可能的。它是以词语来叙说的,由此也就是以想象残余物来叙说的,然而它的叙说让词语转化为了否定本质的符号。在表达事实上并不在场之物的词语中,否定性得以呈现。然而这种呈现并不完全。因为即使是这样的词语也无法抵达拯救的"玫瑰",无法让虚无——纯粹理想状态——绝对地转化为语言。只有向语言的绝对转化失败了,才造就了词语——同样也造就了这首诗。无法成功实现本体论诉求者,作为诗却是成功的。

马拉美这些诗的根基深处是完全清澈的。但是他的语言是歌唱着的隐秘,护卫着本体论思想,以防它们被耗损殆尽。

风格发展

马拉美的写作耗时长久。他要在顽强地抵抗一份不喜欢的职业(他是中学教师)、抵抗不时恶化的贫穷、抵抗神经衰弱导致的长年失

[1] Paracelsus,16世纪瑞士炼金术士。——译注

[2] 花=诗歌词语,这一比喻义可以追溯至古典修辞学对语言艺术定式的一种表达(flos orationis,比如西塞罗的《论演说家》 III,96)。马拉美熟悉这一比喻义:第828页。

眠中完成自己的作品。为了写作，他承受着艰辛，这艰辛不亚于一种伦理修行的艰辛。单单一首诗的写作往往就跨越了二十年，甚至三十年的时间。正如在波德莱尔笔下一样，他很早就写下了诗作的核心主题。后续的发展是对首次草稿的多番修改。这是一种内在尺度，而非外在尺度的发展。从一封写于 1866 年 7 月的信中可以看出，他完全怀有如此一种信念，即他对于未来作品都已成竹在胸。他的诗作，正如波德莱尔的一样，会形成一个建筑式的整体。然而事实并非如此。他思考并创作的、分段展开的主题并没有成为一本其整体性与《恶之花》类似的 108
书，虽然各个细节部分都是以一个坚实的基本框架为基础的。然而，即使马拉美留下的是部未完成的残缺之作，这残缺之作也是一个建筑，而不是杂堆。作品之残缺并不是来自个人的放弃，而是超越人力的目标所导致的后果。他与波德莱尔一样，都不能被说成是无力多产者。单单是与顶峰作品并列的诸多作品就足以反对这种论断。这其中包括《印度寓言故事》(约 1893 年)，法国散文中一部几乎尚未得到重视的奇迹之作，在这作品中马拉美的晦暗创作解除了张力，化为童话的欢快。另外还有大量的应景诗、押韵的道贺信，最后还有他为自己的英语课所设计的练习句：那些隐约透出怪诞的深层含义、用心叵测的格言。他自己将这些产品视为次要作品而搁置一旁，这显示了他的慎重。这些产品是他丰富的幻想力、他打乱一切现实物的游戏冲动所带来的具有戏耍性质的多余产物，与他的主要作品中那晦暗的沉重有着同样的根源。

马拉美无疑是丰产的，这丰产如涌流、如繁花、如呼吸，它在诗歌创作中被压缩，形成了最严谨的语言领域里高度的能量张力。从他诗作的不同版本中就可以体察到这样一个过程。所有过于喧闹、有修辞辩术之嫌的语言腔调都消失了。陈词滥调让位于具有特异价值的词语。长段句子被转化为单子般的多个短句，以便让尽可能不受句法限制的词语以其自身放射光芒。原本在一首诗的开端所陈述的实物被移置到了稍晚的地方，以便让诗的开端得到自由，成为远离实物的表述。

或者，某个实物最开始是以其简单而惯常的整体显现的，在后来的版本中却分解为各个具有多义性的独立细节。复现母题的数量不断减少，实物世界越来越无足轻重，而在比例上与之相对，其内容却越来越反常。诗句最开始是在叙说、描写、感觉，也即将注意力引向一个有限内容，而后来却将注意力引向其自身，引向语言的自为存在。

这样一种创作演变，可以与风格鲜明的画家的类似习惯相比。格列柯画过三个版本的《逐出庙堂》。前两个版本尚且保留了与自然的某
109 种近似，第三个版本却完全置身于一种风格的规则之下，这种风格对人物和实物施以拉伸、僵化和淡化，从而让观赏的目光离开了主题而被引向该风格的独有笔法。一个现代的例子是毕加索的八幅公牛版画（1945/1946 年）。它们从贴近自然的描绘开始，转向了对该动物的解剖式刻画，然后是立体式的简化，最终形成了仅仅有素描痕迹、完全去除了躯体的线条构成物。在这里得到首要关注的也是进行变换的风格，而不是发生变换的实物。正如马拉美的诗作一样。

去人性化

现代诗歌的一个基本特征是它日益坚定地与自然生命分离。马拉美与兰波一起实现了对体验诗和告白诗最极端的背离，由此也就背离了一种诗歌类型，这种类型当时还颇为盛行，名家众多，尤其以魏尔伦为代表。虽然旧有的抒情诗，从游吟诗人直到浪漫主义时代，也只是在少数情况下包含体验，很少对私人感情进行单一的日记式宣叙；只是若干文学史家被浪漫情绪所感染而产生了误解，将这种宣叙硬加于整体。但是无论如何，那些风格化的、对普遍之物进行艺术化变动的旧有诗歌总是活动在人性常见之物的范围里。现代抒情诗不仅仅去除了私人化的人，也剔除了常规的人性。上文讨论过的马拉美的诗歌没有一首可以借助诗人生平来解释——虽然一再有人出于好奇或者贪图便利做出这样的尝试。其中也没有一首可以被解析为表达我们都熟悉的

欢乐或者人人都经历过也都可以理解的忧愁的语言。马拉美是从一个中心出发创作诗歌的，对于这个中心很难找到一个名字来称述。如果要将其称为灵魂，那么就要有所保留，即这灵魂指的不是可以彼此区分的感情，而是一种整体内在，它既包括了前理性力量也包括了理性力量，既含有梦幻般的情境也含有铁一般硬的抽象，它的统一性可以在诗歌语言的振荡电流中被感受到。马拉美是在继续走诺瓦利斯和坡所引荐的道路，这条道路让诗歌主体走向超越个人的中性化。

他自己就曾多次指出过这一点。他曾经说过，抒情诗与激情和谵 110
妄极为不同，它更多地是一种对词语的细致加工，让词语成为一种“声音”，“既隐藏了诗人也隐藏了读者”（第 333 页）。这是绝对抒情诗的一个基本法则，这种诗歌的音响不再来自任何人之口，也不必再涌入任何人之耳。马拉美在另一处将诗歌精神称为“不确定期待的振荡中心”（第 386 页）——这一种说法标明了所有灵魂或类似的惯常概念的缺失。然而还有更简单的表述。“文学就在于，去除写下文学的某某先生。”（第 657 页）诗歌创作就是，“摧毁生命中的一天，或者死去片刻”（第 410 页）；它意味着，“献身于独一无二的任务，该任务与所有追求生命的任务截然不同”（第 552 页）。据他同时代的人说，马拉美是如此善良的一个人，性格温柔，彬彬有礼，对别人的烦恼充满同情，自己也非常能忍耐苦痛。这一切在他的诗作中只留下了温柔，那是他在对话中也喜爱使用的著名的轻声絮语——但是没有留下善于忍受的人性特征。他有一次被一位访客天真地问道：“您在您的诗句中从来不哭泣？”他敏捷地回答道：“而且也从来不擤鼻涕。”

在他早期诗歌中就已经可以观察到这种去人性化，比如在 1869 年写成的散文初稿《伊纪杜尔》。这个标题（拉丁语中的连词）体现出一种人造的幻影，它只是与人相近，但却不是人，它完成的是一种精神行为，即在虚无的绝对之中取消自身。马拉美从 1864 年直至他生命结束之时都在创作的最后只剩下残片的对话录《希罗底》将一种精神历程放置在《圣经》中的莎乐美身上。这个被自己的身体、自己的本能，被香气和星光所惊吓的女孩领悟到了自己的命运，成为一个纯粹理想状态的存在。莎乐美拒绝了自然，作为少女死去，走入了“冰和凌厉之雪组成的白夜”，走入了一种灭绝生命的精神性之中，这精神唯一的痛苦在于，无法将自己拉升得更高。“这残余呵，我再不想为人”：这句出自她嘴中的诗可以用做马拉美所有诗作的题词。正如在波德莱尔那里一样，去人性化是与对生物自然的阻断相呼应的。马拉美晚期抒情诗使
111 用的少数几个实物几乎都是完全人造的，是室内物品或者诸如此类。间或还有花儿，但这是人工培育的、非自然的，是诗歌词语的象征物。

对爱情和死亡的去人性化

马拉美也熟悉所有抒情诗的原始主题，爱情。然而爱情场景是表达精神行为的契机，它与作为契机的空水瓶、一只酒杯、一条花边帘幕具有同样的地位。即使是与颂扬女性的传统诗歌相近的诗歌，如写于1895年的美妙的十四行诗《噢，挚爱之深，不论远近……》(第61页)，也通过其艰涩的语言摆脱了自然的恋爱情感。那微妙的体验，即沉默的亲吻比词语说出了更多，也透出了马拉美的基本体验，即词语只有在沉默的边界才能体会到它作为逻各斯的命定，同时也体会到它的不足。最清楚的是在写于1887年的十四行诗《头发之惊悚犹如火焰……》(第53页)中，爱情场景被笼罩在一种精神情境中。这首诗是在如此一个高处运动，词语在这里将言说的凡俗目的，即以清晰的句子结构传达意义，远远抛在了低处。只是在一个完全次要的地方非常短暂地出现了一个我。没有你出现，出现的只是额上的一绺头发；但是这头发也以隐喻的方式转化为了一束火焰，这火焰从自身中释放出了一整条燃烧的图像之链；这图像链是这首诗歌的感性事件。在这事件之后却发生着真正的、极其不同寻常的事件：对最高理想状态的希望，失败，带着怀疑满足于有限性。隐喻的游戏破坏了物象，那绺头发；内

部的意义层次破坏了恋爱情感。从中产生的是陌生感。

如果用意大利诗人马里诺在17世纪初写的一首有类似主题和艺术手段的诗《当那位女子梳头时》来比较，就会清楚地看到这一点。这位意大利诗人依照巴洛克的风格法则（马拉美在这一点上与他有着并未被意识到的亲缘性）对实事过程（情人梳头）添加了一种密集的隐喻化修饰，这种修饰进行得非常复杂。然而其复杂性是可以化解的，因为其修饰工具取自常见的隐喻俗套（主要是以"大海"指代头发，所以才会有"船"、"沉船"等）。当时的读者（正如今天有一定文学修养的读 112
者一样）可以在这个初看起来费解的诗歌中找到方向，因为他能依仗他所熟悉的图像储备，这些图像只是在表面上以精巧的方式进行了组合和变换。在马拉美的十四行诗中，那些隐喻却无法再依靠传统来理解，而只能从马拉美自己的所有作品出发来理解，从而体现为极度延展的本体论象征。它们从它们的实物起源中脱离出来，变得独立，牵涉了与情人头发完全不相关的领域。另一个差别在于，马里诺所描述的是一个确实发生在外部的过程（梳头），而马拉美在表面上也只不过是展示了一种表象过程（垂到额前的头发），在这表象之后发生的是一次抽象的张力运动，它不涉及人之间的接触。马里诺的诗歌表达的是一个简单的意义：恋爱中的男人看着自己的情人梳头，意识到了自己那让人痛苦的幸福爱情。人们对马拉美的十四行诗却无法进行彻底的解读。它有意抵触解读，以便让其多义性始终有未解之义，防止其意义都落回到自然人性中去。

如果将马拉美咏叹死亡的诗与另一首抒情诗相比，我们也会得到类似的结论。被比较的是维克多·雨果的《戈蒂埃的墓碑》（1872年，在其身后收入《诗歌全集》，1888年）与马拉美的《致戈蒂埃的葬礼悼词》（终稿1887年）。雨果的诗是对虽然远逝却犹在身边的死者的哀悼，这哀悼被诗人对往日友情的种种追忆所围绕，被词藻动人而思想空洞的彼岸图像所美化。在马拉美的诗中，死者却被移至遥不可及的远处，被一种思考所用尽，在这种思考中，灵魂随死亡而逝，而死者的精神则在其遗留的诗作中延续。这些诗作因为其人已去，才得到自由，实现了他所期望的非人格化——这是一种双重的去人性化。马拉美这首诗的初稿（其主题与终稿中一样展开）是与雨果那首诗同时写成的。若没有浪漫主义，两位诗人都是无法想象的。雨果年岁已高，是浪漫主义的奠基人之一和完成者。马拉美是从浪漫主义脱胎而出的继承人。在他们同
113 时写成的诗歌之间已不再有沟通的桥梁。

作为反抗、工作和游戏的抒情诗

马拉美满心怀有的信念是，诗歌是一种无可替代的语言，是独一无二的界域，在这个界域里，现实中的偶然、狭窄和粗鄙都被完全清除了。这一信念有时会表现出仪式崇拜的形式。但是他所拥有的品位又足以让他敲去那些崇拜他的年轻人中对他撒播太多膜拜香烟者手上的烟灰。另外必须将这种崇拜式的超绝行为理解成一种努力，即在“平庸河流中保存一座无目的的精神纯粹性之岛”。“在他人的眼中，我的作品正如黄昏时刻的云朵和星辰：毫无用处。”（第 358 页）马拉美所推进的是自 19 世纪初起以诗歌反抗商业化的公共领域、反抗科学对世界隐秘的驱除的运动。如果将这样的运动简单地归结为写作者的特性，是有欠考虑的。这是一种对世界不满的现代形式，它总是充满张力，而这不满在不平凡的头脑中是常有的。

马拉美不喜欢争辩。然而在他笔下不时会显露出对公共领域嘈杂之声的反感。他和他同时代的许多人都看到了报章文体的权力和危险。他厌恶那些“以大众口味为标准，让所有事件都显出粗鄙面目”的记者（第 276 页），他们以一种为应付日常所需而速战速决的写作方式抹去了独特性。与之相对，他认为书（这里指的是所有精神作品）是“逐字逐句战胜偶然性”的构成物（第 387 页）。“偶然性”是马拉美用以描述简陋现实的关键词，它由此也描述出了一种必然性的对立面，那种

必然性是精神所独有的，只要精神仅仅听从它自己的法则。“谁若思想，双手单纯”（第412页），他文中有一处这么写道，这里的单纯被解释为一种不妥协。当然这是抽象过程所具有的单纯，抽象在脱离商业化世界的同时也将自然人抛诸脑后。现代性是极端化的，这种极端也表现在与自然疏离的精神所提出的统治诉求上。因此——也因为其他原因——马拉美也符合我们描述兰波时所提出的现代诗歌的专制性。 114

对于他自己的作品来说，这就意味着那一切最为坚韧的工作。这工作以实验的方式追求着词语的多义性，这种多义性——因为这是非现实张力的强制性符号——也可以不无悖论地被称为确切的多义性。没有什么来自灵感，在他看来灵感也是恶劣的主观性。他叙说他的“实验室”，叙说“语句的几何学”，以一种技师的责任感来监管他那高度专业化的诗歌创作——这是一个智识与语言魔术的技师。他唱的歌由冰冷的卓越技艺所造就。这技艺在如此条件下工作，这条件艰苦而不受欢迎，因而被称作“有敌意”的条件（第535页）。从这样的工作中诞生出的诗句“从众多的单词中制造了一种新的全然的词”，以便用这样的词确保“语言的隔绝性”（第368页）——与目的性言谈相隔绝，让“诗歌语言的世界形体在其自身中环绕”，正如谢林曾经表达过的一个有所类似但不至如此极端的思考一样。这样一种词的叙说者，诗人，也是被隔绝的。他在庸常者眼中是“可怜”的，是遴选出的“病人”，但恰恰因此也是能够应付在其对词的孤独工作中遭遇到的高度爆发性材料的人（第651页）。可以看到，这一切都是卢梭开创的道路的继续攀升：诗歌创作成为背离社会的反常性。

马拉美间或也会讽刺性地用概念来描述诗歌的意义，如果按照平庸的理解，这些概念必然是在对诗歌宣判死刑。“这一切都有何用？用来游戏”（第647页），或者：“谎言的光辉”（载于通信中）。但是关键在于这些概念的不常用的意义。“游戏”意味着无目的，也就是创造性精神的绝对自由，“谎言”是其产品所追求的非现实性——这两个概念在一起则又体现了所成之作面对任务之艰时凸显出的暂时性。这些概念也是游戏，它们是在与真理做迷惑的游戏。

虚无与形式

马拉美的创作工作也是一种追求诗句形式上的精确性的工作。他
115 的抒情诗在格律、用韵和分节上保持了传统规则。但是这种形式上的严格与内容上的浮动形成了反差。“我们越是拓展我们的内容，我们就越稀释了它们，我们就越有必要用标识清晰、触手可及、让人难忘的诗句来维系它们，”他在 1885 年 3 月 7 日写给吉尔的一封信中写道。“稀释了的”（非材料）内容与起维系作用的形式之间的反差是危险与拯救之间的反差。在波德莱尔那里我们也发现过类似现象。1866 年 7 月马拉美又在写给卡扎利斯的一封信中写下了一个句子，这句话暗示了在他笔下形式所具有的角色的本体论背景：“当我找到虚无之后，我找到了美。”不妨说，这个美的概念中也包含了格律完美的形式所具有的美。马拉美的本体论模式（在这封信中只是有所预示，之后则得到了阐明）让虚无（绝对）和逻各斯相互关联：逻各斯是虚无作为精神存在诞生的处所。依照旧有的浪漫主义思想，诗歌形式也是逻各斯的显像。马拉美的这句话可以从这一点出发来理解。他那摧毁一切现实的诗歌更加强烈地呼唤“美”，呼唤形式化的语言之美。语言由此也在符合最高要求的格律形式下，成为了盛装客观意义上的虚无的拯救容器。马拉美对形式的本体论辩护后来却被遗弃了。然而他存留在当代诗歌中——比如在瓦莱里、纪廉及与其亲似的诗人笔下——的影响是，诗歌在极度的抽象和多义性中需要形式的维系，作为去实物化的空间中的支撑物，作为其歌吟的轨道和尺度。贝恩在 1921 年及以后多次叙说“虚无那追求形式的暴力”（574，第Ⅳ卷，第 14 页）。马拉美对形式的解释证明了，自 18 世纪以来开始的美与真之间的分离已经彻底实现了。然而恰恰是这种具有绝对形式的美提供了保障，让逻各斯的光辉，人性本

质尊严的光辉即使在面对虚无时也不至于熄灭。

对未曾言说者的言说;若干风格手段 116

一直以来都只有少数读者能以必需的耐心解读马拉美不同寻常的语言。他自己考虑的也只是这少数读者——如果他真的考虑过读者的话。不论人们对这种使语言晦涩的反常做法有何评价,都决不能将其看做个别现象,而要认识到这是现代诗歌创作的极端特征。马拉美在多次反思中都努力为其特殊语言予以说明。这些反思围绕的是如此一种思想,即必须返还给语言如此的自由,使之向“逻各斯的原始闪电”敞开,使之尚不被任何传达的目的所使用、尚没有僵化成陈词滥调,这些陈词滥调阻碍创作和思想将自身表达为全新之物。对于马拉美而言,诗歌创作意味着极端地更新语言那原始的创造行为,以致言说始终是对未曾言说者的言说。虽然这样的思想在他之前已经多次被表述过,但是他将它——从理论上和在实践中——推进得如此之远,对未曾言说者的言说由此得以保存其初始状态,仿佛永远不可能被限定性理解所同化,这样它便可以始终防止自己落回到平常之物的轨道中去。他不再仅仅希望诗歌词语是达到更高、更壮观程度的可理解语言,而是希望它们成为针对所有常规的不可化解的不谐和音。

如此一种诗歌语言使用的手段必须是非同寻常的。我们可以在这里稍作说明。这里可以看到以绝对不定式出现的动词(取代了人们所期待的变位形式)、按照拉丁语绝对第六格(Ablativus absolutus)的模式安排的冠词、在语法上无法解释的插入语、单数与复数之间差别的消失、被当做形容词使用的副词、常规词语顺序的颠倒、新式的不定冠词等等。马拉美不遵循实事与主题上的时间或逻辑顺序,而是进行着几乎不可能的尝试,借助语言必然在时间上的展开表达同时进行之物,甚至脱离时间之物。介词往往同时具有多个意义。起引导作用的是这样一种技术,在一个词的词义中融入与其相近的意义:“词语在交互的

117 镜照中发出光芒,"他有一次提纲挈领地说(第366页)。在一首为图书馆而作的四行诗中,"livres"和"délivres"作为韵脚出现(第162页);以刚才所说的具有某种语言哲学基础的技术来看,délivres是押livres的韵,同时也将它的通常意义作为来自livres的引申义来理解,于是在这样一种动词变形中,"书"和"解放"汇合成了"从书中解放"这个意义(参见195,第9页)。

这样的手段在散文作品《离题集》中比在抒情诗中出现得远为频繁。这是一篇充满曲折微妙之处的复调性散文,能将一个思路与另一个纠结,从而使两者,有时甚至是多个思路同时得以表述。这种方式与音乐有许多类似之处,尤其相似的是,通过多个思路的同时性形成一种激荡着的综合体,它作为独立的构成物居于单个思路之上,可以与一部复调乐章的综合听觉效果相比。

就整体而言,这一种风格手段再没有人采用过。这也证明了马拉美是不可被同化的。只是某些细节在后代的抒情诗中重现,其中主要是对实事秩序的颠倒或者交叉,对现实的去实物化。马拉美的风格手段要达到的目的是,通过反抗现代的过快阅读,创造出一个区域,在这个区域里词语重获其原初性和持续性。具有典型意义的是,这只有通过让语句破碎成断片才能实现。断裂取代了连接,并置取代了组合:这是一种内在非连续性、一种临近不可能界限的言说的风格标志。断片获得了如此地位,可以象征逐渐趋近的完美:"断片是理念的婚礼标志"(第387页)。而这也是现代美学的基本法则之一。

临近沉默

马拉美熟知并期望对不可能的接近。这也是对沉默的接近。沉默借助"陷入静默"(因为遭到毁灭)的实物,借助在长年酝酿中词汇日渐
118 减缩、声调日渐轻微的语言进入他的诗歌。(出于这个原因和其他原因,诺比令那充满声响、累积惊叹号和雷鸣般语词的德语翻译是让人

完全无法接受的。)在马拉美的反思中,“沉默”构成了最常见的概念之一。比如说诗歌被称为“向抽象者而去的沉默腾飞”(第 385 页),诗歌文本是一种“寂灭”(第 409 页),是一种魔术,这种魔术只有当词语重新回到它们发源的“沉默的音乐会”时,才能完全被感知到(第 380 页)。理想的诗是“沉默的诗,由纯粹的白组成”(第 367 页)。在这样的句子中,神秘主义思想再次出现,对于这种思想来说,超升的体验会导致语言的不足。然而这思想在这里成为了一种虚无的神秘主义,正如在波德莱尔和兰波那里是一种空洞超验性的神秘主义一样。

但是马拉美也知道这种对不可能的接近是他所有作品的界限。他的诗集中起首的十四行诗《祝酒歌》就道明了他的抒情诗及思想的三种基本力量:孤独(现代诗人的原状态)、暗礁(使他遭受挫败)和恒星(遥不可及的理想状态,它对一切负有责任)。他口头承认过:“我的作品是条死胡同。”马拉美的隔绝是一种彻底的隔绝,而且是有意为之的。他与兰波一样,不过是沿着另一条路径,将自己的作品推进到了一个将其自身取消的点,这一点也就展现了整个诗歌创作的终结。奇异的是,这样的过程在 20 世纪的诗歌中反复出现过多次。它一定是符合现代性的一种至深欲求的。

晦暗;与贡戈拉的比较

马拉美的隔绝,如果将其与过去时代中风格相近的抒情诗人并列起来看,也会彰显。因为他的晦暗难解,他常常被人与早先欧洲诗歌中最晦暗的诗人之一,西班牙诗人贡戈拉相比。两者确实在许多细节上以及在其使用诗歌技巧的目的上彼此相似(所以 20 世纪对马拉美的西班牙语翻译可以让人感觉到贡戈拉之风,而且也是译者有心为之的)。在贡戈拉笔下,现实及其在语言上的常规表达也被一种诗人所创造的、与之相距遥远的观念世界,被一种阿拉贝斯克图景所排除,这幅图景由频频卷曲而难以看尽的语句线条、生僻的隐喻和词汇、隐藏的 119

暗示和潜伏的概念联系组成。然而他们之间的差异也是不容忽视的。贡戈拉的诗歌在句法上和含蓄的转述法上固然充满谜语，但它们都是服务于一种象征主义的神话材料的，而这材料是作者与其读者所共有的财产。这些诗歌是写给一个精英阶层的，诗人可以假定他们通晓精心营造的风格刺激。晦暗的诗作为他们提供了趣味盎然的机会，破解学识谜语以训练精神。贡戈拉自己说明过这一切，并使用了晦暗诗歌的众多作者和理论家一再声明过的理由：晦暗将庸俗之眼拒之门外，是对价值的提升，它证实了与一个社会或者精神贵族阶层之间的紧密联系。这里的晦暗始终还是考虑了与一个——虽然数量极少——读者群的交流的。他的一封信中对此进行了一切必要的表述（见：贡戈拉，《全集》，Mille y Giménez 编，Madrid 1943，第 796 页）。对贡戈拉诗中晦暗之处的解读基本上要求对其句法进行移正，将其转述语还原为被转述者。

这一切在马拉美这里是截然不同的。他只是在早期将晦暗视为对不受欢迎的流俗的防卫（1862 年，161，第 261 页等）。马拉美成熟时期的抒情诗比兰波的诗句更缺少现存的读者。毋宁说，这些诗歌——在最好的情况下——必须首先创造出自己的读者，作为其专门文本的专业读者。诗歌的去人性化摧毁了作者—作品—读者的三角关系，让作品脱离了两边的人性关联。“作品是非个人化的，一旦人们脱离了它，它就无法忍受读者的接近。它是如此一种状态，是完全独立自处的：它创造，它存在。”（第 372 页）而且马拉美的象征也是自给自足的。少数并非他独创的象征物——比如天鹅、蓝天、头发——仅仅来自新近形成的传统（来自波德莱尔），大部分都是他自己设立的，也只能从他自身来理解，例如玻璃、冰川、窗户、色子。在这一点上，和在其他许多方面一样，没有任何传统有助于对句法或者语义的解读。而这也是与先前的晦暗诗歌大相径庭之处。现代的象征风格让一切都成为对另一物的符号，却并不确保另一物处于一种有约束力的意义结构中，这种风

格必然是使用自给自足的象征物的，它们脱离了任何限定性的理解。 120
最后，马拉美的晦暗诗歌出自存在于一切实物的原初根基处的晦暗，这种晦暗仅仅“在写作的深夜中被稍稍照亮”(第 382 页等)。但这也即是说，晦暗不是诗歌的随意之为，而是本体论意义上的必然性。马拉美的一首诗的意义展述也许，或者说，必须是可以照亮的。然而这样做的代价是，在诗歌中存活的多义指向受损。马拉美的解读者就在这介于理解和损坏的中间区域里活动。

狄德罗、诺瓦利斯、波德莱尔都表达过对晦暗诗作的要求。与这里所达到的极端性相比，那些要求都显得毫无冲击力，尽管它们开创了如此一种发展道路，从兰波开始突进，在马拉美这里达到了一种彻底思考过的晦暗，其程度在 20 世纪却再没有一位抒情诗人想要或者能够企及。

如此一种诗歌是可以被戏仿的，写它的诗人自己也会这么做。那些押韵的道贺信(第 81 页等)就是马拉美的自我戏仿。当一个记者不耐烦地向他索要手稿时，他回答道:“您至少要等到我给它添加完一点晦暗。”有位拜访者想知道，他的一首十四行诗描述的是暮色还是晨曦还是绝对之物，他得到的是断然否定:“不，是我的五斗橱。”在自我戏仿(只有自信的智者才能够这样做) 中显示出的是这种晦暗诗作的一个长处:游戏的自由和挑衅的才能。然而它的隔绝并不因此而有所减损。

暗示性的、不可理解的诗作

在这样的诗作中，语言不再是传达。传达是以与传达对象共有之物为基础的。然而马拉美的语言只是其自身的表述。我们多次让读者注意过荒诞(das Absurde)在现代诗歌中所起的作用。在马拉美笔下也出现了荒诞，而且荒诞在于这样一个事实，说得尖锐一点:他言说，是为了不再被理解。如果放弃理解这个通行概念，这个事实也许会显得少一点荒诞，尽管其反常性并不由此而减弱。取代理解的必须是无穷 121

的暗示性这一概念。马拉美抒情诗的多义性对读者施加了一种强制性作用:其语言非同寻常的声调刺激让读者的听觉着迷。马拉美设想的是一种"对多样化理解持开放态度"的读者(第283页)。确实,他的抒情诗也激发了读者,让他通过继续生产延续在诗歌中未完成的生产行为,这种继续生产同样也和诗歌一样回避某种让人安宁的终结。语言运动于无穷无尽的潜能中,这种潜能只有在读者将其转化为意义解释的无穷潜能时才会转移到他身上。读者应该少解谜,更多地让自身进入谜语中,在这其中他预感到破解之法,但并不过早将其实现;在这其中他甚至可以为诗歌设想那些也许根本不曾在诗人谋划之中的意义可能性。马拉美最伟大的门徒瓦莱里后来如此表述过:"我的诗句所具有的意义是人们赋予它们的。"

对这种与读者之间尚且非常随意的沟通,马拉美使用了暗示(Suggestion)的概念。这概念就其实质而言来自波德莱尔,后者在与魔术概念相关的语境中已经使用过这一概念。马拉美在1896年写的一篇短文中指出,现代风格的共同之处就在于,它们的"理想主义回避自然物体,而且更过粗暴的是,回避一种安排那些物体的精确思想",以便成为单纯的暗示。这种暗示,接下来还可以读到,是客观描述的对立面,是"召唤、影射"(第365页)。在另一处他说:"说出一个实物,就意味着损坏了四分之三对诗歌的享受;享受在于逐渐领悟;对那实物的暗示,这才是目的。"(第869页)对于马拉美来说,正如对他之后几乎所有的抒情诗来说,重要的是,诗歌的暗示作用是唯一存有的与读者之间的桥梁。然而与读者的联盟再也无法形成。暗示只是尚且为可能的读者提供一种随意的共振可能性。这并不是说,读者就绝不可能辨识马拉美抒情诗中可供解码的基本主题,不可能追随这诗歌直至它逐渐消散于无可解释中——不然的话任何阐释就无意义了。但是这种辨识不再是被强制所致。晦暗诗作的隔绝是不会自动消解的。

本体论模式 122

a 对现实的背离

我们多次提到过马拉美的本体论模式。它构成了马拉美成熟时期抒情诗的真正背景。它仿佛从远方引导着诗歌的展开，而且是如此来引导的，以至于诗歌的展开本身成为了一种本体论过程的完成。让人注意到这一模式的是，在极为迥异的诗歌中，同一种基本行为反复重现，赋予了最简单的母题、词语和图像一种维度，该维度仅从它们自己出发是无法解释的。理论上的证据可以在《离题集》和几封通信中找到。在这里并不是要对这一模式进行批评，因为我们必须将其作为现代性的征候来评判，而不是作为哲学成就。这种模式完全独创的内容就在于，它为现代性的基本经验——追求超验的激情落空的经验，不谐和的经验，分裂的经验——赋予了一种本体论的解释，并且从如此一种远处将其重又引入抒情诗。然而需要再次说明的是，抒情诗不会因为这样的诉求，也许是苛求，丧失其抒情诗本质。马拉美杰出的艺术才华能够将本体论模式和诗歌语汇融合在那颤动音调和迷人隐秘的中心处，这中心始终是抒情诗的土壤，虽然其范围有所缩减。

从本章开端提到过的文本中可以看出，马拉美诗作的基本行为之一是将物象推向离场。初看起来，这与波德莱尔的理论和兰波的诗歌一样，表现出的是从现实的脱离。而且它也像当时一样与其时代基础相联系——这基础是我们在之前的章节中已经阐述过的。除此而外，现在还有来自自然主义文学的日益增长的压力。然而马拉美将这一切基础向更深处扩展。去现实化在他这里显现为现实与语言之间一种本体论意义上的不谐和的结果。

许多纲领性语句证明了他的艺术目标。“从你的歌中将现实驱除，
因为现实是卑鄙的。”(第 73 页) 在其散文中有一处总结了如下思路： 123
自然是现存的，人只能给它添加物质发明，如城市、铁路；然而真正的自由在于把握隐藏的关联，这有赖于一种内在性，该内在性按照自己

的衡量铺展在世界之上，并且使之简化；所以诗歌的创造就是："为不存在之物制造词语"（第 647 页）。对实证现实的剔除，和创新幻想的施展是彼此相连的。在诗歌中这导致了多种手法的使用。这包括对无机图景的象征式使用。正如在波德莱尔笔下一样，这里的金属、珠宝、宝石也成为了高于自然的精神之符号。所以它们在《希罗底》中才具有与灭绝生命的台阶等价的作用，处女之身的少女登上的正是这一台阶。所以马拉美才会在自己编辑出版的时尚杂志《最新时尚》中用爱情来描述奢华服装与首饰。然而最强烈的去现实化则是前文多次指出过的让物象离场和对语言单义性的回避。实现后者的一个手段是转述法。在这一点上，马拉美这种剔除现实的风格意志与巴洛克文学及其法国变体矫饰派（Preziösentum）是相通的。与后者一样，马拉美的转述语也具有如此意义，即让一个事物摆脱其粗暴的材料性，但是也让其脱离了该事物惯常用语的损耗状态。然而他走得比这更远，他使用转述语是为了让事物化解为从属于内在领域的质量。《希罗底》中有两句诗："将那些灯点燃，灯蜡在微火中，在虚无的黄金中泣下一滴陌生的泪。"这是一种对蜡烛的转述。然而这有限的实物被多重象征关联所渗透：哭泣、虚无、陌生。这些关联构成了诗句的真正内容，完全不再隶属于蜡烛，而是隶属于叙说者的内心状态，并且超出这之上，从属于马拉美的基本主题。

本体论模式

b 理想状态、绝对、虚无

从现实中的脱离，对应的是对理想状态的追求。在这一点上，马拉
124 美有时似乎体现出柏拉图式的思维方式。他散文中有一句话便可以如此来解释："神性的转化，人便是为之而存在的，这转化是沿着从实事至理想的方向行进的。"（第 522 页）然而，这一从下往上的方向具有相当非柏拉图的特征，即这种"理想"（只是用一个非常模糊的词标示出

来)不具有任何形而上的存在。对这种理想状态的其他肯定性描述也都是语焉不详的。只有否定性描述才创造出了一个精确的概念。这就是:虚无(le néant)。所以这也就沿着我们从波德莱尔开始以空洞的超验性这一关键词所指称的路线朝前迈进了一步,而且是最为极端的一步。

在这里我们无法细致阐明马拉美是从什么路径走向虚无概念的。他可能受到的来自德国哲学(黑格尔、谢林,也许还有费希特)及消极神学的启发错综复杂,在这里也只能搁置不论。需要说明的是一些值得注意之处。马拉美自 1865 年开始以非常惹人注目的方式在他的诗歌中多处插入了"虚无",在早先的文本中同样的主题是用诸如"蓝天"、"梦"、"理想"等词表达的。他在 1866 年 1 月的一封信中写道:"虚无是真理。"一个代表性文本是已经提到过的《伊纪杜尔》(1869 年)的断片。这些断片展示了"绝对"与"虚无"两个概念互补的作用。前一个概念标示出的是一种理想状态,其中一切来自经验世界的"偶然"都已经消除。通向绝对的步伐会途经"荒诞"(要注意,这一现代性的核心词汇在马拉美这里也反复出现)——也即途经对惯常物、自然物和有生命者的离弃。但是绝对本身,之所以被如此称呼,是因为它必然已经脱离了时间、地点和实物,它在脱离完成之际就被称为虚无;纯粹的存在(Sein)和纯粹的虚无合二为一(正如黑格尔所言)。伊纪杜尔,这具有寓意的文本标题人物,下到海边的坟墓中,拿走了盛有毒药的长颈瓶,"瓶中装有虚无的液滴,那是大海所缺乏的";他掷出色子,当色子停下,时间也停止,在时间中的一切,生命,包括死亡也都停止;剩下的是空洞的、绝对的空间,是虚无。

马拉美的谨慎足以让他拒绝任何对虚无的冥想。所以我们也应当摒弃任何冥想。值得崇敬的是这一概念在他的抒情诗中所起到的杰出作用,值得强调的是这一事实,即在现代诗歌的顶峰之一,所有概念中最具否定性的概念是以如此一种强烈的声势出场的。 125

不过也要警惕这样的误解，即认为这里的虚无是具有评定性质的，也即归属于道德上的虚无主义。这虚无完全是起源于理想的一个本体论概念。马拉美要处理的，是一切现实既存物的不足。能将其体验为不足的，只能是一种理想主义的思想。但是用以衡量既存物的理想之丰足被放置得如此之高，以至于再没有规定能够触及它，而它则始终是纯粹的不确定，这样的话，它就必然被称为虚无。在如此理解的虚无中，马拉美吸取了波德莱尔为空洞理想状态所设想的特质，虚无由此成为如天灾般侵袭精神的一种来自高处的强制性力量。从现代的普遍命运，即不再有信念和传统为起源，诞生出了如此一种意志，它不仅仅让高处为空（如波德莱尔和兰波所做的），而且还将其极端化，使其成为虚无。马拉美的虚无主义可以理解为一个清除一切既存物以享受自己的创造自由的精神造成的后果。不妨说，这是一种具有理想性质的虚无主义。它出自这样一种几乎超越人的、进行抽象的决心，要将绝对视为存在的纯粹（脱离了一切内容的）本质，并尝试着用一种诗歌来接近该本质，在这诗歌中语言本身尽可能通过对现实的摧毁来呈现虚无。

本体论模式

c 虚无与语言

但是，马拉美的本体论核心问题涉及的是虚无和语言之间的关系。这是这位诗人的存在性问题。在他对该问题的回答中重现了希腊逻各斯理念的余音，却看不出任何与希腊特性的相连之处。完全有可能的是，马拉美对此是独立思考的，并且彻底穷尽了浪漫主义语言理论的诸多启发——却并不知道，在这些启发中正遥遥回响着希腊人对语言的思考。在 1867 年 5 月，他在写给卡扎利斯的一封信中写道：“我
126 现在已经脱离了个人，我不再是你所认识的斯特凡，而是精神宇宙观看自己并发展自己的一种能力，而它所借助的，正是我之自我。我尚且能做的，仅仅是向自我的展开，这种展开是绝对必要的，以便让宇宙能

在这个自我中找到其自为之在(identité)。”这种表述是较为疏略的。尽管如此其意义却还是清晰可见的:经验自我被一个非个人的自我所取代,后者是“宇宙”完成其精神上的自我实现的处所。另外还有一句出自1895年的话:“我们的族类(即人类)获得了如此荣幸,为形而上的、封闭的永恒对自己的恐惧——它恐惧的方式有异于人类意识——提供内脏。”(第391页)在包裹这句话的形象语言之中含有对上述通信的补充。两者都包含了如此思想,即在作为精神并由此作为语言的人身上,绝对存在得以完成自身,它在这里,而且仅仅在这里找到了它的精神性之诞生。这种绝对,应当被理解为虚无的绝对,呼唤语言——逻各斯(“le verbe”)——以便在语言中找到其纯粹显像的居所。

从这一马拉美并不经常叙说(但是毕竟有所表述)的思想出发,他的诗歌中许多谜语就可豁然明朗。尤其是诗中的物象以至所有现实物被推移至离场的现象。这种推移的意义远不止艺术对现实的判罚。它是要从本体论上来理解的一个过程,这也是语言借以让实物获得不在场性的过程,这种不在场在范畴上与绝对(虚无)相近,并使最纯粹的(解除了一切物性的)在词语中在场成为可能。就实物而言,叙说出其离场的语言将其毁灭,但同一个语言也通过这一称述,让其获得了精神性存在。

词语,还有不受限制的幻想,它们的现代权力运作也就由此通过本体论路径得到了辩护。被如此理解的词语是纯粹精神的创造行为。它是无条件的,由此不再对经验现实有所顾虑,而是可以将自己交付于自己的运动。具有决定意义的是,马拉美将这样的运动不是理解为随意的主观性,而是理解为在自身中包含了其必然性的本体论事件。尽管如此他还是可以将无条件的精神称为“幻想”,还有“梦”。这两个名字在他之前早就被当做等价物用于创新性自由了。它们在他笔下也 127
出现了,这对我们来说之所以重要,是因为从这一点可以看到,幻想的概念自18世纪末以来走过了怎样一条道路,而它在20世纪又会获得怎样的分量。不妨比较一下，我们之前对卢梭、狄德罗、波德莱尔、兰波的幻想的阐述。这些作家越来越坚定地把幻想作为高于现实的、专制性的力量来使用。马拉美将幻想抬升到了更高的台阶，他将它看做绝对存在为其精神实存所要求的居所。这一切都自成逻辑地与之前的台阶相承接，这种逻辑是惊人的，再次证明了现代诗歌与现代关于诗歌的思考在结构上的统一性。马拉美的幻想概念也再一次为这种诗歌创作的基本特征，对现实的摧毁，赋予了合法性。还在马拉美没有找到本体论理由之前，他就已经把该特征作为对自己的要求了。在 1867 年的一封写给勒费比尔的信中，他写道，他只有通过清除才能创造他的作品，他越来越深地进入到“绝对黑暗”的体验中——然后，他对但丁进行了暗中引用：“摧毁成了我的贝亚特丽斯。”

马拉美对这种消除物象的做法有一个很爱用的词：abolition，意为剔除、消解。在这个词的周边有类似的词语：空缺、白色、空洞、不在场。这都是他具有本体论特性的诗学观和诗歌的否定性关键词。另一个看起来具有肯定意义的词是：鲜花，它往往变换为单个的花名（玫瑰、百合等等）。这个词象征性地将语言标示为人类的本质特征。“对词语的赞赏意味着，让我们族类最本真和最内在之物在其鲜花中，也即在语言中得到赞颂。”（第 492 页）但是，语言的最高作用力是诗歌。对此，这一段话是核心之处：“何必要通过语言的游戏让一件自然实事转化至几乎全然消失，如果在这过程中没有——不受具象之临近的干扰——产生纯粹的理念，没有带来鲜花；鲜花在响起的音韵中升起，失去了所有花束。”（第 368 页）在上述种种解释之后，这句话几乎不再需要任何说明。它再一次将诗歌解释为对物象的摧毁，而且它通过更进一步的思考对其加以补充，即这样的摧毁是为了让物象在词语中成为“纯粹
128 的理念”，成为精神本质。但是这一“理念”除了在写出的词语之外再不会存在于别处，所以“鲜花失去了所有花束”。（附带说明，这一句话，与本书第 81 页所引用的兰波的话一起写入了 1955 年巴黎的毕加索展

览的画册里。）诗歌成为了一种行为，它非常孤独地将自己的梦幻游戏和魔力音调投入了一个被摧毁的世界。它在最后一个意义层面上所表述出的，是抽象的角色和张力，具有无法穷尽的多义性。所以对马拉美我们也可以使用在波德莱尔那里已经出现过的概念：阿拉贝斯克，而且要将其扩展为“全然的阿拉贝斯克”，而这后来又被称为“沉默不语的密码编写”（第648页）。

《她用洁白的指尖……》（阐释示例）

1887年马拉美发表了一首无标题十四行诗的最终版本，这首诗是以这样的语句开始的：“她用洁白的指尖……”（第68页）。以这首诗为例是为了阐明他的抒情诗中那种对实事进行否定、从语言上进行创生的方式。这首诗的第一个版本（1868年）虽然具有另一种词语声韵，但是在主题上和母题上已经与后来的版本相符。当时马拉美在一封写给卡扎利斯的信（7月18日）中对这个版本有过注解，他写道：“我是从一种有计划的、对词语的研究中获得这首十四行诗的……它尽可能由白色和黑色组成，适合做一幅梦与空白的蚀刻画。比如：一扇在深夜打开的窗户；一个空无一人的房间；一个由空缺与疑问构成的深夜；没有家具，至多不过显出淡淡痕迹的模糊托架，在背景上悬挂一面濒临败坏的镜子，镜子如星象图一般让人费解地映照出大熊座，使这被遗弃的家与天空结合了起来。”这一注解也适用于最后一个版本。诗歌如下：

她用洁白的指尖……

她用洁白的指尖高高地献上玛瑙； 129
恐惧——在这深夜作为持火炬者
她持着一些黄昏的梦：梦被凤凰
烧毁，没有任何骨灰罐会收纳它

在空空的厅里，在餐具柜上：没有折痕，
来自徒劳的鸣响，那被剔除的无用物
（因为大师为了创造冥河的眼泪，与
这唯一之物结伴而去，其中虚无被赞誉）。

然而靠近窗户处，窗户向北方裂开，
有一黄金死去，也许沿着某个装饰，
从中有独角兽向一河中女妖抛掷火，

镜中的她是那被熄灭的云，——很快，
在加上了框架被封闭的遗忘中，然后
是七声鸣响，那巨大的火光归于沉寂。

在法语原文中可以听到具有怪异而尖利刺激的韵脚。奇异的是（在翻译中几乎无法再现出来）词语材料，部分词语来自希腊词源，却不是出于增加地域色彩的目的，而是为了给文本以疏异的语言潜能。诗中写了什么？首先是附加了若干修饰语的恐惧。虽然她是以一种拟人化形象出现的，但她本身是没有生命的。作为一种本质物她主宰了整首诗。另外诗中还写到了深夜、一个空空的厅、一面镜子、一扇打开的窗户、一块熄灭的黄金。还出现了其他一些事物，不过仅仅是在语言中出现。“黄昏的梦”是被“烧毁”的，没有被任何骨灰罐收纳；“折痕”出现在“没有折痕”中，随后是具有典型意义的一句诗，它叙说的是被剔
130 除的实物，该实物在其本身是无意义的（“无用物”），只是在声响中存在，即使是在因不足而徒劳的鸣响中。“大师”（哪一位大师？）是离去了的，带走了这一实物，诗中说虚无在这实物中得到“赞誉”：虚无恰恰是在被剔除的实物中得到赞誉，这实物因为不存在，所以只是纯粹因称

述它的词语而复活。第三诗节中的河中女妖是“被熄灭的云”。始终在场的实物中，窗户和镜子是马拉美用来表现对超验之无限的眺望的象征物。对于其他实物来说，毁灭的完成同时也是在语言中的诞生。整个文本中发生的就是一个熄灭的过程，伴随着在场者走向离场。最后可以听到，星的火光“很快”沉寂：时间，也即在最开始两个诗节中一种几乎恒定不动的现在，过渡为对时间的超越；火光**将要**沉寂。这首诗只能够也只愿意在未来以假想的方式触碰绝对，正如它只有借助于意义的谜语才能触碰不在场（虚无）一样。如果它想完全将脱离时间和实物的绝对纳于自身，那么它作为诗歌就根本无法存在了——那样它就只能是一种沉默，一个空白点。语言保持了最后的界限，在这界限处还有可能通过以毁灭性词语剔除实物来创造空间，让虚无进入。虚无的进入在这里是与恐惧相伴的。恐惧能够扩展，渗透少数留存的实物，使它们变得悚然，而因为其他实物的离场而让其悚然则更令人悚惧。但这一切都是语言所为；在语言中所发生的，不可能在任何现实世界中发生。

具有本体论意义的不谐和音

现在必须指出，我们在试图让读者接近这一费解的作者时，一直对他的思想结构进行了和谐化，这和谐化的程度已经超过了整体而言可允许的范围。因为在这一结构中贯穿着一条裂缝。这也是在波德莱尔和兰波那里可以看到的裂缝：语言与理想状态之间、所欲与所能之间、追求与目标之间的分裂。但是现在这分裂也得到了本体论上的辩护。马拉美寻找这样一种辩护的艰辛努力，可以昭示这一裂缝之深。与 131
之相应的思想及其在诗歌中的显像就体现出了现代精神的另一个征候，而这也是他身上那种被我们多次描述为不谐和音之主导的特征。马拉美让这不谐和音成为了具有本体论意义的不谐和音。

在这些诗歌中多次出现的词语有：险阻、沉船、醉酒、坠落、深夜、徒劳。这是表示失败的关键词。然而即使没有这些词，单单是诗歌的象征事件中也会显露出这一失败。这是双重意义上的失败：一个面对绝对时语言的失败（我们可以简单地称之为主观失败）；另一个失败是客观的，也即面对语言时绝对的失败。

对于前者我们已经举过多个例子，对此还可以稍作补充。《伊纪杜尔》中有一句说："我取出这个词，为的是让它重新沉入它的徒劳中去。"（第 451 页）在另一处我们读到："人为理想状态提供的一切载体或者居所，都是与理想状态相矛盾的"，紧接着这句话就谈到了"作品及其手段之间的相互污化"（第 371 页）。恰恰是作品的理想化设想之高，彰显出了语言所固有之低，这就使高高在上的设计无法全然实现。他的晚期作品《骰子一掷永远取消不了偶然性》（标题就表现为句子形态的对位排列）超越了早期的《伊纪杜尔》，其主题是：虚无也都是无法达到的，因为思想不能挣脱（语言与时间的）"偶然"；人是"险阻的苦涩君王"（第 469 页）。被视作其费解的顶峰之作而让人生畏的诗《德泽善咏歌》（*Prose pour des Esseintes*）（第 55 页），代表着一种付诸诗句的诗学，可以从语言之不足这一主题来理解①。前十个诗节包含了对向超高目标伸张的诗歌的呼唤，围绕着诗歌创作的可能性。随后这一运动轨迹降落下来：作品只能向它的目标投以微笑，却不能达到那目标；作品本身具有的"争斗之精神"（这指的是意愿与目标之间的不谐和）必将
132 持续，作为痛苦的悟见，即"那样的国度是存在的"（理想之国），而诗歌总有必要一再将自己向那国度抬升，但是也一再失败——不过也还是有所收获，在失败本身中也保存了理想状态不可见的存在。

这还始终是在波德莱尔开创的路线上，尽管得到了本体论上的补充。但是还有另外一种补充。在马拉美这里，去人性化被推到如此的极致，以至于它将最后一点出自人的创作和思考之源都移置到了绝对存

① 因为这个标题已经让人绞尽脑汁了，所以这里要说明一下："Prose"在这里是依据教会拉丁语中的"Prosa"，取其"颂歌"之意。与此相符的是，这首诗是按照四行一节的颂歌体写成的，在第二个诗节中也出现了"颂歌"的字眼。

在中。他仿佛是被一种强制力左右，不得不将现代精神的不谐和音作为绝对存在本身的特征来思考和创作。与其他主题相比，他在这一点上更强烈地以完全的不可沟通取代了人与超验之间可实现的沟通。不仅仅语言在为绝对赋予精神性诞生时是不足的，绝对也只能以不足的方式向语言折曲。这两极，语言和绝对存在，是受制于失败法则的。虽然对于马拉美来说，诗歌始终还是不足者中最高的可能性。但是语言通过具有本体论意义的不谐和音也获得了最高尺度上的灾祸。在这种诗歌中得以成就的，是表达绝对与人之间失败的沟通的词语。诗歌以非常宁静的方式叙说出这词语。

对两首诗的一个简短描述也许能证明这一点。第一首诗的标题是《另一把扇子》(第 58 页)。诗中上演的是一种双重进程，一个物象的，一个精神的。前者简单到了极点：一把打开的扇子被触动，合上了。然而这个过程是与精神过程合一的；也可以不得已地说，这一过程象征着精神过程。在扇子中涌动着“纯洁的、毫无出路的欲求”，是向上的、对无限扩展的理想状态的欲求。然而“空间”——代表着理想状态——“颤抖如一巨大的亲吻，它陷入迷乱，因为它不因任何人而出现，既不能脱离又不能平静”。即使绝对也会因隔绝而痛苦；它的“亲吻”找不到接纳它的精神。所以扇子才合上。而一心向上的意志也失败了，降回到它自身，保留的无非是“被埋葬的微笑”，是对双重失败的悟见。只有一样是不变的：“粉红的河岸在黄昏之金色上寂寂”——绝对的微光闪烁。它的存留包含了双重意义：它不再突显，永不会成为饱满的光亮；但是它依然还是通过尝试过不可能之事的词语获得了永恒。在词语 133
中，尽管词语是不足的，虚无及其本身的隔绝却获得了一个临时居所。最后一个诗节的象征语言是如此来表达这一点的：“这即是它，白色锁闭的飞行，你让这飞行倚在了一个手镯的火光上。”在这美丽晦暗的诗歌中贯穿着一种深深的无奈。

第二首诗歌是十四行诗《微薄空气 Ⅱ》(第 66 页)。这首诗是以极度拉伸的句子写成的，与法语分析式语句结构背道而驰，副词、动词、同位语都被放置在了句子主语之前，因为要以此来显示它们叙说的是关键所在。初读起来可能会以为这首“短歌”带来的无非就是一个让人痛苦的田园美景。马拉美是如此成功地用图像的展开让本体论行为变成了一种掩饰。一个“不可驯服”的声音从高处传来，充满激情而又沉默不语，受到强制而又毫无希望。它响起的一刻，“我的希望”(追求绝对的意志)也随之激起。这是“人在一生中甚至都不曾见过一次的鸟儿”的声音——是绝对的声音。但是这声音在其所有的渴望下沉默着，不会抵达任何人。这又是绝对的隔绝。诗中随后写道：一声幽泣突然发出，在绝望中熄灭，仿佛是出自我的心胸，或者那鸟儿的心胸——仿佛是我的幽泣，因为我没有听到它的声音；仿佛是它的幽泣，因为它无法抵达我。在这再次出现的双重失败中剩下的是那只鸟儿，它“四分五裂地横卧在某条小路上”——那是无法走向完整的精神存在的绝对。然而这一表述是浮动的，这更多地是一种预感：一切可能如此；而不是一种认识：一切都是如此。在他诗歌的这一极致之作中，马拉美不敢做出任何单义性的表述。他只敢制造拥有许多意义可能性的象征事件。而这也是一种失败——一种经过深思熟虑的失败。因为只有隐微的、轻声的歌能够让几乎无法理解的存在悲剧免于被限定性理解所耗尽和遗忘。

1812年，让·保罗在他的《美学入门》中写道，“现在的时代精神自私地毁灭世界与万物，以便能在虚无中创造出自由的活动空间”，而不是模仿自然。这一个句子，出自“诗歌的虚无主义者”一节，听起来像是对现代诗歌，也包括马拉美诗歌的预感——正如在保罗写的《提坦神》
134 中罗凯洛尔的角色预示了波德莱尔一样。不过其间的不同之处在于，马拉美的“自私”让位给了一种得到本体论辩护的精神独立性。不论人们对这一辩护如何评价，值得赞赏的始终是这一性格沉静、乐于奉献的男人透彻思考现代诗歌所具有的否定性状态的种种要求并付诸艺术实践的真诚。如此一种抒情诗必然是费解的、晦暗的。但是它存在的权利就在于它内部的因果性。

玄秘、魔术与语言魔术

马拉美对玄秘文学(okkultistische Literatur)有着浓厚的兴趣。通过朋友的介绍,他读到了埃利法斯•莱维(即阿贝•康斯坦)的作品。他与米什莱有过通信往来,后者传播以 Hermes Trismegistos 为名的古典晚期神秘教义,为其使用了“隐逸派”(Hermetismus)这个名字,并且倡导将其融入诗歌创作。(直至今天 hermétisme 在法国主要指的还是玄秘宗教、炼金术等等。)马拉美赞成这种融入。在一篇题为《魔术》的文章中,他写道,“在古老的魔术实行者和在诗歌中发挥作用的魔术之间有着一种隐秘的亲似性”,所以诗歌创作就意味着“在着意为之的晦暗中,借助暗示性的、永不直白的词语召唤沉默不言的实物”,而诗人则是“字母魔术师”(第 399 页等)。随后出现的概念有仙女、魔法师、迷魅(Charme,取其拉丁词义,指魔术咒语,后来瓦莱里在他的诗歌集标题中使用的 Charme 也是同样的语义)。他的一封信中提到了“炼金术师,我们的先辈”。这一切所展示的首先无疑是对诗歌与魔术相互契合的信念,而不是对玄秘团体的真正归属。但是不管怎样,这一前人已有的信念在马拉美这里变得更加笃定。马拉美也响应着现代诗歌创作的需求,即将经过高度反思的诗歌与魔幻而古老的灵魂层面相结合。他的诗句具有的语言魔术确实形成了这样一种方式,通过与内容上的晦暗相配合,发挥某种暗示作用,而他自己正是想用这种暗示取代简单的可理解性。

语言魔术可以体现在诗句的音韵力量上,也可以体现在主导诗歌
的词语脉动上。马拉美有一句名言:“诗人将主动权交付于词语,词语 135
因彼此不一致而互相碰撞,并由此而运动。”(第 366 页)另一句话则说:“无限者的节奏产生于对合适词语,甚至日常词汇的使用,就仿佛产生

于手指触碰词语之琴键的探问演奏。"(第 648 页)如先前已经指明的，马拉美的许多诗歌都是从语言脉动出发写成的，或者在对该脉动的更强烈投入中对第一稿进行了改写。一首前文已经引用过的诗歌是如此开始的："噢，挚爱之深，不论远近……"(O si chère de loin et proche et blanche...)(第 61 页)这句诗包含了两个描述距离的词(loin，proche)，而且，在同样这个开端，还有一个描绘颜色的词(blanche)。仿佛这首诗歌的开端想要涵盖一个更广阔的空间想象。但是其中也有其他与空间无关之物。"Blanche"并不属于一个按实物来排列的想象链条。因为发挥作用的并非这样一个链条，而是语言本身。"blanche"的来源在于"chère"和"proche"中的 ch 发音，这个发音作为专断的响声扩展自身，唤起了一个与之相符的词。这是许多例子中极为简短的一个，其他的在这里已不需赘述。然而可以指明的是，马拉美的那些声韵突出的诗句——即使它们并不悦耳，而是发出刺耳的声响——都具有持续的威力，这种威力会牢牢驻扎在记忆中，即使其语义已经失去。这一点也得到了瓦莱里的证实，他写道，他可怜的记忆力让他无法做任何背记，却偏偏能保存马拉美"奇异的诗句"。这样的体验在 20 世纪的众多抒情诗人那里都得以延展，间或形成了判断一首诗好坏与否的唯一标准。

纯　　诗

在这一语境下，还要简短地讨论一下纯诗的概念。圣佩韦、波德莱尔和其他诗人都偶尔使用过这一概念。它在马拉美笔下也出现了。在 20 世纪，这个概念标示出了一种以马拉美(和"象征主义者们")为基础的诗歌理论。这个概念的含义可以借助马拉美笔下频频出现的词"纯粹"(rein)和"纯粹性"(Reinheit)的意义来辨识。这两个词指的往往是
136 "脱离某物而纯粹"。这是私人化的概念，与康德所用的概念类似，后者将那些"其中不涉及任何属于感知范围之物"的观念称为纯粹观念。当马拉美称某物是纯粹的时，他指的是其本质上的纯粹性，是其脱离了

有所损碍的掺杂物的状态。纯粹性对于他的整个抒情诗所具有的意义，可以以1891年的一封信中的语句来说明:“以一种中心纯粹性的名义对实物进行充分利用直至将其耗尽”。所以,诗歌纯粹性的前提是去实物化。现代抒情诗的其他所有特征也都汇合在了这个概念中,依照它被马拉美使用并传于后世的方式:摒弃日常的经验材料、含有教化或其他目的的内容、实践性真理、普通人的情感、心灵的沉醉。诗歌在脱离了这样一些元素之后就获得了自由,任语言魔术发挥作用。在与或低于或高于传达功能的语言力量的游戏中，形成了具有强制性的、与意义无涉的音调,这音调为诗句赋予了魔术咒语般的力量。马拉美,正如他的前辈一样,常常叙说诗歌与音乐之间的近似性。他的一些相关表述后来被用于定义纯诗。1944年贝尔内—若夫鲁瓦就写道:“纯诗是当语句以和谐的方式忘记其内容的崇高时刻。纯诗是不愿再叙说,而只愿歌唱的诗句。”(213,第202页)然而在马拉美本身这里,音乐应当仅仅理解为语言的悦耳声响。它所指的更多地是诗歌的智识内容和抽象张力的一种振荡，这种振荡内在之耳比外在之耳更能感受到。另外,纯诗的概念理所当然地嵌入了马拉美抒情诗的结构中。这概念，就其私人化意义而言,是马拉美抒情诗所围绕的虚无在诗歌理论上的对等物。在马拉美之外,这概念也适用于所有那些首先不是追求对世界内容的感知和反应,而是追求语言与幻想的游戏的抒情诗。

专制性幻想、抽象和“绝对目光”

在先前的章节中我们多次阐述过专制性幻想。在马拉美这里也可以用上这一概念,在他笔下也出现了专制性幻想的图像,它们取代了那以其事实性秩序无法再引起艺术家兴趣的现实。这种幻想在这里的展开比在兰波的诗歌中要宁静得多。但是它在宁静中发挥的作用却具 137
有一种在本体论意义上得到辩护的行为的分量。在它的相关意义范围里,正如在诺瓦利斯和波德莱尔那里一样,出现了抽象的概念。“严格遵循幻想，并且施以抽象，也即诗意化”，在这一个描述性的等式（第544页）中，“诗意化”，按照希腊词源的意义，也就是“创造”、“制造”。然而另一个概念也与之相邻：regard absolu，意为绝对目光。这个词的含义可以从散文《芭蕾舞》（1891年）中得出。从中我们会读到：“舞者不是一个跳舞的女人；她不是女人，而是一个隐喻，它以其自身把握了我们本质的元图像之一：剑、碗、花；她并不是在跳舞，而是用一种身体文字在暗示，所暗示者在一个文本中只能非常繁琐地重现出来。”（第304页）观看一个舞者也就意味着，透过她的经验显像观看元形式。如此一种观看出自一种“非个人的、燃烧火花的绝对目光”（第306页）。这看起来是柏拉图式的。但是文章的结尾：“这舞者透过那始终存留的最后面纱，将你自己理念的纯粹性交予你，以一种符号的方式沉默地写下你的幻象，这符号就是这舞者。”这种思想是完全非柏拉图的，它最后归于观看的主体。主体感知的并不是客观的元形式，而是他自己精神的元形式，他把这形式转化为精神的符号，将这形式在显像（Erscheinung）中制造出来。显像在剥离了其经验材料之后，被绝对目光所征服，这目光注视着自己的载体，将显像只是作为可以自由支配的符号语言用于载体的运动。论芭蕾的文章是那创新力不受限制的诗歌迄今为止找到的最有决定性的辩护。所以“绝对目光”可以确定为马拉美及其后继者的抽象诗歌的关键词，它也是用纯粹的线条、颜色和形式的张力构造取代物象的抽象绘画的关键词。

马拉美的诗作整体尚且还是涉及显像世界的，这些诗作颠覆了显像世界，让它摆脱了空间和时间的常规事实秩序。这一点——尽管其理由有着种种相异之处——与兰波有着结构上的亲似性。对此可以稍稍列举如下几例：黑色帽子沿街飞舞，这个事件演变出了“街道，受到帽子的黑色飞行侵袭”（第65页）；街道在事件之前出场，而事件则又以黑色飞行这种普遍描述（而且还是颜色与运动的非现实结合）居于帽子之前[①]；常规的观看会首先看到帽子——但是在诗中帽子作为完全附带之物，出现在句子末尾。马拉美也喜欢将相距最远之物交织在一起，其方式正如前文描述过的兰波的穿插技巧。他的文章《神圣的愉悦》（这篇文章也可以视为散文诗作品）的开端包含了一个表述，如果将其转译为常规意义（当然由此也就毁坏了它），就会是：秋天，巴黎人狩猎回来，走进剧院，陶醉于音乐中。但是实际上文本中说的是：风从地平线吹进城市，促人回归；帘幕升起，高过秋天被离弃的华丽；手指在演奏时的挥舞为叶片带来宁静，映照在乐队的铙钹里（第 388 页）。惹人注意的是，秋天如何通过一种隐喻式移置呈现为文字，也即它被移置进了对剧院（帘幕）和指挥（手指挥舞）的叙说中。两个领域，秋天和剧院，被交织成了一个整体，这个整体当然不仅仅是单纯的隐喻。在这里还能看到，细节高于整体，偶然高于事实，而这是另一个——影响至未来的——非现实风格特征。一个手持裸露出的剑的天使，为了集中表现剑的特征，被称为“一个天使身处他的剑的裸露中”（第 28 页）。马拉美叙说了一群女舞者，但是没有叙说她们的形体，而是“匆匆而过的薄纱之苍白，从中有一个微笑和张开的手臂伴着熊的沉重出现”（第 277 页）；女舞者仅仅在部分材质中显现，这一部分则交织了另一个生命的部分材质——它是如此交织进去的，以至于要费点力才能看出它是什么，是一个小丑。偶然添加物化入了形体，与非现实构成物交错。一首晚期诗歌的开端只是非常隐约地勾画了一幅花边窗帘；第二诗节则写道：“彩色纸链与自己进行的一心一意的白色纷争，向着灰白窗户逃去，它更多地是在飘浮，而不是在埋葬。”（第 74 页）物象完全被运动的藤蔓所掩盖，是抽象的幻想让物象转变为了运动。不应当像某些人间或所做的那样，将这样的手法称为印象主义。这手法不是来自对印象的某种接受，而是本身就将虚构的角色刻印在一个完全被去现实化

① 在法语和德语中，“帽子”作为对“黑色飞行”的所有格限定语出现在“黑色飞行”之后，与汉语的词语顺序相反。——译注

了的材料中。

139

与语言独处

我们以这少数几个例子回到了马拉美的艺术性。这些例子已经足够证实他自己的话，即诗歌是一种偏远的建筑。至少他的作品是现代抒情诗所能达到的最偏远建筑。被精简地用少数材料造就的它试图运用尘世语言，为绝对所拥有的无限的、空洞的空间“有韵律而沉默不语地编写密码”(第648页)。马拉美曾经在谈话中说过，诗歌，自从“荷马的伟大迷途”以来已经失去了道路。当有人问他，荷马之前是什么，他回答说：俄尔甫斯(180，第683页)。他回溯至这么遥远之处，回溯到了一个神话形象，那是诗歌与思考、知识与隐秘合二为一的歌唱之化身。他这么做，或许是因为他感觉到了与俄尔甫斯诗歌的一种亲似性，或许也是因为他自己的抒情诗语言所追求的原初性迫使他通过援引诗歌最遥远的神话起源来说明这语言。

马拉美的抒情诗体现了全然的孤独。它没有加入任何基督教传统、人文主义传统和文学传统。它禁止自己对现实有任何干预。它回绝读者，不许自身具有人性。它也深知自己未来仍将孤独：“诗人只可以如此做，即朝那绝无之境(das Niemals)进行神秘的工作。”(第664页)现实被它体验为不足之物，超验被视为虚无，与两者的关系被视为无法化解的不谐和音。那还留有什么呢？留有一种叙说，其存在之明证在其自身。诗人是与其语言独处的。他在这里拥有其家园和自由，他付出的代价就是人们对他的理解几乎都只能是徒劳。而这如果不是现代诗歌的元状态的话，马拉美也不会获得后世如此多的敬仰了。

五　20世纪的欧洲抒情诗

方法说明

直至今天都主导着20世纪的抒情诗类型是19世纪下半叶在法国诞生的。这一类型的先声来自波德莱尔，而波德莱尔的抒情诗又在德意志人诺瓦利斯和美国人坡那里有所预示。兰波和马拉美揭示了诗歌创作所能延伸至的最远边界。20世纪的抒情诗没有再带来本质上全新之物，虽然其中几个诗人品质卓越。确认这一点，对他们的地位并不会有丝毫的减损。但是我们可以，甚至有必要在他们的文本中辨识出风格一致性(Stileinheit)，这种风格一致性将他们与那些先辈相连。风格一致性并不意味着单调。它是在语言行为、观看方式、主要话题、内在起伏上超越了各作者差异的共同之处。歌德和特拉克尔之间是没有风格一致性的，但是彼此如此难以比较的抒情诗人如特拉克尔和贝恩之间却有风格一致性，而同时他们又各自不失其原创性。原创性是一个质量问题，而这个问题并不由类型来决定。但是类型——在这里就是现代抒情诗的风格一致性——是有助于认识的。对这种风格一致性的辨识甚至是进入那些刻意挣脱惯常理解的诗歌的唯一入口。随后当然必须进一步了解诗人的艺术个性。对此，在这里只能稍作提示。我们在下文中要做的，是尝试如此来使当代抒情诗让人困惑的图景澄明清晰：我们会展示，在过去那个世纪中出现的征候在多大程度上依然存在。

这些征候依然存在，是因为它们对后代施加了影响吗？在个别情况中也许确实如此。但这并不是起决定作用的。在一流的诗人那里，文学影响并不是一种简单的被动过程，而是一种亲和力的结果，这种亲和力会使他们自己的艺术特质在一位前代诗人那里得到证实和强化。但是即使在没有这样一种影响发挥作用之处，今天的诗人与那些先辈
141 也会形成一种结构上的相似性。影响证明了——在其他情况下依然有效的——事实，即存在一种与时代相关的风格强制力和结构强制力。在我们这里，这就是近百年来决定着欧洲抒情诗的那种强制力。所以我们不必考虑可能的影响，而是要再次觉得我们有充分理由使用一种方法，这种方法就在于，勾勒出这个时代共有的诗歌行为的特征。

我们在这里也不会考虑文学阵营纲领和流派划分。文学史通常会提到“象征主义”，并认为它在 1900 年左右消亡。我们在迄今为止的论述中一直避免使用这个流派概念。因为它掩盖了这一事实，即它所指的抒情诗人——以马拉美为最杰出代表——都表现出了当代诗人如瓦莱里、纪廉、翁加雷蒂、艾略特、特拉克尔所具有的特征。要么是这种“象征主义”尚未灭绝，要么是这个概念以十分蹩脚的方式表达出了一种诗歌风格结构，所以必须以对该结构的细节描写来代替。（瓦莱里曾经指出过，“象征主义”这个群体名称由于“象征”的多义性已经不再适宜了；200，Ⅰ，第 1272 页。）谁如果去读关于欧洲最近 50 年诗歌创作的文学史论文或者评论，他就会知道，其中有多少风格、流派和路线先后更迭：达达主义、未来主义、表现主义、通灵主义（Unanimismus）、创生主义（Creacionismus）、新客体主义（Neo-Objektivismus）、现代主义、极端现代主义、超现实主义、奥秘主义、反奥秘主义、极端主义……西班牙人塞尔纳于 1943 年写下了一系列文章《某某主义》，将他所能捕获的所有现代诗人都安置在这些“主义”之下。可以推测，这样一种对文学及艺术分支的过度评价来源于在罗曼语系国家里常见的对当前流行风

尚的追崇，对彼此关联的视而不见。党派划分和党派纷争的政治模式可能也对此有所影响。不过，从**某一个**视角来看，这种貌似快速的风格转变景象对于现代性本身来说也是具有征候意义的。它与诗人们常常坦言的一种意图相应和，亦即不是为了永恒写诗，至多不过是为了一个未知的未来写诗，在这未来面前，他们的作品只想做一个临时的实验，但是为了显出未来的样子，作品与过去——包括最新近的过去——决裂。这一点兰波早已经意识到了，它在科克托的诗中又得以重现。后者于 1953 年在《一个诗人的人生之路》中承认他属于这样一 142
种艺术，它是永远在追求异者的躁动不安，是对传统的贬损，是与时尚一样快的奔跑，而且总是比刚刚成为的“美”，亦即成为习惯的上一个时尚要快。这种时间上的匆忙让艺术良知变得不安。反射是急速转换的风格的意见，但这意见是一种视象错觉。它所映射出的多样性并不存在。存在的是细微差异与多种变体，它们能说明当代诗歌创作的丰富可能性，对于其风格结构的判断却并非十分紧要。

“智识的节日”与“智识的崩溃”

简单化当然是必须要防止的。然而在整体图景中呈现出了两个方向，从而让人可以有一个初步的辨识方向。这两个方向是 19 世纪由兰波和马拉美所开创的。粗略地说，其中一个方向是形式自由的、非逻辑性的抒情诗，另一个方向是讲求智识的、形式严整的抒情诗。它们都在 1929 年被表述为诗歌纲领，而且是彼此针锋相对的。其中一个定式来自瓦莱里：“一首诗应该是一次智识的节日。”(200，Ⅱ，第 546 页)。这个文本中随后附加的内容让这一定式更趋细致，这种细致是瓦莱里的思考一贯擅长之处。另一个定式出自反抗，其作者是超现实主义者布勒东。这个定式就是“一首诗应该是智识的崩溃”，随后紧接着的是：“完美即懒惰”(《超现实主义期刊》，1929)。

20 世纪的抒情诗中出现了这样一种对立，并得到了如此极端的表述，这一点本身也属于抒情诗的整体风格。这并不等于将这对立看做两个文学党派之间的对立。党派之争只是表面现象。在这两种诗歌类型本身，这对立的两极会重复出现，虽然有一定的推移。这一点我们在上几章中已经多次确认过。这种对立性也是整个现代诗歌创作的普遍对立，是几乎在所有抒情诗人那里都存在的大脑活力与复古势力之间的紧张关系。而且这两种对立类型之间难以计数的一致之处一再体
143 现出了俨然超越党派的结构一致性，它们都从属于这种一致性。智识型诗歌与非逻辑诗歌的一致之处在于：逃脱人类的中庸状态，背离惯常的物象与俗常的情感，放弃受限定的可理解性，代之以多义性的暗示，以期让诗歌成为一种独立自主、指向自我的构成物，这种构成物的内容只有赖于其语言、其无所拘束的幻想力或者其非现实的梦幻游戏，而不依赖于对世界的某种摹写、对感情的某种表达。

有趣的是，对现代绘画的观察会带来类似的结果。哈夫特曼在他的著作《20世纪的绘画》(19)中将康定斯基所指出的“宏大现实”与“宏大抽象”之间的对立作为基础。借助这种对立，他能够将绘画中彼此对抗的取向抬升为“一个更高的谋划”。他在“宏大现实”这个概念下所描述的艺术特征与我们所描述的兰波的感性非现实惊人地契合，“宏大抽象”同样与马拉美那摧毁实物的抒情诗中纯粹的张力运动相契合。还可以看到——再次援引哈夫特曼——这两种类型都是“最极端对立面的区域”，但是在实践中它们的观看方式和行进方式是彼此融合的，因为它们彼此有亲缘关系。我们在这里不得不多次提到的现代诗歌创作的结构一致性也是整个现代艺术的结构一致性。从这出发可以解释抒情诗、绘画以及音乐之间的风格相似性。对于这一切来说虽然流于表面但却仍然有分量的证据是：诗人和画家在整个我们所描述的时期都有着频繁的私人往来，从波德莱尔与德拉克洛瓦的交往到亨利•卢梭、阿波利奈尔、马克斯•雅各布、毕加索、布拉克、洛尔卡和达利之间的友情。画家和音乐家的创作纲领都运用了文学纲领中的理念和术

语，反之亦然。狄德罗曾经从对绘画的分析中吸取颠覆性的认识。按照自那时以来的发展状况来衡量，这是对现代诗歌和艺术大胆创见的根基，即其结构一致性的预感。

20世纪的西班牙抒情诗 144

在下文中我们将多次谈到西班牙的诗歌创作。这是需要给出理由的。自20世纪初开始，在西班牙兴起了一种追随来自尼加拉瓜的诗人鲁文·达里奥的抒情诗，它是如此内容充实、质量上乘而富于原创，以至于当地的批评家将其说成是他们文学的第二个黄金时代。国外学界也必定认可这种说法。安东尼奥·马查多、拉蒙·希梅内斯、豪尔赫·纪廉、赫拉尔多·迭戈、费德里科·加西亚·洛尔卡、达玛索·阿隆索、文森特·阿莱桑德雷、拉斐尔·阿尔韦蒂等人的诗作也许是我们这个世纪上半叶的欧洲抒情诗所带来的最珍贵的瑰宝了。虽然西班牙人向来喜欢断定，他们的现代抒情诗是独立于外来影响的。即使这种论断所言不虚——其实它非常可疑——也不能忽视，在结构上它与法国抒情诗，还有英美抒情诗都有某些横向关联。1925年，奥尔特加—加塞特断言，当时西班牙的所有诗歌都是在马拉美的轨道中运动。这是一种夸张。不过这证明了，在西班牙本土也有人能够感受到，奥尔特加所评论的这些诗人显示出了与欧洲尤其是法国抒情诗的极度近似，但并没有因此而丧失西班牙精神。

自世纪之交以来，在西班牙发生了一次风格转变。这转变起初是出自对慷慨陈词的、多愁善感的、自然主义的诗歌的厌烦。随后这种风格转变从一个本土传统中受益，这个传统的代表是路易斯·德·贡戈拉（1561—1627）。他一连几百年都受到误解，直到他诗歌中一直被古典主义文学学视为其价值低下的证据的那些特征得到赏识。贡戈拉受到关注的外在契机是他的三百年忌辰，内在契机是他与现代性的亲缘性。人们在贡戈拉身上所发掘出的，是他那对自然物或者神话物象之间怪僻关系既可以从理智又可以借助想象进行思索的能力，是他那不断将显像转化为“隐喻式省略”（迭戈语）的语言，是他那富于艺术性的晦暗风格的魅力，这风格在建立诗歌世界以对抗现实世界方面永不枯竭，还有他那诗歌技巧的严整，尤其是通过句法上的推移为诗句增添
145 极高张力的技巧，最后是他那词语音韵的美妙与他的费解之间的调和。作出这些关于贡戈拉的发现的，主要是诗人。人们习惯上将他们按照贡戈拉复兴之年称为 1927 年的一代，这一代人除了上文中提到的以外，还包括志同道合的文学史家。①

这样，西班牙的抒情诗就在贡戈拉的引导下背离了早先的风格，但是这种背离和发生在法国的转变是出自于同样的原因、具有同样的目标的。一种以最精挑细选的语言艺术手段造就的抒情诗希望重新获得隐秘和灵魂的细腻，而这都是被文明的冷静所压抑了的。这就导致了一种诗歌主题和诗歌技巧，它必然与法国的诗歌主题及技巧相似。所以许多西班牙现代诗人都对兰波、马拉美及其继承者的辐射域有所触及。尽管如此，他们还是保留了西班牙的特性。这也表现在一个特别的方面。在西班牙，现代诗歌同样日渐成为晦暗、奥秘的诗歌。但是在西班牙人的判断中，与奥秘主义的界限所在是有别于其他欧洲人的。这界限在更高处。对本土传统的回归不仅仅回到了贡戈拉，也回到了民间诗歌，尤其是罗曼采。对于西班牙诗歌的这一原始遗产来说，晦暗风格早已经是其固有的特征，它充满精简之语和暗示之处，倾向于充
146 满预感之物，省略实物性的或逻辑上的连接部分。现代抒情诗将这一风格纳为己有。西班牙的耳朵能在加西亚•洛尔卡或者阿尔韦蒂的某

① 关于贡戈拉复兴对于西班牙现代抒情诗的意义，我们列出以下文献为证：迭戈，《贡戈拉诗歌选》，Madrid 1927；阿莱桑德雷，《致贡戈拉先生》（十四行诗），1927；阿尔韦蒂，《石灰与石料》，1927；洛尔卡：见下文第148页；塞努达，《贡戈拉》（自由体诗），B．Aires 1947；文学史和批评界文献：阿隆索，312（其中有写成于1927年的论文）；雷耶斯，《贡戈拉事件》，Madrid1929（中含：《贡戈拉与马拉美》）；纪廉，395，第41页等。在这众多的诗歌作品和论文中，渗透着如此一种反对贬责晦暗诗歌的思想，即认为贡戈拉的晦暗只是在我们眼中显得不同寻常，这是一种语言之光，面对它时我们首先会目盲。关于贡戈拉与马拉美的比较，参见前文第118页等。

些谜语化诗句中听到植根于本土的罗曼采那熟悉的声响，而外国人只能感受到一种相当不惹人喜欢的谜一样的语言。只有在更高之处，在绝对智识型诗人（主要是纪廉）那里，才会让西班牙人也感受到奥秘的晦暗。此外，这是西班牙内部的事。不论怎样，让人深受启发的是，20 世纪的西班牙诗人从他们的民间诗歌——也包括安达卢西亚的吉普赛歌谣——中取得了那种遮盖式的、偏于召唤而非称述的符号语言。因为这种语言适合用于一种现代抒情诗风格，这种风格出于许多原因而有意变得晦暗和放肆。

对抒情诗的两种反思：阿波利奈尔和加西亚·洛尔卡

自坡和波德莱尔以来，抒情诗人发展出了一种可与其作品相媲美的对创作理论的反思。这不仅仅是为了传授心得。毋宁说，这反思源出于这样一种现代信念，即诗歌行为是那在行动中同时注视自身的精神的一次历险，该精神通过对自己行为的反思甚至会强化诗歌的高度张力。认为这样一种反思会导向非诗歌状态的观点就如同一度流行的观点“塑造艺术家，请勿空言”一样都不再适用。20 世纪几乎所有的伟大抒情诗人都提供了一种诗学观、一种关于其个人的诗歌创作或者整个的诗歌创作的体系。这些诗学观对现代抒情诗的叙说不亚于其对诗歌作品的叙说。而且它们还强化了自 19 世纪早期以来就出现了的、其后获得魏尔伦和马拉美支持的（在早期文体理论中极不寻常的）观点，即抒情诗是诗意最纯粹、最高的显像。诗人在现代的孤独反映在这一思想中，即从抒情诗卓尔独立的高峰没有道路通往一般文学的低平山坡。这些诗学观强调了抒情诗与叙事的、戏剧的文学，也即建立在事实联系和逻辑上的文学作品之间的无限距离。这是独白式写作与交流式写作之间的距离。“抒情诗是一种隐士艺术，”贝恩解释说。

147 下面我们要对两个理论文本进行简短的阐述。从这两个文本中都可以看到,19 世纪的诗学有多少基本特征延伸进了 20 世纪的诗学中。

其一是阿波利奈尔的纲领性文章《新精神与诗人》,1918 年发表于《法国水星》。从它稍显凌乱的文字中可以抽剥出如下基本思想:“新精神”是绝对自由的精神。诗歌创作中的自由导致对所有材料的无限制接受,不论其地位高低。诗歌可以在星云与海洋之际被点燃,也可以起于一条落下的手帕、一支燃烧的火柴。诗歌可以从最强大者和最微小者中创造出前所未闻者,将其转化为让人迷惑的惊诧,成为“新的欢乐,即使要承载这欢乐就要遭受痛苦”。最微不足道的对象都会让诗歌跃入“不为人知的无限性,在其中多重意义的火焰光芒熠熠”,但是它也会让诗歌进入无意识的昏蒙。荒诞者与英雄者具有同样的地位。即使是技术文明的新现实也被纳入新诗歌的创作,电话、电报、飞机和“那些机器、男人造出的那些没有母亲的女儿”。这创作凭借自由杜撰的、让一切皆有可能的神话,以最放任的方式将这些实物与不可能者结合。它的目的是“合成诗”(das synthetische Gedicht)。这种诗应该像一份报纸,从中有最迥然不同者同时跃入眼帘;或者像一部电影,其中的画面前后相继,匆匆掠过。没有描述性的、装饰性的或者点缀式的风格,没有乡土味的俗气玩意儿,有的是精辟犀利的短语,以尽可能精确的方式勾画出复杂的总体。诗歌创作就如同一种精密机械师的工作。诗歌从事一切,向数学的胆量看齐。随后它又必须“像炼金术那样”致力于“少见的研究和公式”,它自己也就成了“元抒情诗的炼金术”。诗歌就像新精神一样,充满了危险和变故,是一种因冒险而成并期待冒险的试验,对这个试验来说,勇气比成功更重要。但是它必须始终为惊诧而作。而这一点,也即惊诧——其表达方式中那种反对读者的侵略性戏剧效果——被阿波利奈尔看做新诗歌与旧有诗歌之间真正的区别所在。但是,搜寻陌生者然后使用反常语言来叙说它的诗人会陷入孤独,会遭到嘲笑或者斥责。

无需强调,这一份纲领(而且其作者在自己当时的诗歌创作中也 148
对此身体力行)是以兰波的精神在说话的。阿波利奈尔的文章是兰波和20世纪抒情诗之间最重要的理论联结点。

在介绍了这一向前看的纲领之后，我们接下来看看加西亚•洛尔卡在1928年所作的回顾贡戈拉的演讲《贡戈拉的诗歌想象》。这是对贡戈拉作品在西班牙20世纪的复兴的重要证明。但它也是一种现代诗歌创作的美学观。西班牙对贡戈拉的重新发现(参见前文第144页)催育出了一种新的诗歌,而这种诗歌又催育出了对所有西班牙前辈诗人中最晦涩者的理解。加西亚•洛尔卡将这位诗人称为“现代抒情诗之父”。但是他又援引马拉美,将后者称为贡戈拉最好的学生,虽然那位法国诗人并不认识这位西班牙诗人。洛尔卡在两者的差别之外确定了两者的亲似性。这种亲似在于诗歌技巧。这篇演讲就是在阐述这种亲似性及其原因。我们完全可以将这篇演讲理解为对现代抒情诗的直接描述。以下的总结也可以如此来理解。洛尔卡说道:

> 贡戈拉相信,诗歌的价值是与其对外部与内部世界常规的疏离成正比的。他喜爱纯粹的、无实用性的美,这种美只有在“间接情感”被剔除时才会出现。他憎恨现实,但却是对仅仅以诗歌方式存在的王国的无上主人。在他的精神图景中只有语词的自主性,他以语词建立了一个对抗时间的大厦。自然在其中没有位置。因为“来自神之手的自然不是在诗歌中存活的自然”。贡戈拉的创造不可以用现实来量度,而应该以其自身来量度。他将实物和事件转运至“他头脑的暗室中,事与物从那里经历了变形后回来，以跃离这俗世”。变形的力量在于隐喻式幻想。这幻想产生出非现实图像,后者具有神话的地位,强迫彼此相隔最为遥远的地域结合。他借助这样的图像如此来光耀他诗歌中的实事内容,以至于那些内容变得毫无意义。在他的诗句之上是“罗马的冷光”。也许在诗句之前有灵感先行,但是诗句是经过诗人对语言本身所包含的意义质量和音响质量的辛苦斟酌而成为纯粹、坚硬的材质的。由此

149 产生出了一种不是寻找读者而是逃避读者的诗歌。人们必须以理性来获取它。但它的晦暗是过分充溢的精神之光。

这两个文本的语气、目的和水平是截然不同的。但是两者的共通之处是对一种智性引导的诗歌、该诗歌脱离于现实及常规的独立性、该诗歌与读者之间不谐和的陌生感的一致肯定。

不对等的风格和“新语言”

要解释一首现代诗歌，就必须在这首诗的言说技巧上花费比在诗歌内容、母题、主题上多得多的时间。这是现代诗歌特质所导致的一个不难理解的结果。歌德可以通过描述内容向读者介绍黑贝尔或者其他诗人的诗歌。虽然这样做并不会让诗意内涵显现，因为诗意根本无法按照这条路径展现，但是如此一种方式对于这样一种抒情诗是可能的，也是有益的，这种抒情诗期望获得读者相伴，目的是让读者可以达致那些不难领会的实物和感情，它借助的则是一种服务于这些实物和感情及其天然秩序的语言。艾略特、圣琼•佩斯、翁加雷蒂的某些文本则无法从内容上得到充分解释，尽管这些文本也必然有“内容”，甚至可能隶属于一个让其作者文思泉涌的主题范围。但是在这里，主题内容与语言艺术上的技巧之间的张力幅度要远大于先前的诗歌。作品和效果的高峰都恰恰在于技巧。能量几乎完全集中在风格上。这风格是语言历程，由此也是现实者和常规者所经历的巨大变形之最直接的显像。现代诗歌与先前抒情诗的区别也就在于，言说内容与言说方式之间的平衡被后者的超重分量所破除。反常风格以其不安、断裂和殊异让自己成为关注焦点。人们无法再像对旧日诗作那样得意而忘言了。符号与符号所指者之间的不一致是现代抒情诗和现代艺术的一个法
150 则。在一幅画上，一块碎布片成了曼陀林琴身的不对等符号。在一首诗中，森林成了塔楼之钟的符号，蓝色成了遗忘的符号，某个定冠词成了不确定性的符号，隐喻成了事实性一致的符号。

在如此一种不对等风格的超重分量之下，风格所触及的主题和对象有时几乎变得毫无意义。现代诗歌避免通过描述性或者叙述性的诗句来认可客观世界（也包括内在世界）的客观存在。这种存在会威胁诗歌风格的主导地位。诗歌所接受的客观常规世界之残余只具有一个功能：引入施予变形的幻想。这并不意味着当代抒情诗需要局限于如此微不足道的少量实物，就如马拉美所做的。虽然有这种情况，但是一种满载实物的抒情诗也同样存在。不过实物的充盈是被置于观看方式与风格手段的新组合之下的，是供抒情诗主体发挥支配权力的材料——这一切都证明了有意为之的意义消减。由此便可以理解，为何现代抒情诗人一再提到其题材的无足轻重。勒韦迪在1948年写道："诗人是没有对象的；他在自身中消耗自身……作品之所以有价值，恰恰是因为它让人无从得知，其不连续性和其铆接不可统一者的方式原因何在。"对西班牙诗人萨利纳斯来说，"纯粹诗歌"的前提是，诗歌尽可能摆脱实物和主题的负担，因为只有这样，语言的创造性运动才有自由的空间。对象是达致诗歌的手段。贝恩在1950年说："风格通过形式上的花招而保持活力……想法如同钉子一样被敲入，挂上整套附件。无一物是从材料与心理上编织而成的，一切都只是被张贴，无一物被尽现。"

这些语句所表达出的现代诗歌的风格，拒绝让内容拥有独立价值和内在关联，它以自己的专制诉求为滋养，身处该诉求与其内容之间无法消解的戏剧冲突中。它总是在寻找"新语言"，自兰波以来便是如此。"哦，众唇舌，人类想要一种**新语言**，再没有任何语法可以表述的语言，"在阿波利奈尔的《图形诗》中可以读到这样的诗句。但是这语言应该是什么样的呢？阿波利奈尔的回答始终是语焉不详的，但是却暗示出一种残暴的、不谐和的语言，然后又暗示出了一种神化了的语言：
"不含元音的辅音，发出沉闷爆响的辅音，声调犹如陀螺，犹如哑舌，犹 151
如喉痒吐痰"；但是他也说"新的语词倏然而至，是一位颤抖的神"。阿拉贡在《艾尔莎的双眼》(1942年)的前言中写道:“诗歌的存在完全有赖于对语言的一种持续革新,这革新就如同对语言结构、语法规则和言说秩序的一次粉碎。”要重视这种否定性定义。无条件追求新,这一意志就纲领而言只能表达为对旧的粉碎。叶芝自白说:“我没有语言,只有图像、类比和象征。”在艾略特的《圣灰—星期三》中有一句诗仿佛是突然闯入诗中的:“没有词语的语言,没有语言的词语”。圣琼•佩斯提到了他的“闪电构句”,并宣称:“我们开辟我们新的道路,直达闻所未闻的词语。”所有这些人都寻找一种语言的超验性。但是这种超验性就如同我们在波德莱尔那里描述过的空洞超验性一样,依然是不确定的。

“新语言”这个概念只有在这一概念强调其侵略性用意时才变得更为精细。新语言与俗常者分裂,由此对读者来说成为一种震惊(Schock)。自波德莱尔以来,“惊异”(Überraschung)已经成为了现代诗学的一个专门用语——正如它在巴洛克文学中也一度是其专门用语一样。瓦莱里写道:“对现代艺术的研究必须表明,自半个多世纪以来,人们如何每五年就找到对震惊问题的一个新解答。”他自己承认,兰波和马拉美曾经如何在他心中引起了震惊反应。超现实主义者说到了诗歌必然带来的“惊讶”(Verblüffen);布勒东将抒情诗称为“某种反抗的铺展”。圣琼•佩斯将“不同寻常者的奢侈”描述为“文学行为的首要条款”。放在更广的语境下来看,这样一些基本法则表现出,自浪漫主义以来就出现的诗歌之反抗特性得到了怎样的强化。如果现代抒情诗尚还能从它与读者之间的关系来定义,它就会乐于将自己定义为攻击。作者与读者之间的裂缝因震惊效果而始终敞开。震惊效果则是以“新语言”的反常风格来制造的。

福楼拜在写《包法利夫人》时曾经将风格确定为“观看方式”——这是在早先的、植根于人文主义的诗学中无法想象的一种定义。这个
152 定义在福楼拜的小说中,在整个现代小说中,且以更加强烈的程度在

抒情诗中得到了实现。如此来理解的风格，其法则不是出自对象和主题，也不是出自沿袭前人的艺术语言。它出自作者自己。它造成了一种现象，该现象在绘画中尤为显著。自塞尚以来，画家反复使用一个意义贫乏的母题成了普遍现象，因为画家感兴趣的不是这个母题，而是对自己风格可能性的尝试。毕加索多次复制并改造马奈的《早餐》，每一次的方式都不一样。母题上的发明退居于形式上的发明之后。后者旨在制造一种独立自主的有机体，该有机体是单单以图像手段本身来造就的，而不是由外在现实的元素构成。这样一来，不仅仅母题的数量在整体上受到了限制，而且母题只是作为各个变体的练习素材出现。这些变体宣告的是自我指涉的风格。这种方式在诗歌中也可以找到。瓦莱里曾经写到过，在他的观念中，诗歌几乎是被这样一种举动所涵盖，即“制造同一题材的多个变体”。纪廉发表了《一个安睡者的多个变体》，这是对瓦莱里的《安睡者》的四种各不相同的翻译和改写。出自同一个纪廉之手的是成对群集的《让·卡索的信封主题的变体》（1951年）。茹夫给他的某些诗各写了两种“变体”。格诺的一本散文集甚至就叫《风格练习》（1947年），对同一个母题进行了99次变换。这是不断变形的风格的自赏。

再论新语言

有必要对这种“新语言”的某些特征进行说明。我们此时会意识到凯卢瓦在他论圣琼·佩斯的专著（263）开端写下的评论是多么正确：“我没有潜入沉思以坠落深渊。我思考冠词或者副词的使用。这一种方法更加安全，尽管即使是它也会非常轻柔地引人坠下悬崖。”

现代诗歌不论在句法上还是在语义上造成的困难似乎要求将被言说者转化为一种常规语言。对诗的阐释一般来说可以也必须遵循这一要求，如果阐释的目的在于引导读者理解诗歌的话（顺便说明，这绝 153
不是诗歌阐释的唯一目的）。然而阐释时的转化篡改了诗歌。虽然对于所有抒情诗来说，这一点都概莫能外。对于现代抒情诗来说，如此一种篡改却因为上文中已提及的原因而严重得多：这种抒情诗首先在其言说方式上追求与众不同，言说方式在大多数情况下不是一种另类观看的结果，而是其原因。言说方式可以被解释，但是不能因其不同而被隐瞒。

最后一点尤其体现在与句子的关系上。诗歌越想变得非传统，就越会远离按照惯常方式由主语、宾语、谓语、形式助词等构成的句子。对于现代抒情诗来说，可以干脆将其说成一种对句子的敌视，这种敌视的显像也可以从碎片化倾向的角度来表达。

在这里可以区分出多种类型。流行最广的类型体现为这样一些诗歌，它们在多个诗句中都一直采用名词性言说，然后，也只是顺带地，带出了一个谓语动词："从清晨的辽远担忧中/脱离出来的桅杆。//满含痛苦的醒。//树叶，熟悉的树叶，/我**听**到你们的悲叹"（翁加雷蒂）。贝恩的诗《深夜》中第一个八行诗节全部由名词组成，在下一个诗节中才出现了几个动词，但是就其意义和句子功能而言远远落后于零落无章的名词性言说与呼唤：

深夜。从天空到海洋
的饥饿。**最新式样**[①]
一切最后者与空洞者，
无意义的范畴。
大坝。从不相识的
云朵中，光的翅膀——
一切的激烈壮怀，
深夜的神化。
……
……

① 原文为法语。——译注

……

啊——万古之遗忘！

睡眠！从罂粟地中，

从忘川的食饮中，

滑出世界的一次呼吸， 154

从冥河的地域中，

俄耳甫斯的神化中

传出雄蜂颂歌的鸣响：

无名者的幸福。

或者反过来的情况也是可能的：翁加雷蒂的《诺亚》开始于一个短小的、以动词结尾的句子部分，但是接下来加入的诗句却是开放性的名词短语，而这些短语又被一种以动词为主的句子结构所接替；然而总共三个动词（其中有一个仅仅是不定式）既无法也不愿消除深夜中一条荒凉的沥青路上的死寂，这种死寂尤其集中地体现在居中那句诗的动词空缺上："而这夜也在逝去//四下的被遗弃感/有轨电车铁线踌躇的影子/在湿漉漉的沥青路上//我看到半睡半醒的马车夫的头/**左摇右晃**"。具有较多动词的诗句则倾向于使用缺乏主语的不定式形式或者指向从句中的变格形式；比如说在蒙塔莱的一个文本中列举了："正午时分苍白地**栖息**着……**听到**乌鸦咂舌的声音，游蛇簌簌的响动……**凝视**红蚂蚁走的路，那路不时**断开**……"。

在压制动词方面走得最远的当属纪廉。是的，他能够做到写一首所有二十行诗句完全不带动词的诗——一个极端的例子，顺理成章地出自其占主导地位的名词性风格。这就是《孩子》（387，第27页）。这个标题所预告的——孩子——在诗歌内部似乎没有出现。取代经验—肉体上的孩童出现的是纪廉世界中的一些元现象（风暴、玫瑰、雪、海）。它们与一个孩子的可能关联只有通过标题暗示出来；它们自己是以名词性省略语的形态存在的，这些省略语彼此之间也缺乏关联，从联系中脱离出来。

“首先要去除所有动词。一切都围绕一个名词，用名词来建造高塔，”在贝恩的一封信中有这样的话（1926 年）。

现代抒情诗这种借助削弱动词表达出的对句子的敌视可能意味
155 着，以名词说出来的观照内容或者抽象内容应该始终完全是它们自身，不会被嵌入一个尚还具有某种时间性的事件流中，而且，在最极端的情况下，甚至彼此都不再有关联。动词的弃除不仅仅从形式和句法上加剧了这种诗歌的碎片化，而且也强化了名词被言说者的孤绝及其高度张力。名词的强度提高了，超出了它的通常意义。由此它接近了如下文风——这种文风也多次登场——根本只用关键词来写作。

还有其他的反句法需要提及。词语是简单地并列出现的，甚至连形式助词都不再显出自己的功能。艾吕雅在 1929 年出版了一个诗集，标题叫：《爱—诗》（*L'amour la poésie*）。我们不知道，这一个词组是否指出了一种因果关系（爱是诗歌的起源），或者是将爱与诗歌等同，或者是其他什么关联。无关联的并列也会发生在句子部分之间或整句话之间。一个来自阿波利奈尔的极端例子：“三盏燃烧着的煤气路灯/女老板得了肺病/如果你准备好了，我们来玩十五子棋/一位指挥脖子疼……”（238，第 180 页）。这几个句子没有一个是可以从前面一句推导出来的。这是对话的碎片吗？如果是，那么收集毫无关联的对话碎片时的偶然性就成了抒情诗的一种模态，而且这首诗在这里也不是复制，而是自我指涉，而作为自我指涉的抒情诗，它制造出了自己的诗性关联。

自马拉美以来，在大多数抒情诗人那里形成的一个惯例就是，避免使用标点或者避免让插入成分显露出来，这样就可以将暗中设计的句子结构重新消解掉。这样一种敌视句子（或者应该说：重新缔造句子？）的风格多次造成的情况就是，现代抒情诗期望绕开或者破坏关联和指涉秩序，它从事的主要是一种有所展示，在展示中却仿佛速记式的，同时又光芒四射的言说。

与句子上的省略相近的是同样为现代抒情诗所特有的词汇上或者句法上的多义性。拉斯克—许勒的诗《我们的情歌》最后一个诗节是："而从红色的傍晚百合中/大理石云朵壁画观看/我们这陶醉了的阿拉贝斯克"。人们会猜测这里有一个打印错误甚至拼写错误。但是与其他诗句类似，最后一行中的"我们"显然是始终没有道明的。可以如此 156
来补充："朝我们观看"（"陶醉了的阿拉贝斯克"就会成为"我们"的同位语），但是也可以把上一行中的"观看"（blicken）理解为"看到"（erblicken）的简略形式。洛尔卡的一首以《风景》（*Paisaje*）为题的诗是如此结束的："橄榄，/它们承载着喊叫。/一群/被捕获的鸟，/将它们的长尾巴在昏暗中甩动。"第二个省略了的句子可以是前一个隐喻"承载喊叫的橄榄"的隐喻式延续，然而也可以从字面上理解，是对橄榄林中同样取字面意义的"喊叫"的明确化。在夸西莫多的诗《汀达利之风》中有一句是"我攀登山峰空中悬崖"；这个形容词"空中"在这里是如此放置的，它既可以指向"山峰"，也可以指向"悬崖"；说夸西莫多有"形容词双关语"是有道理的（安切斯基，引自471，第30页）。翁加雷蒂写过一首《无词小曲》（见446）："太阳将光留给一只鸽子……//它然后叽叽咕咕地，在你入睡时来到梦里//那光，它然后来……"在转译成德语时，原作中的双重句法就无法再现了。这样就更显出了句法上的双重性。因为无法确定的是，第二个诗节中"verrà"（来）这个动词的主语到底是"光"还是"鸽子"。这两者按照意大利语的句子结构都有可能，意大利语中可以放弃对人称代词本身的称呼。虽然动名词"tubando"（叽叽咕咕）与鸽子更贴近。但是第三个诗节明确地将动词"来"与光联接起来。按照现代诗歌的风格法则可以由此推断，这几行诗起初，在第二诗节中试图具有双重关涉（叽叽咕咕地到来的是鸽子和光），到了下一诗节中才制造出单向关涉。在第二诗节中也指涉到的光向鸽子借去了不同寻常的、来自陌生领域的隐喻"叽叽咕咕"，如果人们在这里还愿意说隐喻而不是干脆说穿插技巧的话。

现代诗歌喜爱强化在人类话语中始终存在的多义性，以便借此比早先诗歌更为频繁地将诗歌语言提升到实用语言之上。后者的首要任务始终是可靠的传达，这种传达一般来说会导致一种行为、一种举动、一种事实上的方向确认。为了取消这样一种限制，现代诗歌采用了更
157 多的手段，要对这些手段进行分析，语法上的规范及常规概念几乎无法胜任，即使人们确认那些概念在言说中遭到了何种方式的反抗。于是人们就会遇到所有诗节读起来都像是从句的诗歌，比如说所有诗节都是以条件从句连接词“如果”(wenn)起首的，同时却没有收归到一个意料中的主句上（贝恩的《那么》）。这样的话，将这些诗节判断为从句就是无效的。另外一些诗歌的诗句含有“但是”(aber)，然而这个“但是”可能带来的对立面却没有被设想过，至少没有被表达出来。对连词“和/而”(und)的使用也可能很反常，这个词没有用以连系内容序列，而是成为言说的一个出人意料的转折（大量的例子可以在阿波利奈尔、艾吕雅、圣琼•佩斯笔下找到，在德语中这样的诗句则让人联想起路德《圣经》中的语言）。此外还可以观察到的现象有：介词、形容词、副词、各时态和情态动词的功能转变；不带冠词的名词；指示代词不是用来表明空间、时间、事物的秩序，而是用来增强对应名词的情感色彩等等。

另一种风格手法在句法上是正确的，但是在语义上是非同寻常的，而且它以这种方式同样提高了抒情诗语言的现代歧义性，这是一种缩约。翁加雷蒂的诗句：“而在双眼中你有一次急速的叹息”；嘴的叹息和眼睛的哀怨目光被缩合成一个整体。再看翁加雷蒂的另一句：“黑暗的美人，身披着水”；这里指的是在尼罗河边深色皮肤的女人，但是这句诗将这两幅画面（女人，尼罗河）本身就很微小的近距离取消了。卡施尼茨有句诗是：“在清晨鸣叫之前”；这里的缩约是省略了公鸡而形成的，公鸡在天亮前的鸣叫与清晨合一了。苏佩维埃尔的诗句“它们

羽翼的黄金之风”以极大的密度将鸟群在晨风中，在朝阳的金色中的飞行缩合成了三个名词。

当语言担心它如果被局限于严格写实的、单义性的、氛围狭窄的传达就会丧失诗意时，它就更倾向于追求沉默而不是言说。在论马拉美的那一章中我们已经指出了马拉美在其诗作和诗歌理论中赋予沉默的作用（参见前文第117页等）。1943年，科默雷尔在《关于诗歌的思 158
考》（第41页）中写道：“不可否认，在抒情诗歌这种让我们有幸领略语言可能性边界的言说中，甚至连不曾被言说者和不可被言说者也在被言说者当中现身，一种在言说中的沉默（Schweigen im Sprechen）。”当然这里的“沉默”是一种辅助概念，描述的是那只有通过语言才可被感知，以诗歌方式骤然闪现之物。人们用这个概念指明在词语组合中那极度的柔和，那最惊人的陌生感，那是在读者心中的一声意味深长的回响，是一种静谧，其中隐藏着即将来临者，也像是一种话语，让人感觉它紧接着就会进入静默。这样理解的“言说中的沉默”可以用于许多新近的抒情诗。而对于我们这里称之为现代抒情诗的诗歌来说，这个概念的使用更是不可避免的。所以抒情诗人与之相应的表达也更加常见。希梅内斯所寻找的可言说者的最高峰是他的“沉默的词语”。翁加雷蒂在1941年所作的演讲中在提到马拉美时有这样两句话：“一个词让沉默在灵魂的暗藏者中回响——这一个词难道不是一心让自己充满隐秘的词吗？这是一个充满紧张希望的词，它希望重新找回奇迹，那最初的纯净。”（479，第22页）瓦莱里在《年轻的命运女神》的一个较晚写成的后记中写道：“一种沉默是诗歌的奇特来源。” 多敏在她的诗集《此处》前以抒情诗的方式写下了一个对抒情诗的定义：“那非词（Nichtwort）/拉伸在/词与词之间”，而在她的诗歌《语言学》中可以读到：“学会在语言中沉默吧”。这里可能暗指迭戈的十四行诗《静默》，后者将沉默作为情感主题，担心在词语中隐藏着对内心的背叛（参见后文第246页）。

这种对潜在的纯粹沉默的要求很可以用以解释诗人为什么选用短诗。无论如何，短诗的简洁和“受节制的言说”（克罗洛语）是与这一要求极为相符的。有的当代诗歌只有两行或三行。其中有几首是闻名遐迩的。如希梅内斯的“切莫再触碰她，/如此她才是玫瑰”（这里的玫瑰所指的，正如马拉美笔下那样，是诗歌的完美，不可再触碰的完美）。翁加雷蒂写道：“在一朵采来的花与送来的花之间/不可言表的虚无。”（这
159 一首两行诗出现在诗集《喜悦》的开端，标题是《永恒》）庞德以《在一个地铁站中》为题的诗：“这些面容在人群中浮现；点点花瓣在一条湿而黑的树枝上。”（参看伊泽尔的阐释，25，第 368 页等）仿佛这种简短和简短造成的静默才突出了这首诗的抒情强度。

现代诗歌的标题尤其值得给予特殊关注。作为语言层面，更准确地说，作为与诗的其他部分的关联（或者也可能是无关联），标题同样可能成为“新语言”的载体。按照传统，一个标题会指出诗的主题、对象、情感，而诗本身则会展开或者实现标题所提示之物，而反过来，在诗中展开之物在第二次阅读标题时又会汇集起来。这种呼应在现代诗歌中当然依旧存在。但是这种呼应比其他现象出现得更为稀少，以至于标题和诗之间的指涉发生了推移。这也有许多不一样的表现形式。比如，诗歌内部的一句诗会以随意的方式被预先取做标题，然而对于另一句诗来说也有同样的可能。然而我们又会遇到一些标题，它们必须作为诗的一部分，若没有这标题，诗歌就始终是个谜（参见前文中庞德的《在一个地铁站中》）。或者这样一种必然性也会消失，一首晦暗的诗的标题无法照亮该首诗：比如纪廉的《孩子》（参见前文第 154 页）。与之相似的有阿波利奈尔以《树》为标题而以下内容与之相距甚远的一首诗（238，第 178 页）。这样的不对等，即一首诗的内容不“适合”它的标题，让对应的文本又添加了一层多义性。希梅内斯有许多标题是问句的形式，甚至有两首只是一个问号。在贝恩这里，他的三个诗节都以“如果一张脸孔……”开始，而对于这个条件性的“如果”并没有一个

随后的对应者。从其他角度来看，这些诗节也都是完全脱离了句法结构的，但是作为标题却恰恰给出了在诗歌内部缺乏的那个词，即“那么”；这种从条件推导出的结论，也只不过是一个词语碎片，它置于诸诗节之前——这是一种颠倒的技巧，在现代诗人这里具有多种子类别，不限于标题。所有这些反常的标题的共同之处是对语言层面和语义层面的内在关联的削弱，更加普遍的共同之处则是，它们在这一点 160
上编造出非凡之处的需求。

限定助词的不确定性功能

这里要提到现代抒情诗中极为常见的风格现象，这种现象是与它对熟悉之物进行陌生化这一基本特征相连的。我们将这一现象称为限定助词的不确定性功能，详述如下：贝恩的一首诗歌《夜之波涛》是以这样一句诗结束的：“那颗白色的珍珠滚回了大海”。按照常规的语言感知会有人问：哪颗珍珠？之前的诗句没有提到珍珠。在这之前是一阵拂风，一种滚动的临近，被生物和物体轻轻承载，或者不如说是被它们的魔术名称所承载。珍珠也是这样的一个载体。在它身上所发生的，比它更有意味：滚回所具有的一种语言声响和绝对运动。定冠词（“那颗”）在这里表达的不是它所从属的名词的一种事实确定性。定冠词只是引出了名词，以便让名词成为一种绝对运动的声响符号，而这绝对运动则回应着之前诗句中环绕的、临近的运动，并终结了该运动。名词所指称的珍珠，毫无一物为之做铺垫，恰恰因为定冠词与这种前所未知的状态相连，珍珠显得不确定而充满隐秘。“一颗白色的珍珠……”就会让这句诗进入另一种不同的气氛中。

在常规的语言使用中，定冠词的任务是描述一件众所周知的或者在一个文本中已经事先提到之物。它是用以证实已知者或者一个刚刚被传达者以及一个人的语言工具，由此含有一种指示代词的残余。在现代诗歌中，它却被如此使用，以至于它虽然作为决定性工具引起了关注，但立刻又被由它引入的全新事物解除了定向作用。这种方法在19世纪的抒情诗人那里，尤其在兰波笔下已经出现，而且是如此出现的，即将其他的限定助词如人称代词、地点副词等都牵扯了进来。在20世纪，这一方法急剧扩展，成为了当代抒情诗的一种主要的风格标记。
161 苏佩维埃尔的一首诗《呼喊》包含了一个童话般的事件："着黑衣的女士……镜子……大理石提琴……"事件的所有因素都是以语言上的确定语气说出来的，就仿佛人们一定早就熟知它们了一样。但是这些因素并没有连接任何熟知之物，正如在真正的童话中司空见惯的那样。对于这种方法，最丰富的例证可以在艾略特、圣琼•佩斯、纪廉那里找到。限定助词总是与被言说者的不确定性同时并置，造成了一种反常的语言张力，由此也造成了一种工具，在听起来熟知之物上刻印陌生感。现代抒情诗总是喜爱无内在关联的内容，它让崭新之物惊人地突然出场。限定助词赋予这新者以熟知之物的表象，由此突出了其方向的丧失，让独绝的、毫无根源的新者更加神秘。

阿波罗而不是狄俄尼索斯

现代抒情诗成为了一种冷静的事物。对它的反思也变得冷静。人们用技术化的专业性来评判它。而且评判完全是与这一意识相结合的，即抒情诗是一种隐秘，一个从几乎不可言说者那里获取的边界地带，是一个奇迹和一种暴力。但是人们研究它的暴力就如同研究一种以实验方式引发的词语力量的核爆炸，它的隐秘语言就如同试探着进行的化学组合带来的惊人结果。诗人成为了进入迄今无人涉足的语言地区的冒险家。然而他有测量仪即自己的概念作为装备，这些概念让他随时可以保持自己，确保他对抗庸俗感情的突然袭击。现代诗歌可能带来的迷咒受到了阳刚气概的规束。在诗歌的不谐和音和晦暗之上是阿波罗在统治，这也就是清晰的艺术良知。领受灵感的激动作为诗歌质量的唯一证据自19世纪早期以来就已经逐渐失去了效力，不过还是有余音回响的。公众的意见还长期滞留在这余音之上。他们最推崇的模范是一位 20 世纪的德国诗人，他在艺术上是杰出的，但却形单影只。诗歌是在“深夜涌流”中“交付”给他的，诗歌跃入了他“广为敞开的感觉”中，以至于“手在颤抖，身体组织在爆裂”；这之后他向侯爵夫 162
人们、伯爵夫人们、女士们和“非常高贵、可亲的先生们”详细地讲述了“这一种被抛掷”，用上了许多“某种方式”和“在某处”，用上了最高雅的第二格。这造成了致命的后果，导致了对这种情况和诗歌创作的迷乱混淆。

几乎所有欧洲一流的抒情诗人都对灵感抱有怀疑，深知要仔细区分激动与力量、个人震撼和精神效力。“诗歌是一种深刻怀疑的艺术。它是以超脱于我们自己的感情的特殊自由为前提的。诸神满怀恩惠地赠与我们一句诗；但是之后就要靠我们来制造第二句，这第二句必须与它的超自然长兄相称。而这唯有起用经验与精神的全部力量才能刚好达到。”瓦莱里在他论述拉·封丹的《阿多尼斯》的文章中写道。“叹息和生性如此的呻吟”在诗歌中无所作为，如果它们没有成为“精神辞格”(geistige Figuren)的话，文中另一处说(200，Ⅱ，第 20 页)。加西亚·洛尔卡在他关于贡戈拉的演讲中赞扬了这位法国诗人的这些想法，甚至还激化了这些想法。自从邓南遮雄辩而充满激情的抒情诗遭到回击以来，意大利诗人也走上了与法国诗人相似的道路，将经过长久斟酌的“赤裸词语”(翁加雷蒂语)置于心醉神迷的言说之上。归根结底这都是旧有的识见。这些识见恰恰在罗曼语系国家里出现得如此频繁，这与拉丁语的根基土壤相关。然而自波德莱尔直至当代对它们的强烈推崇表明，现代抒情诗始终还处在去浪漫化过程中。

另外，这样的识见在其他国家也付诸言表了。它们的先声在诺瓦利斯那里就能听到。艾略特提到了诗歌主体的去个人化，他之所作由于这种去个人化而与科学相似；他强调“艺术创作过程的强度”，要求不仅仅向心中观望，还要看得“更深”，也即“看进大脑皮层和神经系统中去”。在德国，贝恩几乎将这一切都重新拾取，以具有冲击力的表达方式，制造出了纯净的空气。他的演讲稿《抒情诗的难题》(1951 年)是 20 世纪中期的一篇《诗艺》。贝恩重新让技艺概念获得尊敬，用这一概念标示出了经营风格与形式的意愿，这种意愿有其自己的真实性，且胜于内容的真实。“因为只有在构型领域，人才变得可辨识”——一个
163 非常拉丁化的句子。灵感不会引导人，而是误导人。它“抛出一些诗句”，随后人却要以其构型能力紧随其上，“立刻将这些诗句接在手中，将它们放置在一架显微镜下，测试它们，给它们染色，寻找发病部位……”

当代的抒情诗人也喜欢提到他们的“实验室”，提到“手术”，提到“代数学”，提到诗句的“计算”。瓦莱里在他论德加的书中如此形容现代画家：昔日艺术家画室那慵懒的杂乱无章无迹可寻，只有一个“绘画实验室”，其中是身着严厉白色的男人，戴着橡胶手套，按照一个严格的时刻表工作，四周环绕着专业工具。瓦莱里讽刺地将这写成未来的图像。但是这早就成了现实。如果读一读哈夫特曼的著作《20 世纪的绘画》，就会得到这样的印象，这样的绘画就如同一个巨大的实验室，被具有高度智识的人所占据，他们发现“定式”，“厘定”空间，试验出“声音结构”。抒情诗也与此毫无二致。抒情诗的主导类型是“思考着的抒情诗人”(朗盖瑟语)，对于他来说，橙子和柠檬成为了“成熟果实的代数学”(克罗洛语)，他会用贝恩的话来如此称述自己：“我是棱镜专家，我用镜片来工作。”具有典型意义的是，瓦莱里在分析了诗歌(Poesie)的希腊语最初词义后，喜欢把它改写为“fabrication”(制造、做)，由此偏重于指向制造的行为而较少指向作品，精神正是借助这种行为提升自身或者完满自身的。

必须防止这样的误解，即认为现代抒情诗的这种行为是对空缺的创造力的一种冰冷替代。毋宁说，必须看到，智识上的思考恰恰让语言在此时获得了抒情诗的胜利，即当语言征服了一种复杂的、梦幻般飘

浮的材料时。将现代灵魂超常的敏感交付于阿波罗的明朗的艺术理
性，这是有意义的。这种理想会负责让现代灵魂对多义性的、魔术式的
诗歌创作在长久的测试中，在被言说出来之前，证明自己的必要性。

与这一切相应的是形式意识在现代抒情诗中所起的作用。对马拉
美这一类诗人来说，这一意识在实践中体现为韵律上的精致；与之相
随的理论也处于马拉美开创的轨道中，只不过没有照搬他的本体论证 164
明。在实践中和理论上对形式的严格追求，最多产的明证是瓦莱里。他
的言论构成了罗曼语系形式文化的一座高峰。他认识到了怀疑和形式
考究之间的隐秘互动："怀疑导致形式"。怀疑会让人认识到，内容中的
简单念头有多么可疑；但是诗歌将格律形式理解为游戏时必须严格遵
守的规则手册，它高于粗糙的自发性，高于思绪的纷乱。此外，格律的
严格对于现代抒情诗来说，其特别之处在于，这与渐趋模糊的内容构
成了一种反差——与那种简约的句法和复杂的言说之间的反差张力
相呼应。

但是不那么严格追求形式或者根本不考究形式的抒情诗人——他们数量更多——也对自己的形式手段有所反思。克洛岱尔仔细而彻底地思考了自由体诗句与呼吸间隔之间的协调。阿拉贡略嫌烦琐地分析了他的押韵体系的创新之处。诸如此类的思考证明了现代诗歌的自觉意识。不过这种自觉不同于诗歌技巧的传统知识，以前诗人借助这些知识，通过调改既存者来找到自己特有的语言。加西亚·洛尔卡穷尽了所有形式上的可能性，直至诗句完全丧失结构，他在一次谈话中承认："如果我确实是得到神的恩赐的诗人——或者得到魔鬼恩赐——那么我也要感谢技巧和辛劳，因为我自己对于什么是一首诗有过绝对的思考。"艾略特将艺术行为看做一种精细化工作，其任务与制造一台机器或者车削出一个桌腿相似。他自己的格律形式虽然是自由的，但是精细化工作体现在了他对重复诗句的细致处理，体现在了他按照多章节音乐作曲方式写成的宏大诗篇的构造上。形式上的自由在好的抒

情诗那里不是无政府主义，而是一种经过深思熟虑的意义符号的多样性。

最后要指出的是诗歌与当代音乐之间的一致之处，而这又回到了所有现代艺术的那种涵盖甚广的结构一致性上。在斯特拉文斯基的《音乐诗学》（与瓦莱里的《诗学导论》并肩之作）中有如下的主导思想：每一次艺术工作都必须是在诗学的“无影灯”下，也即在关于做的知识之下进行；艺术家是制造之人（homo faber）的最高类型；他的神是阿波
165 罗而不是狄俄尼索斯；灵感是第二位的事；第一位的是操作性的发现，它以建造取代了即兴创作，用“艺术限制的王国”取代了混沌一片的自由，在这个王国里只有旋律重新找到了自己的微笑；诗学却在它最后的根基处，是一种“本体论”。

与现代性和文学遗产的双重关系

自波德莱尔以来，抒情诗就转向了技术文明的现代性。这一转向始终具有的独特之处在于，它既可以是肯定性的，也可以是否定性的。阿波利奈尔将最为现实的机器世界与荒诞的梦幻图像相结合。机器变得魔幻。它有时获得了宗教般的圣化，但是这种尝试导致了不谐和音。阿波利奈尔在其诗集《酒》（1913 年）开端的长篇诗歌《地域》中将飞机库与教堂混同，耶稣成了“第一个飞行员”，创造了飞行高度纪录。这首诗的一个变体是普雷维的《与天使的搏斗》（收在诗集《箴言》中，1949 年，见后文第 228 页）：与天使的斗争成为了拳击场上镁光灯下的搏斗，而被战胜的人类倒在了锯末上。技术和大城市民众的生活内容似乎给人以相同程度的诱惑和折磨，它们提供了新的刺激，但是也带来了新的荒漠体验。因为抒情诗是以这种双重方式来对它们作出反应的。这是一个极难理清的现象。一个遭受种种规划、钟表、集体强制的统治，用“第二次工业革命”把人压缩至最小值的时代，其不自由带给人的痛苦通过抒情诗得以流露。这个时代自己的运行机制作为其权力

的产物让其失去尊荣。宇宙大爆炸的理论和以十亿光年为单位的计算将这个时代贬低为无足轻重的偶然。这常常得到描述。但是在这样的经验和现代诗歌的某些特征之间似乎存在一种关联。向非现实的跃进、远离常规的幻想、蓄意造就的神秘、语言的截断：这一切也许都可
以理解为现代灵魂的一种尝试，即在一个技术化、帝国主义化、商业化 166
的时代当中为自己保存自由，让世界仍然是神奇之所在，但不同于“科学奇迹”。

然而这些抒情诗也刻有它们以其极端自由所对立的时代的印记。它们手艺的冷峻，它们对试验的偏好，它们心灵的坚硬：这一些特征及其他特征是直接发挥作用的“时代精神”(Zeitgeist)。它们尝试“合成诗”，其中抒情诗的元图像——星辰、海洋、风——与技术景象和专业知识术语混杂。“我看到机油的一块厚厚污渍，想着我母亲的血很久很久”，这是茹夫的两句诗。对意大利诗人卡尔达雷利来说，临死的时刻与在火车站大钟下数着分钟的等待时刻相同。在艾略特和圣琼·佩斯的诗歌中，这样的清醒被提升为歌曲而没有失去其不谐和音。但也要注意到其他一些不同的东西。正如兰波和马拉美一样，当代抒情诗常常行进到如此地步，将手放到了自己身上。这一点也许是现代性对抒情诗最强烈的征服，即抒情诗的这种情况对应着人类致力于将地球炸到空中去的工作。

在对待文学遗产，以至对待整个历史的方式上也表现出了一种类似的双重性。意欲与传统决裂成了一条规则。由于历史科学兴起，由于所有文献唾手可得，由于博物馆纷纷建立，由于复制方法和诠释方法高度发达，在19世纪就已经让人感受到的历史遗产之重压有了如此的增长，以至于反作用力也随着增长，这就是对所有过去之物的反感，这种反感在人文思想的破碎中就已经酝酿多时。反感可以有各种形式，从厌倦到贬损。“每一个不愧作家之名的作家都必须对抗着迄今写成之作来写作。”(蓬热语)即使对于较为节制的才俊来说，对先前文学

的记忆也转化为了无论如何要另辟蹊径以有别于前人的要求。瓦莱里以其典雅而讽刺的方式写道:“阅读对我来说是一种负担。我有时庆幸我自己如此贫穷,如此无力收揽汗牛充栋的知识宝藏。我是贫穷的,但我是凌驾于我内心的猴子与鹦鹉之上的国王。”(200,Ⅰ,第961页)

167 如果说现代抒情诗是象征式的,那么自马拉美以来就能观察到的事实就会一再重复,这就是象征都被设为自足,而不是取自某个家喻户晓的典故。瓦莱里和纪廉似乎成为了例外。但是他们的象征并没有回溯到比马拉美更远处——证实的是一种本身已经成为现代的风格类型,而不是一种四处铺展的恪守传统的意愿。当圣琼·佩斯将石灰、沙粒、礁石、灰之类的实物做成象征符号时,对这些实物的理解已经不再能求助于任何文学修养,更何况他追求的也不是对所指者的精确意义。让它们暗示出浮掠而过的意义可能性便已足够。象征的意味随作者而变换,必须从每个作者本身来读解,常见的结果则是,这些意味根本不可能被穷究。这种自足的象征,比如说,在多大程度上也延伸进了音乐,可以在欣德米特为其作品《马利亚的一生》(1948年)写的前言中读到。

不过,与这种开放性的背弃传统相对立的是对所有文学及所有宗教的接纳,还有潜入人类心理的深层世界的意志,在那个世界里,欧洲和亚洲、魔幻和神话的元图像彼此连通。这在兰波这里已经显现出来了,早在荣格发展出他影响深远的关于集体无意识和原型的心理学之前。现代抒情诗中透露出一种普世的、诗化的、神话的、古风的精神遗产的诗句屡见不鲜。来自民间的遗产也在其中出现。中世纪的素材和传说被触及,由此可以诞生出像克莱尔·戈尔和伊凡·戈尔对阿西西的圣方济各的《小花》的续作(《小花故事集》,1943年)这样一部如此让人着迷的作品。圣琼·佩斯的诗歌充满了对前代绘画、古典神话、异邦仪式的影射。庞德在他的文本中织入了普罗旺斯、古意大利、希腊、中国的诗歌片段。艾略特的《荒原》从一部学者著作中吸收了圣杯传说的象征，但是也使用了印度《奥义书》和《圣经》中的多个母题，从瓦格纳、波德莱尔、莎士比亚、奥维德、但丁、奥古斯丁那里引用了只言片语或者采用了伪装在另一个语境中的引语。这位诗人在一个自我评论中——这个评论中严肃与讽刺的比例是很难判定的——对此作了必要的解释。方法造就学派，正如意大利诗人蒙塔莱和西班牙诗人迭戈所言。

然而这样的现象不再是源自一种真正的传统维系，传统维系的前 168
提是，诗人觉得在一个统一的、封闭的历史时代中自在如归。上述的吸收、影射和引用都是一种破裂了的过去留下的幽灵般的、不经挑选而取用的残余。它们也许是被设想为综合的，但是它们造成的效果却是拼贴和混乱。它们，正如对高低贵贱被拉平的实物世界毫无限制的接纳一样，都从属于随意性的、无内在关联的、让一切彼此杂合的风格。尤其在庞德那里可以看到，它们都是工具，被用来将诗歌主体打造为一种集体性主体，一种上演让人惊愕的变脸游戏的主体。或者它们，就如圣琼•佩斯或者贝恩笔下那样，是来自于这样一种目的，即用从尽可能广阔的范围内取来的词语制造一种具有高度抒情诗魅力的声音魔术和图像魔术。这样的文本展开之后，结果就是历史上的碎片和语言符号被交织于按照时代秩序不属于前者的碎片和符号，或者这些碎片和符号被生硬地放置在出自现代世界的关键词旁边。“循环冲到面前：古老的斯芬克斯、提琴和来自巴比伦的一座大门，格兰德河的一场爵士乐，一次激越和一次祈祷……”（贝恩语）这样的诗句是抒情诗的权利，抒情诗可以让一切错杂交融，只要它是以歌唱的形式来做的。但是在越界和混杂中，历史死去了。现代抒情诗使历史空间和实物空间一样无家可归。确认这一点，只是为了刻画它的特征，并不是作出一种批判。

去人性化

1925年，奥尔特加—加塞特发表了一篇文章，《论艺术的去人性化》。这个标题之后成了常常被引用的定式。它构成了一个例子，说明了现代艺术和诗歌的一个观察者为何不得不使用一个否定性概念，但并不是用它来批判，而是进行描述。在奥尔特加—加塞特的论述背后，虽然没有被直接点明，是康德和席勒的美学，尤其是美无目的的理论。这篇文章的中心在于以下思想，一个艺术品所唤起的人性感受被该作品的美学质量所排除。奥尔特加—加塞特首先将这一思想联系至每一
169 个艺术时代，用来解释每一种使客体发生变形和毁坏的风格所具有的优越性。“风格化就意味着：让现实变异(deformieren)。风格化包含着非人性化。”于是我们在这里再次遇到了变异这个概念。尽管这句话指向一种普遍的美学原则(由此在一定界限内也是合理的)，但是它因为引入了变异和去人性化而成为现代专有的句子。[①]只有面对自19世纪中期以来形成的事实，这样一种从否定出发来定义风格的做法才是有可能的。奥尔特加—加塞特的论述也不知不觉地转向了现代艺术。他将对有机构成物的贬低和以下观点看做现代艺术的本质特征，即认为艺术作品的意义无非就体现在其变异的风格力量中，更进一步则体现在其自我讽刺中，这自我讽刺是对前代艺术的激情姿态的一种反应。但是最重要的本质特征是那种去人性化。去人性化是通过扫除自然感情状态，通过颠覆先前有效的物与人之间的等级次序，也即把人放在这个次序的最低一级，通过从如此一种观看方式来描述人，也即让人尽可能不显现为人，来完成的。“现代艺术家的美学享受正是源自于对人性的这一胜利。”这篇文章与自波德莱尔以来的诗歌纲领和实践之间的契合是显而易见的。

在去人性化这个关键词下还可以描述出当代抒情诗的许多特性。当代抒情诗的主体是一种匿名的、无定语的被确定者，对他来说，感情的强烈和开放元素都让位于一种隐藏的振荡，而当这种振荡面临过于微弱的危险时，它又会被离散性的附加成分硬化和陌生化。从希梅内

① 不过，去人性化并不意味着“让其变得不人性”。如果奥尔特加—加塞特确实是这么想的，那么纪廉在自我描述中对他所作的指责就是有道理的(395，第245页)。

斯的发展历程中就可以看到这种主体与一种人性化主体的直接区别。在一战之前，希梅内斯写的是一种非常个人化的哀伤诗歌，其中梦幻、眼泪和卓尔不群的花园相互交织。自 20 年代以来他变得坚硬起来。在一首诗歌中他将灵魂称为“银柱”。这个隐喻是美的。但是它——正如 170
整首诗——暗示出这样一个灵魂，这个灵魂从那种慵懒的哀伤中脱离出来，变化为上与下之间一种无法确切定义的紧张状态。翁加雷蒂的抒情诗，尤其是自《时间感怀》(1935 年)以来的诗歌，是从一种既不知欢乐也不知伤痛，运动于中性冥思的状态出发来诉说的。这样他便得以避免在一首写晨曦的诗歌(参见后文第 256 页)中表达出通常与这一主题相连的欢悦之情。这首诗的律动仅仅是语言和非现实图像流的运动，没有“灵魂”的空值。以为在诗歌中能找到熟悉的情感，这种猜疑使诗歌之名本身变得可疑。所以会出现这样的标题，如皮切特的《非诗》(*Apoèmes*, 1947 年)，如巴塔耶的《诗歌之恨》(*La haine de la poésie*, 1947 年)，如蓬热的《前言》(*Proêmes*, 1948 年)。甚至贵族诗人瓦莱里也评论说，艺术工作，与科学工作相似，具有“某些非人性”。他将诗描写为“智识的节日”这一定式，并且补充说，诗歌包含如此的图像，“通常非人所是”，因为在诗歌中人的“日常性”缄默不语。不妨比较一下，这在魏尔伦的抒情诗中得到了怎样的诉说。

这种消除了人、消除了自我的抒情诗的一个例子是加西亚·洛尔卡的《喊叫》(收在《深沉曲》中，1921 年；参见后文第 232 页)，一首寥寥几行的诗。“椭圆，来自一次叫喊，从一座山走向另一座……”居于第一位的不是空间，甚至不是叫喊，而是椭圆，一种几何图形。这是整个过程的首要主语。从它出发才形成了占第二位的物象，即空间、山、橄榄树、深夜。椭圆，一半是实物，一半是隐喻，化为了一条黑色的虹，之后化为了小提琴的琴弓，“在喊叫中颤抖着风的那些长弦”。这喊叫来自谁，无从知晓。只有它在场。一个来自人的表达与人断开了——这表达真的来自一个人吗？最后虽然提到了可能听到这叫喊的人：“在岩洞里的那些人举出了他们的交通灯”，然而这无法再让这个文本人性化了，何况这些词语是放在括号中的。这首诗仿佛是从已经非常遥远处慌张无措地回望这些慌张无措的人们。《喊叫》是付诸语言的匿名性，它的事件是发出声响的线条，线条在今天、明天、昨天抵达了群山、橄榄、
171 风，但在人这里没有根源。加西亚•洛尔卡是现代诗歌这个巨大领域里的一个大师，这是匿名者的领域。

克罗洛的一首轶事诗《窗户的瞬间》(参见后文第 270 页)在一开始有一个“某人”作为主语。这个主语没有得到更加详细的描述，就是在他把动作(“把光抖落到窗外”)进行完，以及这动作轻柔温和的后果结束之后，诗中提到他时也没有再做描述。甚至都无法知道，第一句诗中的“某人”与倒数第二句中的那一个是不是同一个。两者的共同之处是——如果是两个人的话——匿名性。尽管在诗歌内部有让人熟悉的词语，但并没有揭开这种匿名性。后者比其他一切都更强大，甚至比追问“某人”是两者还是一人的问题都强大。而这匿名性让诗歌内部显得熟悉的小事件显出仓皇，有了幽灵般的性质，走向了一种梦一般迷离的去人性化。

如果诗中也会出现通行的、人性的主题，那就是为爱悲伤这个主题。这一主题是怎样变得现代的，阿尔韦蒂的一首诗《X 小姐》(收录于《……葬在西风中》，1926 年)可以表明。不是说话人在诗中哭泣，而是“理发师没有你的头发在哭泣”。一个酒吧在哭泣，因为 X 小姐不再出现了，“天空不再发送你的无线电讯”。轮船、水上飞机、关闭的银行、赌场、领事馆急速激跃。接近结尾时语言窒息：“太阳被电击杀死。月亮烧焦成炭。”没有丝毫个人的痛苦。只有在物中有痛苦。这些物混合了怪诞者、庸俗者、来自文明者、来自宇宙者。在这些物这里，痛苦硬化成了毫无伤感的事实。在马里内蒂的《未来主义宣言》(1909 年)中有这样挑衅性的话：“一个人的痛苦对我们来说比不上一盏遭遇短路的电灯的痛苦有趣。”

有的抒情诗人是抗议悲伤的。但是他们还没有因此就赢回前代诗歌中人性的欢乐。“别为悲伤打开你的床”，在圣琼•佩斯那里可以读到这句诗。然而他的文本是在内部的边缘区域运动的，这样的区域几乎无法再让后人感受体会，而且就连外部的世界也脱离了可以让人获得方向感的地点和时间。他对生命乐趣的呼唤是无节制的、带有暴力的。他的诗歌引领读者进入陌生的灵魂风景，对之他不能以“欢乐”来反应；这些风景是巨型的人工造物。我们再援引一下阿尔韦蒂。在他的诗集《画中》(1948年)中有一首对作为欢快的象征色的白色的颂歌。混乱 172
的图像被努力牵连到这白色上。然而这被赞颂的白色具有合成物的特点，是语言的持续呼唤，是一种陶醉于光但带来变异的幻想的造物。在纪廉的诗歌中，悲伤与痛苦的缺失受到了赞扬。“受苦让人不快，”诗中如是说(387，第72页)。它却并没有因此而在去人性化上有所减弱。物和人被它转化成了抽象范畴。它以非个人的方式看向空间和光的纯粹形象。它的智识快乐并不能掩盖一种植根更深的不谐和音。追问现代抒情诗在哪里表现哀伤、在哪里表现欢乐是无意义的。这样的内容当然是常见的，却向上摇荡或者降回到一个区域中，在这里灵魂比有所感受的人更宽广、更冷峻，也更放肆。

去人性化的种种变体还包括这样一种抒情诗，它根本只将物作为内容。不仅仅对尽可能微小的实物的选择是其典型特征，而且还有对各种评价的放弃。这样的抒情诗就如同福楼拜在小说中曾经做过之事的延续。在这里要列举出的是法国诗人蓬热。我们在谈到他时曾说过，在他身上能看到，如果不再相信诗歌了，诗歌还能是什么(皮康语)。他那形式自由的诗歌的对象有面包、房门、贝壳、砾石、蜡烛、香烟。它们是在这样一种客观状态下被捕获的，以至于可以说这是“抒情诗的现象学”(萨特语)。被捕获的自我是虚构的，仅仅是语言的载体。而这语言当然绝不是现实主义的。它实际上并没有让这些实物变异，而是让它们如此僵化或者给予天然就僵化者如此一种奇异的生命，以至于形成了一种幽灵般的非现实。但人是被剔除在外的。

然而，恰恰是这一貌似客观的诗歌让人注意到，人在整个现代抒情诗中是以另一种方式在场的，也即作为创造性语言和幻想在场。内容上和灵魂反应中的去人性化是由于不受限制的全能而实现的，这是写诗的英才授予自己的全能。在诗中，人也是自己的独裁者。他摧毁了自己的自然品质，将自己驱逐出世界，也将这世界驱逐出去，为的是实现自己的自由。这正是去人性化的奇异悖论。

173

孤独与恐惧

穆齐尔在一篇遗作中将诗人定义为“对自我在世界中和在人之间那无可救药的孤独有着最强意识的人”。在浪漫主义中已经有了这种思想，在浪漫主义之后它却继续存在，成为了一种现代思想，是“遭到贬斥的诗人”的众多思想之一。这种思想在阿波利奈尔的散文体小说《被谋杀的诗人》(1916 年)中体现为怪相的形态；所有寓言性的荒诞情节汇集成一次谋杀，这是所有国家对所有诗人的谋杀；一位雕刻师为被杀死的主人公做了“虚无组成的一尊雕塑”。对于特拉克尔的晚期诗歌，人们可以恰切地说，在这里单个人只是处于与自己的关系中。圣琼•佩斯将一首内容丰富的诗歌命名为《流亡》(1942 年)，在诗中他把自己向陌生处呼喊的语言称为“流亡的纯粹语言”。有一种说法已经多少流行开来，即我们生活在“恐惧的时代”。英国诗人奥登将这几个词用做自己一首诗的标题(1946 年)。在各方面对恐惧的宣称中掺夹了许多追求时新的空话。恐惧构成了“贴近时代”的新人诗歌的一个必要成分，正如月亮与思慕在前代诗歌中那样。但是最杰出和最阳刚的文本展示出了这一基本体验的真谛。

歌德写过一首诗《海之静》。诗中描写了那恐怖者，那庞大浩然而全无动静的辽阔使人怵然难动的魔力。而另一首诗也与此相关，《幸福的航行》：恐怖者退却了，“恐惧的缚带”解开了，船夫鼓起了勇气，而在远方已经出现了拯救的土地。这样的诗歌将恐怖者和恐惧仅仅作为向光明和希望的过渡来承受。在现代抒情诗中几乎找不出一个以恐惧开始，然后将其挣脱的文本。与歌德的作品在母题上有一定相似性的是希梅内斯的短诗《潭》：乘小船航行，小船撞上了某物——但是没造成什么后果，只有宁静和波浪，和一种“新”，这新者没有词可以表达。这条路径逆转了歌德诗中的发展，从希望走向了怵然。在前文中已经提到过的加西亚·洛尔卡关于叫喊的诗《沉默》（参看前文第 235 页）则是按照另一种方式展开的。它并没有从那一缺少主体之人的叫喊释放出的悚异感（Unheimlichkeit），而是制造了一种新的悚异感，这一次是来 174
自沉默，穿过沉默“河谷和回声滑过，它把额头压向大地”。他常常让沉默成为恐惧的无声在场。在《静默之哀歌》中就是如此，诗中的沉默被称为“和谐的鬼魂、哀怨的烟雾”，因为它身上承载着“古老的受苦和永逝了的叫喊之回音”。然而他又写出了一种超恐惧。在他晚期的诗歌中有首《纽约失明全景》，使用了自由的节奏，内容与标题仅仅有很少的联系。那巨大的、绝对的痛苦在哪里？不是在带着血和苦难的巨型城市中，不是在“总有着同样通往果实之红的门的土地”上，在声音中也没有痛苦，而只有牙齿，“但是牙齿，必须在黑色的草地中孤独地沉默”。这是自己都害怕得不到它所渴求的痛苦滋养的恐惧。在艾吕雅的一首诗《痛》（收录于《即刻生活》，1932 年）中恐惧是以另一种方式来表达的。诗中没有说出恐惧来。然而从文本中传递出一种催眠般的作用，这作用来自它多次重复的“曾有”（这是取自兰波的一种为人熟知的技巧），来自贯穿它的与应答祈祷类似的那一套格式，来自内容表述本身。“在那里有门如一把锯……没有目标的荒漠，那里有砸碎了的玻璃片，那戏剧化的风之肉在其上撕扯……那里有沼泽的边界……在一个被遗弃的房间，在一个遭失败的房间，在一个房间里空空如也。”急速扫过的无内在关联的实物不想因为其自身而被看到。它们是否定、拒绝、粉碎和锯断的符号，而且因此——但是没有明言——是恐惧的符号，它被这符号感受到了，或者不如说被制造了出来。

人们用日常用语可以说，一个可怜的房间有了诗歌。布克哈特将历史的“奇迹表演”称为“诗歌”。在这两种情况下诗歌指的都是感官显像在灵魂中栖居的可能性，不论这显像是可怜的还是充满奇迹的。这是以人和世界之间的联系为前提的。在现代，诗歌有了另一张面孔。它有意让熟悉者陌生化，把近前者推向远处。它似乎遭受着一种强迫，要扰乱人与世界之间的联系，还有人与人之间的联系。在福楼拜晚期的小说中，对联系的扰乱成为了内部和外部风格的规律；物与人之间是
175 对抗的：人受苦时，物就闪亮而繁荣——当一个人乘车去恋人那里时，他走过的街道边郊区的荒凉房屋在两边驰过；这些小说的一个经典情景是，人们互相错过，既在空间上，也在心灵上错过，而没有人达到自己的目标；极少使用连接词的并列句在风格上反映出情节如何瓦解成材料集合，在这集合中单个进程几乎没有与上下文形成因果联系。小说还将对联系的扰乱进一步强化，例如加缪、海明威、布托尔等。在1920 年代，布莱希特将“陌生化”作为自己文学理论的关键词，而且建议通过省略一个进程中所有提供方向的动机来制造陌生化效果。在临死前，阿波利奈尔说到了“陌生领域”，那是诗歌迈向的领域。在雅各布的一首诗《神秘花园》(1928 年) 中，满是等待和倾听；但是所获悉的——一个混乱的外部世界中断的声响——并没有让等待中止；这等待似乎超越了这首诗歌，进入了对永不会来临者的永恒等待。

穆齐尔在上文引用过的那句论诗人的话之后继续阐述他的(同样无意中展示了其现代性的)思想：“诗人在友情和爱情中还会感受到厌恶的气息，这气息使每一个生灵远离其他生灵。”人之间的靠近实际上是远离，这构成了当代抒情诗中的一个常见主题。翁加雷蒂的《歌》最后收归为并不多情的悲哀，恋人“如在镜中一样遥远”，爱情发现了内心孤独的“无尽坟墓”(参见后文第 258 页)。加西亚·洛尔卡有这样的诗句：“当我在你身边，我是多么远，当你离开，是多么近！”克罗洛在一

首爱情诗(1955年)中写道:"……你将在破碎的月亮那苦涩草药的面容下听到我的话?……而深夜如苏打水一样碎裂,且黑且蓝。"在坚硬的图像中,在破碎和碎裂中,衷心寻求的靠近以符号的方式显示出了其失败,但是其中也透露出了通过创造性语言获得的拯救——唯一的拯救。

甚至死者的自然离场也被转化为了绝对的遥远。著名的例子是加西亚·洛尔卡纪念死去的斗牛士桑切斯·梅希亚斯的组诗(1935年)。其中最后一首名为《继续游走的灵魂》(参看后文第238页)。死者几乎没有被提及,叙写的是,没有人能再认出他来,不论是公牛还是他家中的马匹和蚂蚁,还是"孩子和傍晚",还是他身下的石头。他是如此遥远, 176
以至于即使是思想也不能抵达他。"但是我歌唱你"——然而这也并不能实现;就连歌唱者也是隔绝于遥不可及的死者的,只能歌唱在橄榄叶中穿行的悲伤气息。

1929年,阿尔韦蒂发表了他的诗集《关于天使》。正如在兰波那里一度出现过的,在这里天使也不具有基督教的意义。它们是某种超凡者的象征残余,是一个孤独者编造的生灵,"静默如江河海洋"。它们和人之间的关系充满戏剧性,最后在彻底的联系缺失中终结。人知道天使的存在却看不到它,光看不到它,"风和玻璃也都看不到"。但是天使也看不到人,不认识它走过的城市,没有双眼,没有影子,在它的头发中它织出了沉默,它是"一个孤独而潮湿的洞,一口干涸了的井";在我们之中它是死的,它失去了城市,城市也失去了它。这首诗的基本象征(将其称为超现实主义是画蛇添足)是不易误解的,尽管其中单个诗句可能很难解释。天使们对人来说曾经是被派遣到人间,为人类带来光明和恩惠者,即使是它们作为上帝的复仇者带来恐怖的时候。但是在这里它们不再认识人类,对人来说成了多余的,这种情况如此严重,以至于人只能为它们造出丑陋和灭亡的图像。

卡夫卡写过一个寓言《邻村》,其中一位老人说:"我几乎没法明白,一个年轻人怎么能决定骑马去邻村而不会担心,用来过寻常的美好日子的时间用在这样一个旅行远远不够。”这个寓言说出了现代文学的一种元状态，即使是近处的目标也无法抵达。加西亚·洛尔卡的《骑士赞歌》（参见后文第236页）可用做抒情诗中的例子。骑士知道通向他的目的地科尔多瓦的道路。但是他也知道，他永远到不了；死亡从科尔多瓦的塔楼里凝视着他；他不会回到家，而是会走向辽阔而多风的平原中的死亡。这对前代诗歌的回顾可能再一次体现了现代诗歌的姿态。首先是出自16世纪的迪贝莱的《尤利西斯的幸福》。叙说者在罗马逗留，怀着对他远方的卢瓦尔河边的村庄的乡思。内心的图像在思念者心中升起：他小屋的围篱，烟囱冒出的青烟，屋顶的石瓦。远处的景
177 象在他的心灵中非常清晰，涌出熟悉的安宁感，尽管他不在那里。他为什么不在那里的原因也是人所熟知的人类经验之一：工作要求他在异地生活。然而，在歌德《西东合集》的遗作中有一首诗歌，是以“且让我哭泣”这样的词句开始的。这个叙说者也远离了他的目的地。他在无边无际的沙漠里过夜，想着将他与苏莱卡分隔开的千万里距离，黯然泪下。两首诗歌的共同之处是，一个人思念让他心驰神往的一个遥远的目的地。空间上的遥远对他来说并不算远。他将目的地作为思念的对象来占有，它始终是熟悉的，会重新变得可以到达。迪贝莱怀着思乡之情，歌德为“延长了路途的可恨弯路”而哭泣，从两种伤痛中都会产生欣慰。欣慰在两者中都来自对古典形象的记忆；前者想到了奥德修斯和伊阿宋——虽然他嫉妒他们的还乡，但最终这种带有妒意的记忆还是处于人文主义的博爱之中的；后者想到了阿喀琉斯、薛西斯和亚历山大，并不为自己的眼泪感到羞愧，因为那些伟人也都哭泣过。

现在来看看加西亚·洛尔卡。在一开始科尔多瓦就被称为“遥远的”，这指的不仅仅是空间意义。骑士已经在眼前看到了那座城市。尽管它在空间上近而非远，但是它被移置到了绝对的远处。一个由死亡来代言的谜语让它变得遥不可及，让通往它的道路变得无限长，充满死亡的危险。没有乡思，也没有眼泪，也就没有清楚的感情作为回应。

灵魂被固定在一种失去轮廓的情景里。几声对马、道路、死亡的断续呼唤——如此而已。另外还有一些省略句，它们以其动词的缺失为陌生感的麻木接受创造了语言形象。人们可以看到深刻的差别。在前代诗人那里，空间上遥远的目标在心灵上是贴近的。而在这里，在现代诗人笔下，空间上的近演变成了内心的远。加西亚•洛尔卡的骑士之歌是关于那永不可能的还乡的诗歌，因为一种不为人知的魔力让近在咫尺的家乡变得遥不可及。

晦暗、"隐逸派"、翁加雷蒂 178

现代抒情诗施加于语言的是这一悖论式任务，同时要说出又隐藏某个意义。晦暗成为了占主导地位的美学原则。晦暗让诗歌格外脱离于语言通常的传达功能，以便让诗歌保持在一种飘浮状态中，这样诗歌更能游离于人而不是让人贴近。抒情诗人如翁加雷蒂或阿莱桑德雷虽然习惯在表述自己时提到其诗歌中的人性因素或者自然因素，而他们的诗歌本身似乎是出自一种唯一的编码过程，无论如何制造出的也是这样一种效果。晦暗的抒情诗描写了事件、生物或者实物，其起因、地点、时间读者不曾得知，也无从得知。言说内容不是被修圆整，而是被打断。多数时候诗歌内容都是由变换的语言运动组成的，或者陡变或者急切或者柔和流畅。对于这些运动来说，物象或者情感的变化过程都只是材料，没有蕴含待解的意义。具有启发意义的是，几位当代抒情诗人都回溯了古普罗旺斯的游吟诗人中最令人费解的诗人，阿尔诺•达尼埃尔；庞德翻译他的作品，阿拉贡为他的作品惊叹。有时看起来似乎现代诗歌只是对预感和盲目实验的一种记录，是为了保留给某个未来的，在那未来晴朗的预感和成功的实验能够以这记录将自身点燃。四处都是现在尚不能呈现之物的有待呈现。自兰波和马拉美以来，诗歌的可能接受者是尚未确定的未来。虽然向来就有诗人自诩有预言的目标，而且以崇高的晦暗叙说这些目标，但是现代的预言并不崇高。

未来对它来说还没有成为清晰的图像。它的晦暗诗歌不安地环绕着尚不可确立的可能性。

抒情诗人以纲领性方式提出晦暗诗歌的要求有时也为其说明理由，这样的表述屡见不鲜。其中有一些在第一章中已经列举过。伴随着追求晦暗的意志出现的是理解的难题。这个难题的解答与马拉美的解答是同一个方向，虽然没有他的那种彻底思虑。叶芝希望诗歌拥有的意义如读者找到的一样多。对于艾略特来说，诗歌是介于作者和读者
179 之间的一种独立客体，但是同时作者和诗歌的关系又不同于读者与诗歌的关系；诗歌通过读者进入一种新的意义游戏，这游戏有其自己的正当性，即使它偏离了作者——尚未确定——的意图。西班牙诗人萨利纳斯写道："诗歌依赖于那种更高形式的解释，那解释在误解之中。当一首诗被写下来，它或许完成了，却还没有终止；它在自己身上，在作者那里，在读者那里，在沉默中寻找另一首诗。"理解的概念让位于续创作(Weiterdichten)的概念——读者进行的续创作，还有匿名的诗歌力量的续创作，对此作者一无所知，这力量在他自己的语言中尚且还未得到使用而在酣睡，也在沉默中酣睡。这一思想内涵丰富而晦暗，就如同它伴随的诗歌一般晦暗。(萨利纳斯在晚期创作的诗歌有所不同；然而改变之后的思维方式并没有取消早期诗歌的代表性。)"人们指责诗人的晦暗恰恰是来自探究黑暗的深夜：灵魂与神秘主义的晦暗，人类的本质潜入其中。"(圣琼·佩斯)在其他人那里我们可以读到：恰恰是诗歌的精确性要求新的词语用法、新的词语、反常的隐喻，而这必然会让诗歌变得晦暗。在纪廉的《赞美诗》中有一首《我闭上双眼》是对诗歌晦暗的一种诗歌式辩护，它受到马拉美的影响，用马拉美的《从匆匆而过的……》中的一句诗作为诗前的题词。诗歌内容转述如下：我闭上眼睛，黑点燃了火焰——**它们**是幸福的命运；深夜打破了它的封印，从悬崖下取出了超越死亡的光芒；我闭上眼睛，一个大世界出现，让我目眩，空无喧哗；我将我的良知建立在晦暗中；闪电越是幽暗，它就越属

于我;在黑暗中升起了一朵玫瑰。这个文本的意义是可以解释的:晦暗出自反对外部世界的遮盖;内心世界敞开;内心世界在摆脱了噪声和生命无常之后,它让晦暗——现实已被排除——成为光,成为只有在晦暗之光中开放的玫瑰的降生("玫瑰",正如在马拉美那里一样,是诗歌语言的象征,不过这里不涉及失败的主题)。只有在使诗歌变得晦暗的非现实中,诗歌才得以完成。在这一思想中体现出了现代抒情诗的一个基本抉择。

大约三十年前,在意大利出现了一个称述晦暗诗歌的名词:"隐逸 180
派"。它起初被用做贬义,暗指其迷乱的奥秘主义,但很快就被转为肯定性概念了。这个概念因而具有与大多数文学流派名称一样先抑后扬的意义历史。意大利人主要将翁加雷蒂、夸西莫多和蒙塔莱(他也作为艾略特的译者而享有盛名)算作他们的隐逸派诗人。这是批评界的一个共识。也可以把其他的抒情诗人算进来。就事实而言,有趣的是,隐逸派居然能成为批评中的一个固定概念,批评界由此接受了现代诗歌的一个本质特征。被称作隐逸派的诗是意大利形式的纯诗,是20世纪的意大利所见过的对雄辩文风(以邓南遮为代表)的最强烈反应。

对翁加雷蒂我们要简短地概括一下,他从马拉美、阿波利奈尔、瓦莱里、圣琼•佩斯那里得到了启发,也对贡戈拉有过借鉴。自1920年代以来,他的抒情诗具有了语言的极度凝炼性。他说,词语应该是对沉默的一次短暂开裂——正如马拉美所为。词语是一个断片;它颤抖着立于被匆匆触及却层层掩隔的世界和立刻又在这世界之上合拢的宁静之间。翁加雷蒂所有的诗歌都具有这种断片特征。这个特征在短诗中表现得最为强烈,而他和加西亚•洛尔卡一样都是写短诗的能手。对于这些短诗不可从内容上去读,内容有时充满让人惊异的虚无——或者完全无法阐明。必须(这是靠任何翻译都无法传达的)将它们的词语接受为抒情诗的声音程式,这些程式留下一种让人着迷的余音。较长的诗歌也不会营造出遵循事实必要顺序的内容。种种运动(比如:开放、变明亮、下降、颤动）都比被运动者更容易把握，然而这些运动本身是多义性的，也可以按照其他顺序展开。

翁加雷蒂诗作的晦暗是什么样的，可以用这首格律自由的诗歌《岛》（收入《时间感怀》）来展现（参见后文第256页）。这首诗通过摇荡的、突出声音的、结构简单到极致而不含“我”的句子表达了一个过程。过程的承载者是一个“他”。他是谁？得不到答案：又是限定助词的不确定功能。限定助词在这里是人称代词，按照意大利语的习惯用法，它甚
181 至都不曾被说出来，而只是包含在动词形式中；所以它比翻译文本更体现出不确定性。不确定性被言说内容的松散排列进一步加强。来自牧歌世界的想象构成了过程的材料：岛屿、森林、林中仙女、牧羊人和羊群。“他朝一个河岸走下来，他继续往前冲，一阵翅膀的簌簌声吸引了他，这簌簌声源自沸腾的水那刺耳的心跳；他看到一个鬼魂……，一个林中仙女……；在自己内心中虚幻之像化成了真实之火，他走到一个草地边，那里影子在女孩们眼中汇集……”（哪些女孩？）行进过程在这里戛然而止。这个过程最终成了一个断片，没有起因，没有目的。它的结束是一种静止。词组变得愈发反常：“树枝滴落一场散漫的箭雨……，羊群食草于空地表面；牧羊人的手如同一个杯子，被疲软的火修平。”抵达者身在何处？结尾处的宁静画面忘记了开始时的过程，就仿佛那过程和它的载体从来没有存在过。而后者也比过程本身更加无关紧要。这首诗的内涵存在于它的运动线条中：一种到达，一种相遇，一种宁静。这些运动是抽象的，指向自身，充满了不可解释的过程的秘密，它们正是在这过程中显现的。结尾也没有破解这个秘密，反而添入了一个新的秘密。虽然它的宁静终结了运动，然而它图像的不谐和音（手如同杯子）指向了一个更高的台阶，那是自我统治的语言，它由此

也就指向了晦暗[①]。

某些抒情诗人笔下的隐逸诗给人造成了这样的印象，他们的作品 182
终结于“一扇门的猛然关闭”，正如皮康曾经评论的。当隐逸仅仅是时髦姿态时，就兴起了一种江湖骗术，可以毫无顾忌地畅所欲言——不过隐逸诗还是受到了赞叹的。有所承载的最先锋者，其杰出之处在于最纯无意义的句子。在兰波诗作中就不时会遇到这样的句子。一种成为流行时尚的隐逸派带来的后果是批评界的手足无措。在澳大利亚，几年前有几个人恶作剧地将尽可能无意义的诗句作为某个所谓矿工的所谓遗作发表出来；批评界被这些诗句的“深邃意义”所震惊。某个美国版的叶芝诗集中有一处是“soldier Aristotle”。这是一处印刷错误，原文是“solider Aristotle”。一个没有注意到这个印刷错误的年轻诗人为这“亚里士多德的战士”的神秘主义感到惊讶。但是里尔克对自己的第十六首俄尔甫斯十四行诗所附加的评论也濒临不可接受的边界：“这首十四行诗，人们必须知道，或者猜到，是献给一条狗的；**我对此不想多加评论。**”马拉美对此一般会以自我嘲讽来处理。

语言魔术和暗示

现代抒情诗自兰波和马拉美以来日益成为语言魔术。对此当如何理解，我们在前面的章节中已经阐述过。在 20 世纪的文学创作理论中，在涉及到抒情诗效果的问题时，反复出现的还有暗示这个概念。柏

① 施皮策与此观点相反，他将《岛》看做一首非常明显的爱情诗，是田园诗形式的爱情诗（本书第一版的书评，见：Modern Language Notes,Nov. 1957，以及478附录中的表述，第120页）。他认为诗中不确定的“他”在功能上和所有诗歌中常见的“我”或者“你”是一样的，并且将这个“他”等同于倒数第二个诗句中的“牧羊人”，牧羊人由此成为全诗的主语。就算最后一点是成立的，也必须考虑到，讲述一个事件而将其施行者放置在最后，这是多么不同寻常而让人迷失方向。而关于那个“他”，其不确定性和抒情诗中确实常见的“我”和“你”之间是有一个巨大差别的，后两者即使没有更进一步的精确化，也会让一首诗成为一种独白或者对话。要把翁加雷蒂的这首诗说成是一首清晰易解的诗，必须设立这首诗本身没有提供的关联点。况且，这首诗的轻柔隐逸风格不会损害它的美丽。

格森在《意识的直接材料》(1889年)中将这个概念作为他的艺术理论的一个组成部分。这个概念在画家和音乐家那里出现。暗示是这样的瞬间:由智识操控的诗歌创造释放出了魔术般的灵魂力量,传递出了让读者即使“理解”不了也无法挣脱的辐射。这样的暗示性辐射主要是来自可感的语言力量,来自节奏、声响、调式。它们与那可以称之为语义的表层音调者,也即只存在于某个词的边缘区域或者只有通过词语的反常组合而形成的语义,联合发挥作用。具有语言魔术的暗示性诗
183 歌分配给词语全部主权,让其成为诗歌行为的第一原创者。对于这样的诗歌,真实的不是世界而仅仅是词语。所以现代抒情诗人也一再强调:诗并不表意,诗**存在**。对纯诗的许多解释就围绕着这一思想。

坡提出的原则,即从先于意义的语言音韵之力出发来设计诗歌,然后再加入——始终是第二位的——意义,始终具有活力。贝恩写道:“诗在它开始之前已经完成,作者只是尚不知晓他的文本。”他在另一处的表述与诺瓦利斯的一句话有着惊人的类似(参见前文第28页):“只存在言语性的超验:数学的理论法则和作为艺术的词语。”贝恩自己的抒情诗也体现出了将词语作为原创者的原则,尤其是音调的优先地位,音调本身可以让最冷静的内容抒情诗化。他的诗《肖邦》(574,Ⅲ,第188页)是发声的传记作品。内容是过程、反思、内心独白的富于意味的断片,以断片式的句子形式表述出来。诗的展开并不符合由生至死的时间顺序,而是反其道而行之。音乐会钢琴的名字被插入,人们能听到付酬金,听到一个地址和对肖邦演奏技巧的详尽描述,医生的一个诊断也被表述出来(“伴有出血,形成了瘢痕”)。但是即使在这种最冷峻的事实描述中也贯穿着一种振荡,这振荡既掩盖了断片和破裂,同时也有赖于断片和破裂而存在,它达到的效果就是,这首诗让人再也无法忘记。这表明,对抒情诗的传统题材的放弃在不摧毁抒情诗基质的情况下能走多远。这种基质毋宁说获得了自由,成为了一种新的、沉思性的声响,尽管它看起来非常接近散文。

在这里不妨再援引一次希梅内斯。在他的晚期创作时代有些具有催眠效果的诗歌。这种效果是如此形成的，单个诗句以回环咏叹的方式重复出现，其他的诗句是问句的形式，但并不是为了一个答案而设。重复和无答案的问题使得言说内容尽可能失去压力，让其转化为一种荡漾开来的声音魔力，这才是这些诗句的真正主人。从词语或者单纯声响的律动出发创作的诗歌导致了不计其数的同一类显像，这个类型是我们在论兰波的那一章结尾处描述过的。在米肖的作品中可以找到“在咳嗽中，在残暴中，在忧虑中”(dans la toux, dans l'atroce, dans la transe)这样的诗句；语言在听从它自己的组合欲求时，就制造出了不可 184
解释的意义，但是也格外清晰地涌入耳朵；一组顽固存在的音节(“dans la”)唤起了一组形式变换而声响相似的声音。在艾略特的《荒原》结尾处突然响起了毫无意义的音节“Da”，多次重复，从自身中形成了一个佛偈的众多碎片，在这碎片中间插入了完全异质之物，只是到了最后才会合成一组梵语词——这是一种与音乐相近的方法，这种方法只有在一种将语言首先作为声响潜能来使用的抒情诗中才是可能的。

保罗·瓦莱里

关于诗歌与语言本身力量之间的关系，瓦莱里的思考也许是最为彻底的，他的思考是对马拉美的理念的解释性延续。诗歌创作，按照他常常表述的一个思想，就意味着冲入语言的原初层面，在那里语言曾经造就过魔法和迷幻咒语，而且还能反复制造它们。诗歌创作还意味着，在交替变换的语义区域和同样交替变换的声响效果之间试验种种组合，直到成功地找到**一种**具有数学定理般的必然性的组合为止。瓦莱里知道，这样的诗歌的受苦者是“意义”(Sinn)。对于所有诗歌都成立的是，它们“没有真实的意义”，也即没有可以一劳永逸地穷尽诗歌的单个意义。瓦莱里自己的抒情诗就是如此，它允许有多种解释。一首诸如《海峡》的诗似乎是在写一个温柔的爱情场景，在里尔克的翻译中它就只能有这样一种效果。然而它言说时所使用的措辞则透露了另一种可能，即诗歌创作本身的精神场景，对于诗歌创作来说，对缪斯的等待比缪斯的到达更充满极乐。两种解释都存在，没有哪一个可以被孤立，不然的话这首诗就会失去它那么精巧地潜入其中的暧昧暗光。

瓦莱里的思想是以一种坚决的认知虚无主义为基础的。这一点在这里只能稍作说明。因为认知是不可能的，所以诗歌语言就获得了完全的自由，可以将自己的创造投射进虚无中。瓦莱里将这样的创造称为“神话”，并如此来定义它：“神话是所有本不存在而只是凭借词语在场者的名字。”(《神话浅谈》，见 200，Ⅰ，第 961 页等)但是，词是“精神
185 在虚无中复制出多个自身的工具”。与本来就仅仅以偶然和随意方式存在的现实相对立，诗歌创作完成了一种持续的转变，直至变为那种瓦莱里也名之为“梦”的非现实。在诗歌创作中，精神对它自己的力量来说变得可见，而且以这种方式实现了那些力量，即他征服了自己设立的严格形式的反抗。只有它自己的行动是具有必然性的，由此也就胜过始终只是偶然的现实。可以看到，这一切想法与马拉美的思考路径是多么近似；也可以看到，即使是 20 世纪最伟大的法国抒情诗人也是从纯粹的(非个人的)主体性来为诗歌辩护的，这种主体性的家就是语言和“梦”，而不是世界。这样的诗歌具有怀疑主义的敏锐洞察力，认识到现实的微不足道和超验性的虚无是它唯一可能完满的条件，这唯一的完满就是艺术上的完满。“诗是一座并不存在的建筑中那一个完全塑造成型的碎片”，这是瓦莱里最富启发性的句子之一(200，Ⅰ，第 1490 页)。并不存在是指：内容只有作为语言才存在；碎片是指：诗歌就其目标而言始终是有所不足的。需要注意的是，这里也必须使用两个否定性定义来支持唯一肯定性的可言说者，即诗歌行为本身。另一个句子是：“没有什么能比不存在者更美的了。”这句话与前文中引用过的卢梭的一句话(第 24 页)的相似性是显而易见的。在这里承载类似思想的却是与卢梭截然不同的、毫不伤感的解释，它展示了关于诗歌

的思想自卢梭以后走过的艰难路程。

瓦莱里曾经把诗句定义为“语言的感性力量和智识力量之间神奇而格外脆弱的平衡”。可以说，他自己的抒情诗就拥有这一种平衡。他多次记述过，他的某些诗歌是如何从一个意义尚不明朗的节奏游戏和声响中萌发，随后才被添加上词语、图像和理念的。在写成的诗中，这样一种创生上的等级仍然保留为价值上的等级：第一位是音韵，第二位才是内容。如此形成的诗句具有迷人的音调魔力，比如：“Dormeuse, amas doré d’ombres et d’abandons...”或者：“...Puis s’étendre, se fondre, et perdre sa vendange Et s’étendre en un songe en qui le soir se change”，这是元音和鼻音在时高时低地出没，最终又回到了起初的中等高度。但 186
是，词语的起兴也可以从它们的词义出发。《室内》这首诗——它的进程同时在一个外部空间和一个内部空间里展开——是以这样的诗句开始的：“一个双眼细长的女仆，目光因柔软的链条而沉重，为我的花儿换水，潜入了近处的镜子里。”链条的隐喻起源于女仆，而水引起了潜入镜子这个动作。这样的诗句不是描述性的，它们希望被感受为语言产品。一首早期的诗歌《织工》以纯粹的图像象征回应着马拉美的主题，即人与世界之间的联系缺失。一个女孩，坐在傍晚的窗前，沉入了睡梦中；花园中有一朵玫瑰徒劳地与沉睡者打招呼；在女孩与花之间不再有关联，而语言却将彼此隔离者编织成一种非现实的交融，它使用了幽灵般从核心词“织”释放出来的词语：“沉睡的人儿织着一张孤独的网，渐渐消逝的影子谜一般卷入她有感知的纺织手指中，一件纺织物”；但是连暮色降临的外部世界也成了“纺织女”。

当然不能仅仅从这样的语言效果来解释瓦莱里的抒情诗。他的诗也有一种内部风格的规律。这规律与其说存在于主题上，不如说是在于，他的抒情诗以图像化的材料让精神行为可以被人感知，而这些精神行为完全是艺术意识的行为。瓦莱里曾经说到过“智识的喜剧”，是它构成了一首诗的核心过程。对此，最容易理解的例子之一是《梧桐树》。几乎不需言明的是，这里的树不是被当做自然生物来处理的。它是贯穿于它自己整个显像中的纯粹动力，处于上方的诱惑和深处的束缚的张力中。它听到了“风”的呼唤，风想在它之中成为语言，但是它也感受到了必须拒绝语言的要求——这一切都与我们在马拉美那里就认识到的艺术经验相一致。正如在马拉美那里一样，这里的张力也始终没有消除。在这首诗的抽象张力状态中显出了一个不谐和音，但是它也来自于这一情形：这首诗不可化解的内容与它化解开的音韵形成了对立。

引人注目的是，在瓦莱里的抒情诗中，不论是主题还是为主题给出
187 的解答都不是统一的。这一点恰恰表明，对他的诗来说，重要的是精神上的戏剧化效果，是“智识的喜剧”(comédie intellectuelle)。智识上的进程本身可以有多种变换。有时是从混沌的梦中朦胧苏醒过来，进入明朗的意识；然后又反过来，沉入迷梦中。瓦莱里如此接近马拉美——后者不曾明言的对少数主题的严格执守在这里让位于一种主题上的可变换性。《圆柱赞歌》是对建筑形体的纯粹线条的歌颂，是对眼睛的沉默歌颂，眼睛感知着被数字所整理、如石头一般安静的存在；精神汇入了这一存在中。现在来看看《海滨墓园》。这首著名的诗具有卢克莱修的气息，不仅仅具有从卢克莱修传承而来的主题和图像。这是一场关于精神危机的诗。意识尝试着与安静的存在合一，与海洋的“屋顶”，与高处光线的王冠，最后是与死者的不再存在合一。然而运动的生命的诱惑更加强大；意识最终投入了它，虽然意识知道这生命的虚幻性。之前静止，随后活跃的海洋隐喻退却了；它重新获得了它自己的天然名字(波涛、水)，这是一个信号，说明意识向自然现实敞开了。这就如同收回了马拉美的抒情诗中极度的去物化，这也是《圆柱赞歌》的一个反向运动。然而人们还会遇到完全不同的解答，在其他诗中。关键不在于解答，而在于精神行为成为歌咏，在其中智识和感性、明朗和隐秘共鸣交响。

豪尔赫·纪廉

行文至此，也就可以走上引向西班牙诗人豪尔赫·纪廉的桥了。他的诗歌处于马拉美和瓦莱里的辐射区里。他翻译过瓦莱里，并且和后者有个人交往。在早年创作中他坦言自己属于纯诗派（“但是不彻底”，正如他补充说明的；330，第 328 页）；后来他与这种诗学产生了距离（395，第 244 页）。但是这两种态度既不是一种矛盾也不是一种发展，它们只是展示了那个概念摇摆不定的界限。在在世者中他是智识型抒情诗最成熟、最富成就的诗人。他的诗歌大部分都是一部统一作品的分支，这部作品于 1928 年首次出版，此后多次扩充，1950 年出版了最 188
终版本《颂歌》。这部作品如同波德莱尔的《恶之花》一样是一部建筑般的整体架构，具有但丁式严整的数字排列秩序。纪廉的诗歌，就其最广的范围而言，是抒情诗的本体论和以本体论来论证的诗学。它浮动于最简单的显像和最强硬的抽象之间。它以其本身为之辩护的晦暗（参见前文第 179 页），让它成为当代抒情诗中最难解者。诗中没有个人化的“我”在说话。诗歌的主体是“精神之眼”；这让人想起马拉美的“绝对目光”。精神之眼脱离出了生活材料，以便成为对世界的丰盈内容和透过这内容闪现的纯粹存在结构的镜照。一种宁静而又与人疏离的欢呼渗透在文本中。这是一种观照力量的智识欢呼，这种力量在众物中感受其元形式的静谧，而且完全知道如何以其语词赋予所有存在者那恒久的精神存在（参见《名字》，后文第 248 页）。

有人将纪廉称为“最灵活自如的诗人”，试图借此表明他与超验存在的关系。但是他的抒情诗很难说成是关于存在本身的言说——那样它就不成其为抒情诗了。毋宁说，它是一种运动：朝向存在的运动，脱离混乱走向明朗的运动，脱离不安走向安宁的运动。光，作为存在毫无瑕疵的显像，是它的顶峰值；最能持有光的诗歌也是形式上最精确的诗歌。“光常在”，有一句诗如是说。但是这种诗歌的真正事件是成为光，是“过渡的极乐”。它的抒情诗能量源自于“朝彼岸进发”的张紧欲发状态。这种状态让某件实在走向它起初尚还偏于天性的本质完满，使花园“更成为花园”，使桥“更成为桥”，随后从中释放出一种范畴性的本质（与马拉美一样），最终，存在之完满的光就会流溢于其上。这一过程持有了生灵与感性的整个王国，其中“材料得到赐福而成为显像”。但是这个过程也转变并异化了这个王国。众实物“哭泣着”屈从于纯粹的理想状态。语言不是点缀它们，而是揭露出了它们赤裸的实质，被嵌入完全非现实关联中的实质。他有首诗的标题是“夏日之城”（387，第146页）。这座城在第一句诗中被称作“偶然之城”。在城市上
189 方有丝绸般的光，平整并澄清了城市的线条；城市“醉于几何学”；“精确之狂喜”征服了它；它变成了“本质之城”（Ciudad esencial）。风景都成为了无材料的张力织物。雪和冷是代表绝对的象征词汇，在绝对中，生命的死亡宿命被取消，甚至连生命本身也被取消——尽管纪廉有时似乎是以一种泛生机论的方式在向生命致敬。可见者在我们眼前失去了可感性。一种对纪廉的诗作来说具有典型意义的画面空白形成了，主宰这空白的是几个静止的元现象（圆圈、线条、容量）或者代表这些现象的非物化象征（玫瑰、河流、雪）。或者一种纯粹的线条先行于被驱动者：海洋首先不是有海浪，而是曲线。这部作品就仿佛是按照声音节奏建造的、充溢着光的存在模型。它不再让人拥有自然的人文品质。即使是爱情诗，就像在马拉美那里一样，也成为了提升中的存在的认知之诗。在被恋者身上，而不是在其灵魂上，且沉思且观看的恋者感到存在呈现为丰盈的显像；但是被恋者并不知道她“是通向清朗的透视面”（387，第103页）。春天的光辉不仅仅是为人的心而设的；“在纷扰的嚣鸣之上有一声呼唤掠过，远去而消散，温柔的呼喊不是来自任何人也不传予任何人”（第119页）。孩子们在沙滩上玩耍；但是行动者并非他们；太阳和贝壳才是，可能还有孩子们的手，但这些手也成为了独立的生物；这首诗的结局是最后那种向概念之音乐的过渡：“红色的束缚、贝壳、贝壳。和声、结束、圆”（《海滩》）。因为在圆中，“在空气块中并不

可见地”，是那高于生命的存在秘密在说话，存在在光辉中展露又隐藏了自己——与诗歌一样（《圆之完满》；见后文，第 248 页）。

如果只是蜻蜓点水地概述这种抒情诗，几乎无法理解，它是歌咏，是以西班牙语原本就激切坚硬的声响发出的金属般的歌咏。它的抽象也是歌咏。按照它的主题，它必然会采用抽象和几何式的丰富词汇：曲线、丰足、当下、无穷、基质、虚空、中心。在这些词汇和其他用于简单的、非几何的词汇之间并没有一条语言的界限，正如这个抒情诗世界的概念内容和感性内容之间也没有语言界限一样。有一句诗是这么写的：“天鹅的羽毛勾勒出一个俨如命运的沉默之体系。”（第 147 页）在包 190
含一个情景的诗中，行动的主体是抽象行为。但是语言也会用其他手段来适应其主题。它偏爱使用缺少动词的名词化短语，以此让显像和概念独立，摆脱时间或者发出颂歌之声。不是语言之流，而是一种战栗和停顿，一种块状的放置，然后又转为开放性的简短提问或者一种试探性的敲击。纪廉精通以最简练的词语唤起回声，让其在一个神秘空间长久缭绕的高超技艺。在他这里，正如在许多现代诗人那里一样，非常简单的句子结构和内容的晦暗之间有一种基本反差。因为内容，不论它是图像还是概念，都是作为排列在一起的断片出现的，这些断片都无法从前文中引导出来。即使是最细微的联想路径都被切断了。在这些诗中总有某物是预先已出现的。但是这一预先阶段，它虽存留于经验中，在其自身之中却并没有清晰可见的必然性，显得无根无源又无果。必然性只是在抽象张力的行进或者替换中才得以体现。明确无疑的只有一点：自然人性的缺失（这一点在他 1957 年之后发表的诗歌中更加强烈地体现出来）。

这样一种抒情诗可以从一个古老题材中制造出什么，这在诗歌《月夜》（参见后文第 252 页）中有所展现，诗的副标题是《没有解答》。这首诗是一幅概念组成的风景：高度、白色、期待、意志、消瘦。这些概念标示出了超出物的本质的一个栅栏，这个栅栏以深夜的清冷围住了一个无人的进程。隐约可见者如幽灵般在非现实的事件上滑过。其秩序是下列运动之一：一次降落——在“冷之羽毛飘浮”时；在一个平原上的一次短暂停留——此时“波浪的期待在默默扩展”；第一次从深处升高，“向白色升起”，与此同时“美丽的城市逃离风的恩赐”，第二次升高只是以疑问的方式进行；但是它以疑问的方式将这个世界抬入了一个“白色的、全然的、永恒的离去”。这首诗是纯粹的张力域组成的图景。凭借结尾处没有解答的问题，这些张力域僵化为了不曾化解之物。没有“我”在叙说。只有语言在言说，将所见与所思合二为一，将其引入一种接近数学公式的冷峻中。但是这公式在歌唱。

191

非逻辑性诗歌

这种源自马拉美的遗产的诗歌，其最极端的对立面是非逻辑性诗歌，后者的内容是梦游般的、幻象式的，来源于半意识与无意识——或者它们想来源于兹。非逻辑性诗歌喜爱以兰波和洛特雷阿蒙为基础，但是也倚靠奥秘教、炼金术和犹太神秘哲学。非逻辑性诗歌想成为梦之诗。梦在这里是心理学意义上的，指的是睡梦或者人为（比如通过毒品等）制造的白日梦。它与诗学意义的梦不同，后者，尤其是按照现代罗曼语的用法，描述的是创造性的幻想。两种梦能力之间的界限是模糊的，尤其是在它们的艺术表现中。这是一种心理学原则和一种美学原则之间的界限。然而两种原则在这一点上是契合的，即为脱离现实的主体性辩护，并解释说人凭借其梦的能力而成为世界之主。

非逻辑性诗歌，正如智识型诗歌一样，使用的是非现实的图像幻想，不过是那种将其内容从睡梦或者白日梦的深层中被动地接纳下来而不加整理的幻想。它反对人，因为人是“思考的怪兽”（布勒东语），它把人等同于在前个人的匿名底层中起主导作用的强力。人的这种力量没有被剥夺，只是以其他方式得到了确立。具有典型意义的是，一个非逻辑性诗歌的理论家以赞扬的口吻说到了这种“精神的专制”（Diktatur des Geistes，查拉语）。这一定义的分量在“专制”上；“精神”在这里只是想成为非逻辑的深层心理中的主导者和被主导者，这使得专制更加具有暴力性质。这在兰波那里已经可以看到。而在此期间，弗洛伊德和荣格的理论也产生了影响。后者从晦暗的“元视像”(Urvision)的律动来解释诗歌，对于这种元视像来说，诗人只是一个媒介，让集体无意识的材料透过自己而奔涌；形式构造是次要的事。这在超现实主义者那里造成了影响。

超现实主义者的直接先驱是阿波利奈尔。“超现实主义”这个名字就来源于他。他在1908年写了一首散文诗《释梦书》(*Onirocritique*)。这个标题（在法语中是个多义词）将梦的概念客观化为一个学术性的专业表达，据推测这是取自古典晚期留传下来的阿尔特米多鲁斯（公元2 192
世纪）的《释梦书》(*Oneirokritika*)。文本中有几处是对前人的重复；按照这个文本的特点，我们对这几处的挑选正如我们省略的部分一样都是随意的。“天空的煤如此近，以至于我对它们的气味心生恐惧。两个不平等的动物结合，玫瑰手杖的枝条成了葡萄叶，因一束束月亮而沉重。从猴子的下颌中冒出了火，用百合点缀世界。君王满心欢喜。二十个盲眼的裁缝来了。在傍晚时分，众多树飞走，而我变成一百个我。这一群我坐在了海边。剑熄灭了我的渴。一百个水手把我杀死了九十九次。一整个部族，被压进榨汁机中，一边流血一边歌唱。参差不齐的影子怜爱地让船帆的猩红色变暗，这时我的双眼成倍增加，在河流中、在城市中、在山峰的雪之上。”

精通者会从中听到兰波的声音，识别出他的方式。这一段话就如同《彩图集》的一个伪造的续篇。非现实的图像和事件碎片在连续叙述的语气中逐次排列，相互之间毫无关联，完全也可以按照另一种顺序编排。如果在单个的事件中还能有一点联系，那这联系就是荒诞的变形——正如在梦中一样（一个头变化成一颗珍珠，从声响中变出蛇）。没有单个的人出现，总是只有群体在场。图像和言说方式都与梦相近。

但这是一个充满了疯狂者、丑陋者、怪相和谋杀的梦之世界。在这一点上，而不仅仅是在试验性的梦幻风格中，体现出了文本的现代征候。

与超现实主义者自己从 20 年代起的作品相比，他们的先驱阿波利奈尔始终还是他们之中灵感最丰富的诗人。超现实主义者只能通过他们的纲领引起人们的兴趣，那些纲领用半学术化的装备证实了自兰波以来出现的诗歌创作方式。相信人在无意识的混沌中可以将自己的经验无限扩展的信念，相信精神病人在制造“超现实”方面的“天分”不比诗人逊色的信念，把诗歌作为对无意识的毫无形式的笔录的观念：这是纲领中的几个要点。它把呕吐——而且根本是勉强造成的呕
193 吐——和创造混为一谈。从中是无法形成一种有价值的诗歌的。具有较高质量的通常被算作超现实主义者的抒情诗人，如阿拉贡或者艾吕雅，几乎都不是依赖那种纲领来创作的，而是依赖普遍的风格强制力，这种强制力自兰波以来让抒情诗成为了非逻辑的语言。超现实主义者是一个结果，而不是起因，是现代“对神秘主义的追求”(格拉克语)的诸多形式之一。

所以意大利的未来主义和德国的表现主义，如果不搜寻其可能接受的影响，也完全可以被理解为各自原创的现象。他们的词语爆炸，他们的“摧毁现实”，他们的梦游主义，他们的崩塌城市，他们的怪诞癖好：这一切都证实了那种在几十年前就在法国出现，而且也进入了其他国家的风格结构。

抒情诗闯入梦游式的昏朦中，这主要在欧洲得到了展现。与曾经的浪漫主义梦幻诗歌不同，它跨过界槛而下降得更深，在这界槛之上尚还有清醒世界的些许残余可以提供最后的支撑。贝恩的诗《梦》是纯粹的梦之旋律；陌生的名字穿行其中，图景在非现实的结合中跃动、解散、掠去；“被叫到的花儿自我引诱的气息”；“跪下的女人们，形体几乎不成一体，头高高垂向黄昏”；这首诗本身就是它描述的梦的样子：“它的名字不指涉地上任何一物……这梦的诸多世界同时存在，同在一个

空间，它们拂动并坠落……”

加西亚·洛尔卡，《梦游罗曼采》

我们在这里谨举出加西亚·洛尔卡著名的《梦游罗曼采》(*Romance sonámbulo*，1927年前)。如果想从这首罗曼采的“内容”上寻找方向，那么这内容就是：一个女孩站在月光中，靠着阳台的栏杆；在其他某处两个男人在谈话；不久他们也来到了阳台；又过了不久女孩躺在地窖中，死去了。但是这样一个让人推测是一场情杀的概述就毁掉了这首诗。因为期间还有与之完全不同者发生：几乎毫无暗示的事件残余与非现实的图像魔力及词语魔力以梦游的方式交织在一起。这是以一种颜色开始的：绿色。这个颜色与事件毫无关系，也与实物毫无关系。它不是 194
从实物中来，而是附加于它们之上：“绿色的风、绿色的肉、绿色的头发”。这是一种魔力，横穿整首诗，抛下了它的倒影，一件发出声响的面纱。(在希梅内斯的一首诗《绿色少女》中有它的一个前身，那首诗中同样是一种绿色以非现实的方式扩散开来；然而在那里还看得到一定的因果联系：绿色在一个女孩的绿色眼睛中有其起源；这样一个起源在洛尔卡笔下却完全缺失了。)一段段风景模糊而毫无关联地出现，出现在事件部分与人的轮廓中间。海上的一叶小舟和山间的一匹马在两句诗中被放在一起，而这两句诗成为了重复出现的声音力量。诗歌接下来的发展不是记叙性的，而是抒情性的，离弃了言说内容所有空间的、事件的、因果的稳定性。对于主题，即爱情与死亡，再没有一个词提到过。但是作为不曾说出的暴力，它从事件和实物的粗略勾画中涌出。伟大的隐喻产生了：无花果树用它树枝的金刚砂摩挲着晨风；山峰，一只鬼鬼祟祟的公猫，耸起它硬脆的龙舌兰；月亮的一个冰栓把死去的女孩托在水面上。没有明确的事件，明确的只是在词语和颜色的自主领域里进行之事：在绿色最后一次现身之前，一种黑色掺进了绿色——这是死亡的符号。一切都被唤来，一切都保持敞开。我们几乎已经不在人间。正如在两地之间没有了空间(只有非现实的隐喻构成空间),时间也静止了。诗歌开始时是深夜,然后是早晨,“被一千个水晶鼓所击伤”,最后又是深夜。然而这并不是记叙性的时间层次。这是对不曾移动的时间的抒情诗视角(正如在瓦莱里的《织工》中从黄昏晚照变成了黑暗,然后又变为黄昏晚照一样)。结尾又重复了开端的诗句,似乎完成了一个圆。但是:“也许诗中根本没有走动过,而是在一个瞬间的中点,以光的速度打开了一面扇子——在许多**绿色**之间展开的图像就如同扇骨一样包含了绿色”(策尔特纳—诺伊科姆语)。这是伟大而勇敢的诗作。它不需要用关于梦的心理学理论来为之辩护。

195

荒诞;“幽默主义”

现代的梦幻诗歌也以其所有的杂音趋向于荒诞。波德莱尔就赞扬过梦有发明荒诞的能力,因为在他看来,荒诞也是挣脱拘束的主体性的一个胜利。1939 年,艾吕雅,就如兰波所做过的那样,要求诗歌“扰乱逻辑直至荒诞”。布勒东走得更远,他曾经解释说,只有荒诞才是具有诗歌能力的。在西班牙,阿莱桑德雷的抒情诗对之做了回应,他的诗——至少直到 40 年代末——与超现实主义相近。阿莱桑德雷的诗在格律上形式自由,简直就没有形式,句法上往往呈现出让人几乎无法理解的多义性,包含着对既无法从自然出发也无法从逻辑出发来连接彼此甚或寻找彼此者的并置,这并置有意让人失去方向。当然,用“荒诞诗”这个名称并不能达到这种诗歌真正诗意的广度;不过这个名称自动涌现了,我们也不想回避它。但是在这里什么是荒诞的呢?荒诞的可以是一种随意性的结果,阿莱桑德雷就是以这种随意性把外部和内心世界的残余角度推移开来,重新用元素和过程建造这每一个世界,这些元素和过程甚至不会再等待并列式的把握,而是等待着联想式的推测。阿莱桑德雷的这些诗也许有一个隐秘的中心,要知道它最好去倾听诗歌的音调起伏。当然,有时候它们与混沌的边界已经相去不远。

属于荒诞的相关范围的还有阿尔韦蒂类型的怪诞诗，和在法国一般被称为“黑色幽默”(humour noir)的所有产品。这是一种阴郁的惊悚幽默，完全不同于摩根施特恩和阿尔普的欢快荒诞，后者在其语言手法上与整个现代诗歌的实验非常亲似。①在“黑色幽默”中，维克多·雨果关于怪诞的理论是极端化的代表。扭曲成断片的世界、怪异和奇特者是兰波类型的变异风格的特例。塞尔纳写了关于现代“幽默”的理论，他称其为“幽默主义”(在《某某主义》中)。在这一理论和法国人的类似理论中有趣的是，它们囊括的所有特征都是变异风格的特征，由 196
此也是现代抒情诗的很大一部分特征。我们简短点明一下：“幽默”以这种方式击碎了现实，它发明了极不可能者，强迫原本分隔的时代和实物汇集在一起，把一切现存者陌生化；它撕裂了天空，展示了“空洞之巨大海洋”；它是人与世界不谐和的表达，是并不存在者之王。可以看到，这无非就是现代诗学的一种变体。

现　　实

我们不妨再提一次关于现实(Realität)的问题，这个问题我们在论兰波时已经提过，而且要采用同一种启发式的方式。因为这种方式有助于目光敏锐地看到诗歌赖以改变、摧毁或者完全驱逐世界材料的支配力。对于20世纪诗歌和艺术与世界的关系，波德莱尔以诗句形式说出的那种狭迫体验同样有效：“这个世界，单调而狭小，今天，昨天，明天，永远如此……”借助认知和技术对物理空间的扩展不是被感受为进步，而是损失。但是我们所描述的现代性辩证法(参见前文第76页)同样也适用：追求无限者、不可见者或者陌生者的热情遭遇到了一种空洞的超验性，毁灭式地回击向现实。因为对于当代抒情诗来说，同样

① 关于摩根施特恩现在可参看：J. Walter：《摩根施特恩的黑色幽默诗歌中的语言和游戏》(Sprach und Spiel in Chr. Morgensterns Galgenliedern. Freiburg/München 1966)。

可以说有一种空洞的超验性，只要它们不是宗教忏悔诗，后者也自有其可疑之处。在纪廉的诗歌中，绝对者可能是光和几何上的完美，但是它不会得到一种内容上的定义。只要抒情诗触及到了某种理想状态，就会出现完全不确定者的名称或者直接是神秘性的象征。

抒情诗在20世纪与世界的关系具有多种类型。然而它始终会带来同一个结果：现实世界的贬值。正如在小说中一样，在抒情诗中现实世界也破碎成单个显像，被详细描写出来，取代了某个整体的位置。这样的显像可以是以粗陋的纪实性出现的，如同记者的报道，就像桑德
197 拉尔的诗歌一样，这些诗歌被编成一个诗集《记录》，最初的诗集标题甚至叫《柯达》。在他的诗中，世界被如此中性化，以至于它仿佛不再属于人。通过实物或者风景让一个与人近似的灵魂说话的中介抒情诗几乎不再出现。正如在福楼拜的小说，后来在海明威、萨特、布托尔和其他人的小说中那样，抒情诗也常常把外部世界处理为一种未曾斧凿的对人的反抗。对象首先是在平庸和地下之物中寻找。因为在这里对象的负担更加压抑，让人更加孤独。大城市的垃圾、劣质烧酒的醉饮、有轨电车的铁轨、啤酒馆、工厂大院、报纸碎片，诸如此类出现在诗中，在杰出的文本中被“电流般的悚栗”(galvanisches Erschauern)所渗透，而这种悚栗正是坡和波德莱尔所希望的对现代日常生活的抒情诗化。丑陋，自兰波以来的活力刺激工具，保留着它的起源。不妨举贝恩的一首诗《画像》(参见后文第269页)为例。这首诗由唯一一个长句组成，而该句子的分段并没有通过句子的形式手段体现出来(在第一句、第十三句和第十五句中“如果你看……”是一种乔装的条件从句，在最后一句中“你就看到……”是一个乔装的主句)，而只是从内部重量和一直推迟到结尾的语气转变上体现出来。在这样一个长句中许多丑陋的、病态的、颓败的图像蜂拥而至，为的是达致一个极点，即它们是“伟大天才”的作品。这是嘲讽还是把丑陋解释为某个超越性世界的符号？也许是后者。微微迷醉的语气、字里行间透出的不确定的超验性、所指内

容的朦胧光线——这一切都包含在丑陋图像的叠加中，丑陋是完全不同于美的反面的：从这一点上可以辨认出这是现代抒情诗人。

对动物和植物的选用也是沿着往下的方向的。“月桂已经疲于具有诗意了，”加西亚·洛尔卡的一句诗中写道。人们会遇到海藻、水草、大蒜、洋葱，遇到乌鸦、蜗牛、蜘蛛。特拉克尔诗中有眼皮上“滴落蠕虫”的天使。与之相应，萨特在一部小说中把生活与树根相比；对于歌德来说，树根是毫无形态的混乱之物，“绝不会得到提升”之物。蒙塔莱将一本诗集起名为“墨鱼骨头”；他最爱使用的词之一是“粗糙”；他写到过“如一截树枝一般干枯的弯曲音节”，偏爱张裂的、破碎的、硬化的。后 198
者在克罗洛笔下也能找到：“月亮用它的爪敲打我”。无机物，正如在波德莱尔那里一样，作为高于生命的精神性的符号出现，比如说在瓦莱里和纪廉的诗中。然而无机物也常常会在没有如此升华的意义的情况下随意地放置在有生命者的旁边或者其中。蒙塔莱的一首无题诗，《告别……》(参见后文第 260 页)，带来了一次告别；只有一个无法再确定身份的“你”作为残留的人在场；言说的压力位于自动机械上，这机械“被挤进去，穿过走道，射出光来”，也位于“快速列车的沙哑连祷”上。

艾略特

在马拉美的诗学中，也在瓦莱里的诗学中，断片(Fragment)概念具有重大的意义。它指的是让不可见者在可见者中以最可能的艺术方式显形，这种显形恰恰由于其断片特征展示出了不可见者的优越和可见者的不足。断片化一直是现代抒情诗的一个特征。它尤其体现在一种方法中，即从现实世界中取出碎片，在其自身中多方面地彻底加工碎片，却还注意要让破碎面不会彼此吻合。在这样的诗歌中，现实世界似乎贯穿了严重裂缝的纷乱脉络——而不再现实。

这一点将我们引向了艾略特。他的抒情诗作品在批评界获得的解释彼此迥异，无法统一。只有在一个方面是众口一词的：这部充满了特异之处的作品有赖于其“音调”而发挥了一种引诱力。这是多个声音组成的一种令人难忘却绝不和谐的混响。语言总是不可预测地经历了最为迥异的各种模态：枯燥的记述、忧伤、观察、如笛音般的旋律，有时也有激情，随后又是讽刺、挖苦、漫不经心的谈话语调。这种多声部比那精神性或灵魂性的情景更多地维系起了他的长诗，那情景是长诗的基础——它是如此深的基础，以至于还没有人能说，这基础到底是什么。
199 也许可以看到单个的主题，比如：人在大城市的荒漠里的孤立无助，万物倏忽即逝，对时间作用和世界陌生化的反思。但是这样的主题更多地是吹拂过整个诗歌，而不是承载诗歌。承载诗歌的是艾略特自己称之为艺术情感者，它应当被理解为完全非个人化的。这种情感伸展进崇高与低微者中，“以白与蓝，那马利亚的颜色行进，叙说着最平庸之物”，正如《圣灰一星期三》中的两句诗所说。这情感闯入了“对象上的契合”，也即闯入了图像，闯入了人和物的历程中。但是是什么样的图像和历程呢？艾略特有一次评论说，当代的本质特征是不稳定性和极端的对立性。但这恰恰也是他的诗歌技巧的本质特征。这种诗歌技巧以认可的方式适应于现代文明，后者以其复杂、矛盾和神经质的敏感要求有一种总括性的诗歌，但它只是以暗示间接叙说，因此必然是费解的。

在《荒原》的开端有这样的诗句：“因为你只知道一堆破烂的偶像”，而在结尾处：“这些断片我用来支撑我的断垣残壁”。这可以理解为对断片化手法的承认。断片化是艾略特诗歌的规律。它确定了言说，那些言说从一个简短的叙述开始，中断这个叙述，以一种内心独白的方式继续，这个内心独白则被一种毫无关联地插入的引文所打断，随后是面目全无的伙伴之间一段对话的片段。在一组诗句中所说的，在下一组诗句中就会瓦解或者被遗忘。图像和历程也是如此。它们是异质来源的碎片形成的一个拼贴品，没有被归入一个地点或者一个时间。腐烂了的室内家具、燃气厂、鼠群、汽车、伦敦的雾、干枯的树叶，然后又出现了林中女仙、忒瑞西阿斯[1]、宝石，还有一个士麦那来的未刮胡子的商人：这一切混杂交错。在一个高级服务生的身旁闪现出对阿伽门农的记忆，普拉塔河同时也是圣心堂：各个文化空间也同时彼此渗透。在《四个四重奏》中，艾略特从描写十一月的一天开始，然后又打断了这一描写："这是一个并不成功的表达"；然后以完全不同的风格接着处理同一个题材，于是形成了一种迥然不同的内容——这是来自于洛特雷阿蒙的一种方法。在同一个文本里，《东科克》的第二节是以 200
一句警句式的诗结束的："谦卑的智慧，谦卑无止尽"；随后的两幅图像完全与此无关："所有的房屋消失在海中。所有的舞者消失在山里"。这个结尾似乎指向那一警句的内涵和两个实物事件（而且这里的房屋和舞者也只是在之前非常远的地方提到过）之间的隐秘关联。但是这一可能的关联只是通过对思想与事件生硬的、并无联系的并列表达出来的：关联通过无关联的中介得以透露。

这一切是怎样的一个世界？在《荒原》中多次显露出"非现实"这个词。在《圣灰—星期三》中我们听到了"在更高的梦中无法解密的视像"和"听不到的词"。这是互相呼应的。这样的诗歌知道它在做什么。从"梦"的支配力出发，它瓦解了世界，把世界推入非现实，以便让隐秘照进其中，而只要世界是现实的，这些隐秘就绝不会从世界本身放射出来。语言魔术般的多音调与无法言说者是接近的，只能用支离破碎的词语来捕获梦那无法听闻的音乐。

圣琼·佩斯

我们之前谈到过兰波的感性非现实，这个概念似乎也可以用于圣琼·佩斯的诗作。他的诗在内容上是无法把捉的。与颂歌体或者赞歌体类似的长诗句如同宇宙之流一样向读者泼洒，诗歌的技巧和热情都让人想起沃尔特·惠特曼。他自己把他的诗句比作海的浪涛。庄重鸣响的

① Teiresias，希腊神话中忒拜城的盲人先知。——译注

呼求驰掠而过，紧随其后带出的总是新的图像，后者既激起又扰乱了读者的幻想。它们中没有一个图像能抵达宁静。灵魂与世界的万有在浪沫飞溅的运动中翻滚起伏。这是一种陌生的万有，是一种“流亡的宇宙”。如果其中包含了现实，那现实就是一种未知的、特殊的现实，来自充满异邦情趣的国土、消失不见的文化、奇异少见的神话。对东方经文，也对荷马、品达、希腊悲剧的回忆贯穿于这些长诗句。圣琼•佩斯的一个独特之处在于，在他幻想的发明中插入可证实的事实，但是这些
201 事实是从如此遥远之处取来，又被如此反常或者如此匆匆地叙说，以至于它们的现实值不再能让人感受到，于是它们也成了一种“不为任何抵达的岸而作的歌吟”的旋律。对无限者的这种摇摇晃晃的索求与对感性而尖刻的细节，尤其是出自动物气味领域的细节的精确表述形成了鲜明的反差。但是这些细节也是谜语化了的，借用了航海、狩猎、植物学、医学的专门词汇，要理解它们，法国读者也必须求助于专业词典。更好的做法是，听任自己陷入这样的词汇中，就如同沉浸于异国乐器的音韵中一样。在细节和无形的无限者之间，一个实物、一处风景、一个情景的整体性都被有意丢弃了。在《颂词》中有一处包含了以下内容（概述如下）：在黄色手下的额头，对“被颜色之海抛掷来的弓箭”的回忆；码头边的音乐之船，蓝色树木的山；“但是从那些船变出了什么？棕榈树！”；然后：“一片海，更为亲切而被不可见的旅行所袭击，如同花园上的天空一样列队飞升，溢满金色的果实、紫罗兰色的鱼和鸟”；香味升向庄重的高处，“而有赖于我父亲花园中的月桂树，一个**混乱的**世界蹒跚而行，缀满鱼鳞和铠甲”。

一个混乱的世界。在其中生活的人是穿越所有时代和空间的冒险者，是闯入禁地的君王，是亚历山大大帝——所以有一首诗就得到了这样的标题“行军”（亚历山大大帝的行军队伍）。但是征服者必须摧毁一切迄今存在之物。在《雨》中有一个具有冲击力的段落：“从制法的眼中洗去污渍，功绩的污渍、才能的污渍；洗去诸民族的历史、浩大的年

鉴和编年史，洗去纪念的碑牌，洗去人心中人最美的词语……”因为征服者不再让自己“被葡萄酒和人类的哭泣所玷污”。但是他的目的何在？圣琼·佩斯也没有给出答案。他只说到了向无家之处进发——“越来越远离出生之地”，也说到了“从未写下的诗”。这完全是兰波的模式：为了向陌生处进发而摧毁熟悉者；但是面对陌生者，语言失效了；语言只能从接近沉默或者疯癫的词语深层发出让人感到陌生的声响。

正如兰波的作品一样，圣琼·佩斯的作品中也形成了一种充满激情的图像生产，这些图像可能是被赋予了感性质量的，但是不再属于 202
任何现实。仅举几处为例：“在美杜莎的痉挛中的海”；“台风的黑色羊毛”；“从一棵树的绿色群体中天空汲取着它的紫罗兰色汁液”；一个观看清晨天空的人“将自己的下巴倚靠在最后一颗星上”；“在盐的嗤嗤响声中精神的瘟疫，在牛奶中存活的石灰”；“数学，挂在盐的冰山上”。所有的图像组成部分都是感性的，图像本身则因为不可统一者的结合而成为非现实：感性的非现实。令人注意的是，圣琼·佩斯在他的图像中如此频繁地加入了“盐”。兰波也是如此。这是与我们在艾吕雅和毕加索那里看到的洛特雷阿蒙的“拉锯”（参见前文第 21 页）一样源自结构性强制力吗？这种强制力甚至可以得到证实，如果这个“盐”来自炼金术理论，按照该理论盐和硫磺、水星一样是自然的基本元素。

圣琼·佩斯的作品被艾略特译成了英语，被翁加雷蒂译成了意大利语，受到了西班牙诗人纪廉的敬重。1929 年霍夫曼斯塔尔为《行军》写了几页前言。在其中他称马拉美、瓦莱里和圣琼·佩斯是“将自己抛掷进了语言本身的有创新力的个体”，随后是这个精彩的评论：“这是拉丁语系对无意识的接近；它不会出现在日耳曼精神那半梦半醒的自我沉迷中，而是通过一种客体间的错杂掺拌，一种对秩序的破坏而形成”，那是一种“以词语和节奏的魔力造成的晦暗而强烈的自我迷魅”。

专制性幻想

“有创新力的个体”是霍夫曼斯塔尔对这些诗人的称述。这将我们重新引回了我们在分析兰波时使用过的一个概念：专制性幻想。因为在 20 世纪的诗歌中，这种幻想也是所有那种对真实世界的改变和摧毁的起源。它如此强地驱动着那些改变和摧毁，以至于它的产品只可以按照启发性的方式，而不能用出自真实性和人类常规状态的推导性认知来量度。抒情诗可能向来就要消除“所是”和“所显”之间的区别，向来就让自己的材料臣服于诗歌精神的权力。然而，所谓现代就是指，
203 从创新性幻想和独立语言中诞生的世界是现实世界的敌人。波德莱尔的那句话，即幻想以粉碎和变异开始，借助自我法则的新构造而持续，不仅仅在 20 世纪的诗歌创作实践中，也在诗人自己的言论中得到了证实——还包括造型艺术家的言论。引人注目的是，这言论中侵略性的或者否定性的措辞变得强势。加西亚·洛尔卡写希梅内斯的诗中写道：“他的幻想在无限的白中留下了多么纯净而伟大的**伤口**！”奥尔特加—加塞特评论说：“抒情诗的灵魂抓过自然实物，**伤害或者杀死它们**。”迭戈把诗歌称为造就我们**绝不会看到之物**。普鲁斯特写道：“艺术家的作用就如同那些高温天气，原子联接在这种高温下**解开**，聚合成完全不同的集合体。”贝恩所说的是西方精神，也暗含着艺术：“将生活和自然**分解成碎片**，按照人类法则重新设置。”毕加索把绘画称为一种**盲人手艺**，指的是要让艺术摆脱所有对对象的顾虑。这种自 18 世纪末萌发的幻想强力在 20 世纪几乎成了最具决定性的。抒情诗也成为了一种几乎单单由幻想造就、跃出现实或者毁灭现实的世界的语言。

专制性幻想造成的影响

在当代抒情诗中，正如在小说中一样，空间破碎了，失去了内在关联及其维度的常规方向秩序。席勒曾经指责一首诗歌在描述了山峰棱角之后立刻就转而描述一个河谷草原；他按照现实的空间排列作出评

判，认为这是一种打断“关联持续性”的跳跃，是不可取的。读者如果往前翻到上文中艾略特和圣琼•佩斯的引文，就可以认识到，一首现代诗可以怎样毫无过渡地进入彼此相距极度遥远的空间部分。在特拉克尔的诗中可以读到：“一件白色的星之衬衫燃烧着承载的肩膀”；在将星与人物形象糅合在一起时，空间完全被消解了。空间的消解还出现在空间中被分隔之物融为一体的时候：“山脉的躯体在我的窗前犹豫” 204
（苏佩维埃尔）。在阿波利奈尔的《地区》中，所有空间的同时性是一种主导现象：布拉格、马赛、科布伦茨、阿姆斯特丹是同一个外部兼内部事件的同时性舞台。在大多数情况下，根本就没有对地点的指定。或者它们以颠覆的形式被使用。在瓦莱里的诗中，大海在坟墓**之上**沉睡，在阿尔韦蒂的诗中，“在星辰**之上**是风，在风**之上**是帆”。艾吕雅写过“你的眼睛，在其中我们睡去”。这也包括对通常的实物秩序的颠覆。“空气呼出苦涩的树叶”（夸西莫多）；“暗色的、可触的潮湿嗅起来有桥的味道”（纪廉）。在最后一个例子中，同时还存在这样一种可以称之为调换修饰语的现象：“可触”实际上是属于桥的修饰语，却成了几乎没有形体的潮湿的品质。这种方法（在古典修辞学中已经作为可能的、但是很少使用的风格手法——换置法[Hypallage]）自兰波开始流行，今天已经四处可见，因为它非常适于制造非现实的交错，也适于增加被调换的词的分量。“充满苦痛的树枝和干枯的心灵”（希梅内斯），而不是干枯的树枝和充满苦痛的心灵。“大熊，降临吧，毛发蓬乱的夜”（巴赫曼）。在普雷维诗中是一种戏仿：“带有悲伤之表的黄金老头”。

时间也获得了一种反常的功能。有时它是作为一种空间的第四维的方式在场：时间上被分隔之物被聚合成一个瞬间，对应着唯一一种图像空间；这我们在艾略特诗中会看到。最常见的情况则是对时间梯次，甚至时间本身的完全消解。这主要是如此来进行的，一首诗在各个时态中随意转换，而言说内容并不与这种转换相配。随时间变格的动词形式在这里只不过是对某种静止者或者不受时间限制者的抒情诗视角，如果这些形式不仅仅是语言的自主流动所需要的声调或节奏变换的话。其他的手法也是可能的。在卡施尼茨的《杰纳扎诺》中，最开始的五个诗句是没有动词的名词短语，表达了如此一种现实状况：骑马攀上一座小山城；随后加入了动词，但它是作为一个几乎超越时间的不定式，这个不定式包含了各个不同的时间等级（其中有一个是将来
205 时），根据这些时间等级可以设想出梦一般的事件——如果非要“设想”的话。人们看到的是：现实的、在经验时间中展开的过程显示为没有时间特征，而非现实过程则相反，用上了多个动词，其时间等级同样是非现实的，因为这些表达未来或者过去的时间等级扫除了两者之间的差异（参见后文第 271 页）。

加西亚•洛尔卡有一首八行诗《猎手》。它在视觉上是渐进的：四只鸽子在高空飞，它们飞了回来，“它们的影子负了伤”，它们躺在了地上。最为简练的语言表现了一个事件，事件的因果联系没有得到说明，而是通过毫无冲击力的连词“和”与空间转换（高空—地上）来透露。有一刻，诗歌的语言接近于充满痛苦者（“负了伤”），但是很快又推移了这痛苦，它只让影子负伤。图像转换和空间转换的原因被省去了：猎手对鸽子的射击。诗歌的开始和结束都是现在时，尽管这两个部分属于——或者本该属于——不同的时间段，如果这首诗照顾到现实情况的话。然而这首诗是生产出来的幻想运动图像，幻想从事件中去除了尽可能多的东西，其中包括时间和因果联系。我们将其引作消除因果关系的无数例子之一。“今天，可容忍的是实物的并列”，而不是对因果关系的期待，贝恩说（574，Ⅱ，第 161 页）。反过来的情况也可能发生。艾略特有一句诗写道：“走吧，鸟儿说，**因为**树叶已经满载子女。”这句诗在全无关联者之间设置了一个貌似因果的联系；只有借助幻想，诗句第二部分中所说内容才能成为鸟儿呼唤的一个“原因”。在前代抒情诗中也有可能但极为少见者，在现代抒情诗中成为了一条规律，也即这一个悖论：对象上或者事件中的关联由于因果、目的、转折或者其他连

接词的省略而被摧毁，而反过来，彼此毫不相关的实物或者过程同样因这样的连接词而有了关联：幻想的幽灵王国。

直观可感者和抽象者的等同也成了风格规律乃至常用手法。“耻辱之灰”(圣琼•佩斯)；“转变向你们微笑”(贝恩)；“凋萎的好感的簌簌声”(克罗洛)；“哀伤与欢乐有它们自己的叶子”(苏佩维埃尔)；“遗忘之雪”(艾略特)。

最后，幻想借助非现实的颜色侵袭了可见者或可闻者，以这种方 206
式让它的客体超脱出了庸俗。“风信子的沉默”(特拉克尔)；“……有双手是贝壳的红白色”(拉斯克—许勒)；“蓝色的战栗”(洛尔卡)；“大地如一只橙子一样蓝”(艾吕雅)。不过占主导地位的是绿色(正如在巴洛克文学中出现过的那样)。聂鲁达在 1935 年创办的一份杂志叫做《诗之绿马》。“来自碎乱的吉他的一种绿色宁静”(迭戈)；“你的头发，有潮湿星辰的绿”(希梅内斯)；“绿色的太阳，绿色的黄金”(圣琼•佩斯)；“时间以绿色的方式充满妒意地消逝”(克罗洛；在这里，“绿色”在词法上大胆地被用做半副词半形容词)；“绿色的紫眼睛”(特拉克尔)；“星体的绿色碎屑”(贝恩；这一个隐喻虽然有种种反常，但还是比另一个隐喻即“星体的抽丝花边”更容易阐明——前者中尽管其组成部分彼此是陌生的，但还有一种让人接近的可能性，当然这接近也只是在语言的边缘区域)。最后还要举出洛尔卡的《梦游罗曼采》中绿色的主导状态(参见前文第 139 页)。在这些情况中，“绿色”不再是标示颜色的定语，而是一个基质，它来自未知的起源，仿佛具有传染性一般蔓延开来。按照词法和语义上的特征，这是悖论式形容词的特例，这些形容词既不展现也不装饰名词，而是异化名词：“黄金的叹息”(拉斯克—许勒)；“一种白色的持续存在”(纪廉)；“发出脆响的太阳”(阿莱桑德雷)。

穿插技巧和隐喻

在兰波的诗中第一次可以观察到一种我们称之为穿插技巧的方

法。20世纪的抒情诗也使用了这种方法。在里尔克晚期的一首诗歌《鸽群》中，除了指涉这些动物的词——这些词已经非常抽象了——之外还有些截然不同的词，比如：交通灯光、沉醉、爱之牺牲、捐赠、容器、教士。然而这不再是比喻或者隐喻了。它们是另一个领域（牺牲仪式）渗入鸽群领域的穿插。在加西亚·洛尔卡诗中可以读到："黑色的马驰过吉他深深的路。"同一个诗人还写过一首长诗，由十一个各自命名了的
207 部分组成，总的标题是《钟表森林》。这个标题初听起来像是一个营造出的隐喻（用森林比喻钟表，或者反过来），然而钟表和森林是完全交织在一起的，这时喻体（森林）赢得了一种对象性，并且与钟表的对象性等同："滴答作响的树叶"，"钟的小丛林"，"整个混乱的森林是一个巨大的蜘蛛，它织出了捕捉希望的有声的网"（415，第526页等）。迭戈是这种技巧的一位大师。在他的《失眠》中，失眠者向入睡者说话。而入睡者与大海成为了一个非现实的整体。言说者也被纳入了其中，出自海洋想象范围里的词语也转移到了他身上：岛屿、礁石（参见后文第246页）。另一首诗《连续》是水和人类形象奔涌不断的交融。对此完全不能再说是隐喻。在隐喻中可能的类比已经让位于绝对的等同了。

但是即使在现代抒情诗体现出隐喻的较老功能之一，即比较时，事先已经发生过一个深刻的转变了：作为可比较者描写出来的——通过隐喻的音调和结构描写出来——实际上是完全不同者。隐喻成为了现代诗歌那无拘无束的幻想最得力的风格手段。隐喻向来是为诗学变革服务的。奥尔特加—加塞特曾经以比喻的方式如此来表达："隐喻是人所拥有的最强大的力量。它临近于魔术，如同神遗忘在他的造物内心处的一架创造机器，正如一个马虎大意的外科医生在接受手术的病人身体里留下了一件工具一样。"然而这种识见曾经遭到，也一直遭到这样一种观点的阻挠，即隐喻是为了揭示两个对象之间已经存在，只是还没有被认识到的相似性，所以具有与真理相似的地位，而且是一种非本真的称呼，在它之外有一个价值与其相当的本真称呼。对于隐

喻语言的温顺用法来说，这个观点也是对的。而在诗歌的国度进入得越深，这个观点就越无效。对于巴洛克文学来说，它就已经不适用了，对于现代诗歌也同样不适用。因为现代诗歌不是用隐喻为一个现存者唤起一个相似者，而是借用隐喻强迫彼此分离者汇合为一。现代隐喻 208
不是产生于将未知回溯至已知的需求。它从其组成部分的差异性大步跳跃至完全只在语言实验中可以达到的统一，以至于它希望有一种尽可能极端的差异性，它了解这样的差异性，同时以诗歌的方式取消这种差异性。一首诗歌如果在一个本身已经图像化的领域里运动，它就会在这个领域里生产出第二个与领域疏离的图像层面，在这个层面里重要的远不是可能的直观价值，而是彼此相异的层面撞击的激烈程度。现代抒情诗从隐喻的基本能力，即将切近之物与遥远之物相连，发展出了最出人意料的组合，让本已遥远之物变得非常遥远，并不关心在实物上甚或逻辑上可让人体会的要求。现代文本比古典文学更强烈地表明：隐喻性称呼不是“非本真”的，相反它们是不可替代的、特有的称呼，为某种抒情诗特有，这种抒情诗首先是服务于语言，而不是一种世界关联。这样的隐喻造就了一个与通行世界相反的对立世界，也是前代（更为幸福的）诗歌的对立世界。在许多情况下，现代隐喻根本不具有让一个图像并列于“现实”的意义，相反，它自己取消了隐喻式语言和非隐喻式语言的差别。

庞德要求隐喻图像“是发射光芒的漩涡，理念呼啸着穿过它”，理念会有一个无止尽的回声。格诺有一首诗是《隐喻之解》（304）：隐喻，诗中大意说，将它们的“否定性图像”抛入虚无，它们是发酵的多样性，“编造出的真理重影人”，而且它们制造出一种特殊类型的现实，也即不存在的现实。对于希梅内斯的隐喻，有人说过：“它们让现实者变得晦暗，为的是赢得一种更大的诗歌性清晰”。阿莱桑德雷评论道：“只有诗歌知道，风有时叫**嘴唇**，另一次叫**沙**。”

为了直观起见，我们必须从诗歌实践中举出例子。“在风暴的平原，叹息的根在腐烂”（艾吕雅）。“舌头在你声音的容器里是一条红色的鱼”（阿波利奈尔）。“月亮缓缓地收割河流的古老颤动”（洛尔卡）。“闪电从窗外响起”（翁加雷蒂）。“在你的脸颊上有群金色的鸽子”（拉
209 斯克—许勒）。“空气之水”，“面包之肉”（克罗洛夫）；“星辰之腺”（米肖）。如果注意一下它们的内容，就很容易识别出这些例证的共同之处：绝对不同者被合为一体。

但是要注意的还有，隐喻可能的形式类型中哪些被运用于文本，其中又有哪些尤其受到偏爱。因为从中同样也可以推导出现代性的标志。

在形式上并不显眼的是具有定义性质的表语式隐喻。因为这一类型属于所有时代的文学。“这深夜是一只黑色的鸽子”（拉斯克—许勒）；“这吉他是一口盛满风而不是水的井”（迭戈）。这同样也适用于定语式隐喻和动词式隐喻。“蛇头状的海岸”（阿尔韦蒂；定语）。“冰冷的风在黑暗中抽泣”（特拉克尔；动词）。这些隐喻的不寻常之处仅仅在其材料中。借助这些材料，它们将寻常的世界抬升为在意义与感官上都让人感觉陌生之物。

与之不同的是那些在内容上本已反常，其形式的惯常状态也被改变的隐喻。这出现在同位语隐喻中。它们通过对冠词的省略（在罗曼语系中本该设有冠词的地方缺少冠词）达到了一种词法上的紧缩，如下列例子所示：“教堂，石做的女人”（茹夫）；“面容，发声的贝壳”（艾吕雅）；“十月，轮廓清晰的岛”（纪廉）。当抒情诗将这样的隐喻强硬地放置在实物旁边时，它也就离同化作用（Identifizierung）不远了。现代隐喻也从其他路径接近同化作用，也即使用了一种——在19世纪上半叶已经犹抱琵琶地出现了的——复合构词法（Juxtaposition）：“金币中午”，“口袋戏法日”，“小舟幻想”（克罗洛）。在这里，第一个名词是对第二个名词的隐喻，根本上还是表语式隐喻，缺少的是系动词“是”。这样的紧缩使得该类型成为了一种特别的现代类型。著名的例子是阿波利奈尔的《地区》结尾处的诗句：“Soleil cou coupé”；这里也有一种粘合，

毫无过渡地将主语（太阳）与其瞬间的状态（降落）并列，不过这只是以隐喻方式来完成的，所以可以称之为绝对隐喻，其基础性语义（落日）根本没有被提到（参见后文第 218 页）。

从数量上来看，现代诗歌中占有优势的是习惯上被称为所有格隐 210
喻（Genitiv-Metapher）的类型。（这个叫法当然是不精确的，因为不是隐喻，而是本体实物处于所有格。）这个模式可以从一个简单的例子中体现出来："星辰之轮舞"。这是最古老的隐喻模式之一。所有格的功能被减弱而由此可以服务于多种用途，这种类型由此可以允许极不寻常的大胆尝试。这一古老的类型常常用于制造陌生化效果：这是现代诗歌中另一个对立面张力。不过必须区分出两种子类型。第一个子类型中，所有格隐喻仅仅是一个实物众多可能的定语、状态、情境中的一个，而实物本身始终是凌驾于其上的。在这样的情况下，隐喻效力出自于场域调换或者语义上的不谐和等，也即来自材料。"镜子的沉默喊叫"（翁加雷蒂）：镜子在闪耀，这只是镜子众多可能的显像方式之一，而不是与镜子本身的合而为一。所以，将闪光转化为"沉默的喊叫"这一悖论，这仍然在定语式的、指向暂时显像的隐喻范围之内。"双眼之剪剪碎了旋律"（艾吕雅）：对不受赏识的旋律勉为其难的注视；然而这种注视同样也可能是友善的或者中性的——这也是一个可以理解为定语的隐喻，涉及的是可以变换之物。

同化性的所有格隐喻则不一样。它们比第一个子类型更为大胆。"水之稻草"（Das Stroh des Wassers, 艾吕雅）：这两个部分是化为一体的；可以说这是一种表语性所有格的隐喻，因为第一个名词（"稻草"）构成了"水"的一种名词性表语（水是稻草）。在我们这本书引用过的诗人之中，艾吕雅为这类隐喻提供了最为丰富的成果。这类隐喻在他诗中具有如此的独特性，如果把隐喻所用的词单个地取出来，它们在语义上是极度简单的，然而借助同化性隐喻，它们就会陷入彼此之间一种不同寻常的张力中："风之芽"，"偶然之湖"，"嘴唇之镜"。对其他诗人的引用可以省略，因为他们的同化性所有格隐喻与艾吕雅笔下的在构造上毫无二致。我们只是重复一下这一现象的征候意义：最为滥用
211 又最为多义的形式助词，即所有格冠词，最容易形成语义上的不和谐，形成陌生者的魔幻结合。

还有一个层面是必须关注的。我们在上文中已经指出过：隐喻式语言和非隐喻式语言之间的差异似乎消失了："风之果实"，"噪音之砾石"（艾吕雅）；"石之灰烬"（蒙塔莱）。在这些同化中重要的显然不是隐喻，而是如其所是的词语组合。隐喻的外表是能迷惑人的，如果我们单独来关注隐喻的话。而在对这种事实差异（当然差异确实还在）的合同化一**之外**让人关注的，是隐喻意义和表面意义两个语言层面的合同化一。所以在艾吕雅诗中，在拉斯克—许勒诗中，在阿莱桑德雷诗中，都有对两个语言层面的超常的、来回跳跃的使用。我们仿佛面对着一种更高的诗歌之数学，面对这样一种尝试：以诗歌的方式让现存物和语言的通常范畴走向超验。

就隐喻的等同作用而言，还可以说：当技术文明将物质空间彼此相连时，诗歌——尤其是通过它的隐喻——完成了对就物质而言完全无法连接者的连接。

概括性结语

可以看到，现代隐喻与我们之前描述过的一切是如何相契合的。其不谐和音也是如此。这个概念让我们回到了本书的开端。在那里我们曾引用过斯特拉文斯基论不谐和音的一句话。1914 年画家马尔克和康定斯基就已经倡导"不谐和色彩的规律"了。当代的音乐家有时会说到"张紧的"或者"过分尖锐"的和弦，但他们指的是和弦本身的品质而不是其作为向最终的谐和和弦过渡的功能。就现代抒情诗而言，必须承认，它们在自己的不谐和音中遵从着自己风格的一条规律。而这一
212 规律，正如我们多次尝试指出的，又遵从着现代心灵的历史状态。由于

该心灵的自由遭受了超常的威胁,它对自由的欲求也是超常的。它的艺术性在对象化的、当下的、历史的现实中,如同其在真实的超验性中一样难以走向宁静。所以它的诗歌王国是它自己造就的非现实世界,这个世界仅仅依靠词语而存在。这个世界完全独有的秩序处于针对惯常者和稳定者的有意不予化解的张力中。即使这些诗作是轻声登场的,它也具有那种陌生性,这陌生性的抑郁可能就是其魔力,其魔力可能就是其抑郁。现代抒情诗如同一个宏大的、还尚未为人所知的、孤独的童话;在它的花园中有鲜花,也有石头和化学颜料——有果实,也有危险的毒药;在它的深夜,在它的极端温度下存活,是艰辛的。谁如果能倾听,就会在这抒情诗中感受到一种坚硬的爱,这爱希望自己永远是新鲜的,由此更倾向于朝着混乱或者朝着虚空而不是向我们说话。被幻想的暴力肢解或者撕碎的现实作为废墟景象出现在诗歌中。在其之上是强造出的非现实。但是废墟和非现实都承载着抒情诗人之所以写诗的隐秘。

他们所写的,是以不谐和音的方式叙说出来的:借助含有限定助词的词来表达不确定性,借助简单的句子来表达复杂者,借助一个理由来表达毫无根由者(或者反过来),借助一种关联来表达无关者(或者反过来),借助时间称谓来表达空间或者脱离于时间者,借助魔术般的词语力量来表达抽象者,借助严整的形式来表达内容随意者,借助感性的图像部分来表达完全不可见者的图像。这些是诗歌语言中的现代不谐和音。然而它始终还是语言,即使它已经很少是一种供人理解的语言。因为语言在诗中如同键盘一样被操持,对于这个键盘,人们无法预先知道,它会发出怎样的声响,产生怎样的意义。诗人是与语言独处的,而语言也会独自拯救他们。

我们几乎必须全用否定性概念来描述现代抒情诗。但是我们发现,单个的、本身反常的风格特征是如何自成逻辑地彼此衍生或者彼此相应的。所以现代抒情诗即使在以最晦涩的方式言说或者以最随意

213 的方式行进时，也还是能以其结构被认识。在超离现实和常规的追求中的内部逻辑性，以及最大胆的语言改造中的自设法则都是一个抒情诗人和一首诗的质量证明。诗歌的古老法则，即具有明显的艺术性，没有被取消。只是这个法则从图像和理念中退出，转到了挣脱意义的语言折曲和张力曲线上。即使那些折曲是在晦暗的、可随意解释的材料上显示自身的，它们还是能发挥强制性作用；如果它们确实如此，那这就是首好诗。人们将逐渐学会借助这样的证明来区别时髦的先锋派和超凡的天遣之才，区别招摇撞骗者和真正的诗人。

附录一　20世纪诗歌选译

下列诗歌只展示一些直观材料。它们并未全部在本书中论及，也没有囊括本书中论及的所有诗歌例证。所标年代一般是一首诗歌首次发表的年代。为了便于理解，我在翻译时为原作中不带标点的诗歌添加了标点。翻译尽可能接近原作中的词语发音，放弃了格律上的严格对应，但是希望通过某种节奏感表明这毕竟还是诗句。原作中某些词语和措辞刻意为之的多义性有时在德语中没有对应物，此时只能让多个可能语义中的一个得到呈现。

阿波利奈尔 216

地　区

(1913，节选)

你最终厌倦了这旧的世界。
牧羊人，哦埃菲尔铁塔，桥梁之牧群今天清晨咩咩低鸣。
你已经过够了在希腊罗马的古典时代中的生活。
在这里甚至连那些汽车看起来都已经太老。
唯有宗教依然是全新的，宗教
依然是单纯的，一如飞机场的大厅。

我今天早上看到了一条怡人的街，它的名字我已经忘却，
它崭新而洁净，是太阳明亮的小号声。
那些经理们、工人们、漂亮的速记打字员们
从星期一早上到星期六傍晚每天四次从这里经过。
早上在这里会响起三次汽笛，
一座狂号的大钟大约十二点在这里轰鸣。
牌子上和墙上写的字，
黑板、布告像鹦鹉一样叫嚷。
我喜爱工厂大街的优美。
它位于巴黎，在奥蒙—梯威街和特尔纳大道之间。
这就是它了，年轻的街，而你还是个幼童，
你的母亲给你穿上了简单的蓝白色衣裳……

现在你独自一人在巴黎穿过人群，
公共汽车呼啸着在你身边开过。
爱之恐惧扼住你的咽喉，
仿佛你再也不可以被人爱上。
如果你活在古代，你就会进修道院。
你们如果在祈祷时发现彼此，你们会羞愧。
你对自己觉得无所谓，你的欢笑像地狱之火噼啪响，
你欢笑的火焰将你生活的大地染成金色。
这是一幅画，挂在一座昏暗的博物馆中，
有时候你会贴近去看……

现在你是在地中海的岸边，
在柠檬树下，一整年都开花的柠檬树。

你和你的友人们坐着小船悠游……

你在布拉格附近的一个酒馆花园里, 218
你觉得自己如此幸福。一朵玫瑰立在桌上,
你没有写你的散文诗,你凝视着
金龟子,看它怎样在玫瑰里面安睡……

你站在一间颓败的酒吧的柜台前,
你在穷人中间喝一杯廉价的咖啡。
你深夜在一家大餐馆里。
那些女人并不懊恼,尽管如此她们有她们的烦忧,
她们所有人,就连最丑的都让她们的心上人难受。
那是一个泽西岛来的警察的女儿;
她的双手我没有看到,那双手是开裂了的,粗硬的,
我对她肚子上的缝线怀有无限怜悯。

你是独自一人,清晨即将来临。
卖牛奶的男人在街上把奶罐晃得哐哐响。

而你喝下烧酒,它像你的生命一样燃烧,
你的生命,你喝下它像喝下一杯劣酒。
你朝着奥特伊区走去,想步行回家,
想在你那些来自大洋洲和几内亚的偶像下睡去:
它们是有着其他形态、用于其他信仰的救世主,
是黑色希望的卑微救世主。
别了,别了。
太阳——横切过脖子。

艾吕雅

恋　人

(1924)

她站在我的眼皮之上
她的头发在我的头发里，
她有着我双手的形体，
她有着我目光的颜色，
她在我的影子中坠落
就如同上方天空中一块石头。

她始终睁着双眼
220 不让我睡去。
她在饱满的光中做梦，
梦让太阳消散成烟雾，
梦让我欢笑、哭泣、欢笑
然后叙说，却不知道说什么。

你的嘴有金色的唇……

(1926)

你的嘴有金色的唇，不在我体内，它欢笑，
你的话，光彩环绕，有如此完美的意义，
以至于我在岁月、青春、死亡组成的深夜
于世界的一切轰鸣中感受到你声音的颤抖。

在这里，在丝绸般的早晨，寒冷还在蔓延，
受到威胁的欢乐哀叹着渴望重归睡眠，
在太阳的手中，刚刚苏醒的肉体想到

它们可能重新找到它们的心就瑟瑟颤抖。

年轻树木的记忆,雾,我沉入其中,
我再一次对我自己闭上眼睛,我属于你,
我的整个生命,它听从你,我无法再
摧毁那可怕的无所事事,你的爱强迫我陷入其中。

爱之春
(1932)

在山坡的路上,
在一次不安睡眠的三叠阴影中,
我走向你,双重的你,多重的你,
走向你,与三角洲时代相似的你。

你的头比我的小。
近处的海与春天统治着
你瘦削形体之夏天,
看啊,其中一捆捆鼬皮在燃烧。

在上方,在你的脸
那飘扬的清澈中
有动物在游动,它们是美妙的;

我羡慕它们拥有的无邪。 222
你那卧在水之稻草上的无邪
找到了爱的道路,却还不曾俯下身去。

在山坡的路上
没有护身符,将你的欢笑
宣告给那许多女人的护身符
将你的哭泣告诉那不愿知道它的人。

“辽远……”

(1932)

辽远之风的暴力,
古老面容的船,
一个久驻之家
用来防卫的武器,
一个被遗弃的海岸,
一次射击,唯一一次,
父亲的惊愕,
他早已死去。

存　在

(1936)

这额头如同一面失去了的旗,
我拖拽着你,当我独自一人,
穿过寒冷的街道,
黑色的房间,
在疼痛中喊叫。

我不想放开它们,
你那清晰而艰涩的双手,
它们诞生于我的双手那合拢的镜中。

其他一切都是好的，
其他一切都还比生命
无用得多。

在你影子下的土地上挖掘吧。

胸部附近的一处水，
人在其中溺死的水 224
如同一块石头。

圣琼·佩斯

流　亡

(1942，节选)

二

不曾希冀过任一河岸，不曾托付过任一纸张，这一首歌有着纯粹的诱惑……

其他人在庙宇中伸手取那祭坛上雕花的号角：

我的荣誉在沙之上！我的荣誉在沙之上！……而这并不意味着他们走入了歧途，哦异乡来客，

当人们寻求最赤裸的打谷场，为了给流亡的沙石之地配上一首伟大的诗，诞生于虚空中，用虚空造出的一首伟大的诗……

嘶嘶作响吧，你们这全世界的投石器，歌唱吧，你们这水上的贝壳！

我曾在深渊上，在浪花上，在沙的烟雾上建造。我要睡在地下蓄水池中，睡在内室空空的航船中，

睡在一切空旷而萧索之地，那让人嗅到伟大所在之地。

……朱略王朝获得的尊荣也不曾有过如此多的喧騰;庞大的祭司阶层也不曾得到过如此多联盟相助。

在沙升起为歌之处,流亡的君王在后退,

在帆曾经鼓满之处,残骸消失,比一个造琴师的梦更加丝滑地消失,

在战事曾经恢宏之处,驴子的下颌已经苍白,

而环形之海汹涌,在礁石之上作头骨之咆哮,

而世间万物对它毫无意义,这是我们在一个黄昏,在这世界的尽头,

听流亡之沙中的风之战士所讲述的……

226 盐的沙沙声中,活跃石灰的奶浆中泡沫的智慧、精神的瘟疫!

一份知识坠入我受虐的灵魂中……风向我们讲述它的掠夺之举,风向我们讲述,它如何陷入错乱!

仿佛那手攥绳索的骑士,站在沙漠的入口处,

我在最广阔的环宇间望见光彩夺目的信号跃起。

而早晨为我们举起指示的手指,在神圣文字中穿行。

流亡不是在昨日!流亡不是在昨日!“哦,痕迹,哦,信使,”

那异乡之客在沙的广漠中叙说,“大地上的一切于我来说都是新的!……”而他的歌的诞生对于他来说也同样陌生。

六

……他,在午夜时分为了估量一颗美丽流星的价值而在石子路上迷失方向;他,在两次战争之间护卫着巨大水晶透镜的纯净;他,为了清洗那些井在天亮前起床,而这是大瘟疫的终结;他,在高处湖中与女儿们和儿媳们欢庆,大地之灰早已经足够……

他，在巨大的、粉刷成蓝色的医院中抚摸疯癫，而这是谷粒之上的星期天，是伟大失明的时刻；他，向上攀爬到孤独的管风琴那里，在军队进入之时；他，有一天为自己设想出奇异的石洞，而这是午后不久，是伟大遗产的时刻；他，在海上，在一个微小岛屿的风中，被一朵沙子不凋花的干燥香味唤醒；他，在海港中监视异族女人们的手臂，而这是深夜的腋下气味的一种香根味道，而这是午后不久，是晦暗最浓密的时刻；他在睡，他的呼吸与海的呼吸融为一体，在潮汐更改时他在他的床铺上转身，就像在风中转动帆的船一样……

他，走到大地上空，走向覆满草的庞大地点；出现在他的路上
的专业忠告是为了照料一棵极老的树；他，顺着风暴爬上铁塔，为 228
了嗅取森林中荆棘之火的晦暗花香；他，在荒芜之地守卫巨大电话线的命运……

他，为了研究精神开设一个银行账号；他，以其自身最高的亢奋踏入他的新作品之圈，而三天之后除了他母亲没有人关心他的沉默，除了最年老的女仆没有人走入他的房间；他，将他的马引到泉水边，自己却不饮水；他，在鞍具工坊梦想一种比蜡的香味更热的芳香……

他，为语言的巨大机关指定等级；他，在最高一级有人为他展示在火焰的踊跃中闪闪发光的巨大石头……

他们所有人，他们是流亡的君王，我的歌对他们毫无用处。

普雷维

与天使的搏斗

(1946)

不要去。
一切都已密谋好,
比赛被作假。
当他出现在场内,
被四周的镁光灯照耀,
他们就会齐声喊出 TE DEUM[1],
而在你从椅子上起身之前,
他们重重敲响了所有的钟。
他们把经过圣化的海绵
砸到你的脸上,
你没有时间飞到它的羽毛中。
他们将扑到你身上,
他将击向你的腰带之下。
然后你会倒下,
手臂笨拙地交叉,
倒在锯末中,
无法再伴人入睡。

230 希梅内斯

致我的灵魂

(1915)

你始终为那朵正确的玫瑰
持握树枝;你总是警觉地活,

① 拉丁语,赞美颂。——译注

——发烫的耳朵贴在你身体
的小门上——提防着不期而至的箭。

从虚无中挣脱的波涛无不
将你打开的影子中最美的光
带走。深夜,你思念
你的星,为生命而醒着。

你给予众物不可解读的符号。
然后,作为峰顶的荣光,
你将在一切你所刻印者中复活。

你的玫瑰,它将是所有玫瑰的尺度;
你的倾听:听悦耳之声;明亮之声:
你的思想;你的清醒:恒星。

白月亮……
(1916)

白月亮从海中取走了
海——又给它以海。它以它的美丽,
在宁静、纯洁的胜利中,
让真理不再是真理,
让唯一的、永恒的真理成为
并非真理者。
　的确。
　神性的单纯,
你粉碎了稳定者,为真实者

赋予了一种新的本质!
玫瑰,前所未闻者:它会
从玫瑰中取走玫瑰,它会
将玫瑰给予玫瑰!

232 看守

(1923)

深夜逝去,黑色的公牛
——悲伤、惊骇、隐秘组成的丰满躯体——;
它曾恐怖地吼叫,向无可量度者吼叫,
把一切坠落者吓出冷汗。
而白日来临,清新的男童,
祈求信任和爱和欢笑

——男童,他在那边,在远处,
在隐匿者中,那里
所有的开端与所有的结束相遇,
有片刻的嬉戏,
在某一片
光和影组成的草地上,
和那逃走的公牛嬉戏……

加西亚·洛尔卡

喊 叫

(1921)

椭圆,来自一声喊叫
从一座山

走向另一座。

从橄榄树那里
它变为黑色的虹
跨在蓝色的夜之上。

哎！

如同在一把琴弓之下
在喊叫中震颤着
风的那些长弦。

哎！

(在岩洞里的那些人
举出他们的交通灯)

哎！

沉　默 234

(1921)

听，我的儿子，听那沉默。
这是一种汹涌起伏的沉默，
一种沉默，
穿过它，山谷和回声滑过，
它把额头
压向大地。

马拉加之歌

(1921)

死亡
在小酒馆
进进出出。

黑色的马群
和阴郁的民族
驰过
吉他的低陷之路。

有盐的味道
和女人血的味道
在辽阔之海
的灼热茅松中。

死亡
进进出出,
出出进进
死亡
在小酒馆。[①]

① 这两首诗与上文(第170,173页)讨论过的诗模仿了Cante jondo(西班牙南部的吉普赛人歌曲),即siguiriya,根据洛尔卡自己的表述,它以“恐怖的喊叫”开始,随后是“吸引人的沉默”。参见加西亚·洛尔卡,415,第1538页等。

歌 236

(1921)

穿过月桂树的枝
走来两只黑色的鸽子。
一只是太阳，
另一只是月亮。
亲爱的你们，我对它们说，
我的墓在哪里？
在我的尾巴中，太阳说。
在我的咽喉中，月亮说。
我继续走，
走到大地的腰带前，
看到两只大理石的鹰
和一个全身赤裸的少女。
一只鹰也是另一只，
少女谁都不是。
亲爱的鹰，我对它们说，
我的墓在哪里？
在我的尾巴中，太阳说。
在我的咽喉中，月亮说。
在樱桃树的枝中
我看到两只赤裸的鸽子，
一只也是另一只，
两只谁都不是。

骑士赞歌

(1924)

科尔多瓦。
孤独而遥远。

黑色的马驹,巨大的月,
橄榄在我马鞍的口袋里。
我很熟悉那些路,
却从没有到过科尔多瓦。

越过辽远之地,穿过风,——
黑色的马驹,红色的月,
死亡从科尔多瓦的塔楼
凝视着我。

238 啊,这路多么漫长!
啊,我好样的马!
啊,死亡已经来收走我,
在我到科尔多瓦之前!

科尔多瓦。
孤独而遥远。

死　亡

(1935)

多么艰难啊!
多么艰难啊,当马要变成狗!

多么艰难啊,当狗要变成燕子!
多么艰难啊,当燕子要变成蜜蜂!
多么艰难啊,当蜜蜂要变成马!
而马,
是怎样锋利的箭把它挤出了玫瑰,
是怎样灰白的玫瑰把它推出了自己的嘴!
而玫瑰,
是怎样一大片的灯光与叫嚷
把它交给了茎秆活生生的糖!
而糖,
是怎样的小刀让它在白日里梦到!
而刀,
它们是怎样一个没有棚圈的月,它们是多么的赤裸,
总是在寻找,永恒的皮肤和红色。
而我,在屋檐之下,
怎样的火焰天使让我寻找,怎样的天使是我自己!
但是那石膏的拱,
它是多么宏大,多么不可见,多么微小!
而毫无艰难。

远行的灵魂

(1935)

公牛不认识你,无花果树不认识你,
你家中的马匹,你家中的蚂蚁不认识你,
孩子不认识你,黄昏不认识你,
因为你永远地死去了。

石头的背面不认识你，
黑色的丝绸也不认识，任你碎解在何处。
对你的沉默思念不认识你，
因为你永远地死去了。

秋天将至，带着贝壳号角，
带着雾之葡萄和成群的山脉，
然而没有人愿意注视你的眼睛，
因为你永远地死去了。

因为你永远地死去了，
像大地上所有的死者，
像大地上所有的死者一样被遗忘
在一堆烧尽了的狗当中。

没有谁还认识你。没有。但是我歌唱你。
我为后世歌唱你的音容，你的优美。
你见识的成熟多么动人。
歌唱你对死亡的欲求，死亡双唇的味道。
歌唱悲伤，在你那勇敢的欢悦中的悲伤。

还要经过漫长时日，世界上才会再来——如果真的会——
一位安达卢西亚人，如此光彩夺目，如此胆量充沛。
我歌唱他悲叹时话语的精致美妙，
想象着，一股悲悼的气息如何掠过橄榄树林。

以此为序

（约1935，节选）

……

一本载满诗的书

是死去了的秋：

诗句是落叶，

白色大地上黑色的落叶。

……

诗人理解

一切不可理解者。

而那些彼此仇恨的事物：

他把它们说成好友。

他知道，一切路径 242

都不可能，

正因为此他走上它们

在深夜时分，非常宁静。

……

诗歌是苦涩，

是神的蜂蜜，从

一个不可见的，

用灵魂铸就的蜂巢涌出。

载有诗句的温柔书本

是群星，它们

在虚无之王国

驰掠过静寂与沉默
在天空上
用银写下它们的诗节。
……

阿尔韦蒂

“如果我的声音……”

(1924)

如果我的声音死于乡土,
那你们就把它运至海洋,
把它独自留在岸边。
　　　　你们把它运至海洋
任命它为船长
掌管一艘白色的战船。
　　　　哦,我的声音,它有
海的勋章作为配饰:
在心之上是一把锚,
在锚之上是一颗星,
在星之上是风,
在风之上是帆!

244 ### 天　使

(1927)

　他撞到门上,
撞到树上。
　光没有见到他,风也没有,

玻璃也没有见到他。
就连玻璃也没有。
　他不认识这些城市。
他忘记了它们。
　死了的他走去了。

完全死了，穿过街道。
别问他。拦住他！
不，随他去。
　没有眼，没有声音，没有影子。
甚至都没有影子。
世界看不到，
每个人都看不到。

“鸽子弄错了……”
(1940)

　　鸽子弄错了。
它弄错了。
　　因为它想去北方，却来到了南方。
　　它以为，谷粒是海。
它弄错了。
　　它以为，海是天空，
而深夜是清晨。
它弄错了。
　　它把星辰当做晨露，
把炎热当做雪。
它弄错了。

把你的短裙当做衬衣，
把你的心当做它的居所。
它弄错了。
(它在岸边睡去。
而你在高高的枝头。)

246 迭 戈

失眠者

(1930)

你和你赤裸的梦。你不知道。
你在睡。不。你不知道。我醒着，
而你，天真无邪，在天空下熟睡。
你在你的梦里，那些船在海上。

风之钥匙把你锁进了辽远之牢狱
在我面前，把你从我身边夺去。冰，
空气水晶，千百次翻卷。不。我的
鸟儿们没有振翅飞翔，带我升到你身边。

我知道：你在睡，安全，宁静
——灵感那顺从的风暴，纯净的线条——
如此贴近我被束缚住的手臂。

岛之男人可怕的奴役，
我失去了睡眠，迷乱，在礁石上，
那些船在海上，而你在你的梦里。

沉　默
(1951)

沉默，沉默。我不是有意沉默，
我沉默，因为苦痛积压在我身上，
因为不能让词语从王位上推翻
我最深最深的沉默和我真实的沉默。

沉默在统治，这发挥作用的严肃力量，
它在声响与声响之间插入一座桥，
它让转入缄默的嘴开始发声，
在内部深处，在深渊底部，充满诗篇[1]。

我本来愿意打开我的边界，
本来喜欢释放和谐的鸟儿们，
在声调的飞跃中把它们交给天空， 248
如果我不用担心，我的树枝一旦解开了扣，
响起的不是美好的、热烈的赞歌，
而是没有爱的词语。

纪　廉

名　字
(1950)

早晨。地平线
将它的睫毛打开了一半
开始观看。看什么？名字。

[1] 特指《圣经》中的《诗篇》。——译注

名字立在铜绿之上

为众物而写下。那玫瑰，
今天它尚且还叫做
玫瑰，而关于
它变化的思想叫匆忙。

匆忙，要让生活更丰盈。
载我们抵达长久爱情的
是瞬间那不合时宜
的分量，那瞬间如此敏捷，

以致一旦到达了目标
它立刻催迫后继者来到。
你们小心，你们小心，
我在变，我在变！

那玫瑰们呢？睫毛
合上：地平线
成为结束。也许本无一物？
而留下的，是名字。

圈之完满
（终稿 1950）

充满隐秘地汇合于
极度的顶峰
——顶峰顺从一个线条，

线条适从于目光——

是一个秘密者那
清晰而友好的围墙
在整块整块的空气
正中隐而不现。

它的光来自于神：
没有影子的隐秘。
影子舒展开
让人鄙视的面具。

让隐秘完满，
圆圈的完满，
环中之圆，
天空的谜语。

充满隐秘地，
它闪着光，隐藏自己。
然而是谁？是神？是诗歌？
充满隐秘……

一对恋人
(终稿 1950)

花茎。孤独，
车带。阳台
在飞？——群山，

森林,鸟群,流风。

如此多,如此多的空间
以活跃的
行星之存在环绕
那残酷的拥抱。

乐趣,群体,乐趣,
群体,满盈,
受到惊吓的光
和陷入陶醉的红!

252 而白日?——玻璃的
平整。房间
下陷,沉默不语。
身着白色的阳台。

只是,爱,你本身,
墓。虚无,无一人,
墓。虚无,无一人。
可是……——你在我身边吗?

月夜(没有解答)

(1950)

守护的高度:
已经有守卫
沿着满满的月光降下。

海的星光之白！
寒冷之羽翼
展开了，在飘浮。

还有，一片平原，希望。
静静地铺开
波浪的期待。

啊，终于？从深邃处
那些梦照亮了
海藻的深夜。

轻盈者的意志：
美妙的都市
逃离风的恩赐。

向着白色的升腾！
最低处的死者
向那边去了，空气中的空气。

艰涩的稀薄：
这世界在寻找一种白色的、
全然的、永恒的逃遁？

254

阿莱桑德雷

生　命

(1933)

胸口中一只纸做的鸟儿
说,亲吻的时刻还没有到;
生活,生活,太阳不可见地发出脆响,
亲吻或者鸟儿,以后或者立刻或者永不。
若要死去,最轻的一个声音就足够,
它来自另一颗心,正缄默着的心,
或者那个陌生的怀抱也足够,它是
大地上献给金色头发的一艘金船。
疼痛的头,金做的鬓角,即将下沉的太阳;
在这里,在影子中我以一条河梦想
绿色的、刚刚涌出的血中的灯芯草,
我梦见倚靠着你,温暖和生命。

太　阳

(1943年以前)

轻盈的,毫无负累的,只是隐隐约约的
凉鞋。步行
而没有身体。只是一个女神,
她祈求得到一个世界作为
她身体的脚跟,那身体在高空
是太阳一般。你们不要
说起头发;燃烧的头发。
凉鞋说,轻轻的
步行;只是别说出来

土地,轻柔的草,
草在如此的火光中噼啪响,
它如此柔和,让她在走过时
衷心爱上它。哦,感觉到
你的光,你沉重的
太阳之触摸!在这里,感觉着你,
大地成为天空。而且发出光芒。

翁加雷蒂 256

岛

(1925)

朝着一个河岸,永恒黄昏统治的河岸
满是古老的、沉思的森林的河岸,他走下来,
他继续往前冲,
一阵翅膀的簌簌声吸引了他,
这簌簌声源自沸腾的水
那刺耳的心跳,
他看到一个(下沉着的,
重又燃亮的)鬼魂;
那在上升时转动着身体的,他看到
一个水中仙女,她还睡着,
缠绕着一棵榆树。
在自己内心中虚幻之像化成了
真实之火,他走到一片草地边,
那里影子在
女孩们眼中汇集
如同橄榄树脚边的黄昏;

树枝滴落
一场散漫的箭雨，
这里羊群在
柔软的温和中昏昏欲睡，
其他羊群食草于空地的表面；
牧羊人的手如同一只杯子，
被疲软的火修平。

晨曦的诞生
(1925)

在它灵活的大衣中，在荣耀中，
逃离，带着嘲讽，仿佛它很轻松，
从怀中掏出一朵
苍白而火热的花
再把它抛去，——这处女般的深夜。

时刻已到，这时刻将第一道亮光
从最后的颤抖中剪下。
258 它平淡地为天空边缘打开漩涡。

用绿宝石般的手指
一匹亚麻布
织着并不清晰的雨。

而金色的影子柔化了
匆匆而过、毫无所知的叹息，
让犁沟变幻在急速的溪流中。

歌

(1932)

我再次看到了你无力的嘴
(深夜的大海朝它涌去),
看到了你的腰那匹母马
决断地下沉
在我曾经歌唱的手臂里,
看到一次安眠给你重又带来了
崭新的绽放和崭新的死亡。

而那邪恶的孤独存在,
每一个相爱的人在自身发现的孤独,
现在如同一个无穷尽的坟
把我永远地与你隔开。

恋人呵,你遥远如在一面镜中……

蒙塔莱

第二处月亮风景

(1934)

角豆树的编织物,它赤裸地
升起在睡意浓厚的蓝天上,
声音的合响,被拽去的
银手指跨过门槛,
被粘住的羽毛,一阵马蹄声 260
在堤道上,堤在移走——

而双桅帆船已经朝后弯转，开始飞行
而那帆如果壳一样褪下。

“告别……”

(1939)

告别，黑暗中的哨声，挥手，咳嗽
合上的开关。时间到了。也许
自动机械是对的。当它，被挤进去，
穿过走道，射出光来！

——你也会给予你那快速列车
沙哑的连祷那粗糙的、
永恒的舞蹈节奏？——

夸西莫多

古老的冬天

(1942)

渴求你的双手，那明亮的、
在火焰的半边黑暗中的手：
它们嗅上去有橡木棺材和玫瑰的味道；
有死亡的味道。古老的冬天。

那些鸟儿寻找食物
突然钻出雪中；
那些词也如此。
些许的阳光，天使般的一个光环，
然后是雾；而那些树木，

我们成为了清晨的空气。

现在，当白日升起 262

(1942)

深夜消逝，而月亮
渐渐消失于清澈的天际，
沉入了运河中。

在这片平原的土地上如此生机勃勃
的九月，草地一片绿
如同春天里南方的河谷。
我离开了那些友人，
将心藏在了古旧的墙中，
为了独自一人只思念你。

你比月亮要远多少，
现在，当白日升起
当马蹄敲击在铺石路面上！

艾略特[①]

荒　原

(1922，节选)

一　死者葬仪

四月是最残忍的一个月，荒地上
长着丁香，把回忆和欲望

① 艾略特的两首长诗在国内已经有很好的译本。此处译文摘选自：赵萝蕤译：《艾略特诗选》。济南：山东大学出版社，1998年11月。——译注

参合在一起,又让春雨
催促那些迟钝的根芽。
冬天使我们温暖,大地
给助人遗忘的雪覆盖着,又叫
枯干的球根提供少许生命。
夏天来得出人意外,在下阵雨的时候
来到了斯丹卜基西;我们在柱廊下躲避,
等太阳出来又进了霍夫加登,
喝咖啡,闲谈了一个小时。
我不是俄国人,我是立陶宛来的,是地道的德国人。
而且我们小时候住在大公那里
264 我表兄弟,他带着我出去滑雪橇,
我很害怕。他说,玛丽,
玛丽,牢牢揪住。我们就往下冲。
在山上,那里你觉得自由。
大半个晚上我看书,冬天我到南方去。

什么树根在抓紧,什么树枝在从
这堆乱石块里长出?人子啊,
你说不出,也猜不到,因为你只知道
一堆破烂的偶像,承受着太阳的鞭打
枯死的树没有遮荫。蟋蟀的声音也不使人放心,
焦石间没有流水的声音。只有
这块红石下有影子,
(请走进这块红石下的影子)
我要指点你一件事,它既不像
你早起的影子,在你后面迈步,

也不像傍晚的,站起身来迎着你;
我要给你看恐惧在一把尘土里。
……

三　火诫

河上树木搭成的篷帐已破坏:树叶留下的最后手指
想抓住什么,又沉落到潮湿的岸边去了。那风
吹过棕黄色的大地,没人听见。仙女们已经走了。
可爱的泰晤士,轻轻地流,等我唱完了歌。
河上不再有空瓶子,夹肉面包的薄纸
绸手帕,硬的纸皮匣子,香烟头
或其他夏夜的证据。仙女们已经走了。
还有她们的朋友,最后几个城里老板们的后代;
走了,也没有留下地址。
在莱芒湖畔我坐下来饮泣……

四个四重奏 266

烧毁了的诺顿

(1936,节选)

五

言语和音乐
只有在时间里进行;只有活着的
才能有死亡。言语,在讲过之后,达到
寂静。只有借助形式,借助模式,
言语或音乐才能达到
静止,犹如一个精致的中国花瓶
永久地在其静止中运动。

乐音延续时小提琴没有静止，
不仅如此，而是相互依存，
或者说，终止先于开端，
终止和开端经常在那儿
在开端之前，终止之后。
一切始终是现在。言语承担过多，
在重负下开裂，有时全被折断，
在绷紧时松脱，滑动，消逝，
因为用词不当而衰退，因而势必不得其所，
势必也不会持久。尖声刺耳的话声
咒骂、嘲笑或者仅仅是饶舌
经常袭击言语。耶稣在旷野里的话
最受诱惑的声音攻击
这送葬时呼喊的幽灵呀，
这个忧郁怪物客迈拉的哀叹。

268 贝　恩

啊，那遥远的国度

(1945)

啊，那遥远的国度，
在那里，让人心碎者
在圆形的卵石上
或者大片芦苇上，蜻蜓般匆匆
喃喃絮语，
还有月亮
带着温热的光
——一半是霜，一半是穗之白——

将夜的双重大地
如此宽慰地举起——

啊,那遥远的国度,
在那里海的微光
让山丘温暖,
比如阿索洛,杜丝[①]安息之地,
“杜里奥”将她从匹兹堡带回了家,
所有的战船,包括英国的,下了半旗志哀,
当它经过直布罗陀海峡。

在那里与自己的对话
和近旁之物毫无关联
对自己的感觉
清晨的机械,
图腾的碎片
在柔和的空气里——
外套上有些葡萄干面包——
时日如此降临,
直到粗树枝立于天际,
鸟群在那树枝上栖居
在长途飞行之后。

① Eleonora Duse(1858—1924),意大利著名演员,在美国匹兹堡逝世,遗体被带回意大利的阿索洛安葬。——译注

269 夜之波涛

(1948)

夜之波涛——,海之牡羊与海豚
负载着微微摆动的雅辛托斯[1],
那月桂玫瑰和石灰钙化物吹拂
在伊斯特拉空荡荡的宫殿周围。

夜之波涛——,遴选出的两个贝壳,
洪流把它们,那些岩石推涌而来,
然后王冠与紫色一同丢失,
那颗白色的珍珠滚回了大海。

画　像

(1948)

如果你看画廊里的那些画像
看几个下流而浮肿的老头
弯曲的背,灰色的嘴,重重皱纹,
他们已经形同死尸,穿行世间;

碎乱的毛发,胡子茬儿,蜡黄的胡须,
常年饮劣质烧酒造成的血下脂肪,
卑躬屈膝,为了口粮要诈哄骗,
钓寻烟蒂,往手帕里藏;

一个寻欢之夜,外表装饰堂皇,

---

① Hyacinthos,也即风信子花,希腊神话中阿波罗所宠爱的美少年,死后被阿波罗变成风信子花。——译注

猥琐言辞，破烂衣裳，瘟疫流窜，
居所改来换去，显出上涨趋势；
白天在当铺度日，晚上进驻排水管道，

如果你看画廊里的那些画像，
看这些老头为了过活付出代价，
如果你看到描画者的那些特征，
你就看到了伟大的天才——，他。

克罗洛 270

开窗的瞬间

(1955)

有人从窗口
倾洒出光。
空气的玫瑰
盛开，
在街上
戏耍的孩子们
抬眼来看。
鸽子品尝着
光的香甜。
女孩们变美
男人们变温柔
因为这光。
但是在其他人告诉他们之前
窗子又被某人
关上。

卡施尼茨

杰纳扎诺

(1955)

黄昏时的杰纳扎诺
冬日气候
玻璃的翻折
驴子的铁蹄
沿铁索而上山城。
在这里我立于井边
在这里我洗我的新娘衣裳
在这里我洗我的下葬寿衣
我的脸苍白地躺
在黑色的水之下
在梧桐树吹拂的树叶中。
我的双手是两团冰
每一团五个栓
它们当啷作响。

附录二　对四首诗的阐释

艾吕雅

颜色的语言

(1949)

我熟知你们,男人的颜色和女人的颜色,
鲜艳的花,烂熟的果,月光庭院,支离破碎,
歌唱着的棱镜,深夜的雾之子,
颜色,而一切明亮,让我睁大双眼,
颜色,而一切灰淡,让我淌下眼泪。

健康之颜色,欲望之颜色,恐惧之颜色,
相爱之甜蜜颜色,它为未来担保,
犯罪、疯癫、骚动和勇气之颜色
而四处欢笑都在展露幸福,
而有时理智则把我们当做蠢物吐出,

而仍是这理智,将我们重新造就为伟大者,
鲜血的搏动,在世界的所有道路上,

颜色：就算绝望总会掏空深夜，
就算谜语会让不眠者沉郁至骨髓，
还是有梦满载美，满载怜惜向光而去。

在我的心中某处如果还停留着悲叹，
那我在另一处会看得清晰，我是希望，是刺目的彩色，
我映射躯体并繁衍躯体，它将长存，
我战斗，迷醉于战斗，追随战斗以生活，
在他人的澄明中我高高扬起我的胜利。

这首诗由不押韵的亚历山大体诗句组成。然而它们只是在数字上还多少保留成规，而诗句的结尾是被完全自由地安排的，也即没有体现出阳性和阴性句尾的规则转换。读者会多次遇到声韵型式，比如头韵（第 1 行中的 connais couleurs “我熟知”；第 2 行中的：fleurs fraîches fruits “鲜艳的花，[烂熟的]果”等等）、偶合韵（第 6 行的 peur“恐惧”和第 9 行的 bonheur“幸福”）、连续韵（第 6/7 行的 peur/douceur “恐惧/甜蜜”； 第 19 行的 ivre/vivre “迷醉/生活”）、头尾同音节 （第 15 行的 beauté bonté “美，怜惜”）。这样的特点既存在于这些型式本身，也存在于其非对称的出场方式中，这样的出场显出某些偶然性。然而在最后一个诗节中频繁出现的元音 i 并不是偶然的，这个元音的增多对应着想象的胜利上升。显然诗人在着力追求一种句法上的模糊或者是在追求不寻常。诗歌是以一个称呼开始的，体现在“你们”上。但接下来的诗句中也包含了呼唤吗，还是只是列举？这是很难断定的，除了在最后一个诗节中，这个诗节以其短句离开了之前诗节中的名词短语风格。在前三个诗节中占据主导地位的名词短语风格与其词汇元素是外在于
274 可以理解的句法组合的。可以理解的句法组合的缺失尤其表现在那些让读者以为得到了某种句法上的确定性，仔细看过之后又不确定的地

方。比如在第 8 行中：词组“犯罪、疯癫”是“颜色”的乔装所有格，即对“健康之颜色”（第 6 行）的一个同类变体，还是一个独立语？第 14 行是一个省略句，只不过可以依照第 13 句补全（“就算谜语……”），还是一个被绝对化了的不定式？只是在最后一个诗节中胜利的上升运动才让这首诗走出了之前在句法上的不确定性。正如在声韵型式上，明确的非偶然性化解了（表面上的）偶然性，对应着最后一个诗节中的上升动感，句法上（刻意为之的）不确定性被确定性化解，也是与之对应的。

虽然在诗中叙说的是颜色，但是这种叙说中涉及的实物或者事件很少具有一种自然的颜色值：鲜花、棱镜（其中含有彩虹的颜色，而这种颜色迟迟到了第 17 行才出现）、深夜、变暗（沉郁）、澄明。具体提到的色彩只有一个：灰色，在第 5 行中。这首诗的大胆之处就在于，将按照自然方式绝不可能有颜色的想象领域与一种普遍的颜色力量结合了起来，而且是借助出现了六次、更趋向于发挥声音而不是视觉效果的复数抽象名词“颜色”（couleurs）。男人、女人、惊讶、眼泪、健康、欲望、恐惧、犯罪、疯癫、绝望都分配给了颜色。所以整首诗都是在人类世界与一种具有范畴意义的颜色世界之间反自然主义的、自由设定的关联中运动，这个颜色世界也许可以称之为一种“颜色性质”。在这些关联内部，最后一个诗节的上升运动，即“颜色性质”转化为明亮，是由那多个 i 音和日益显现的句法清晰性所支撑的。单个诗句的解析会遭遇到有意设置的困难，而只能让词语作为其本身，以其种种联想驰掠而过。然而一种意义整体是存在的，是那些关联和朝向光的上升所造就的。

纪　廉 275

一扇门

(1950)

半开着，那些门。

这光在寻找谁？

昏朦如流。

透出微光,将自己放弃的
——这沉默是为谁?——
是一个四合的空间。

她在呼唤,也许在承诺
未知的女性。预感。
这般的宁静为了哪一个太阳?

而变化开始,
驰行过一个空洞的,
被论说的空气。

内部。那些墙
一定隐藏了未知的女性。
在这里吗?栗子树,玻璃。

一个沉默独立出来了。
简单的,非常礼貌的?
香味如日常的玫瑰。

门关上了:遥远。
这儿的这盏灯,它是一种信号吗?
而现在:眼中之眼……

277 七个诗节中有两个被推到了一边，仿佛它们想以另一种语调言说。而所有的诗节的言说方式是统一的：一种以名词短语为主导的简短风格，这也是人们在纪廉大部分诗歌中感受到的风格。诸诗节的主题是光线强度和一个空间，后者是由一扇门、几堵墙和一个四合的内部空间构成的。形态上人性化的只是在两次提到的“陌生女性”上有所显示（第 8 行和第 14 行），而她使空无一人的整体印象得到了强化而不是弱化。这首诗是极度远离各种照实描摹的，所以不想指涉一个可以描摹的现实。它将其主题中的可体验者（空间、灯光等）压缩为毫无内在关联的元素，这些元素的出现或者不出现都始终是未加说明的。读者获致一种明确解读的自然倾向被这种无关联，更被这六个问句所击退。六个问句的意义不在于某个被询问的实事，而是在于对所有确定性的消解。是的，诗歌的飘浮感的确就来自于这些问句，这种飘浮感也侵占了其他诗句。所以可以推测而不是断定说：一扇半开的门过了一段时间后合上了，一盏模糊的灯射了进去或者射了出来，一棵树透过预感、空洞、宁静、香味张望，近处成了远处，而在这遥远处又形成了一个新的——人类的？——近处（第 21 行）。然而人们也可以有其他说法，而恰恰因为人们可以有其他说法，人们也就撞到了这首诗的特点所在：通过语言来展示，却没有固定住语言所展示者，语言以其飘浮却导致了张力的最大化。

翁加雷蒂 278

民　族

那一群孤独的棕榈树逃遁而去
而月亮，
无尽的月亮在贫瘠的众夜之上

最暗的夜，
不祥的癞蛤蟆，

它四处触摸。

一种颜色并不停留。

模糊之沉醉珍珠，
它已经举起清晨
让清晨那匆匆的脚步
伴着灼烧。

一阵年轻的风
的呼声已经嗡嗡四起。

蜂箱形成于混乱军号
构成的群山中。

回来吧，古老的镜，
它们那被包裹的水纹！

而
当现在
高山雪之幼芽如锯齿
围住这幅画，我前辈所熟悉的画，
在宁静的光明里早就
排列出了帆船。

哦，我的祖国，你的每一个时代
都在我的血液中醒来，

你得到确认，移到近前，歌唱
在贪婪的海之上。

这个标题与诗歌内容只有一处关联，即与“祖国”（第24行）相关。280 而即使这一关联也仅仅是可供推测的，不是让人获得确定感的。如果以这样一个——也许有意造成不确定的——关联为依据，那么这首诗就显得是在描述从近东回到故乡的一种归程。这样的解读在动词层面得到了从第1行诗中的过去时（fuggí，逃遁）到后续的现在时的演变的支持，在内容上得到了“一群孤独的棕榈树”（第1行）、第16行（“回来吧……”）和第21行（“我的前辈”=我的祖先）的支持。然而将具体者作为某种简单的原材料转化为不具体者，不让具体者而是让语焉不详的暗示来发挥作用，这样的意图也是明确无疑的，所以不论在空间上还是在实物上都得不到可靠的辨识方向。时间进程则与之相反，清楚得多，也即更容易按照光线变化的层级来解读。不带标点的诗歌在大声诵读和倾听中可以毫不费力地分解为一组短句，只有第八“诗节”（=第18—23行）的较长段落是个例外。诗中丰富的隐喻构成了其最为集中地表达诗意的层面，展示出了多种类型：第5行和第16行的表语式隐喻；第1行、第8行和第20行的所有格隐喻；最引人注目的则是第14/15行的绝对隐喻，在这隐喻中两个成分（蜂箱，混乱军号构成的群山）都只展示了其隐喻的一面，而不是它们所指向的实物。所有隐喻的共同之处则是巨大的图像跨越，这也许在第5/6行和第14/15行中被拓展得最远。很有可能在这里也取消了隐喻式语言和非隐喻式语言之间的差异（参看前文第211页），是借助至今不可结合的词语的组合获得语义上和声响上的陌生效果。这首诗超越于种种谜语之上的，是它通过渐强运动进程而成为一个整体：首先是深夜中仿佛出逃的棕榈树，然后是夜本身，然后是缓慢的变亮（第8行中的“模糊”=清晨的模糊光线），接着出现了晨风，最后是字面上也得以表述的光明（第 23 行），第 25 行中的醒来——尽管是以隐喻方式出现的——以及达到运动高峰的在激情之海上的胜利欢唱（第 26/27 行）——正如在现代抒情诗中常见的那样，这首诗也是要从其运动出发加以解密，既包括想象运动，也包括语言形态的运动。

281 **贝　恩**

日渐沉默

（1930 年）

你入最后的王国，
你入最后的光，
若那不是照入苍白、
呆滞面容的光，
那里的眼泪属于你，
那里你展露自己，
那里是神，唯一的神，
解除所有的痛苦。

从无法说出的时代中
有一个将你摧毁，
呼唤，伴着歌曲，
呼唤你，在水边被听到，
热带树木的废墟，
来自海底的森林，
盈满灰色簌簌声的空间
将它们推到这里。

你的欲求古老，
古老如太阳和深夜，
一切：梦与恐惧
被思考至发疯，
日益趋于终结，日益纯粹
你在远处形成梯阶，
日渐沉默，没有人
等待也没有人呼唤。

这首诗读起来，或更多地是听起来，更符合一首熟悉的歌谣式抒情诗，如后者一样具有歌唱性。贯穿始终的格律模式（诗句开端是一个扬格，在诗句内部又有两个扬格，不过在单音节和双音节抑格的选择上是自由的）促进了这种契合，在所有三个诗节中都采用的交叉韵也是如此。唯一一个例外是，第16行只用了两个扬格，但它们没有扰乱这种歌吟性质，这种性质如此强势，以至于它使对意义的追问显示为一个第二位的问题。但是诗的意义也就更加以其晦涩难解在这种歌咏 282
语气前凸显出来。这种晦涩首先体现在句法上，其主要特征是缩略。但缩略掉的是什么呢？在第1行和第2行中的介词“in”（入）很可能是表方向的介词，这从随后的第四格宾语可以看出；然而这里却缺少与之搭配的动词。在第3/4行中，有同样的空缺；这像是一个条件从句，在其后却没有出现让人期待的“那么”，而是地点副词“那里”。在第二个诗节中，第12行诗句很难说谁是听到的主语，以及谁被推到这里（第16行），是歌曲还是森林。在第三个诗节中，第18行也是让人找不到方向的：这是一个比较还是一个同化（欲求如太阳和深夜一样古老）？或者可能就是一个绝对的词组，它与前一行诗的共同之处仅仅是“古老”这个范畴？第21行的“趋近终结”指向什么？——谁是这里前后相继的事件的主语？从形式上只能看出一半来的所有格“des Meer”（海，第14

行)同样可以理解为一种缩略,而不是为了押韵勉强为之。贝恩经常会用到这样省略的所有格(比如574,Ⅲ,第413页)。

这些句法上的缩略和关联上的模糊虽然是让人迷惑的,脱离了句子通常的可解读性,但是从这些诗句中表露出了痛苦,被标题——取自倒数第二个颇显无奈的诗句中——,被起首诗句中的两个"最后"和结尾诗句所环绕。这种痛苦具有贝恩中期特有的抒情畏惧,他始终没有指明其缘由。它附着于想象或者事件部分,在这些想象和事件中声调和引发比它们的内容更具有本质性。的确,它们是隔绝独立的,如果把它们看做客观进程,就无法知道它们是如何彼此相连的。即使是在它们内部已经彼此隔绝的组成部分中也会显示出与句法上一样的关联模糊或者可能关联的多样化。为什么首先是解除一切痛苦的神(第7/8行),而最后仍然是沉默的孤独?难道不是反过来的发展历程更让人期待?然而这种对自然的、逻辑的、通常的发展历程的放弃正是贝恩的内部风格的基本特征之一;我们在论述他的诗《肖邦》时已经指出了
283 这一点(参见前文第183页)。还有一些问题是:那一个摧毁的时代是从哪里来的,为什么偏偏是它进行摧毁(第10行)?"远处"(第22行)是隐喻性的还是实指的?最后:谁是整首诗中的"你"?是一个向自己说话的我还是一个事实上的你——也即,这首诗是独白还是对话?谁是思考"至发疯"者(第20行)——是梦和恐惧本身,还是那个我或者那个你?

当然无须赘言的是,这首诗尽管有着其风格所致的模糊,却不是毫无内部约束力的。它在句法上和语义上的缩略不仅仅让它摆脱了叙说和感知的日常性,而且也将它载入一种语言性的、灵魂性的国度,那是它不愿再退出的国度。它放弃了语言上和内容上的惯常性,为的是全然地、绝对地成为它所希望者:无从解释的痛苦、告别、孤独。

现代抒情诗大事年表

1759 年及其后	狄德罗的沙龙
1760（？）—1772 年	狄德罗《拉摩的侄儿》
1776—1777 年	卢梭《一个孤独漫步者的遐想》
1798 年	诺瓦利斯《断片集》
1801 年	诺瓦利斯《海因里希·封·奥夫特丁根》
1802 年	维克多·雨果出生于贝桑松
1821 年	波德莱尔出生于巴黎
1827 年	雨果《克伦威尔序言》
1840—1845 年	爱伦·坡《怪诞故事与阿拉贝斯克风格故事集》
1842 年	马拉美出生于巴黎
1845—1855 年	波德莱尔《美学珍玩》（全集版本 1865 年）
1846 年	洛特雷阿蒙出生于乌拉圭的蒙得维的亚
1846 年	爱伦·坡《创作哲学》
1846—1862 年	波德莱尔《浪漫主义艺术》（全集版本 1868 年）
1848 年	爱伦·坡《诗歌原理》
1854 年	奈瓦尔《幻象》
1854 年	兰波出生于法国夏尔维勒
1854 年	波德莱尔开始翻译爱伦·坡的小说；翻译持续至

	1865 年
1855—1912 年	帕斯科利
1857 年	波德莱尔《恶之花》(最终版本于身后 1868 年出版)
1862 年	马拉美首次创作
1863—1870 年	马拉美在图尔农、贝桑松、阿维尼翁担任中学英语教师
1864 年	波德莱尔《小散文诗》
1865 年	叶芝出生于都柏林
1867 年	洛特雷阿蒙来到巴黎
1867 年	波德莱尔死于巴黎
1867—1916 年	鲁文·达里奥(1892、1898、1908—1914 年在西班牙)
1868/1869 年	洛特雷阿蒙《马尔多罗之歌》
1868—1933 年	施特凡·格奥尔格
1869 年	艾尔莎·拉斯克—许勒出生于德国埃尔贝尔菲尔德
1869—1873 年	兰波创作期
1870 年	洛特雷阿蒙死于巴黎
1870—1894 年	马拉美在巴黎任中学教师
285 1871 年	兰波《通灵者信函》——兰波移居巴黎
1871 年	瓦莱里出生于法国赛特
1871 年	普鲁斯特出生于法国奥特伊
1874 年	兰波放弃了所有的文学创作,开始了流浪生活
1874 年	马拉美《最新风尚》
1874—1929 年	胡戈·冯·霍夫曼斯塔尔
1875 年	里尔克出生于布拉格

1876 年	马奈为马拉美画像
1880 年	及其后兰波赴非洲
1880 年	阿波利奈尔出生于罗马
1881 年	希梅内斯出生于安达卢西亚的莫格尔
1884 年	瓦莱里《遭受贬斥的诗人》(其中论及兰波和马拉美)
1885 年	雨果死于巴黎
1885 年	庞德出生于美国海利镇
1886 年	贝恩出生于德国曼斯菲尔德
1887 年	马拉美《诗集》(自 1862 年起陆续写成)
1887 年	圣琼•佩斯出生于瓜德罗普群岛
1887 年	特拉克尔出生于萨尔茨堡
1888 年	翁加雷蒂出生于亚历山大城
1888 年	艾略特出生于美国圣路易斯
1889 年	马拉美翻译爱伦•坡的诗歌
1889 年	柏格森《论意识的直接材料》
1889—1897 年	瓦莱里早期诗歌;随后创作沉寂直至 1917 年
1891 年	兰波死于马赛
1891 年	萨利纳斯出生于马德里
1891 年	瓦莱里拜访马拉美
1892—1893 年	马拉美巴黎居所的星期二聚会达到高潮
1893 年	纪廉出生于西班牙巴利亚多利德
1894 年	德彪西《牧神的午后前奏曲》
1894 年	马拉美退休,在英国做演讲,隐居在塞纳河边的瓦万
1895 年	艾吕雅出生于法国圣丹尼
1896 年	迭戈出生于西班牙桑坦德

286 1896年 蒙塔莱出生于日内瓦

1896年 魏尔伦死于巴黎

1897年 马拉美《离题集》(散文诗和诗歌理论论文,自1864年陆续写成)

1898年 马拉美《诗集》最终版本

1898年 马拉美死于瓦万

1898年 阿波利奈尔移居巴黎

1898年 圣琼·佩斯移居巴黎

1898年 阿莱桑德雷出生于西班牙塞维利亚

1899年 加西亚·洛尔卡出生于西班牙格拉纳达省的牛郎泉村

1901年 夸西莫多出生于西西里岛的锡拉库斯

1902年 阿尔韦蒂出生于西班牙加的斯省的圣玛利亚港

1905年 毕加索与阿波利奈尔结交

1908年 阿波利奈尔《腐坏的魔术师》(其中含《释梦书》)

1909年 由马里内蒂撰写的《未来主义宣言》在米兰发表

1910—1920年 德国表现主义

1911年 圣琼·佩斯《颂词》

1912年 翁加雷蒂离开埃及,赴巴黎;与阿波利奈尔等人结交

1912年 贝恩《太平间》

1913年 阿波利奈尔《酒精》(其中含《地区》)

1913年 艾吕雅的首批创作

1913—1922年 普鲁斯特《追忆似水年华》

1914年 翁加雷蒂移居意大利

1914年 特拉克尔《诗集》。特拉克尔死于克拉考

1916年 达达主义创立于苏黎世

1917 年	瓦莱里《年轻的命运女神》
1918 年	阿波利奈尔,《新精神与诗人》/《图形诗》
	阿波利奈尔去世
1919 年	纪廉开始创作
1919 年	翁加雷蒂《喜悦》
1920 年	《人性昏朦时》,品图斯主编
1920 年	瓦莱里《旧诗集》
1921 年	洛尔卡《诗集》
1921 年	瓦莱里《幻美集》 287
1922 年	洛尔卡《深沉之歌》
1922 年	普鲁斯特死于巴黎
1922 年	艾略特《荒原》
1922 年	洛尔卡与音乐家玛法雅结交
1924 年	第一篇《超现实主义宣言》(布勒东)
1924 年	艾吕雅《不死者的死亡》
1924—1944 年	瓦莱里《文集》Ⅰ—Ⅴ
1924 年	阿尔韦蒂《陆地上的水手》
1924 年	洛尔卡《歌集》
1925 年	庞德《颂歌》(至 1960 年)
1925 年	奥尔特加—加塞特《艺术中的去人性化》
1925 年	洛尔卡与纪廉及画家达利结交
1925 年	迭戈《人类之诗》
1926 年	里尔克死于瑞士瓦尔蒙
1926 年	艾吕雅《痛苦之都》
1926 年	布莱蒙《纯诗》
1927 年	艾略特成为英国公民
1927 年	贝恩《诗歌全集》Ⅰ

1928 年	蒙塔莱《墨鱼骨头》
1928 年	阿尔韦蒂《关于天使》
1928 年	纪廉《赞美诗》第一版
1928 年	洛尔卡《贡戈拉的诗歌想象》，演讲稿发表于 1932 年
1929 年	及其后洛尔卡居纽约。《纽约诗集》（身后发表于 1940 年）
1932 年	艾吕雅《即刻生活》
1934 年	第二篇《超现实主义宣言》（布勒东）
1935 年	洛尔卡《纪念斗牛士的哀歌》
1935 年	翁加雷蒂《时间感怀》
1936 年	洛尔卡在西班牙内战中遭枪击而死
1936 年	贝恩《诗歌选集》
1938 年	瓦莱里《诗学入门》
1939 年	叶芝死于法国曼顿
1939 年	蒙塔莱《时机》
1940 年	圣琼·佩斯移居美国
1941 年	迭戈《真理的嬉戏》（含早期诗作）
1942 年	阿拉贡《艾尔莎的双眼》
288 1942 年	圣琼·佩斯流亡
1942 年	夸西莫多《暮色骤降》
1942 年	斯特拉文斯基《音乐诗学》
1944 年	艾略特《四个四重奏》
1944 年	阿尔韦蒂《诗集》（1924—1944 年）
1945 年	瓦莱里死于巴黎
1945 年	拉斯克—许勒死于耶路撒冷
1948 年	贝恩《静态诗集》

1950 年	布勒东《黑色幽默选集》
1950 年	纪廉《歌集》(最终版本)
1951 年	贝恩《抒情诗的难题》
1951 年	萨利纳斯死于美国波士顿
1952 年	艾吕雅《诗选》(扩充版)。艾吕雅死于沙朗通勒蓬
1956 年	蒙塔莱《暴风雨及其他》
1956 年	贝恩死于柏林
1957 年	圣琼·佩斯《导航标》
1958 年	希梅内斯死于波多黎各的圣胡安
1959 年	翁加雷蒂《旧记事本》
1960 年	阿莱桑德雷《诗歌全集》(1924—1957 年)
1960 年	贝恩《诗歌全集》(1912—1956 年)
1961 年	圣琼·佩斯《论诗歌》(诺贝尔文学奖获奖演说)
1965 年	艾略特死于伦敦
1965 年	迭戈《爱情诗》(1918—1961 年)
1965 年	克罗洛《诗歌全集》(1944—1964 年)

后 记

于尔根·施塔克尔贝格

妥协之事与他无缘。这本书中在作出各个结论时所体现出的意志决断,其作用并不亚于该书作者所着重强调的认识,对于这一点,但凡是带着批判态度仔细读过它的人都不会质疑。然而,《现代诗歌的结构》——恕我大胆直言——首先是一部艺术性至少与其学术性相当的著作。“精神之眼脱离出了生活材料,以便成为对世界的丰盈内容和透过这内容闪现的纯粹存在结构的镜照。一种宁静而又与人疏离的欢呼渗透在文本中。这是一种观照力量的智识欢呼,这种力量在众物中感受其元形式的静谧。”这一句随意摘选出的引文(论纪廉,第188页)明确地证明了这一点:人们读这样的文字,不是在读语文学者的作品,而是在读诗人的作品。弗里德里希在第一版前言中所写的,他“觉得歌德比艾略特更怡人”,言不符实;至少,如果人们就此以为当他踏入现代抒情诗这片冰冷的、非情绪化的图景中时完全不带任何好感,那就误入歧途了。这位弗赖堡大学的罗曼语文学学者受到其友人恩内斯托·格拉西(Ernesto Grassi)的鼓励,在其专著的第一版中也谈论到了自己,在这一次自述中他写道:“当他回顾以往,他认识到……他绝大部分的论文和讲座都有两个共同特征,一个是内容上的,一个是方法上的。内容上的特征是对非伤感型作者的好感,方法上的特征是厌恶那种染疾于‘体验与诗’的不幸原则的文学学。同一种好感和同一种厌恶也引导他写下了这本书。”

这一段话在《现代诗歌的结构》稍后的版本中被删除了。我们在这里重新回忆这一段话，是因为时机已经成熟，我们已经可以历史地看待和评价胡戈•弗里德里希的这本论现代抒情诗的专著了——这意味着，这部著作**也**应当被看做某个受制于特定成长历程和特定时代的人的产品。

弗里德里希在海德堡开始从事(德语语言文学)研究时受到过格奥尔格的学生贡多尔夫(Gundolf)的决定性影响，他的独立研究始于一部《现代法国的反浪漫主义思想》。这是一部始终值得一读的著作。因 290
为这部1934年发表的专著描述了法国前法西斯时期的“法国行动”(Action française)，将当时的(直至今日都未绝迹的)右派潮流诊断为“民族主义的酝酿场所”，而这绝不是不言自明的。弗里德里希再现了法国对于德雷弗斯案件作出种种反应的整体景象，该事件造成整个国家分裂为两个阵营，弗里德里希也由此被迫要对浪漫主义传统表明立场。法国右派把自己装扮成反浪漫主义者，也即前古典主义和拉丁派——而德国法西斯则与之相反，它植根于或多或少带有浪漫主义色彩的关于日耳曼民族“血与土地”的传说。所以一方面要辨识法国反浪漫主义中的理性成分，另一方面又要揭示出其民族主义的蒙蔽。弗里德里希没有让自己被莫拉斯(Charles Maurras)或者巴雷斯(Maurice Barrès)这些“法国行动”理论家的爱国主义热情所传染，但他坚定地从原则上拒绝浪漫主义的情感崇拜和体验崇拜。重提这一点，在今天也许可以有助于理解他选择自己虽然并不热爱，内心却予以肯定的现代性的意志决断，《现代诗歌的结构》正是产生于这一意志决断。作为罗曼语文学学者、拉丁语学者、意大利迷和——外表上也纯粹——富于南欧特征者，且乐于宣称自己出生于胡格诺派家庭，弗里德里希对波德莱尔、马拉美或者瓦莱里这样的形式艺术大师感到一种深切的亲和力。《结构》一书中几乎没有哪一行不是对这种亲和力的有力证明。

现在,1985年,几乎三十年之后,弗里德里希在1956年的《现代诗歌的结构》中描述的图像还有多少是正确的呢?提出这个问题是很自然的。但是我们也许应该在这之前考虑一下这大获成功的薄薄一本书所具有的革新价值。对此可以用五点来概括:**首先**必须说,我们依靠这本书学会了将文学发展史中一段之前让人迷惑而无可概览的时期界别为一个时代,我们认识到,波德莱尔的出现——他的作品当然被许多人赞叹过,但是在这之前一直没有得到相应的历史评价——具有怎样的转折意义。今天人们很容易忘记:不久之前维克多•雨果、缪塞、拉马丁和维尼还被视为法国19世纪最伟大的抒情诗人。如果翻开一本
291 旧的法国文学史,不论哪一部,都能看到对此的明证。这种情况从弗里德里希的《结构》一书面世之后就彻底消失了。作者的反浪漫主义态度导致了一个科学认识,一个足以享有普遍适应性的认识。弗里德里希固然不是第一个我们常说的进行历史性价值重估者,然而他却是那种勉力实现价值重估的人。这是其一。

第二点与第一点相关。弗里德里希的这部著作可以放置在对巴洛克,特别是艾略特或者洛尔卡等诗人对巴洛克抒情诗的发现这一语境下来看。没有对贡戈拉或者“形而上诗人”的重新发现,《现代诗歌的结构》也无法形成它所形成者。弗里德里希自己也指出了特定的可类比之处——风格的压倒性功能、语言的暗示力量等等。然而更重要的是,他在完成了论现代抒情诗的著作之后,自己也对巴洛克诗歌作出了堪称最宏大的分析之一:这说的是弗里德里希的最后一部著作,1964年写成的《意大利抒情诗诸时代》,它被称为《现代诗歌的结构》“后续的前史”。可惜这部书是如此内容浩繁而价格不菲,以至于它无法像《结构》一书那样广为流传。然而谁如果想得到就精神性而言毫不逊色于读《结构》时的享受,那我就建议他拿起这本书。而且弗里德里希并没有抹去现代抒情诗和巴洛克抒情诗之间的差异:虽然说巴洛克诗歌也往往是晦暗的,但它却还是一种可解密的,对于有人文、神话学、诗学

修养的人来说可解读的隐微风格。在现代抒情诗中则不再是如此。只有从单首诗走向所有作品——或者诗歌整体语境的路径才有所帮助。但是这条路大多数时候并不能真正抵达目的地。现代抒情诗无法解释穷尽,恰恰因为它不愿意被穷尽理解。

第三点:弗里德里希的《现代诗歌的结构》是一部**欧洲性**著作。作为罗曼语文学学者,跨越民族文学界限是一种理所当然的习惯。罗曼语文学学者天然就是"比较文学学者"。但是这部著作不仅仅是在影响研究方面,而且是在寻找结构性共同点方面最杰出的、最现代的"比较文学学" 范例——对此弗里德里希自己在前言中已经作了必要的说明。法国在现代诗歌这个不谐和音的音乐会中是第一提琴手,这与法 292
语在罗曼语文学研究构想中占据首位并无关系;这是一项既成事实,在这之前并没有得到如此清晰地辨识的事实:这也是一种——只是很有幸地被少数法国批评家所承认的——革新,它并不是像我们今天可能看到的那样不言而喻。当然,爱伦·坡成为现代抒情诗(或者不如说:现代诗学)的首创者的资格并不亚于波德莱尔—兰波—马拉美,后者被瓦莱里和其他人所继承,由此才为人所认识,现代性之路正是如此行进的。无论如何明确强调都不为过的是,弗里德里希在他的这部书中典范式地展示了普遍适用于近现代文学学的一点:民族界限在这里就意味着一种时代差异性。作为专门学科的"通用文学学与比较文学学"(allgemeine und vergleichende Literaturwissenschaft)需要我们给予比现有更多的关注,也许是他所言的合理结果。这只需想想比较文学在法国(littérature comparée)和在美国(comparative literaure)的繁荣景象就足矣了。

第四点:弗里德里希的这部著作瓦解了多个"主义"的威权。谁还会像在弗里德里希的著作出现之前所通行的那样谈论抒情诗中的象征主义、印象主义或者甚至通灵主义、创生主义?(只有达达主义和超现实主义保留了它们的存在理由。)所有这些流派和方向都由于弗里德里希的归类化整理而被认识为一种整体发展的部分。它们只是在局部上，而不是从整体上有别于弗里德里希展示为现代抒情诗的结构法则的那些趋势。这样一件编织地毯就形成了一幅图画，五彩缤纷的小石子形成了一个马赛克图案。在过去三十年中并没有很多学术著作能让人给予相同的评价。

最后，**第五点**：让这一历史认识得以被把握而显现的概念（这一点前文已经指出过）既不复杂，也不模式化。作者的艺术才能在这里得以保留，他掌握了平衡技巧，在不可转移的、紧贴个体现象的语词和系统化的范畴之间找到了中间道路，这条道路与事实相符，同时也满足了我们对秩序的需求。这部论述"现代诗歌的结构"的书决不能写成论述古法语的发音转移那样充满了小方框的书，在那些小方框里细心而整齐地放进了贴好标签的材料。弗里德里希写出了自己特有的——时不
293 时也受到其弗赖堡的同事海德格尔少许影响的——风格，而这种风格是与其研究对象相称的。这本小书的成功原因之一也许正在于此。本文开头表明的那种毫不妥协自然也是一个原因。或者这甚至可以说是一种"不予争辩的风格"？因为谁胆敢反对弗里德里希呢？《结构》一书的读者可能会设想，那些受宠若惊地坐到这位大师脚边的人该有怎样的心情。然而很多书评人还是反对这位作者。有几位批评弗里德里希有所遗漏，比如几乎完全没有论及魏尔伦，那位讲究旋律的歌者，他对《结构》的高层空气将难以适从。其他人则认为，他对语言音乐性和词语魔术性强调过重；这本来就一直是抒情诗的主要特征之一。还有人更多地是在表达自己对事实的否认，由此同时也谴责弗里德里希对事实的描述。但是主要的责难是，弗里德里希对政治抒情诗不公平：请问在这幅全景图中哪里有布莱希特的位子？聂鲁达的位子又在哪？这最后一个反对意见（我们说的是反对意见！）很可能是最有分量的一个。不过如果要摆出它来，就不能忘了《结构》一书的产生时代。这个时代使人可以谅解某些空缺，虽然布莱希特的缺席肯定是不能免责的。至

于聂鲁达，弗里德里希在后来扩充的新版中还是注意到了这位伟大智利诗人的最伟大作品《马丘比丘之巅》——将这位诗人整个地引入讨论，他却无法做到。为此，也因为这涉及的是积极入世型抒情诗的一个世界级代表，而不是兼做抒情诗人（如布莱希特）者，有必要在这里对此多说两句。

聂鲁达是以一种晦暗诗歌起步的，这种诗歌吸收了超现实主义的某些成分，但是从一开始就具有无可混同的独特音调。他早期的爱情诗在拉丁美洲至今都不曾被遗忘，甚至比晚期的政治诗歌更受欢迎。这些爱情诗是难以体会的，充满了语言魔术，充满了不谐和的隐喻和“横断”，正如弗里德里希分析过的我们这个世纪的欧洲诗人中的任意一个一样。这只需读读《二十首情诗》或者组诗《大地上的居所》就能感受到。之后——在远东经历了人生的一次大旅行后——聂鲁达在西班牙内战爆发前夕到达了马德里。

他与洛尔卡、阿尔韦蒂及其他诗人结为好友，当佛朗哥借故挑起 294
内战时，这些朋友都站在共和主义者的一边。出于团结，聂鲁达也投身其中——并且开始写具有政治和斗争姿态的诗。这其中有趣的是，政治表态的强制性让他获得了新的、形式特征鲜明的——也即大多短小的——诗句，这种诗句诗人在他晚期的、即使是非政治性的诗歌中也多有保留。与其他诗人相反，聂鲁达的参与热情并没有转为呆滞，这热情给他灵感，释放出一种新的生产力，一直延续至他生命结束。聂鲁达始终是一位现代抒情诗人，而且广受欢迎；这样的事，按照弗里德里希的观点，原本绝不可以存在。这对他在著作中忽视的发展同样具有典型意义。不过这一发展并不是偶然在拉丁美洲成为可能的，这是一个世界性地域，在这里一种既来自民间同时又格外讲究、充满诗意和图像的游吟歌手歌唱艺术一直保留到我们这个时代。聂鲁达的抒情诗有时与这种歌唱艺术几乎难以区分。抒情诗可以非常讲究，而又不变得奥秘，这是他的例子给人的启示——虽然必须说，聂鲁达出于意识形态的原因喜欢让自己显得比实际情况更加受欢迎。也有可能，他与党派（他 1945 年加入了智利共产党）的联系有时会让他为诗歌头疼。即使对于聂鲁达自己，他的政治热情也不是像他所标榜的那样毫无问题。他在公开场合没有承认的，有时可以从他的私下表述中获悉。不管怎样：如果想面对聂鲁达的诗歌而剔除他的政治灵感，如果想宣称他只有写非政治诗时才是一个伟大的抒情诗人，那就没有什么更无意义的了。这一对于我们这个世纪中期左右及之后的诗歌都具有典型性的情况是无法见容于弗里德里希的《结构》的路线的。它需要超出弗里德里希之外的思考。

从某些角度来看，黑人精神运动（Négritude）的革命抒情诗与“聂鲁达案例”类似，前者是形成于 30 年代晚期的法属安得利斯群岛的抒情诗，（至少在理念出发点上）与塞内加尔的桑戈尔（Senghor）诗作相近。这些抒情诗起初也带有超现实主义腔调。至少布勒东是这么理解的，他在 1941 年从德国占领区逃至马提尼克，在那里发现了塞泽尔（Césaire）。布勒东将其归于超现实主义是一种误会；因为他看到的出自心理压抑深层的一种“自动书写”（这是他自己所宣传的）实际上源
295 自非洲传统，而且深受为黑人抗争的强烈战斗热情影响。如果说布勒东的理解是一种误解，那么这种误解是富于成果的，而且也是具有历史意义的。因为布勒东使塞泽尔成名，而且说超现实主义的诗歌与非洲诗歌之间有某种特定近似，原则上也并无不可。在两者中都有魔幻般的想象在发挥作用，这种想象是智利诗人维多夫罗（Huidobro）宣称他从一位“造雨者”那里偷听来的想象，他把这想象用于他的《诗艺》：

为什么你们歌唱玫瑰，哦你们这诗人！
让它们在诗歌中开放。

维多夫罗称之为“创造主义”的这一构想让人想到弗里德里希分

析过的“专制性幻想”;但是与后者不相应的是政治性作用意图,这是黑人精神诗歌一贯具有的。这也是自 1956 年以来抒情诗的发展走过的道路,是弗里德里希的《结构》一书中没有得到预先勾画的道路。

塞泽尔的抒情诗代表作《还乡纪事》写成于 1939 年,是一首间或具有史诗特征的长诗。它跨越四十多页,包含了让人想起唤神仪式的连祷段落。从形式的角度(理念上的趋向搁置不谈)来看,聂鲁达的《漫歌集》,尤其是其核心之作《马丘比丘之巅》是可以与其并肩的。虽然我们从塞泽尔那里无法得知,但是聂鲁达这位智利诗人承认过,他主要是从谁那里得到了关于长诗形式的启发:沃尔特•惠特曼。这又提到了另一个没有被纳入弗里德里希关于现代抒情诗的构想中的名字(他只是在提到圣琼•佩斯时提到过一次惠特曼)。而惠特曼在美国新近的抒情诗中催生了许多新成果。在美国,长诗(long poems)也是一个常见的现象——弗兰克•奥哈拉(Frank O'Hara)的名字在这里可以代表许多其他诗人。“民主化”趋势,某种向日常世界、向散文性事件的靠近,一种与散文接近的语言让这些诗歌与弗里德里希所描写的那些“贵族化”抒情诗有了原则上的区分。“诗人走下了奥林匹斯山,”尼卡诺•帕拉(Nicanor Parra)宣称——这又是一位智利诗人——他与这种北美抒情诗相近(今天则是最有趣的拉美诗人之一)。某些迹象表明,在新兴的、
与散文接近的日常抒情诗中也有一种“结构法则”在起作用。在不同地 296
域的诗人身上,在彼此无涉的情况下都能观察到这一法则。

在德国也能见到这一法则的作用,不过是瓦尔特•霍勒尔将美国的这种新发展方向介绍到了德国。也许对于迄今所提出的对弗里德里希的《结构》一书的反对意见,不,补充意见来说,还可以再加一项说明,即在德语语言中,不论是这一边,还是那一边(还是从那一边传到这一边),一种具有质量和分量的新抒情诗也已经形成。保罗•策兰(Paul Celan)当然应该名列第一位:他本来也可以在弗里德里希的书中得到一席之地,因为他那谜一般短缩的、具有丰富影射的晦暗抒情诗

是符合书中展示的趋势的。而且“在最近一段时期里，自70年代中期‘新主观性’复兴了对抒情诗的兴趣以后，可以看到一种‘形式的回归’，”一位熟悉德国诗歌界的人，洛塔•尤尔丹(Lothar Jordan，笔名)写道。以及：“70年代是以其抒情特征往往被压缩至破碎诗行的(日常)诗为标志的。现在从诗行中渐渐又形成了诗句，这里或那里又出现了押韵的回归……”我们还可以重新从弗里德里希的《结构》中获得滋养吗？也许不太可行了。因为：“这种复古式风格到底是明日黄花还是确实会带来伟大的诗歌，还必须拭目以待。”尤尔丹这么认为。

什么样的“结构”可以表明在今天的艺术中(为什么就不能也在抒情诗中？)常被提到的**后现代**的特征，这确实还无法说出来。甚至连最具影响力的倡导者也无法说出来。拉美、北美和非洲如果缺少了未来发展就无从想象，这一点似乎是确定的了。视野由此被扩展；在欧洲的界限以内弗里德里希尚且能自由活动，而这些界限现在也已经被跨越了。然而在现在新版的《现代诗歌的结构》中所阐述的，无一是错的。只是要从一定距离之外来看，这距离造就经典之作，当时间已经离这些作品而去，我们将认识到，它们遗留下了什么。如果弗里德里希的著作是一部关于现代经典作品的经典，那么时间逝去并不会减损它的价值——反而会提高它的价值。

《后记》中涉及的参考文献：

1. 对《现代诗歌的结构》的书评(选录)

L. Spitzer，见：*Modern Language Notes* 72，1957，第523—537页

V. Hell, 见：*Revue de Littérature comparée* 31，1957，第573—577页

S. Melchinger，见：*Wort und Wahrheit. Monatsschrift für Religion und Kultur* 12，1957，第78—80页

E. Dune，见：*Critique* 13，1957，第291—298页(La poésie moderne

dans l'air du temps)

H. Frenzel,见:*Romanische Froschung* 70,1958,第 203—205 页

A. Häny,见:*Schweizer Monatshefte* 38,1958/59,第 479—482 页

K. O. Conrady, 见:*Euphorion. Zeitschrift für Literaturgeschichte* 53,1959,第 103—109 页

R. Colombat:《胡戈·弗里德里希或现代性之不确定性》(Hugo Friedrich ou les incertitudes de la modernité), 见:*Revue d'Allemagne* (XⅥ,4)1984

2. 抒情诗与政治

J. Rühle:《文学与革命; 作家与共产主义》(*Literatur und Revolution. Die Schriftsteller und der Kommunismus*). Köln/Berlin 1960

B. Brecht:《论抒情诗》(*Über Lyrik*). Frankfurt am Main 1964

H. M. Enzensberger:《诗与政治》(Poesie und Politik), 见: *Einzelheiten* Ⅱ. Frankfurt am Main o. J. (1964)

A. Schöne:《论 20 世纪的政治抒情诗》 (*Über politische Lyrik im 20. Jahrhundert*). Göttingen 1965

J. Cano Ballesta:《在纯诗与革命之间的西班牙诗歌,1930—1936》(*La poesía española entre pureza y revolución*, 1930—36). Madrid o. J. (1972)

3. "日常化抒情诗"

H. Wentzlaff-Eggebert (编):《现代抒情诗中的日常语言的合法化:来自欧洲和拉丁美洲的应答》(*Die Legitimation der Alltagssprache in der modernen Lyrik. Antworten aus Europa und Lateinamerika*). Erlanger Forschungen Reihe A, Geisteswissenschaften Band 35, 1984

4. 德国新一代抒情诗

L. Jordan，A. Marquardt u. W.Woesler（编）：《抒情诗之面面观：首次明斯特诗人聚会诗文录》（*Lyrik—von allen Seiten. Gedichte und Aufsätze des ersten Lyrikertreffens in Münster*）. Frankfurt am Main 1984

——《抒情诗之越界目光：第二次明斯特诗人聚会诗文录》（*Lyrik—Blick über die Grenzen. Gedichte und Aufsätze des 2. Lyrikertreffens in Münster*）. Frankfurt am Main 1984（附录中有 1978—1982 年的诗集，由 H. Bulkowski 选辑的单行本和诗选目录）

5. 抒情诗选集

《世界诗歌：法国九个世纪以来的诗文选》（*Poesie der Welt: Frankreich. Auswahl von Gedichten aus neun Jahrhunderten und Prosaübertragungen von E.-M. Schulz-Jander*）. Mit einem Nachwort von J. V. Stackelberg Edition Stichnote im Propyläen–Verlag Berlin 1979

《世界诗歌：意大利八个世纪以来的诗文选》（*Poesie der Welt: Italien. Auswahl von Gedichten aus acht Jahrhunderten und Prosaübersetzungen*）. Nebst Nachwort von H. Köhler. Edition Stichnote im Propyläen-Verlag. Berlin 1983

F. De Faveri u. R. Wagenknecht:《意大利当代抒情诗》（*Italienische Lyrik der Gegenwart*）. Originaltext und deutsche Prosaübertragung. München 1980

A. M. Boase：《法国诗歌》（*The Poetry of France*）. Volume Ⅳ：1900—1965. An anthology with introduction and notes. London 1969

G. Gullón：《西班牙先锋诗歌》（*Poesía de la vanguardia española*）. 2 Bde. Madrid 1981

C. Meyer-Clason（编译）：《巴西 20 世纪诗歌》（*Brasilianische Poesie des 20. Jahrhunderts*）. München 1975

《西班牙 20 世纪抒情诗》(*Spanische Lyrik des 20. Jahrhunderts*). Zweisprachig. Kommentiert und hg. von G. Siebenmann und J. Manuel López. Stuttgart 1985

6. 聂鲁达

采用版本:Buenos Aires, 1957 及 Bilbao(《诗歌集》Ⅰ,Ⅱ), 1974

除了 E. Arendt 在 Luchterhand 出版社(Neuwied)出版的译本之外,还可以参看:

1. H. M. Enzensberger:《非纯诗》(*Poésie impure*). Hamburg 1968

2. R. Hagelstange:《马丘比丘之巅》(*Die Höhen von Macchu Picchu*). Bibliophile Ausgabe mit mehrfarbigen Holzschnitten von HAP Grieshaber. Hamburg 1965

3.《放纵》(*Estravagario*). Bibliophile Ausgabe einer Auswahl in der übertragung von J. V. Stackelberg, mit einem Nachwort und fünf Radierungen von A. Hrdlicka. Hamburg 1971

4.《最后的诗》(*Letzte Gedichte*). Spanisch und deutsch von F. Vogelgsang. Darmstadt und Neuwied 1975 及同一译者的《爱情诗》(*Liebesgedichte*). Darmstadt und Neuwied 1977

具有代表性的聂鲁达诗选有:

R. Pring-Mill:《帕布罗·聂鲁达》(*Pablo Neruda*). A basic anthology, mit einer Einleitung von 79 Seiten. Oxford 1975

H. Loyola:《帕布罗·聂鲁达》(*Pablo Neruda*). Antología esencial, mit einer Einleitung von 30 Seiten. Buenos Aires 1971

在大量聂鲁达研究中值得推荐的有:

E.R. Monegal:《不移动的旅行者:聂鲁达评述》(*El viajero inmóvil. Introducción a Pablo Neruda*). Buenos Aires 1966

E. Siefer:《聂鲁达〈漫歌〉中的史诗性风格元素》(*Epische Stilelemente im Canto General von Pablo Neruda*). Hamburg 1970

M. Durán u. M. Safir:《大地之声:论聂鲁达的诗歌》(*Earth Tones, the Poetry of P. Neruda*). Bloomington 1981

M. M. Solá:《聂鲁达的诗歌与政治性:对〈漫歌〉的分析》(*Poesía y política en P. Neruda. Análisis del Canto General*). Puerto Rico 1980

7. “黑人精神”抒情诗

L. S. Senghor:《黑人及马达加斯加人诗歌小说选》(*Anthologie de la nouvelle poésie nègre et malgache*). Mit einem Vorwort von J.-P. Sartre. Paris 1948

L. Kesteloot:《法语黑人作家:一种文学的兴起》(*Les écrivains noirs de langue française: naissance d' une littérature*). Brüssel 1963

A. Césaire:《返回故土》(*Cahier d'un retour au pays natal*). Mit einem Nachwort von A. Breton, Paris 1971

J. V. Stackelberg:《黑人地区的经典作家》(*Klassische Autoren des Schwarzen Erdteils*). München 1981(尤其参看第52—78页)

A. Yaba:《黑人精神运动:在死胡同里的一次文化解放运动?》(*Négritude. Eine kulturelle Emanzipationsbewegung in der Sackgasse?*) Göttingen 1983(尤其参看第44—77页)

8. 拉丁美洲的现代抒情诗

S. Yurkievich:《拉丁美洲新诗歌开创者》(*Fundadores de la nueva poesía latinoamericana. Vallejo, Huidobro, Borges, Girondo, Neruda, Paz, Lezama Lima*). Barcelona 1971

9. 英美诗歌最新发展动向

M. L. Rosenthal u. S. M. Gall:《现代诗歌序列：现代诗歌天才》(*The Modern Poetic Sequence: the Genius of Modern Poetry*). New York und Oxford 1983

S. Fredman:《诗人的散文：美国诗歌的危机》(*Poet's Prose. The Crisis in American Verse*). Cambridge 1983

D. Hoffman:《诗歌:现代派之后;脱离者学派;告别学派》(Poetry: after Modernism; Schools of Dissidents; Dissisdents from School)，见:D. Hoffman（编）:《哈佛当代文学导读》(*Harvard Guide to Contemporary Writing*). Harvard 1983

参考文献

设置参考文献，是基于将这本书用作研究工具的考量。对一些20世纪的诗人，这里只给出其最重要的作品。这里提到批评性的文章和科研论文，并不意味着作者同意其观点。这一点同样适用于书中引用的某些诗歌的翻译。

一　一般文献

1. *Akzente. Zeitschrift für Dichtung*. München 1954 ff.
2. Albérès, R. M., *L'aventure intellectuelle du XXe siècle. Panorama des littératures europééenes*. 3. Aufl. Paris 1963
3. Anders, G., *Die Antiquiertheit des Menschen*. München 1956
4. Béguin, A., *L'âme romantique et le rêve*. Marseille 1937
5. Benn, G., Probleme der Lyrik. 1951 (in: *Gesammelte Werke*. 2. Aufl. Wiesbaden 1962, Band I)
6. Bowra, C. M., *The Heritage of Symbolism*. London 1943; deutsch: *Das Erbe des Symbolismus*. Übers. von E. Sander. Hamburg 1947
7. —, *The Creative Experiment*. London 1947
8. Burnshaw, St. (Herausg.), *The Poem Itself. 150 European Poems,*

Translated and Analysed. London 1960

9. Cassou, J., *Pour la poésie*. Paris 1935

10. Castelli, E., *Introduction à une phénoménologie de notre époque*. Paris 1949

11. Cohen, J. M., *Poetry of this Age (1908—1958)*. London 1960

12. Curtius, E. R., *Kritische Essays zur europäischen Literatur*. 2. Aufl. Bern 1954

13. *Dizionario universale della letteratura contemporanea*. 5 Bände, Milano 1959—1963

14. Eliot, T. S., From Poe to Valéry. New York 1949, auch in: *To Criticize the Critic*. London 1955; deutsch: Von Poe zu Valéry (in: Zeitschrift *Merkur*, 1950)

15. Enzensberger, H. M. (Herausg.), *Museum der modernen Poesie*. Frankfurt 1960 (fremdsprachlich-deutsche Anthologie)

16. Freyer, H., *Theorie des gegenwärtigen Zeitalters*. Stuttgart 1955

17. Funke, G., Ungegenständlich oder gegenständslos? (in: *Festschrift für H. Lützeler*, Düsseldorf 1962)

18. Gómez de la Serna, R., *Ismos*. Buenos Aires 1943

19. Haftmann, W., *Malerei im 20. Jahrhundert*. 4. Aufl. München 1966

20. Hennecke, H., *Dichtung und Dasein*. Berlin 1950

21. Hocke, G. R., *Manierismus in der Literatur*. rde Bd. 82/83, 4. Aufl. Reinbek 1967

22. Höllerer, W. (Herausg. und Verf. eines Nachworts), *Theorie der modernen Lyrik*. rde Bd. 231/32/33, 2. Aufl. Reinbek 1965

23. Holthusen, H. E., *Ja und Nein. Neue kritische Versuche*. München 1954

24. Howald, E., Die absolute Dichtung im 19. Jahrhundert (in: *Das Wesen der lateinischen Dichtung*. Erlenbach-Zürich 1948)

25. Iser, W. (Herausg. und Mitverf.), *Immanente Ästhetik. Lyrik als Paradigma der Moderne*. München 1966

26. Jaspers, K. *Die geistige Situation der Zeit*. 6. Aufl. Berlin 1965

27. Kayser, W., *Das sprachliche Kunstwerk*. 11. Aufl. Bern 1965

28. —, *Das Groteske*. 2. Aufl. Oldenburg 1961 u. rde Bd. 107, 2. Aufl. Reinbek 1961 (gekürzt)

29. Kemp, Fr., *Dichtung als Sprache. Wandlungen der modernen Poesie*. München 1965

30. Killy, W., Die Lyrik (in: *Fischer–Lexikon, Literatur II*, Frankfurt 1965)

31. Kommerell, M., *Gedanken über Gedichte*. 2. Aufl. Frankfurt a. M. 1956

32. Lehmann, W., *Dichtung als Dasein. Poetologische und kritische Schriften*. 2. Aufl. Darmstadt 1960

33. Ortega y Gasset, J., La deshumanización del arte, 1925 (in: *Obras completas*, Band III, 2. Aufl. Madrid 1950)

34. Loerke, O., *Essays über Lyrik*. Neuausgabe Frankfurt a. M. 1965

35. Paulhan, J. *Clef de la poésie*. Paris 1944

36. Pfeiffer, J., *Umgang mit Dichtung*. 10. Aufl. Hamburg 1962

37. Poe, E. A., A Philosophy of Composition, 1846 (u. a. in: *Poems and Essays*. Leipzig 1884)

38. Rolland de Renéville, A., *L'expérience poétique*. Paris 1938

39. Rychner, M., *Zur europäischen Literatur zwischen zwei Weltkriegen*. 2. Aufl. Zürich 1951

40. Spitzer, L., La enumeración caótica en la poesía moderna. 1945 (jetzt in: *Linguística e Historia literaria*. Madrid 1961)

41. Staiger, E., *Grundbegriffe der Poetik*. 6. Aufl. Bern 1963

42. Steffen, H. (Herausg.), *Aspekte der Modernität*. Göttingen 1965

43. Stelzer, O., *Die Vorgeschichte der abstrakten Kunst*. München 1964

44. Storz, G., *Sprache und Dichtung*. München 1957

45. Strawinsky, I., *Poétique musicale*. Paris 1948, 2. Aufl. 1952; deutsch: *Musikalische Poetik*. Mainz 1949

46. Tindall, W. Y., *The Literary Symbol*. New York 1955

47. De Torre, G., *Literaturas europeas en vanguardia*. 2. Aufl. Madrid 1965

48. Weber, A., *Abschied von der bisherigen Geschichte*. Hamburg 1946

二 法国

一般文献与作品集

49. *Acutalités de la poésie. Études, témoignages*. Paris 1956

50. *Anthologie der französischen Dichtung von Nerval bis zur Gegenwart* (zweisprachig). Ausgewählt und herausgegeben von F. Klee-Palyi, 2 Bände, Wiesbaden 1945—1953

51. *Anthologie de la poésie française depuis le surréalisme*. Préface de M. Béalu. Paris 1952

52. *Barke Phantasie, die Zeitgenössische französische Lyrik*. Übertragen von K. Krolow. Düsseldorf 1957

53. Bertelé, R., *Panorama de la jeune poésie française*. Marseille 1943

54. Bo, C., *Bilancio del surrealismo*. Padua 1944

55. De Boisdeffre, P., *Une histoire vivante de la littérature d'aujourd'hui*. 2. Aufl. Paris 1962

56. —, *Dictionnaire de littérature contemporaine*. Paris 1963

57. Bosquet, A., *Verbe et Vertige. Situations de la poésie*. Paris 1962

58. Bremond, H., *La poésie pure*. Paris 1926

59. Chaigne, L., *Les lettres contemporaines*. Paris 1964

60. Chiari, J., *Contemporary French Poetry*. With a Foreword by T. S.

Eliot. Manchester 1952

61. Clancier, G. E., *De Rimbaud au surréalisme*. 2. Aufl. Paris 1959

62. Clouard, H., *Histoire de la littérature française du symbolisme à nos jours*. 2. Bände, 2. Aufl. Paris 1962

63. Curtius, E. R., *Französischer Geist im 20. Jahrhundert*. Bern 1952

64. Duplessis, Y., *Le surréalisme*. 2. Aufl. Paris 1964

65. *Encyclopédie de la Pléiade. Histoire des littératures. III: Littératures Française*. Volume publié sous la direction de R. Queneau. Paris 1958

66. *Französische Gedichte aus sechs Jahrhunderten*. Herausg. von Fr. Schalk. Bremen 1959

67. *Französische Lyrik im 20. Jahrhundert*. Ausgewählt und eingeleitet von H. Weinrich, übertragen von E. Heyck. Göttingen 1964

68. *Gedichte des französischen Symbolismus in deutschen Übersetzungen*. Herausg. von W. Kayser. Tübingen 1955

69. Gibson, R. (Herausg.), *Modern French Poets on Poetry. An Anthology*. Cambridge 1961

70. Grant, E. M., *French Poetry and Modern Industry*. Cambridge (USA) 1927

71. Gregh, F., *Portrait de la poésie moderne de Rimbaud à Valéry*. Paris 1939

72. Hatzfeld, H., *Trends and Styles in 20th Century (French Literature)*. Washington 1957

73. Johansen, S., *Études sur le style des symbolists français*. Kopenhagen 1945

74. Kahn, G., *Les origines du symbolisme*. Paris 1936

75. Klemperer, B., *Moderne französische Lyrik. Studie und kommentierte Texte*. 2. Aufl. Berlin 1957

76. Lalou, R., *Histoire de la littérature française contemporaine*. 2 Bände, 3. Aufl. Paris 1943

76a. Majault, J., et J. M. Nivat, *Littérature de notre temps*. 2 Bde., Paris 1966

77. Mangeot, G., *Histoire du surréalisme*. Paris 1934

78. Michaud, G., *Message poétique du symbolisme*. Neuaufl. in 1 Bd., Paris 1966

79. Nadeau, M., *Littérature présente*. Paris 1952

80. —, *Histoire du surréalisme, suivie de documents surréalistes*. 4. Aufl. Paris 1964; deutsch: *Geschichte des Surrealismus*. Übers. von K. H. Laier. rde Bd. 240/241, Reinbek 1965

81. Noult, E., *L'hermétisme dans la poésie française moderne*. Mexico 1944

82. —, *Alphabet critique (1924—1964)*. 4 Bände, Bruxelles 1964—1966

83. Paribatra, Princesse M., *Le romantisme contemporain. Essai sur l'inquiétude et l'évasion dans les lettres françaises de 1850 à 1950*. Paris 1954

84. Picon, G., *Panorama de la nouvelle littérature française*. Paris ^{4}1968

85. —, *L'usage de la lecture*. Paris 1960

86. Raymond, M., *De Baudelaire au surréalisme*. Paris ^{4}1966

87. Richard, J.-P., *Onze études sur la poésie moderne*. Paris 1964

88. Rousselot, J., *Panorama critique des nouveaux poètes français*. 2. Aufl. Paris 1959

89. Spitzer, L., Die syntaktischen Errungenschaften der Symbolisten (in: *Aufsätze zur romanischen Syntax und Stilistik*. Halle 1918)

90. —, *Interpretationen zur Geschichte der französischen Lyrik*. Heidelberg 1961

91. Surrealismo e simbolismo (Aufsatzsammlung in: *Archivio di Filosofia*,

Direttore E. Castelli, Anno 1965, fascicolo 3, Padova 1965)

92. Thibaudet, A., *Histoire de la littétarure française de 1789 à nos jours.* Paris 1936; deutsch: *Geschichte der französischen Literatur von 1789 bis zur Gegenwart*. Überstzt von Fr. Greiner. München 1953

93. Vigée, Cl., *Les artistes de la faim*. Paris 1960

94. —, *Révolte et louanges. Essais sur la poésie moderne*. Paris 1961

95. Weidlé, W., *Les abeilles d'Aristée.* Paris 1954; deutsch: *Die Sterblichkeit der Musen*. Stuttgart 1958

波德莱尔(1821—1867)

96. Baudelaire, Ch., *Œuvres complètes*. Éd. J.-G. Le Dantec (Bibl. de la Pléiade). Paris 1954; éd. Révisée par Cl. Pichois. Paris ^{4}1969

97. —, *Les Fleurs du Mal* (1857). Éd. critique par J. Crépet et G. Blin, 2. Aufl. Paris 1950

98. —, dass., annotées et commentées par A. Adam, Paris 1961

99. —, dass., concordances, index et relevés statistiques, établis par le Centre d'études du Vocabulaire français de la Faculté des Lettres de Besançon. Paris 1965

100. —, dass., deutsch: *Die Blumen des Bösen*, von St. George 1891, zuletzt 1930; von Stefan Zweig 1902; von W. von Kalkreuth 1907; von K. (Carlo) Schmid 1946; von W. Hausenstein 1949; von Fr. Kemp 1962

101. Accaputo, N., *L'estetica di Baudelaire e le sue fonti germaniche*. Torino 1961

102. Auerbach, E., Baudelaires Fleurs du Mal und das Erhabene (in: *Vier Untersuchungen zur Geschichte der französischen Bildung*. Bern 1951)

103. Blin, G., *Baudelaire. Paris 1939*

104. —, *Le sadisme de Baudelaire*. Paris 1948

105. Bopp, L., *Psychologie des Fleurs du Mal*. 4 Bände, Genève 1964—1969

106. Cassagne, A., *Versification et métrique de Baudelaire*. Paris 1906

107. Crépet, E., *Baudelaire*. 3. Aufl. Paris 1928

108. Eliot, T. S., Baudelaire (in: Nr. *531*; deutsch in: Nr. *533*)

109. Ferran, A., *L'esthétique de Baudelaire*. Paris 1933

110. Hess, G., *Die Landschaft in Baudelaires Fleurs du Mal*. Heidelberg 1953

111. Kemp, Fr., *Baudelaire und das Christentum*. Marburg 1939

112. Mossop, D. J., *Baudelaire's Tragic Hero. A Study of the Architecture of Les Fleurs du Mal*. Oxford 1963

113. Nies, Fr., *Poesie in prosaischer Welt. Untersuchungen zum Prosagedicht bei A. Bertrand und Ch. Baudelaire*. Heidelberg 1964

114. Noyer-Weidner, A., Stilempfinden und Stilentwicklung Baudelaires im Spiegel seiner Varianten (in: *Linguistic and Literary Studies in Honor of H. Hatzfeld*. Washington 1964)

115. Patterson, A. S., *L'influence d'Edgar Poe sur Ch. Baudelaire*. Grenoble 1903

116. Peyer, H., *Connaissance de Baudelaire*. Paris 1952

117. Pia, P., *Baudelaire par lui–même*. Paris 1956; deutsch: *Baudelaire in Selbstzeugnissen und Bilddokumenten*. Übertragen von Chr. Muthesius. rowohlts monographien Bd. 7, 3. Aufl. Reinbek 1967

118. Pommier, J., *La mystique de Baudelaire*. Paris 1932, Neudr. Paris 1967

119. Porché, F., *Baudelaire. Histoire d'une âme*. Neuauflage Paris 1967

120. Raynaud, E., *Ch. Baudelaire. Étude biographique et critique*. 2. Aufl.

Paris 1923

121. Ruff. M., *L'esprit du mal et l'esthétique baudelairienne*. Paris 1955

122. Satre, J.-P., *Baudelaire*. Paris 1947; deutsch Hamburg 1952

123. Streit, G., *Die Doppelmotive in Baudelaires Fleurs du Mal und Petits Poèmes en prose*. Straßburg 1929

124. Thibaudet, A., *Intérieurs (Baudelaire, Fromentin, Amiel)*. Paris 1924

125. Valéry, P., Situation de Baudelaire. 1924 (in: Nr. *200*, Bd. I, S. 598 ff)

126. Vivier, R., *L'originalité de Baudelaire*. Bruxelles ²1952, Neudruck 1965

洛特雷阿蒙

（原名 Isidore Ducasse，1846—1870）

127. Lautréamont, *Œuvres complètes*. Èd. M. Saillet. Paris 1963

128. —, dass., avec les préfaces de L. Genonceaux..., R. Caillois, Ph. Soupault, A. Breton et J. Gracq. 2. Aufl. Paris 1964

129. —, *Gesamtwerk in deutscher Übertragung von R. Soupault*, Heidelberg 1954; *Das Gesamtwerk* (Die Gesänge des Maldoror, Dichtungen, Briefe). Übertr. mit einem Nachwort und einer Bibliographie von R. Soupault. Rowohlt Paperback 26, Reinbek 1963

130. Bachelard, G., *Lautréamont*. Paris ⁵1968

131. Hotkinson, J. A., *L'œuvre de Lautréamont et son influence sur le mouvement surréaliste en France*. Edinburgh 1960

132. Jean, M., et A. Mezel, *Maldoror. Essai sur Lautréamont et son œuvre*. Paris 1947

133. Soulier, J.-P., *Lautréamont. Génie ou malade imaginaire*. Genève 1964

134. Soupault, Ph., *Lautréamont*. Paris 1946

兰波(1854—1891)

135. Rimbaud, A., *Œuvres comlpètes*. Éd. A. Rolland de Renéville et J. Mouquet (Bibliothéque de la Pléiade). 3. Aufl. Paris 1954

136. —, *Œuvres comlpètes*. Éd. Ch. Moulin. 2 Bände, Paris 1964

137. —, *Gedichte*. Deutsch von K. L. Ammer. Leipzig 1921

138. —, *Sämtliche Gedichte*. Französisch mit deutscher Übersetzung, herausg. von W. Küchler. 2. Aufl. Heidelberg 1955

139. —, *Illuminationen*. Deutsch von G. Haug. Hamburg 1947

140. Arnoult, P., *Rimbaud*. 2. Aufl. Paris 1955

141. Berrichon, P., *A. Rimbaud*. Paris 1912

142. Bonnefoy, Y., *Rimbaud par lui-même*. Paris 1961; deutsch: *Rimbaud in Selbstzeugnissen und Bilddokumenten*. Übers. von J.-M. Zemb. rowohlts monographien Bd. 65, Reinbek 1962

143. De Bouillane de Lacoste, H., Sur la destinée des poésies de Rimbaud (in: *Zeitschrift Romanische Forschungen*, 1939)

144. —, *Rimbaud et le problème des Illuminations*. Paris 1949

145. Claudel, P., Préface aux Œuvres d' A. Rimbaud. 1912 (später in: *Positions et Propositions*, Paris 1938 und öfter)

146. Étiemle, R., *Le mythe de Rimbaud*. Band I Paris 1952, Band II 2. Aufl. Paris 1961

147. Gengoux, J., *Le symbolisme de Rimbaud*. Paris 1947

148. —, *La pensée poétique de Rimbaud*. Paris 1950

149. Izambard, E. G., *Rimbaud tel que je l'ai connu*. Paris 1946

150. Küchler, W., *A. Rimbaud*. 3. Aufl. Heidelberg 1955

151. Mallarmé, St., A. Rimbaud (in: Nr. *161*, S. 512)

152. Matucci, M., *A. Rimbaud. Interpretazione e commentario di testi*. Roma 1963

153. Mondor, H., *Rimbaud ou le génie impatient*. Paris 1955

154. Noulet, E., *Le premier visage de Rimbaud*. Bruxelles 1959

155. Rivière, J., *Rimbaud*. Paris 1930

156. Rolland de Renéville, A., *Rimbaud le voyant*. 2. Aufl. Paris 1946

157. Ruchon, F., *Rimbaud. Sa vie, son œuvre*. Paris 1929

158. Rüesch, J. P., *Ophelia... bei Rimbaud und im deutschen Expressionismus*. Zürich 1964

159. Starkie, E., *The Drunken Boat*. London 1936; deutsch: *Das trunkene Schiff*. Hamburg. 1948

160. Wolfenstein, A., *Rimbaud. Leben, Werk, Briefe*. Berlin 1939

马拉美(1842—1898)

161. Mallarmé, St., *Œuvres complètes*. Éd. H. Mondor et G. Jean-Aubry (Bibliothèque de la Pléiade), Paris [3]1965

162. —, *Un coup de dés...* Übersetzt und erläutert von Marie-Louise Erlenmeyer. Olten und Freuburg i. Br. 1966

163. —, *Gedichte in deutscher Übersetzung*: St. George 1905; Fr. Usinger 1948; R. v. Schaukal 1948; C. Fischer 1957

164. —, *Propos sur la poésie (Briefe)*. Éd. H. Mondor, 2. Aufl. Monaco 1953

165. —, *Correspondance I (1862—1871)*. Éd. H. Mondor et J.-P. Richard, Paris 1959; *II (1871—1885)*. Éd. H. Mondor et L. J. Austin, Paris 1965

166. Aish, D. A. K., *La métaphore dans l'œuvre de St. Mallarmé*. Paris

1938

167. Bo, C., *Mallarmé*. Milano 1945

168. Cohn, R. G., *Towards the Poems of Mallarmé*. Berkeley and Los Angeles 1965 (ausführliche Kommentare)

169. Davies, G., *Les <Tombeaux> de Mallarmé*. Essai d'exégèse raisonnée. Paris 1950

170. —, *Mallarmé et le drame solitaire*. Paris 1959

171. Delfel, G., *L'esthétique de Mallarmé*. Paris 1952

172. Gengoux, J., *Le symbolisme de Mallarmé*. Paris 1950

173. George, St., Lobrede auf Mallarmé. 1903 (jetzt in: *Werke*, Band I, München und Düsseldorf 1958)

174. Goffin, R., *Mallarmé vivant*. Paris 1955

175. Larrauri, A. O., *Mallarmé, poeta simbólico*. Buenos Aires 1948

176. *Les Lettres (Zeitschrift)*, Sonderheft für Mallarmé. Paris 1948

177. Lüders, E. M., Sechzig Jahre Mallarmé-Forschung (in: Zeitschrift *Romanistisches Jahrbuch* VIII, 1957)

178. Mauron, Ch., *Mallarmé par lui–même*. Paris 1964

179. Michaud, G., *Mallarmé, l'homme et l'œuvre*. Paris 1963

180. Mondor, H., *Vie de Mallarmé. 3. Aufl*. Paris 1951

181. Naumann, W., *Der Sprachgebrauch Mallarmés*. Marburg 1936

182. Nardis, L., *Mallarmé in Italia*. Milano 1957

183. Noulet, E., *L'œuvre poétique de Mallarmé*. Paris 1940

184. —, *Vingt poèmes de Mallarmé*. Genève-Paris 1967 (ausführliche Kommentare)

185. —, *Suite mallarméenne*. Bruxelles 1959

186. *Nouvelle Revue Française*, Sonderheft für Mallarmé. Paris 1928

187. Poulet, G., *Études sur le temps humain*. Band II, Paris 1952 (darin

über Mallarmé)

188. Ragusa, O., *Mallarmé in Italy*. Literary Influence and Critical Response. New York 1957

189. Reyes, A., De Góngora y de Mallarmé (in: *Cuestiones gongorinas*, Madrid 1927)

190. —, Mallarmé en castellano (in: Zeitschrft *Revista de Occidente*, Madrid 1932)

191. —, *Mallarmé entre nosotros*. México 1955

192. Richard, J.-P., *L'univers imaginaire de Mallarmé*. Paris 1961

193. Scherer, J., *L'expression littéraire dans l'œuvre de Mallarmé*. Lille-Genève 1947

194. —, *Le LIVRE de Mallarmé. Premières recherches sur des documents inédits*. Paris 1957

195. Steland, D., *Dialektische Gedanken in St. Mallarmés Divagations*. München 1965

196. Thibaudet, A., *La poésie de St. Mallarmé*. 3. Aufl. Paris 1930

197. Valéry, P., Écrits divers sur Mallarmé. 1920—1944 (in: Nr. *200*, Band I, S. 619 ff)

198. Vossler, K., Mallarmé und die Seinen. 1938 (jetzt in: *Die romanische Welt*, München 1965)

199. Wais, K., *Mallarmé*. 2. Aufl. München 1952

瓦莱里(1871—1945)

200. Valéry, P., *Œuvres*. Éd. J. Hytier (Bibliothèque de la Pléiade), 2 Bände, Paris 1957—1960

201. —, *Poésies (Album des vers anciens, La Jeune Parque, Charmes...)*. Paris 1930, zuletzt 1965

202. —, *Charmes. Commentés par Alain*. Paris 1928

203. —, *Le cimetière marin. Versuch einer Deutung von R. Palgen*. Breslau 1931

204. —, *Le cimetière marin. Essai d'une explication par G. Cohen*. ^{2}1946

205. —, *Il Cimitero Marino. Studio critico, testo, versione metrica, commento di O. Macrí*. Firenze 1947

206. —, *La Jeune Parque. Texte et étude critique par O. Nadal*. Paris 1957

207. —, Gedichte. Teilübersetzungen von E. R. Curtius (in: Nr. *63*), von R. M. Rilke (in: *Gesammelte Werke*. Leipzig 1927)

208. —, *Cahiers (Reproduction facsimile)*. 29 Bände, Paris 1957—1961

209. —, *Lettres à quelques–uns*. Paris 1952

210. —, *Correspondance avec A. Gide*. Paris 1955

211. —, *Zur Theorie der Dichtkunst*. Übers. v. K. Leonhard. Frankfurt 1962

212. Bémol, M., *P. Valéry*. Clermont-Ferrand 1949

213. Berne-Joffroy, A., *Présence de Valéry*. Paris 1944

214. Bremond, H., *Racine et Valéry*. Paris 1944

215. Curtius, E. R., in Nr. *63*

216. Duchesne-Guillemin, J., *Étude de Charmes*. Paris 1947

217. —, *Études pour un Valéry*. Neuchâtel 1964

218. Gmelin, H., Kleines Wörterbuch zu Valéry (in: Zeitschrift *Romanische Forschungen*, 1947)

219. Guiraud, G., *Langage et versification d'après l'œuvre de P*. Valéry. Paris 1953

220. Hytier, J., *La poétique de P. Valéry*. Paris 1953

221. Lawler, J. R., *Lecture de Valéry. Une étude de Charmes*. Paris 1963

222. Lefèvre, Fr., *Entretiens avec P. Valéry*. Paris 1926

223. Lorenz, E., Die Valéry-Kritik im heutigen Frankreich (in: Zeitschrift *Romanisches Jahrbuch*, 1955—1956)

224. Mackay, A. E., *The Universal Self*. Toronto 1961

225. Marschall von Bieberstein, M., *Aspekte einer italienischen Valéry-Rezeption*. Diss. Freiburg 1957 (in Maschinenschrift)

226. Maurer, K., *Interpretationen zur späteren Lyrik P. Valérys*. München 1954

227. Mondor, H., *L'heureuse rencontre de Valéry et de Mallarmé*. Paris-Lausanne 1948

228. —, *Propos familiers de Valéry*. Paris 1957

229. Noulet, E., *Valéry, Études. Édition définitive*. Bruxelles 1951

230. —, *Suite valéryenne*. Bruxelles 1959

231. Pelmont, R., *Valéry et les beaux-arts*. Cambridge (Mass.) 1948

232. Rauhut, Fr., *Valéry*. München 1930

233. Raymond, M., *Valéry et la tentation de l'esprit*. Neuchâtel 1949

234. Thibaudet, A., *P. Valéry*. Paris 1923

235. (Valéry, P.), *Témoignages inédits*. Neuchâtel 1945

236. *Valéry vivant*. Sammelband der *Cahiers du Sud*, Paris 1946

237. Whiting, Ch. G., *Valéry, jeune poète*. Paris 1960

阿波利奈尔

（原名 Guillaune de Kostrowitzky, 1880—1918）

238. Apollinaire, G., *Œuvres poétiques*. Texte établi et annoté par M. Adéma et M. Décaudin. (Bibliothèque de la Pléiade), 2. Aufl. Paris 1962

239. —, *Œuvres complètes*. Présentées par M. Décaudin (im Erscheinen begriffen, auf vier Bände berechnet). Paris 1966 f

240. —, *Alcools*. 1913. Kritische Ausgabe von Tr. Tzara. Paris 1953

241. —, *Dichtungen* (zweisprachig). Ausgewählt und herausgegeben von F.

Klee-Palyi. Wiesbaden 1953

242. —, *Bestiariom. Fünfundzwanzig Gedichte nach Le Bestiaire ou Cortège d'Orphée*. Deutsch von K. Krolow. Gießen 1959

243. Adéma, M., *Apollinaire le Mal-Aimé*. Paris 1952
244. Billy, A., *G. Apollinaire*. 2. Aufl. Paris 1949
245. Carmody, Fr. J., *The Evolution of Apollinaire's Poetics*. Berkeley and Los Angeles 1963
246. Décaudin, M., *Le dossier d'Alcools*. Lille-Genève 1960
247. Durry, M.-J., *G. Apollinaire*. 3 Bände, Paris 1956 ff
248. Giedion-Welcker, C., *Die neue Realität bei Apollinaire*. Bern 1945
249. *Lettres Modernes*, Sonderheft für G. Apollinaire. Paris 1962—1963
250. Luca, T., *Apollinaire*. Paris 1954
251. Pia, P., *Apollinaire par lui-même*. Paris 1959; deutsch: *Apollinaire in Selbstzeugnissen und Bilddokumenten*. Übersetzt von M. Hölzer. rowohlts monographien Bd. 54, Reinbek 1961
252. Rouveyre, A., *Apollinaire*. Paris 1945
253. —, *Amour et poésie d'Apollinaire*. Paris 1954
254. Vergnes, G., *La vie passionnée d'Apollinaire*. Paris 1958
255. Warnier, R., Apollinaire (in: Zeitschr. *Roman. Forschungen*, 1954)
256. —, Apollinaire et l'Allemagne (in: Zeitschrift *Revue de Littérature comparée*, 1954)

257. Supervielle, J. (1884—1960), *Gravitations*. 2. Aufl. Paris 1932
258. —, *Nouveaux poèmes*. Paris 1956
259. Greene, T. W., *J. Supervielle*. Genève-Paris 1958

圣琼·佩斯

（原名 Alexis Léger，1887—1975）

260. Saint-John Perse, *Œuvre poétique*. 2 Bde., Paris 1953—60 (enthält u. a.: Éloges, 1911; Anabase, 1924; Exil, 1941; Vents, 1946; Amers, 1957)

261. —, deutsche Übersetzungen: *Anabasis*, von R. Kassner, R. M. Rilke und anderen, Vorreder von H. v. Hofmannsthal, 1929; *Exil*, von L. Gescher und Fr. Kemp, 1961; *Seemarken (=Amers)*, von F. Kemp, 1959. *Dichtungen, französisch und deutsch*, herausg. von Fr. Kemp. 1959

262. Bosquet, A., *Saint-John Perse*. 2. Aufl. Paris 1965

263. Caillois, R., *Poétique de Saint-John Perse*. Paris 1954

264. Guerre, P., *Saint-John Perse et l'homme*. Paris 1955

265. Hommage à Saint-John Perse (in: Zeitschrift *Les cahiers de la Pléiade*, 1947)

266. *Honneur à Saint-John Perse. Hommages et témoignages littéraires*. Paris 1965

267. Knodel, A., *Saint-John Perse. A Study of his Poetry*. Edinburgh 1966

268. Murciaux, Ch., *Saint-John Perse*. Paris 1960

269. Parent, M., *Saint-John Perse et quelques devanciers. Étude sur le poème en prose*. Paris 1960

270. Saillet, M., *Saint-John Perse*. Paris 1952

271. Jouve, P. J. (1887—1976), *Les Noces*. Paris 1931; *Apologie du poète*. Paris 1945; *Lyriques*. Paris 1956

271a. Callander, M., *The Poetry of P. J. Jouve*. Manchester 1965

272. Cocteau, J. (1889—1963), *Démarche d'un poète*. (Franz. und

deutsch) München 1953

273. —, *Ausgewählte Gedichte*. Französisch und deutsch, übersetzt von G. Schneider, Wiesbaden 1959

艾吕雅

（原名 E.-E. Paul Grindel，1895—1952）

274. Eluard, P., *Premiers poèmes*. Paris 1913

275. —, *Poèmes pour la paix*. Paris 1918

276. —, *Capitale de la douleur*. Paris 1926

277. —, *La vie immédiate*. Paris 1932

278. —, *Choix de poèmes (1917—1952)*. Paris 1952

279. —, *Derniers poèmes d'amour*. Éd. L. Scheler. Paris 1962

280. —, *Le poète et son ombre*. Textes inédits, publiés par D. Valette. Paris 1963

281. —, *Ausgewählte Gedichte*. Französisch und deutsch, herausg. von J. Hübner (verschiedene Übersetzer). Neuwied 1963

282. Carmody, F. J., Eluard's Rupture with Surrealism (in: Zeitschrift *Publications of the Modern Language Association of America*, 1961)

283. Carrouges, M., *Eluard et Claudel*. Paris 1945

284. Eglin, H., *Liebe und Inspiration im Werk von P. Eluard*. Bern 1965

285. *Europe* (Zeitschrift), Sondernummer für P. Eluard. 1962

286. Gaffe, R., *P. Eluard*. Paris-Bruxelles 1945

287. Parrot, L., et J. Marcenac, *P. Eluard*. 3. Aufl. Paris 1960

288. Perche, L., *P. Eluard*. Paris 1963

290. Aragon, L. (1897—1982), *Traité du style*. Paris 1925

291. —, *Les Yeux d'Elsa*. Paris 1942; Poésie. Anthologie 1917—60, Paris 1960

292. Juin, H., *Aragon*. Paris 1960

293. Raillard, G., *Aragon*. Paris 1964

294. Ponge, F. (1899—1988), *Le parti pris des choses*. Paris 1942

295. —, *Lyres*. Lausanne 1947

296. —, *Proëmes*. Paris 1948

297. —, *La rage de l'expression*. Paris 1952

298. —, *Lyren. Ausgewählte Werke*. Franz-deutsch von G. Henninger und K. Spann. Frankfurt a. M. 1965

299. Michaux, H. (1899—1984), *Passages (1917—1963)*. 2. erw. Aufl. Paris 1963; deutsch: *Passagen*. Übers. von E. Walther (nach der ersten Auflage 1950), Esslingen 1956

300. —, *Vents et Poussières*. Paris 1962; deutsch: *Wind und Staub (Prosa und Gedichte)*, übers. von H. Baumgart. Olten und Freiburg i. Br., 1965

301. —, *Dichtungen, Schriften, I*. Französisch und deutsch. Übers. von C. Celan und K. Leonhard. Frankfurt a. M. 1965

302. Prévert, J. (1900—1977), *Paroles*. Paris 1949

303. —, *Gedichte und Chansons*. Übersetzt von K. Kusenberg. 2. Aufl. Hamburg 1952 u. Rowohlt Paperback Bd. 7, 2. Aufl. Reinbek 1964

304. Queneau, R. (1903—1976), *Les Ziaux*. Paris 1943

305. —, *Exercices de style*. Paris 1947

306. Char, R. (1907—1988), *Poèmes et prose*. Paris 1957

307. —, *Dichtungen*. Französisch und deutsch. Herausg. von J. P. Wilhelm und Chr. Schwerin. Frankfurt a. M. 1959 (mehrere Übersetzer)

三 西班牙与南美洲[1]

一般文献与作品集

308. Abril, X., *Vallejo*. Buenos Aires 1958

309. —, *Cesar Vallejo o la teoría poética*. Madrid 1963

309a. Aguado-Andreut, S., *Por el mundo poético de Rubén Darío*. Guatemala 1966

310. Aleixandre, V., *Algunos caracteres de la nueva poesía española*. Madrid 1955

311. Alonso, D., *Ensayos sobre poesía española*. 2. Aufl. Buenos Aires 1946

312. —, Góngora y la literatura contempornánea (in: *Estudios y Ensayos gongorinos*. 2. Aufl. Madrid 1961)

313. —, *Poetas españoles contemporáneos*. 2. Aufl. Madrid 1958

314. *Antología de Adonais*, prólogo de V. Aleixandre. I: 2. Aufl. Madrid 1956; II: Madrid 1962

315. *Antología de la poesía moderna hispanoamericana*. Ed. X. Abril, Montevideo 1957

316. Aub, M., *Una nueva poesía Española*. México 1957

317. Azcoaga, E., *Panorama de la poesía moderna española*. Buenos Aires 1953

① 这里就南美洲诗歌——聂鲁达除外——只给出间接文献，即使这些文献的数量也很少，因为我们并未就南美洲的抒情诗展开讨论。

318. Baader, H., Die ,,Modernität “der spanischen Gegenwartslyrik (in: Zeitschrift *Romanische Forschungen*, 1958)

319. Baumgart, H., *Der Engel in der modernen spanischen Literatur*. Genf 1958

320. Bodini, V., *I poeti surrealisti spagnoli. Saggio e antologia*. Torino 1963

321. Böhmer, U., *Die Romanze in der spanischen Dichtung der Gegenwart*. Bonn 1965

322. Bousoño, C., *Teoría de la expresión poética*. 2. Aufl. Madrid 1962

323. Cano, J. L., *Poesía española del siglo XX*. Madrid 1960

324. —, *Antología de la nueva poesía española*. 2. Aufl. Madrid 1964

325. Cernuda, L., *Estudios sobre poesía española contemporánea*. Madrid 1957

326. Davi, H. L., *Spanische Lyrik der Gegenwart (Übersetzungen)*. Zürich 1960

327. Dehennin, E., *La résurgence de Góngora et la génération poétique de 1927*. Paris 1962

328. Del Río, A., *Historia de la literatura española. II (desde 1700 hasta nuestros días)*, 2. Aufl. Madrid 1964

329. Díaz-Plaja, G., *Modernismo frente a noventa y ocho*. Madrid 1951

330. Diego, G., *Poesía española contemporánea (1901—1934)*. Antología. 4. Aufl. Madrid 1962

331. —, *Nuevo escorzo de Góngora*. Santander 1961

332. Flachskampf, L. (Herausg.), *Spanische Lyrik des 19. u. 20. Jahrhunderts*. (Originaltexte) Frankfurt a. M. 1950

333. Gaos, V. (Hrsg.), *Antología del grupo poético de 1927*. Salamanca 1965

334. González Muela, J., *El lenguaje poético de la generación Guillén–Lorca*. Madrid 1955

335. González, Ruano, C., *Antología de poetas españoles contemporáneos*. Barcelona 1946

336. Henríquez, Ureña, P., *Las corrientes literarias en la América Hispánica*. México 1964

337. Hottinger, A., *Das volkstümliche Element in der modernen spanischen Lyrik*. Zürich 1962

338. Kellermann, W., Die Welt der Dinge in der spanischen Lyrik des 20. Jahrhunderts (in: Zeitschrift *Dt. Vierteljahrsschrift für Literaturwissenschaft u. Geistesgeschichte*, 1953)

339. Krolow, K., *Spanische Gedichte des 20. Jahrhunderts*. (Originale und Übersetzungen) Frankfurt a. M. 1962

340. Landwehrmeyer, R., *Spanische Sonettdichtung der Gegenwart.* Freiburg 1955 (Dissertation, Maschinenschrift)

342. Macrí, O., *Poesia spagnola del Novecento*. 2. Aufl. Parma 1961 (Originale und italienische Übersetzungen)

343. Mapes, E. K., *L'influnce française dans l'œuvre de Rubén Darío*. Paris 1925

344. Monteil, V., *Anthologie bilingue de la poésie hispanique contemporaine (Espagne et Amérique)*. Paris 1959

345. Monterde, A., *La poesía pura en la lírica española*. México 1953

346. Montes, H., y J. Orlandi, *Historia y Antología de la Literatura Chilena*. 5. Aufl. Santiago de Chile 1961

347. Montes, H., *Poesía actual de Chile y España*. Barcelona 1963

348. Montesinos, J. F., *Die moderne spanische Dichtung*. Leipzig 1927

349. Moreno, A. (Herausg.), *Poesía española actual. Antología*. 1946

349a. Neruda, P. (geb. 1904, Chilene), *Alturas de Machu Picchu*. Spanisch-deutsch mit einer Übersetzung von R. Hagelstange und einem Kommentar von J. von Stackelberg, Hamburg 1965

350. De Onís, F., *Antología de la poesía española e hispano–amaricana (1882—1932)*. 2. Aufl. New York 1961 (mit umfangreichen Einleitungen)

351. Palm, E. W. (Übersetzer), *Rose aus Asche. Spanische und spanisch–amerikanische Lyrik seit 1900*. München 1955

352. Sáinz de Robles, F. C., *Historia y Antología de la poesía española del siglo XII al XX*. Madrid 1955

353. Salinas, P., *La poesía de Rubén Darío*. Buenos Aires 1948

354. —, *Literatura española*. Siglo XX. 2. Aufl. México 1949

355. Siebenmann, G., *Die moderne Lyrik in Spanien*. Stuttgart 1965

356. De Torre, G., *Problemática de la literatura*. 2. Aufl. Buenos Aires 1958

357. —, *El fiel de la balanza*. Madrid 1961

358. —, *La aventura estética de nuestra edad*. Barcelona 1962

359. Torrente Ballester, G., *Panorama de la literatura española contemporánea*. 3. Aufl. Madrid 1965

360. (Vallejo, C., 1892—1938), *Actas del simposium...* Córdoba (Argent.) 1962

361. Videla, G., *El ultraísmo. Estudios sobre movimientos poéticos de vanguardia en España*. Madrid 1963

362. Vivanco, L. F., *Introducción a la poesía española contemporánea*. Madrid 1957

363. Zilio, G. M., *Stile e poesia in César Vallejo*. Padova 1960

希梅内斯(1881—1958)

364. Jimémez, J. R., *Poesías escogidas (1899—1917)*. Madrid 1917

365. —, *Segunda antología poética (1898—1918)*. Madrid 1922

366. —, *Tercera antología poética (1898—1953)*. Madrid 1957

367. —, *Libros de poesía*. Madrid 1957

368. —, *Herz, stirb oder singe* (Gedichte, span. und deutsch, übers. von H. L. Davi). Zürich 1958

369. Bleiberg, G., El lírico absoluto: J. R. Jiménez (in: Zeitschrift *Clavileño*, 1951)

370. Bo, C., *La poesia con Juan Ramón*. Firenze 1941

371. Díaz-Plaja, G., *J. R. Jiménez en su poesía*. Madrid 1958

372. Gullón, R., *Estudios sobre J. R. Jiménez*. Buenos Aires 1960

373. Neddermann, E., *Die symbolistischen Elemente im Werk von J. R. Jiménez*. Hamburg 1935

374. De Pablo, B., *El tiempo en la poesía de J. R. Jiménez*. Madrid 1965

375. Palau de Nemes, Gr., *Vida y obra de J. R. Jiménez*. Madrid 1957

376. Sánchez-Barbudo, A., *La segunda época de J. R. Jiménez*. Madrid 1962 (Interpretationen)

377. Sobejano, G., J. R. Jiménez a través la crítica (in: Zeitschrift *Romanistisches Jahrbuch*, 1957—1958)

378. Ulibarri, S. R., *El mundo poético de J. R. Jiménez*. Madrid 1962

萨利纳斯(1891—1951)

379. Salinas, P., *La voz a ti debida*. Madrid 1934

380. —, *Todo más claro*. Buenos Aires 1949

381. —, *Poesías completas*. Madrid 1955

382. Baader, H., *P. Salinas. Studien zu seinem dichterischen und kritischen Werk*. Köln 1955

383. Costa de Ordóñez, O., *P. Salinas frente a la realidad.* Madrid-Barcelona 1969

384. Darmangeat, P., *L'univers poétique de P. Salinas*. Paris 1952

385. Dehennin, E., *Passion d'absolu et tension expressive dans l'œuvre de P. Salinas*. Genève 1957

386. Spitzer, L., El conceptismo interior de P. Salinas. 1941 (jetzt in: *Linguística e Historia Literaria*. Madrid 1955)

纪廉(1893—1984)

387. Guillén, J., *Cántico, primera edición completa*. Buenos Aires 1950

388. —, *Clamor I*. Buenos Aires 1957

389. —, *Clamor II*. Buenos Aires 1960

390. —, *Clamor III*. Buenos Aires 1963

391. —, *Viviendo y otros poemas*. Barcelona 1958 (Anthologie)

392. —, *Lobgesang (Auswahl aus Cántico)*. Übers. von E. R. Curtius, Zürich 1952

393. —, *Berufung zum Sein. Ausgewählte Gedichte*. Übersetzung von H. Baumgart. Wiesbaden 1963

394. —, *Sei poesie, tradotte da E. Montale*. Milano 1958

395. —, *Lenguaje y poesía* (zuerst englisch: *Language and Poetry*. Cambridge, USA, 1961). Madirid 1962; deutsch: *Sprache und Poesie*. Übersetzt von R. Specht. München 1965

396. Casalduero, J., *Cántico de Guillé n*. Madrid—New York, 2. Aufl. 1953

397. Curtius, E. R., siehe Nr. 12

398. Darmangeat, P., *J. Guillén ou le Cantique Émerveillé*. Paris 1958

399. Gil de Biedma, J., *El mundo y la poesía de J. Guillén*. Barcelona 1960

400. Gonzúlez Muela, J., *La realidad y J. Guillén*. Madrid 1962

401. Guillón, R., y J. M. Blecua, *La poesía de J. Guillén*. Zaragoza [2]1960

402. Lind, G. R., *Guilléns Cántico, eine Motivstudie*. Frankfurt a. M. 1955

403. Vigée, Cl., Le message poétique de J. Guillén (in: Zeitschrift *Critique*, 1960)

迭戈(1896—1987)

404. Diego, G., *Imagen, poemas (1918—1921)*. Madrid 1922

405. —, *Versos humanos (1918—1924)*. Madrid 1925

406. —, *Alondra de verdad*. Madrid 1941

407. —, *Primera antología de sus versos*. 4. Aufl. Buenos Aires 1947

408. —, *Biografía incompleta*. Segunda edicí on con nuevos poemas, Madrid 1967

409. —, *Poesía amorosa (1918—1961)*. Barcelona 1965

410. —, *Versos. Gedichte*. Deutsch von B. Vesper-Triangel. Berlin 1965

411. D'arrigo, M., G. Diego, *il poeta di Versos humanos*. Torino 1954

412. Berbenni, G., Situación de G. Diego (in: Zeitschrift *Clavileño*, 1954)

413. Dittmeyer-Dabelstein, H., G. Diego. Dichtung und Weltaltung (in: Zeitschrift *Romanistisches Jahrbuch*, 1958)

414. Gallego Morell, A., *Vida y poesía de G. Diego*. Barcelona 1956

加西亚·洛尔卡(1898—1936)

415. García Lorca, F., *Obras completas* (Prólogo de J. Guillén, Epílogo de V. Aleixandre). 9. Aufl. Madrid 1968 (mit reichhaltiger Bibliographie)

416. —, deutsche Übersetzungen: *Gedichte*, von E. Beck, 2. Aufl. 1952; *Zigeunerromanzen*, von E. Beck, 1953; *Dichtung vom tiefinneren Sang*, von E. Beck, 2. Aufl. 1957; *Dichter in New York*, von E. Beck (zweisprachig), 1963

417. —, und J. Guillén, *Correspondencia 1925—1936*. Milano 1960; deutsch: *Mein Freund García Lorca*. Unter Verwendung des Vorworts von Guillén aus Nr. *415*, übers. von H. Baumgart und E. Beck, Wiesbaden 1965

418. —, deutsch: *Briefe an Freunde. Interviews. Erklärungen zu Dichtung und Theater*. Übers. von E. Beck. Frankfurt a. M. 1966

419. Cano, J. L., *García Lorca. Biografía ilustrada*. Barcelona 1962

420. De la Guardia, A., *García Lorca. Persona y Creación*. 3. Aufl. Buenos Aires 1952

421. Díaz-Plaja, G., *F. García Lorca*. 3. Aufl. Madrid 1961

422. Flecniakoska, J. L., *L'univers poétique de F. García Lorca*. Bordeaux 1952

423. Flys, J. M., *El lenguaje poético de F. García Lorca*. Madrid 1955

424. Hess, R., García Lorca y Whitman (in: Zeitschrift *Arbor*, 1964)

425. Krauss, W., García Lorca und die spanische Dichtung (in: *Studien und Aufsätze*, Berlin 1959)

426. Lorenz, G. W., *F. García Lorca*. Karlsruhe 1961 (gekürzte Fassung, Hamburg 1963)

427. Scarpa, R. E., *El dramatismo en la poesía de F. García Lorca*. Santiago de Chile 1961

428. Siebenmann, G., Zur Bedeutung einiger Pflanzennamen in der Lyrik Lorcas (in: Zeitschrift *Vox Romanica*, 1961)

429. Trend, J. B., *Lorca and the Spanish Poetic Tradition*. Oxford 1956

430. Zeltner-Neukomm, Gerda, Zur Lyrik F. García Lorcas (in: Zeitschrift *Trivium*, 1949)

阿莱桑德雷(1898—1984)

431. Aleixandre, V., *Poesías completas* (1927—1957; Prólogo de C. Bousoño). Madrid [2]1968

432. —, *Nackt wie der glühende Stein. Ausgewählte Gedichte*. Spanisch und deutsch. Heausg. von E. Arendt, Hamburg 1963

433. Bousoño, C., *La poesía de V. Alexandre*. Madrid 1956

阿尔韦蒂(1902—1999)

434. Alberti, R., *Poesía (1924—1944)*. 2. Aufl. Buenos Aires 1946

435. —, *Obras completas*. Buenos Aires 1961

436. —, *Poèmes. Texte espagnol*, traduction française de G. Lévis Mano. Paris 1952

437. —, *Zu Lande zu Wasser* (spanisch-deutsch, übers. von E. W. Palm, mit Nachwort). Frankfurt a. M. 1960

438. Couffon, Cl., *R. Alberti*. Paris 1966

439. *Insula* (Zeitschrift), Sondernummer für R. Alberti. Mai 1963, Madrid

440. Marrast, R., Essai de bibliographie de R. Alberti (in: Zeitschrift

Bulletin hispanique, 1955)

塞努达(1902—1963)

441. Cernuda, L., *La Realidad y el Deseo. Poesías completas (1924—1956).* 3. Aufl. México 1958

442. Müller, E., *Die Dichtung Cernudas*. Genève—Paris 1962

四 意大利

一般文献与作品集

443. Anceschi, L., *Le poetische del Novecento*. Milano 1953

444. —, e S. Antonielli, *Lirica del Novecento (Anthologie)*. Firenze 1953

445. Apollonio, M., *Ermetismo*. Padova 1945

446. —, *I contemporanei*. Milano 1957

447. Baumgarth, Christa, *Geschichte des Futurismus*. rde Bd.248/49, Reinbek 1966

448. Bigongiari, P., *Poesia italiana del Novecento*. 2. Aufl. Firenze 1965

449. Binni, W., *Poeti del decadentismo*. 3. Aufl. Firenze 1961

450. Chiappelli, F., *Langage traditionnel et langage personnel dans la poésie italienne contemporaine*. Neuchâtel 1951

451. Contini, G., *Esercizi di lettura sopra autori contemporanai*. Milano 1947

452. De Robertis, G., *Scrittori del Novecento*. Firenze 1946

453. Flora, Fr., *La poesia ermetica*. 2. Aufl. Bari 1944

454. —, *Scrittori italiani contemporanei*. Pisa 1952

455. Folena, G. (Herausg. u. Verf. der Einleitung), *Ricerche sulla lingua poetica contemporanea*. Padova 1965

456. Frenzel, H., Formen und Urprünge hermetischer Dichtkunst in Italien (in: Zeitschrift *Romanische Forschungen*, 1953)

457. Galletti, A., *Il Novecento*. 3. Aufl. Milano 1951

458. Giannessi, F., *Gli ermetici*. 2. Aufl. Milano 1963

459. Hinterhäuser, H., *Moderne italienische Lyrik*. Göttingen 1964

460. *Letteratura italiana. I contemporanei (Orientamenti Culturali)*. 2 Bände, von verschiedenen Verfass., Milano 1963

461. Macrí, O., *Caratteri e figure della poesia italiana contemporanea*. Firenze 1956

462. Mariani, G., *Poesia e tecnica nella lirica del Novecento*. Padova 1958

463. —, *Peoti della terza generazione del Novecento*. Roma 1963

464. Petrucciani, M., *La poesia dell'ermetismo italiano*. Torino 1955

465. Pozzi, G., *La poesia italiana nel Novecento. Da Gozzano agli ermetici*. Torino 1965

466. Rademacher, G., *Poesia italiana*. Ital. u. dt. Köln—Graz 1962

467. Ravegnani, G., e G. Titta Rosa, *Antologia dei poeti dell'ultimo secolo*. Milano 1963

468. Romano, S. F., *Poetica dell'ermetismo*. Firenze 1942

469. Rüdiger, H. (Hrsg.), *Italienische Gedichte aus acht Jahrhunderten*. Zweisprachig (verschiedene Übersetzer), Bremen 1959

470. Spagnoletti, G., *Poesia italiana contemporanea*. 2. Aufl. Parma 1959

471. —, *Poeti del Novecento (Anthologie)*. 2. Aufl. Milano 1965

472. Squarotti, B., *Astrazione e realtà*. Milano 1960

473. Wührl, W., *Italienische Gedichte des 20. Jahrhunderts*. (Zweisprachig) Frankfurt a. M. 1962

翁加雷蒂(1888—1970)

474. Ungaretti, G., *L'Allegria (1914—1919).* Milano ^{8}1966

475. —, *Sentimento del tempo (1919—1935).* Firenze 1935, Milano ^{8}1966

476. —, *La terra promessa.* Torino 1950, Milano ^{5}1967

477. —, *Da Góngora a Mallarmé.* (Übersetzungen) Milano 1958

478. —, *Il taccuino del vecchio. Con testimonianze di amici stranieri del poeta,* raccolte a cura di L. Piccioni. Milano 1959

479. —, *Les cinq livres.* Texte français établi par l'auteur et J. Lescure. Paris 1954

480. —, *Gedichte. Italienisch und deutsch.* Übertragung und Nachwort von Ingeborg Bachmann. Frankfurt a. M. 1961

481. Accrocca, E. F., *Ungaretti.* Milano 1964

482. De Robertis, G., Il cammino di Ungaretti (in: Zeitschrift *Trivium,* 1948)

483. Giovanoli, D. A., *Introduzione a Ungaretti.* Zürich 1953

484. Gutia, J., Ungaretti e Mallarmé (in: Zeitschrift *Rivista di letterature moderne,* 1952)

485. —, *Linguaggio di Ungaretti.* Firenze 1959

486. Rebay, L., *Le origini della poesia di G. Ungaretti.* Roma 1962

蒙塔莱(1896—1981)

487. Montale, E., *Ossi di seppia (1920—1927).* Milano 1928, ^{6}1954

488. —, *Le occasioni (1928—1939).* Milano 1939, ^{6}1954

489. —, *La bufera e altro.* Venezia 1956, Milano ^{4}1967

490. —, *Glorie des Mittags. Ausgewählte Gedichte.* Italienisch und deutsch. Übertragung und Nachwort von H. Frenzel, München 1960

491. —, *Nach Finisterre*. Übertr. v. H. Hinterhäuser. Darmstadt 1965

492. Arce, A. U., *E. Montale*. Chile o. J.
493. Avalle, D. S., *Gli orecchini di Montale*. Milano 1965
494. Bonora, E., *La poesia di Montale*. Torino 1963
495. Pancrazi, P., *Montale, poeta fisico e metapisico*. Bari 1946
496. Ramat, S., *Montale*. Firenze 1965

夸西莫多(1901—1968)

497. Quasimodo, S., *Ed è subito sera (1930—1942)*. Milano 1942, [5]1951
498. —, *Tutte le opera*. Milano 1960
499. —, *Il poeta e il politico*. (Aufsätze) Milano 1960
500. —, *Das Leben ist kein Traum. Ausgewählte Gedichte*. Italienisch und deutsch. Übertragungen und Nachwort von G. Selvani. München 1960
501. —, *Ein offener Bogen. Ausgewählte Gedichte*. Italienisch und deutsch. Übertragungen und Nachwort von G. Selvani. München 1963

502. Bo, C., Condizione di Quasimodo (in: *Otto studi*. Firenze 1939)
503. Lazzaro, E., *Introduzione alla lettura di Quasimodo*. Messina-Firenze 1963
504. Tedesco, N., S. *Quasimodo e la condizione poetica del nostro tempo*. Palermo 1959

五　英国与美国

一般文献与作品集

505. Alvárez, A., *The Shaping Spirit. Studies in Modern English and*

American Poets. London 1958

506. Anceschi, L., *Poetica americana e altri studi contemporanei di poetica.* Pisa 1965

507. Bosquet, A., *Anthologie de la poésie américaine des origines à nos jours.* Paris 1956

508. Brooks, Cl., *Modern Poetry and the Tradition.* London 1948

509. Bullough, G., *The Trend of Modern Poetry.* London 1934

510. Clemen, W., *Das Wesen der Dichtung in der Sicht moderner englischer und amerikanischer Dichter.* München 1961

511. Corso, G., und W. Höllerer (Hrsg.), *Junge amarikanische Lyrik.* München 1961

512. De Sola Pinto, V., *Crisis in English Poetry (1880—1940).* London 1951

513. Kleinstück, J., *W. B. Yeats oder der Dichter in der modernen Welt.* Hamburg 1963

514. Link, Fr. H., *E. A. Poe. Ein Dichter zwischen Romantik und Moderne.* Frankfurt 1968

515. Lugwig, R. M. (Hrsg.), *Aspects of American Poetry. Essays presented to H. Mumford Jones.* Ohio State University Press 1961

516. Press, J., *The Chequer'd Shade. Reflections on Obscurity in Poetry.* Oxford 1958

517. Roberts, M., and A. Ridler (Hrsg.), *The Faber Book of Modern Verse.* London 1951

518. Rosenthal, M. L., *The Modern Poets. A Critical Introduction.* New York 1960

519. Straumann, H., *American Literature in the Twentieth Century.* New York 1965

520. Taupin, R., *L'influence du symbolisme français sur la poé sie américaine*. Paris 1928

521. Van O'Connor, W., *Sense and Sensibility in Modern Poetry*. Chicago 1948

庞德(1885—1972)

522. Pound, E., *Cantos*. New York 1925—1960

523. —, *Cantos. Eine Auswahl*. Englisch und deutsch. Übertragung von E. Hesse. München 1964

524. *Agenda (Zeitschrift)*, Sonderheft für E. Pound. Okt.—Nov. 1965, N. Y.

525. Dekker, G., *The Cantos of E. Pound. A Critical Study*. New York 1963

526. Eliot, T. S., E. Pound (in: Zeitschrift *Poetry*, 1946)

艾略特(1888—1965)

527. Eliot, T. S., *The Waste Land*. London 1922

528. —, *Four Quartets*. London 1944

529. —, *Collected Poems (1909—1962)*. London 1963

530. —, *Ausgewählte Gedichte*. Englisch und deutsch (Übersetzung von E. R. Curtius, R. A. Schröder und anderen) Frankfurt a. M. 1951

531. —, *Selected Essays*. 3. Aufl. London 1951

532. —, *On Poetry and Poets (Essays)*. 2. Aufl. New York 1957

533. —, *Ausgewählte Essays*. Eingel. u. Übers. v. H. Hennecke. Berlin 1950

534. Bradbrook, M. C., *T. S. Eliot*. London 1950

535. Curtius, E. R., siehe Nr. *12*

536. Germer, R., Schwierigkeiten bei der Interpretation von T. S. Eliots *Waste Land* (in: Zeitschrift *Germanisch–Romanische Monatsschrift,* 1958)

537. —, *T. S. Eliots Anfänge als Lyriker.* Heidelberg 1966

538. Greene, E. G., *T. S. Eliot et la France.* Paris 1951

539. Kenner, H., *The Insisible Poet: T. S. Eliot.* New York 1959

540. Kleinstück, J., *T. S. Eliot.* Hamburg 1966

541. Matthiessen, F. O., *The Achievement of T. S. Eliot.* New York [3]1958

542. Maxwell, D. E. S., *The Poetry of T. S. Eliot.* London 1952

543. Schaeder, G. und H., *Ein Weg zu T. S. Eliot.* Hameln 1948

544. Smidt, Kr., *Poetry and Belief in the Work of T. S. Eliot.* London [2]1961

545. Williamson, G., *A Reader's Guide to T. S. Eliot. A Poem–by–Poem–Analysis.* 4. Aufl. New York 1960

六 德 国

一般文献与作品集

546. Bender, H. (Hrsg.), *Mein Gedicht ist mein Messer. Lyriker zu ihren Gedichten.* Heidelberg 1955

547. Benn, G. (Hrsg. und Verf. der Einleitung), *Lyrik des expressionistischen Jahrzehnts.* Wiesbaden 1955

548. Blöcker, G., *Die neuen Wirklichkeiten. Linien und Profile der modernen Literatur.* 2. Aufl. Berlin 1961

549. Domin, Hilde (Hrsg. und Verf. der Einleitung), *Doppelinterpretationen. Das zeitgenössische deutsche Gedicht zwischen*

Autor und Leser. Frankfurt a. M.—Bonn 1966

550. Eykmann, Ch., *Die Funktion des Häßlichen in der Lyrik G. Heyms, G. Trakls und G. Benns.* Bonn 1965

551. Heselhaus, Cl., *Deutsche Lyrik der Moderne.* 2. Aufl. Düsseldorf 1962

552. Höllerer, W. (Hrsg.), *Transit. Lyrik der Jahrhundertmitte.* Mit Randnotizen des Herausgebers. Frankfurt a. M. 1956

553. Holthusen, H. E., und Fr. Kemp (Hrsg.), *Ergriffenes Dasein. Deutsche Lyrik 1900—1950.* 4. Aufl. München 1958

554. Horst, K. A., *Kritischer Führer durch die deutsche Literatur der Gegenwart.* München 1962

555. Ihlenfeld, K., *Zeitgesicht.* Witten und Berlin 1961

556. *Jahrhundertmitte. Deutsche Gedichte der Gegenwart.* Nachwort von Fr. Michael. Wiesbaden 1955

557. Kaschnitz, Marie-Luise, *Liebeslyrik heute.* (Vortrag) Wiesbaden 1962

558. Killy, W., *Wandlungen des lyrischen Bildes.* 4. Aufl. Göttingen 1964

559. Krolow, K., *Aspekte zeitgenössischer deutscher Lyrik.* Gütersloh 1961

560. —, *Schattengefecht.* (Aufsätze) Frankfurt a. M. 1964

561. Motekat, H., *Experiment und Tradition. Vom Wesen der Dichtung im 20. Jahrhundert.* Frankfurt a. M. und Bonn 1962

562. Muschg, W., *Die Zerstörung der deutschen Literatur.* Bern 1962

563. —, *Von Trakl zu Brecht.* München 1963

564. Pinthus, K., *Menschheitsdämmerung. Symphonie jüngster Dichtung.* Berlin 1920. Neuauflage mit dem Untertitel „Ein Dokument des Expressionismus“. Rowohlts Klassiker Bd. 55/56, 7. Aufl. Reinbek 1966

565. Soergel, A., und G. Hohoff, *Dichtung und Dichter der Zeit.* 2. Bände, Düsseldorf 1961—1963

566. Steffen, H. (Hrsg.), *Der deutsche Expressionismus*. Formen und Gestalten (Aufsätze verschiedener Verfasser) Göttingen 1965

567. Wiese, B. von, Die deutsche Lyrik der Gegenwart (in: *Die deutsche Literatur unserer Zeit*, mit Beiträgen verschiedener Verfasser). Göttingen 1959

568. — (Hrsg., unter Mirwirkung zahlreicher Fachgelehrter), *Deutsche Dichter der Moderne*. Berlin 1965

569. Zimmer, D. E. (Hrsg.), *Mein Gedicht*. (Interpretationen) Wiesbaden 1961

拉斯克—许勒(1876—1945)

570. Lasker-Schüler, Else, *Dichtungen und Dokumente*. Hrsg. von E. Ginsberg, München 1951

571. —, *Gesammelte Werke*, Hrsg. von Fr. Kemp und W. Kraft. 3. Bände, München 1959—1962

572. —, *Sämtliche Gedichte*. Hrsg. von Fr. Kemp u. M. Kupper. München 1966

573. Kraft, W., *E. Lasker-Schüler*. München 1951

贝恩(1886—1956)

574. Benn, G., *Gesammelte Werke*. Hrsg. von D. Wellershoff. 4 Bände, 2. Aufl. Wiesbaden 1962—1963

575. Allemann, B., *G. Benn. Das Problem der Geschichte*. Pfullingen 1963

576. Buddeberg, E., *G. Benn*. Stuttgart 1961

577. —, *Probleme um G. Benn.* Stuttgart 1962

578. —, *Studien zur lyrischen Sprache G. Benns.* Düsseldorf 1964

579. Grimm, R., *G. Benn. Die farbliche Chiffre in der Dichtung.* 2. Aufl. Nürnberg 1962

580. Lennig, W., *G. Benn in Selbstzeugnissen und Bilddokumenten.* rowohlts monographien Bd. 71, 5. Aufl. Reinbek 1966

581. Lohner, E., *G. Benn. Bibliographie.* 2. Aufl. Wiesbaden 1960

582. —, *Passion und Intellekt. Die Lyrik G. Benns.* Neuwied 1961

583. Loose, G., Die *Ästjetik G. Benns*. Frankfurt a. M. 1961

584. Wellershoff, D., *G. Benn.* Köln 1958

584a. Wodtke, Fr. W., *G. Benn.* Stuttgart 1963

特拉克尔(1887—1914)

585. Trakl, G., *Gesammelte Werke.* Hrsg. von W. Schneditz, 3 Bände, Salzburg 1938 ff

586. —, *Die Dichtungen. Gesamtausgabe.* Hrsg. von K. Horwitz. Zürich 1946

587. Basil, O., *G. Trakl in Selbstzeugnissen und Bilddokumenten.* rowohlts monographien Bd. 106, 2. Aufl. Reinbek 1966

588. Grimm, R., G. Trakls Verhältnis zu Rimbaud (in: Zeitschrift *Germanisch-Romanische Monatsschrift*, 1959)

589. Hormuth, N., *Sprachwelt und Wirklichkeit. Die Struktur der lyrischen Eigenwelt in den Gedichten G. Trakls.* Dissertation Freiburg i. Br. 1963

590. Killy, W., *Über G. Trakl.* 2. Aufl. Göttingen 1962

591. Muschg, W., siehe Nr. *563*

592. Spoerri, Theodor, *G. Trakl. Eine psychiatrisch-anthropologische*

Untersuchung. Bern 1954

593. Vietta, E., *G. Trakl. Eine Interpretation seines Werks.* Hamburg 1947

594. Kaschnitz, Marie-Luise (1901—1974), *Allüberallnie. Ausgewählte Gedichte (1928—1965)*, mit einem Nachwort von K. Krolow. Hamburg 1966

克罗洛(1915—1999)

595. Krolow, K., *Gesammelte Gedichte (1944—1964)*, Frankfurt a. M. 1964

596. Holthusen, H. E., in Nr. *23*

597. Friedrich, H., Nachwort zu K. Krolow, *Ausgewählte Gedichte.* Frankfurt a. M. 1962

第十一版补充文献

(此前版本的文献编号在这一版本中沿用,补充文献用 a、b 等标出。)

25a. Jaeckle, E., *Zirkelschlag der Lyrik*. Zürich-Stuttgart 1967

68a. Gershman, H. S., *The Surrealist Revolution in France*. Ann Arbor 1969

82a. Parent, M. (Hrsg.), *Le vers français au XXe siècle*. Colloques, Paris 1967

117a. Pichois, Cl., *Baudelaire. Édudes et témoignages*. Neuchâtel 1968

136a. Rimbaud, A., *Illuminations*. Éd. A. Py. Genève 1967

250a. Mackworth, G., *Apollinaire und die Kubisten*. Frankfurt-Bonn 1963

267a. Little, R., *Index of the Complete Poetry and Prose of St.–John Perse*. Southampton 1958, Supplement 1967

280a. Eluard, P., *Œuvres complètes*. 2 Bände (Bibliothèque de la Pléiade), Paris 1968

280b. —, *La vie immédiate, suivi de la Rose Publique et précédé de l'Évidence Poétique*. Paris 1967

286a. Kittang, A., *L'univers des métamorphoses dans l'œuvre surréaliste de Paul Eluard*. Paris 1969

286b. Meurot, M., *L'image végétale dans la poésie de P. Eluard*. Paris 1966

334a. González Muela, J., y J. Manuel Rozas, *La generación poética de 1927*. Madrid 1967

351a. Rincon, C., K.-H. Barck und F. R. Fries (Herausg. u. Mitarbeiter), *Metamorphose der Nelke. Moderne spanische Lyrik, spanisch und deutsch*. Leipzig 1967

372a. Gullón, R., *El último Juan Ramón Jiménez*. Madrid 1968

391a. Guillén, J., *Aire nostro (=Cántico, Clamor, Homenaje)*. Milano 1968

401a. Ivask, J., and J. Marichal, *Luminous Reality. The Poetry of Jorge Guillén*. Norman 1969

407a. Diego, G., *Segunda Antología de sus versos*. Madrid 1967

440a. Salinas de Marichal, S., *El mundo poético de Rafael Alberti*. Madrid 1968

461a. Manacorda, G., *Storia della letteratura italiana contemporanea (1940—1965)*. Roma 1967

466a. Ramat, S., *L'ermetismo*. Firenze 1969

467a. *Ricerche sulla lingua poetica contemporanea*. (Sammelwerk) Padova 1966

480a. Ungaretti, G., *Das verheißene Land. Merkbuch des Alten*. Deutsch von P. Celan. Frankfurt 1968

485a. Portinari, F., *G. Ungaretti*. Torino 1967

489a. Montale, E., *Poesie*. Milano [4]1967

489b. —, *Poésies*. Édition bilingue. Traduites par P. Angelini et G. Brazzila. 3 Bände, Paris 1966

526a. Hesse, E. (Herausg. und Vf. der Einleitung), *Ezra Pound. 22 Versuche über einen Dichter*. Frankfurt—Bonn 1967

535a. Gallup, D., *T. S. Eliot. A Bibliography*. London 1952

560a. Mann, O., und W. Rothe (Herausg.), *Deutsche Literatur im 20. Jahrhundert*. Bern und München 1967

586a. Trakl, G., *Dichtungen und Briefe*. Hist.-kritische Ausgabe, hrsg. von W. Killy und H. Szklenar, 2 Bde, Salzburg 1969

第十二版补充文献

32a. Link, Fr. H., *E. A. Poe*. Frankfurt a. M. 1968

76b. Mauriac, Cl., *L'alittérature contemporaine*. Paris 1969

88a. Rousselot, J., *Dictionnaire de la poésie française contemporaine*. Paris 1968

128a. Lautréamont, *Œuvres complètes* (Bibliothéque de la Pléiade). Paris 1970

165a. Mallarmé, St., *Correspondance III (1886—1889)*. Éd. H. Mondor et L. J. Austin. Paris 1969

341a. López-Estrada, F., *Métrica española del siglo XX*. Madrid 1969

463a. Il Novecento (in: *Storia della letteratura italiana*. Direttori E. Cecchi e N. Sapegno—Autori varii), vol. IX, Milano 1969

512a. Galinsky, H., *Wegbereiter moderner amerikanischer Lyrik*. Heidelberg 1968

人名及关键名词索引
（条目后的数字为原书页码，见本书边码）

人名索引

关键名词索引

名家文学讲坛书目

《新千年文学备忘录》

▪ [意] 伊塔洛·卡尔维诺 著 黄灿然 译 15.00元

《阅读的至乐：20世纪最令人快乐的书》

▪ [英] 约翰·凯里 著 骆守怡 译 18.00元

《修辞的复兴：韦恩·布斯精选》

▪ [美] 韦恩·布斯 著 穆雷 等译 29.80元

《愉悦与变革：经典的美学》

▪ [英] 弗兰克·克默德 著 张广奎 译 15.00元

《文学体验导引》

▪ [美] 莱昂内尔·特里林 著 余婉卉 张箭飞 译 28.00元

《文学在思考什么？》

▪ [法] 皮埃尔·马舍雷 著 张璐 张新木 译 32.00元

《文学是什么？高雅文化与大众社会》

▪ [美] 莱斯利·菲德勒 著 陆扬 译 30.00元

《政治与文学》

▪ [英] 乔治·奥威尔 著 李存捧 译 38.00元

《以文行事：艾布拉姆斯精选集》

▪ [美] M. H. 艾布拉姆斯 著 赵毅衡 等译 35.00元

《艺术的去人性化》

▪ [西] 何塞·奥尔特加·加塞特 著 莫娅妮 译 26.00元

《现代诗歌的结构》

▪ [德] 胡戈·弗里德里希 著 李双志 译 58.00元

《如何读，为什么读》

▪ [美] 哈罗德·布鲁姆 著 黄灿然 译 30.00元

《知性乃道德职责》

▪ [美] 莱昂内尔·特里林 著 严志军 张沫 译 48.00元

《文学的绝对：德国浪漫派文学理论》

▪ [法] 菲利普 · 拉库—拉巴尔特 让—吕克 · 南希 著
张小鲁 李伯杰 李双志 译 32.00元

《我：六次非演讲》

▪ [美] e. e. 卡明斯 著 张定浩 译 22.00元

《阅读ABC》

▪ [美] 埃兹拉 · 庞德 著 陈东飚 译 35.00元

《一颗智慧的心》

▪ [法] 阿兰 · 芬基尔克劳 著 张晓明 译 28.00元

《现代性的五副面孔》

▪ [美] 马泰 · 卡林内斯库 著 顾爱彬 李瑞华 译 68.00元

《论历史与故事》

▪ [英] A. S. 拜厄特 著 黄少婷 译 38.00元

《文章家与先知》

▪ [美] 哈罗德 · 布鲁姆 著 翁海贞 译 55.00元

《史诗》

▪ [美] 哈罗德 · 布鲁姆 著 翁海贞 译 59.00元

《短篇小说家与作品》

▪ [美] 哈罗德 · 布鲁姆 著 童燕萍 译 52.00元

《小说家与小说》

▪ [美] 哈罗德 · 布鲁姆 著 石平萍 刘戈 译 98.00元

《诗人与诗歌》

▪ [美] 哈罗德 · 布鲁姆 著 张屏瑾 译 98.00元

《剧作家与戏剧》

▪ [美] 哈罗德 · 布鲁姆 著 刘志刚 译 65.00元

《影响的剖析》

▪ [美] 哈罗德 · 布鲁姆 著 金雯 译 59.00元

《叙事的理论》

▪ [奥地利] 弗兰茨 · 施坦策尔 著 王绪梅 译（即出）

《如何遣词造句》

▪ [美] 斯坦利·费希 著 杨逸 译 48.00元

《身体·宇宙》

▪ [法] 米歇尔·高罗 著 朱江月 译 48.00元

《快时代的慢阅读》

▪ [美] 戴维·麦奇克斯 著 陈丽 译（即出）

《现代诗》

▪ [德] 迪特尔·兰平 著 黄雪媛 译（即出）